O castelo no espelho

Mizuki
Tsujimura

O castelo no espelho

Tradução
Jefferson José Teixeira

Publicado originalmente no Japão em 2017 por POPLAR Publishing Co., Ltd., Tokyo.
Edição revisada publicada no Japão em 2021, 2022 por POPLAR Publishing Co., Ltd., Tokyo.
Edição brasileira publicada em comum acordo com POPLAR Publishing Co., Ltd., Tokyo, através de Japan UNI Agency, Inc. e The Agency SRL.

Título original: Kagami no Kojo

Direção editorial: Victor Gomes
Coordenação editorial: Karina Macedo
Tradução: Jefferson José Teixeira
Preparação: Lui Navarro
Revisão: Tomoe Moroizumi
Adaptação de capa, diagramação e projeto gráfico: Mariana Souza
Imagens de capa: Anna Morrison

Dados Internacionais de Catalogação na Publicação (CIP)

T882c Tsujimura, Mizuki
O castelo no espelho/ Mizuki Tsujimura ; Tradução : Jefferson José Teixeira – São Paulo : Morro Branco, 2024.
448 p. ; 14 x 21 cm.

ISBN: 978-65-86015-84-3

1. Literatura japonesa. 2. Fantasia – Romance. I. Teixeira, Jefferson José. II. Título.
CDD 895.6

Todos os direitos desta edição reservados à:
EDITORA MORRO BRANCO
Alameda Santos, 2223, 7º andar
01419-912 – São Paulo, SP – Brasil
Telefone (11) 3373-8168
www.editoramorrobranco.com.br

Impresso no Brasil
2024

Kojo [castelo solitário]

1. Castelo que se destaca por estar isolado, sem nenhum outro ao redor.
2. Castelo cercado por forças inimigas e sem expectativa de chegada de reforços militares.

Dicionário Daijirin

Por exemplo, às vezes eu sonho.

Em um desses sonhos, uma aluna nova ingressa na turma.

Essa garota é simpática e muito admirada.

É a primeira da turma, brilhante, gentil, atleta, inteligente. Todos querem fazer amizade com ela.

Porém, ao perceber minha presença entre os muitos colegas de classe, o rosto dela se ilumina como o sol e ela abre um sorriso terno. Aproxima-se de mim e me cumprimenta.

— Kokoro-chan,[1] há quanto tempo!

As meninas ao redor ficam surpresas, seus olhares se concentram em mim.

— Vocês já se conheciam?

Éramos amigas e nenhuma delas sabia.

Não tenho nada de especial, não sou atlética ou inteligente. Realmente não tenho qualquer qualidade capaz de causar inveja aos outros.

Mas tive a oportunidade de conhecer essa garota antes de todos. Havia um vínculo entre nós, e ela me escolheu para ser sua melhor amiga.

Para irmos juntas ao banheiro, trocarmos de sala ou batermos papo durante o horário do recreio...

Graças a ela, não estou mais sozinha.

As meninas do grupo de Sanada a querem como amiga, mas ela escolhe a mim.

— Prefiro ficar com Kokoro-chan.

Sempre torci para um milagre assim acontecer.

Mas cá entre nós: milagres assim não existem.

---

[1] "Chan" é um sufixo que torna o nome um diminutivo carinhoso. [n. t.]

SUMÁRIO

PARTE 1
PRIMEIRO PERÍODO:
Observações

Maio

PARA ALÉM DAS CORTINAS fechadas da janela, era possível ouvir o som anunciando a chegada da caminhonete do mercadinho itinerante.

A canção "Pequeno mundo", da atração *It's a Small World*[2] da Disneylândia, era a preferida de Kokoro. A música ressoava pelos grandes alto-falantes do veículo. A mesma canção era tocada todos os dias desde que ela era pequena.

A música parou de súbito e ouviu-se uma voz.

— Olá, pessoal. Aqui quem fala é Mikawa com seu mercadinho de frutas e vegetais. Também temos artigos frescos, laticínios, pão e arroz.

O supermercado ao longo da rodovia fica longe e só é possível ir até lá de carro. Talvez por isso, desde que Kokoro era pequena, o carro de frutas e vegetais de Mikawa vem ao parque atrás da casa da garota. Os idosos e as mães com crianças, moradores da região, vêm fazer compras tão logo ouvem a música.

Ao contrário da mãe, Kokoro nunca comprou nada.

— Mikawa já tem uma certa idade. É difícil saber por quantos anos mais continuará a vir — comentava a mãe.

No passado, antes da abertura de um grande supermercado na região, era realmente prático ter o mercadinho itinerante e um número maior de pessoas vinha comprar seus produtos, mas agora as coisas mudaram. Alguns reclamam da poluição sonora provocada pelo barulho dos alto-falantes ecoando a música alta.

[2] *It's a Small World*. Música e letra original: Richard M. Sherman & Robert B. Sherman. Letra em português: Moacyr Franco. [N. T.]

Embora não considerasse ruidoso, ao ouvir o som, Kokoro inevitavelmente se conscientizava de que era quase meio-dia de um dia útil. Ela era *forçada* a se dar conta disso.

Ela ouvia risos de crianças e vozes.

Pela primeira vez desde que deixara de ir à escola, percebeu que as coisas eram assim às onze horas de um dia de semana.

Desde a escola primária, ela só via o carro do mercadinho itinerante de Mikawa nas férias de verão ou no inverno. Não era algo que ela espiasse de seu quarto em um dia útil, com as cortinas fechadas e o corpo ainda enrijecido do sono. Até o ano passado.

Kokoro continha a respiração, assistindo à TV com o som baixo e se atentando para que a luz do aparelho não vazasse para fora do quarto.

Mesmo quando Mikawa não aparecia, sempre havia jovens mães brincando com seus filhos no parque que dava para ser visto de seu quarto. Quando espiava os carrinhos de bebês enfileirados ao longo dos bancos com bolsas coloridas pendendo de suas alças, ela pensava: *Ah, falta pouco para o meio-dia.*

As mães começavam a se reunir entre as dez e onze horas e desapareciam no horário do almoço.

Ela podia enfim abrir um pouco as cortinas.

Através do tecido laranja-claro das cortinas, o quarto era sem graça durante o dia. Ela se sentia culpada por ficar o tempo todo nele. Era como se a acusassem de ser preguiçosa.

No início, a sensação era agradável, mas apesar de ninguém reclamar, aos poucos começou a se dar conta de que não poderia continuar vivendo daquele jeito.

Em todas as regras na sociedade há uma razão para a maneira como as coisas devem ser feitas.

Pela manhã, abra as cortinas.

Todas as crianças devem frequentar a escola. Coisas assim.

DOIS DIAS ANTES, KOKORO visitara o Instituto com a mãe. Ela de fato imaginou que poderia frequentá-lo a partir daquele dia.

Mas, ao se levantar pela manhã, constatou ser impossível.

Como sempre, sentia dor de estômago.

Não era invenção. Doía de verdade.

Ela não sabia o motivo. Não era uma doença fictícia e de manhã, na hora de ir à escola, o estômago doía e, às vezes, a cabeça.

A mãe a aconselhou a não se esforçar.

Sabendo disso, ela desceu com tranquilidade, bem cedo, do seu quarto para a sala de jantar e falou:

— Mãe, meu estômago está doendo.

Ao ouvir a voz da filha, a expressão da mãe, que havia preparado leite quente e torradas, mudou da água para o vinho. A mãe se calou.

Não olhava para Kokoro.

Cabisbaixa, como se não tivesse ouvido a voz da filha, trouxe até a mesa de jantar a caneca fumegante.

— Como é que dói? — perguntou com um ar irritado.

Mal-humorada, tirou o avental vermelho colocado por cima do terninho, sua roupa de trabalho, e o pendurou na cadeira.

— Como sempre — explicou Kokoro com uma voz fraca.

Antes mesmo que pudesse continuar, a mãe interrompeu.

— Como sempre? Até ontem estava tudo bem, não é? O Instituto não é escola! Não precisa ir todo dia e são menos alunos. E você viu como os professores têm um ar gentil. Você não falou que ia? O que vai fazer? Não vai?

A rápida sucessão de acusações deixou claro o quanto a mãe desejava que ela fosse.

Não é que Kokoro não quisesse ir ou estivesse fingindo estar doente. Seu estômago realmente doía.

Vendo que a filha não respondia, a mãe olhou de súbito para o relógio, aparentando nervosismo.

— Ah, vou me atrasar! — exclamou. — Então, decidiu?

As pernas de Kokoro pareciam paralisadas.

— Não consigo ir.

Não é como se Kokoro não quisesse ir, ela não podia.

Quando finalmente murmurou de todo coração, a mãe suspirou diante dela. Franziu o rosto como se ela também sentisse alguma dor.

— Você não vai só hoje? Ou não pretende ir nunca?

Kokoro foi incapaz de responder.

Hoje ela não podia ir, mas não sabia se o estômago doeria no próximo dia em que precisasse ir ao Instituto. Não era uma doença ilusória, e apesar de não poder ir porque realmente doía, a mãe se entristecia ao ouvir algo tão irracional.

Ela olhava a mãe sem responder.

— Tudo bem então — falou a mãe se levantando.

Deixando as emoções falarem mais alto, ergueu o prato do café da manhã e jogou as torradas na cestinha de lixo triangular no canto interno da pia.

— Também não vai beber o leite, não é? Tive o trabalho de esquentar — falou e, sem esperar resposta, o derramou na pia. O vapor do líquido quente ergueu-se alto na cozinha, mas logo evaporou em meio ao ruído da água.

Na realidade, Kokoro pensou em comer mais tarde, mas não teve tempo de responder.

— Pode me dar licença? — disse a mãe ignorando Kokoro, que se mantinha imóvel de pijamas diante da porta, passando por ela e desaparecendo na sala de estar ao fundo. Logo, ouviu-se a voz da mãe ao telefone.

— Ah, peço desculpas. Aqui é Anzai. — Seu mau humor se fora e a voz se tornara formal. — Sim, isso mesmo! Ela alega estar com dor de estômago. Sinto muitíssimo. No dia de nossa visita, ela estava animada afirmando que iria... Sim, sim, desculpe-me realmente por tanto transtorno...

♦

O "Instituto" onde a mãe a levou chamava-se "Kokoro no Kyoshitsu", ou seja, "Sala de Aula do Coração". Era possível ver escrito na placa pendurada acima da entrada: SUPORTE AO DESENVOLVIMENTO INFANTIL.

Ouviam-se vozes de crianças vindas do andar superior do antigo prédio, que tinha ares de escola ou hospital. Aparentemente eram alunos do ensino fundamental.

— Você deve estar tensa, mas vamos, Kokoro! — A mãe a incentivou sorrindo, embora parecesse mais nervosa do que a filha, dando um leve empurrão em suas costas.

Era constrangedor que o nome do Instituto fosse "Kokoro no Kyoshitsu". O mesmo nome de Kokoro, significando "coração".

A mãe devia ter percebido a coincidência. Embora, obviamente, não tivesse dado à filha esse nome com a intenção de um dia levá-la ali. Kokoro sentiu o coração apertado ao pensar nisso.

Pela primeira vez ela soube da existência de outros lugares, além da escola, que crianças em evasão escolar poderiam frequentar. Quando estava no ensino fundamental, não havia em sua turma nenhuma criança ausente. Talvez matassem um ou dois dias de aula, mas seja como for, nenhuma precisaria vir a um local como aquele.

Todos os professores que as recepcionaram chamavam a "Sala de Aula do Coração" de "Instituto".

As pontas dos dedos dos pés, que estavam dentro dos chinelos desconhecidos que calçou, não paravam quietas e, na sala onde entrou com a mãe, permaneceu sentada, curvando os dedos com firmeza.

— Kokoro Anzai, você é aluna da escola Yukishina nº 5, correto?

A professora sorriu com doçura ao perguntar. Era jovem e tinha o jeito das mocinhas que cantam músicas em programas infantis da TV. No crachá em formato de girassol no peito havia seu retrato, talvez desenhado por alguma criança, e o nome Kitajima.

— Sim. — A voz de Kokoro ao responder era, apesar de se esforçar, fraca e pouco clara. Ela própria se espantava de só conseguir emitir uma voz como aquela.

A professora Kitajima sorriu.

— Também estudei lá!

— Ah.

A partir daí a conversa se interrompeu.

A professora Kitajima era uma moça bonita de cabelos curtos e passava a impressão de vitalidade. Também tinha olhos muito gentis. Kokoro simpatizou com ela, mas sentiu uma indevida inveja pela professora já ter se formado e não ser mais uma estudante daquela escola de ensino fundamental.

Era difícil para Kokoro afirmar que estava "frequentando" a Yukishina nº 5. Ela acabara de ingressar na escola. Apesar disso, só fora às aulas em abril, primeiro mês do ano letivo.

— Telefonei para avisar.

A mãe retornou à sala de jantar com a voz aborrecida. Voltou a franzir o rosto ao ver Kokoro ainda de pé.

— Que tal ir dormir já que o estômago está doendo? — sugeriu. — Coma em casa o lanche que preparei para você levar para o Instituto. Vou deixar aqui e você come, se puder.

Sem encarar Kokoro, começou seus preparativos matinais.

Kokoro pensou com amargura que se o pai estivesse ali, sem dúvida, a defenderia. Ambos os pais trabalhavam, mas, como a empresa do pai ficava longe, ele saía bem cedo pela manhã. Quando Kokoro se levantava, ele quase sempre já não estava mais em casa.

Se continuasse de pé ali, a mãe provavelmente se enfureceria, então subiu as escadas calada. Ouviu atrás de si um suspiro a acompanhando.

Quando deu por si, eram três horas.

Na TV ligada passava um programa de variedades. Depois de escândalos de artistas e das notícias, mudaram para uma sessão de anúncios comerciais. Kokoro de repente se levantou da cama.

Não entendia o motivo, mas era acometida por mais sonolência quando estava em casa do que na escola.

Coçou os olhos, limpou as marcas de baba da boca, desligou a TV e desceu. Ao lavar o rosto de pé diante do lavatório se deu conta de que estava com fome.

Foi até a sala de jantar e abriu a lancheira com o que a mãe lhe preparara.

Ao desfazer o laço de fita do pote envolto em um tecido xadrez, pensou que, quando a mãe o fizera, devia estar imaginando que ela comeria o lanche no Instituto. Ao pensar nisso, sentiu o peito se apertar e quis se desculpar com a mãe.

Havia também uma pequena *tupperware* sobre a lancheira contendo kiwi, que Kokoro adora. O lanche era também seu favorito: arroz *soboro*[3] tricolor, coberto com ovo, uma verdura e uma proteína.

Ela colocou uma porção na boca e baixou a cabeça.

Quando visitou o Instituto, o local lhe parecera divertido. Por que então ela não podia ir? De manhã, pensou que não poderia ir apenas naquele dia por causa da dor de estômago, mas, por ter arruinado o dia, a garota perdeu a motivação por completo para ir na próxima vez.

ALUNOS DO ENSINO INFANTIL e fundamental frequentavam o Instituto.

Todas eram crianças comuns, nenhuma parecia estar se "recusando a frequentar a escola". Não tinham um ar sombrio em particular ou uma aparência esquisita. Tampouco pareciam crianças excluídas.

A diferença é que os alunos do fundamental que frequentavam o Instituto não usavam uniforme.

Duas garotas aparentando ser um pouco mais velhas do que Kokoro se sentavam uma ao lado da outra em suas carteiras dizendo "Ah, fala sério" ou "Vou te contar o que eu penso", o que a fez ter

---

[3] O *soboro* é um prato tipicamente infantil, em geral servido em uma tigela com três partes iguais de arroz, proteína e vegetal. [N. E.]

a sensação de que seu estômago se contrairia, mas achou estranho que garotas como aquelas também não estivessem indo à escola.

Enquanto a professora Kitajima fazia um tour pelo local, um menino charmoso veio reclamar: "Professora, Masaya me bateu!". Kokoro imaginou que, se frequentasse o Instituto, talvez pudesse brincar com as crianças dali. E, ao imaginar isso, sentiu que aquilo poderia se tornar realidade.

A mãe não falou nada, mas antes de levar a filha para a visita parecia que ela própria tinha ido ao local inúmeras vezes. Kokoro logo percebeu ao ver outros professores saudarem a mãe como se não fosse a primeira vez que a vissem.

Kokoro se lembrava da falta de habilidade da mãe ao convidá-la para a visita ao Instituto, preparando-se para falar de um jeito estranho. Ela sentiu que a mãe se esforçava e se preocupava de um jeito particular.

Quando entrou na sala onde a mãe a esperava, ouviu de dentro a voz da suposta professora encarregada.

— Não são raras as crianças que não conseguem se adaptar à escola fundamental depois de virem de um ambiente mais caseiro da escola primária! Sobretudo no caso da Yukishina nº 5, que cresceu bastante devido à fusão pela reestruturação escolar. É a que tem o maior número de alunos em evasão entre as escolas da região.

Kokoro suspirou fundo.

Bem, eles não estão tratando de assuntos dolorosos, falou para si.

Com certeza, Kokoro ficou desconcertada de início, ao entrar no fundamental e ver que, de duas, as turmas aumentaram para sete.

Mas não era essa a razão.

Não é o fato de eu não ter "me adaptado". Não foi essa a justificativa branda de eu não poder mais ir.

Essa mulher não faz ideia do que passei, pensou.

Ao lado de Kokoro, a professora Kitajima, sem demonstrar desagrado pelo que ouviu, abriu a porta e, de maneira firme, falou "com licença". A professora idosa e a mãe, sentadas uma de frente para a outra, voltaram-se ao mesmo tempo na direção da professora e Kokoro, que entravam.

A mãe apertava um lenço na mão, e Kokoro esperou que ela não tivesse chorado.

Se deixasse a tv ligada, acabaria assistindo.

E ao assistir, sentia que fizera algo naquele dia, mesmo ele sendo inútil.

Até quando era alguma novela com um bom enredo, em muitos casos não se lembrava do que assistira e, no fim das contas, o dia acabava com Kokoro se questionando sobre que havia feito.

Bastava uma dona de casa ser entrevistada na rua e declarar que estava fora "enquanto os filhos estavam na escola" para sentir, de certa forma, uma crítica a ela, como se fosse uma inútil por não poder ir à escola.

O jovem professor Ida, encarregado da antiga turma de Kokoro, mesmo agora, visita a casa da garota ocasionalmente. Algumas vezes se encontra com ela, outras não. "O professor está aqui. Quer falar com ele?", pergunta a mãe quando ele vem.

Apesar de achar que deveria vê-lo, há dias em que Kokoro declara: "Não estou com vontade", mas a mãe não se aborrece. "Tudo bem então. Hoje vamos conversar só eu e ele", responde a mãe e conduz o professor à sala de estar.

— Desculpe, ela hoje não… — A mãe se justifica.

— Não tem problema! Está tudo bem. — O professor apenas desiste do encontro sem se chatear com Kokoro.

Kokoro fica confusa ao vê-los aceitar tranquilamente sua atitude caprichosa. Apesar de sempre saber que precisa ouvir o que os professores, os pais, enfim, os adultos falam, ela entende que a situação agora é alarmante tamanha a facilidade com que eles cedem aos seus desejos.

Todos se preocupam comigo, pensa ela.

Satsuki, colega de turma dos tempos do primário, e Sumida, com quem mantinha amizade, aparecem de vez em quando. Agora, as duas estão em turmas diferentes, mas talvez elas venham visitá-la a pedido do professor. Faltar à escola era algo incômodo e, nessas horas, Kokoro também recusa um encontro.

Embora ela sinta que realmente deveria encontrá-las por terem muito o que conversar, Kokoro não as encontra por se sentir mal, já que causa tanta preocupação.

O TELEFONE TOCA ENQUANTO ela está comendo o lanche. Pensa se deve atender ou não, e a ligação acaba caindo na caixa-postal.

— Alô. Kokoro-chan? É a mamãe. Se estiver aí, atenda. — ela ouve.

Era a voz da mãe. Gentil e serena. Kokoro tira o fone do gancho às pressas.

— Alô.

— Ah, Kokoro? Desculpe, sou eu.

Ao contrário de como estava de manhã, a voz é terna. A mãe ri do outro lado da linha. Onde ela deve estar? Parece ter dado uma escapulida do trabalho, pois está num ambiente silencioso.

— Fiquei preocupada quando você não atendeu! Está tudo bem? Comeu o lanche? O estômago ainda dói?

— Está tudo bem.

— Verdade? Se ainda estiver doendo, é melhor ir ao hospital.

— Está tudo certo.

— Vou dar um jeito para voltar mais cedo hoje. Não se preocupe. Kokoro-chan, ainda está no começo! Vamos nos esforçar daqui em diante!

A voz da mãe soa alegre. Ouvindo-a, Kokoro apenas concorda com um "ok".

Depois de estar tão emotiva pela manhã, teriam dito algo a ela? Teria conversado com alguém na empresa? Mas Kokoro também sentia que a mãe havia refletido e ligado por vontade própria.

Kokoro assente, embora sem saber se poderia atender à expectativa da mãe quando ela falou: "Vamos nos esforçar".

♦

Depois das quatro, Kokoro não podia ficar no térreo.

Como pela manhã, ela fecha de novo as cortinas do andar superior.

A tensão enquanto espera pelo ruído é terrível toda vez. Ela não se acostuma, não importa quantas vezes o ouça. Procura não se importar, deseja continuar assistindo à TV em volume reduzido, mas, mesmo assim, ela acaba esperando de forma inconsciente.

Quando imagina que não deve demorar muito mais, ouve o ruído de uma carta sendo colocada na caixa de correios em frente de casa.

Ao ouvir o ruído ela pensa: *Ah, Tojo veio.*

Moe Tojo-chan, sua colega de turma.

Ela veio transferida de outra escola e entrou na turma um pouco depois do começo do novo período escolar em abril, supostamente por ter perdido a época de matrícula devido ao trabalho do pai.

Ela é uma menina muito graciosa, atlética, e senta-se ao lado de Kokoro. Até Kokoro, sendo do mesmo sexo, acaba sentindo seu coração bater mais forte quando a vê. De braços e pernas delicadas e cílios longos, Tojo parece uma boneca francesa. Embora não seja mestiça, tem um rosto bem proporcional, diferente do das japonesas.

Havia um motivo para a professora colocá-la sentada ao lado de Kokoro. A casa para onde Tojo se mudara ficava a duas casas da dela. Aparentemente, a professora desejava que as duas se tornassem amigas do mesmo bairro, e Kokoro também ansiava por isso. Na realidade, duas semanas depois de sua transferência, Tojo perguntou: "Posso chamar você de Kokoro-chan?", e ambas iam e voltavam juntas da escola.

Uma vez ela convidou Kokoro para ir à sua casa.

A disposição dos cômodos era quase a mesma da casa de Kokoro, mas dava a impressão de ter sido feita sob medida para a família Tojo. Apesar dos materiais das paredes e colunas e até o pé-direito serem idênticos, os objetos colocados na estante da entrada, as pinturas penduradas, o tipo de iluminação e até as cores dos tapetes diferiam. E essas diferenças se realçavam por conta da construção similar.

A casa de Tojo era elegante e, logo à porta de entrada, havia várias pinturas de contos de fada, um passatempo do pai.

O pai de Tojo era professor universitário e pesquisador de literatura infantil. Pendurados nas paredes, havia muitos desenhos originais de livros ilustrados antigos comprados pelo pai na Europa. *Chapeuzinho vermelho, A bela adormecida, A pequena sereia, O lobo e os sete cabritinhos, João e Maria*, cenas de livros ilustrados que Kokoro também conhecia.

— Só cenas bizarras, não? — falou Tojo. Na época, Kokoro já a tratava por Moe-chan. — Meu pai é colecionador de desenhos desse pintor. Ele tem juntado muitos desenhos de antigos livros ilustrados dos Irmãos Grimm e de Hans Christian Andersen.

Tojo falou "*só cenas bizarras*", mas era um exagero. Em *O lobo e os sete cabritinhos*, era a famosa cena em que o lobo invade a casa e os cabritinhos fogem atordoados, e em *João e Maria*, era a cena em que João caminha deixando uma trilha de migalhas de pão pelo chão. Mesmo com a bruxa não aparecendo no quadro, era impossível não identificar a história de que se tratava.

Apesar de regular em tamanho como a de Kokoro, a casa elegante de Tojo dava a impressão de ser muito mais espaçosa.

Havia uma estante na sala de estar repleta de livros em diversos idiomas, a começar por inglês e alemão.

— Este aqui é em dinamarquês.

Tojo falou pegando um deles, para espanto de Kokoro.

— Nossa! — exclamou ela. — Se fosse inglês, eu entenderia um pouco, mas não conheço nadica de nada de dinamarquês.

Tojo enrubesceu um pouco parecendo acanhada.

— Andersen é um escritor dinamarquês — explicou. — Também não consigo ler. Se gostar do jeitão dele, pode levar emprestado.

Kokoro ficou muito contente ao ouvir isso. Mesmo não podendo ler o título de um livro escrito em dinamarquês, pela capa ela deduziu que era *O patinho feio*, que ela conhecia.

— Tem muitos livros também em alemão. Porque os Irmãos Grimm eram alemães.

Kokoro ficou ainda mais animada. Ela conhecia muitos contos de fadas dos Irmãos Grimm e todos os livros ilustrados em idiomas estrangeiros pareciam refinados e interessantes.

— Vem visitar minha casa também. Mas não tem nada tão interessante lá.

Kokoro convidou acreditando que em breve isso aconteceria de verdade. Devia estar convicta disso.

Por que então as coisas degringolaram daquele jeito?

Tojo acabou se afastando dela.

Foi fácil compreender que Sanada e seu grupo contaram alguma fofoca sobre Kokoro para Tojo.

Quando se aproximou de Tojo chamando-a de Moe-chan, ela revidou com um semblante que parecia querer expressar: *Quem você pensa que é?*

Tojo se sentia visivelmente "incomodada" com Kokoro. Seu rosto demonstrava que ela não queria ver Kokoro conversando com ela diante de todos, sobretudo Sanada e as meninas do seu grupo.

As duas tinham conversado sobre irem juntas ver em qual clube de atividades extracurriculares se inscreveriam.

Porém, apesar do combinado, após as aulas, Tojo saiu da sala às pressas acompanhando Sanada e sua turma. Do corredor, até Kokoro pôde ouvir claramente a voz de Sanada soltar um "Gente solita me dá uma peninha" sem olhar em sua direção.

Kokoro se deu conta de que *solita* significava *solitária*. Ajeitou-se lentamente para sair enquanto era atingida pelos olhares agitados dos colegas ao redor.

Nossa, então solita *é como se chama uma pessoa solitária.* Kokoro não parava de remoer essa informação. Saiu sem olhar para ninguém. Acabou perdendo a vontade de visitar alguns clubes ao pensar que poderia esbarrar com as garotas.

— Por que elas escolheram logo a mim?

Elas a ignoravam.

Falavam mal de Kokoro pelas costas.

Aconselhavam colegas a não manter amizade com ela.

Riam.

Riam, riam, riam.

Riam dela.

Com o estômago doendo, Kokoro se trancou na cabine do banheiro e escutou a voz risonha de Sanada do lado de fora. Em breve o horário do recreio terminaria, mas a garota não podia sair da cabine com as outras por ali. Quando já estava com vontade de chorar, tomou coragem e saiu, então ouviu um breve "Ah!" vindo da cabine vizinha antes de Sanada aparecer. Ao ver o rosto de Kokoro, ela riu debochada.

Mais tarde, outra menina, que por acaso presenciara a cena, lhe contou que Sanada teria dito: "Ela está demorando tanto que vou dar uma espiada no que está fazendo!" e teria se curvado para olhar a cabine por baixo. O rosto de Kokoro enrubesceu de vergonha. Quando imaginou que, ao se curvar, Sanada teria visto sua calcinha abaixada, ouviu o som de algo se despedaçando dentro dela.

A colega que contou tudo, apesar de achar a atitude de Sanada horrível, pediu a Kokoro para manter segredo sobre ter sido ela quem lhe contara.

Kokoro permaneceu petrificada, atordoada e frustrada.

Não havia nenhum lugar onde pudesse ficar em paz.

Situações como essas se repetiam e repetiam...

Até que "aquilo" aconteceu e foi definitivo.

Kokoro parou de ir à escola.

Tojo morava perto e, desde o momento em que Kokoro deixou de frequentar a escola, ela passava diariamente para deixar os materiais das aulas e informes da escola.

E sempre fazia de forma mecânica.

Kokoro desejava que voltassem a ser amigas, mas Tojo apenas enfiava os materiais na caixa de correio e não dava um passo sequer em direção à campainha da casa. Cumpria com rigor a obrigação e ia embora. Várias vezes Kokoro a espiou às escondidas da janela de seu quarto.

A gola azul-esverdeada do uniforme de marinheiro. O lenço de pescoço grená. O mesmo uniforme que ela também usara em abril. Ela observava vagamente.

Kokoro se sentia um pouco esperançosa por Tojo vir sozinha. Talvez porque as outras amigas morassem longe.

O professor teria pedido a Tojo para se encontrar com Kokoro e ouvir o que ela tinha a dizer? Qual a possibilidade de, mesmo com o professor pedindo, Tojo não o fazer? Kokoro queria afastar da mente essas hipóteses.

Ouviu o barulho da caixa do correio fechando com estrondo. Moe-chan se foi.

♦

No quarto de Kokoro há um grande espelho.

Um espelho ovalado com moldura de pedra cor-de-rosa. Ela pediu aos pais para colocá-lo ali assim que ganhou um quarto só para si. Kokoro teve vontade de chorar ao ver seu rosto doente refletido nele. A garota não conseguia mais se olhar.

Depois de afastar com delicadeza a cortina para confirmar que Tojo se fora, ela se deixou cair lentamente sobre a cama. A luz emanada da TV com o som quase inaudível brilhava naquele dia com mais intensidade.

Pouco tempo depois de parar de frequentar a escola, seu aparelho de videogame foi confiscado pelo pai.

— Se ela não vai à escola, tendo videogames aí mesmo é que não vai estudar mais — argumentou ele.

O pai fez menção de também levar embora a TV, mas a mãe o impediu sugerindo que esperassem um pouco mais e analisassem bem a situação.

Na época, Kokoro odiou a atitude horrível do pai, mas agora já não estava tão certa disso. Sentia que, como disse o pai, se tivesse videogames, provavelmente ficaria jogando o dia todo sem parar. Mesmo agora, ela não estudava.

Os estudos na nova escola fundamental deviam ser difíceis. Ela com certeza não conseguiria acompanhar. Kokoro ignorava o que precisava fazer dali em diante.

A luz incidindo em seu rosto era realmente ofuscante.

Pensou em desligar a TV, mas, quando de súbito ergueu o rosto, conteve a respiração.

A televisão não estava ligada.

Parece que ela a desligou sem ter percebido.

A luz brilhando dentro do quarto provinha do espelho próximo à porta.

— Quê?

Surpresa, Kokoro se aproximou sem pensar muito. A luz parecia irradiar de dentro do espelho. Ofuscava a ponto de ser impossível manter os olhos abertos. O reflexo parecia ter sumido.

Ela estendeu a mão.

Quando percebeu que poderia estar quente já era tarde. Porém, a superfície continuava fria como antes. A questão não era a temperatura. Ela colocou um pouco mais de força na mão.

E no instante seguinte...

— Nossa! — gritou ela.

A palma de sua mão foi sugada para dentro do espelho. A superfície não estava rígida. Era como se ela empurrasse água.

Seu corpo se inclinou para a frente. A garota foi tragada para o outro lado do espelho.

A primeira reação foi de espanto e medo. No instante seguinte, uma luz ofuscante envolveu seu corpo. Fechando os olhos, teve a sensação de passar por um local frio.

Pensou em chamar a mãe, porém a voz não saía.

Sentia o corpo sendo puxado para algum lugar distante. Para cima? À frente? Impossível saber.

— Vamos, levante-se!

A primeira sensação foi a bochecha encostada na pedra fria do chão onde caíra.

Sentia como se agulhas penetrassem no fundo de sua cabeça. A boca e a garganta estavam secas. Ouviu de novo a voz, mas não conseguiu erguer a cabeça.

— Vamos, mandei você se levantar!

Era a voz de uma menina. Soava como a de uma aluna dos primeiros anos da escola primária.

Kokoro não conhecia nenhuma menina tão pequena. Virou a cabeça, piscou lentamente, levantou-se. Olhou em direção à voz e engoliu em seco.

Uma menina estranha estava de pé ali.

— Finalmente ficou de pé, né, Kokoro Anzai-chan?

Seu rosto era o de um lobo.

Usava uma máscara de lobo daquelas que se vendem nos templos em dias festivos.

Mas o estranho não era só isso. Apesar de estar usando aquele acessório, ela trajava um vestido cor-de-rosa muito rendado como se fosse tocar em um recital de piano ou participar de uma cerimônia de casamento. Parecia a roupa de uma boneca Barbie.

E ela me chamou pelo nome?

Confusa, sem palavras, Kokoro esquadrinhou ao redor.

Que lugar será este?

O chão brilhante cor de esmeralda evocava algo do livro *O mágico de Oz*.

Era como se ela tivesse penetrado em um animê ou em uma peça de teatro. Enquanto pensava percebeu, de repente, uma sombra se alongando sobre sua cabeça. A garota ergueu o rosto. Sentiu uma nova massa de ar sendo sugada para sua garganta. Ela cobriu a boca com a mão.

Estava em um castelo.

Um castelo com um portão magnífico, do tipo que se vê nos contos de fada ocidentais.

— Parabéééééééns!

A voz ressoou para o espanto de Kokoro. Por causa da máscara, era impossível enxergar a expressão do rosto ou o movimento dos lábios, mas seja como for, a voz partira da menina-lobo.

A menina prosseguiu.

— Kokoro Anzai, você teve a honra de ser convidada como visitante do castelo!

Boquiaberta, Kokoro ouviu o som do portão de ferro do castelo se abrindo lentamente.

♦

A mente de Kokoro está em branco.

Tudo o que pensa é que precisa fugir.

Está com medo.

A menina-lobo a encara com um rosto inescrutável. Kokoro torce para aquilo ser um sonho ou uma alucinação e que tudo desapareça no instante seguinte. Mas não desapareceu. A menina continuava encarando-a.

Ela olha para trás. O espelho cintilava.

Era diferente do que Kokoro tem no quarto, mas o tamanho é parecido. A moldura é enfeitada com pedras coloridas no formato de gotas. Kokoro corre na direção do espelho. Talvez ele estivesse ligado ao seu quarto. Se o atravessasse, poderia retornar.

Ela começa a correr em silêncio, deixando o castelo para trás, mas de súbito a menina-lobo a agarra. Kokoro cai no chão.

— Não fuja!

Com a força com que é agarrada, Kokoro se estatela no chão cor de esmeralda.

— Não fuja! Já entrevistei seis desde esta manhã. Você é a última. São quatro horas, temos pouco tempo!

— Que se dane! — falou Kokoro.

Por estar absorta e lidando com uma menina mais nova, Kokoro acaba falando em tom rude. Em pânico, sua cabeça gira.

Enquanto freneticamente tenta se livrar da menina agarrada à sua cintura, a garota olha para trás e o castelo ainda está à vista.

Era parecido com o castelo de *Cinderela*, da Disney. Era como se tivesse saltado para dentro de um mundo de fantasia.

Isso só pode ser um sonho, pensa. Mas era algo bem diferente de um sonho. A menina agarrada à sua cintura tem peso, é real. Kokoro volta a ficar horrorizada ao constatar isso. Continua engatinhando em direção ao espelho cintilante.

A menina-lobo grita.

— O que aconteceu? Não gosta daqui? Você está em um castelo. E tem a chance de conversar com uma pessoa muito habilidosa. Talvez seja o início de uma aventura. Ou uma fantasia em um mundo diferente. Não fica ansiosa? Tente pelo menos usar sua imaginação infantil!

— Que se dane! — responde Kokoro quase aos prantos.

Ela não entende bem o que está acontecendo, mas tem esperança de que ainda dê tempo.

Ainda poderia voltar. Fingir que nada havia acontecido.

Apesar de ainda estar confusa, aos poucos, sua cabeça começava a raciocinar. Aquilo não era um sonho. A menina falava coisas inimagináveis.

A garota segura com ainda mais força a cintura de Kokoro. De tão apertado, ela tem dificuldade para respirar. Acaba gritando.

— Você pode ter um desejo realizado! Qualquer desejo que uma garota tão comum como você tenha, já não falei? Vamos, me ouça!

"Já não falei?" Como assim? Estou ouvindo isso pela primeira vez!, pensa Kokoro, mas não tem fôlego para revidar. Apesar de não reagir, já que a outra é apenas uma menininha, ela se dá conta da complexa situação. Gira o corpo e empurra o rosto da menina-lobo. Os fios de cabelo sobre a máscara são macios e o rosto que Kokoro aperta, miúdo, dando toda a impressão de ser realmente uma criança. Enquanto ainda está surpresa, Kokoro decide empurrá-la para se desvencilhar de seus braços.

Engatinhando, Kokoro a sacode, se levanta e toca o espelho cintilante. Da mesma forma de quando viera, sua mão parece mergulhar dentro d'água e ela é tragada com rapidez para o outro lado do objeto.

— Espere!

Kokoro contém a respiração ao ouvir a voz. Fecha os olhos e empurra de novo o corpo para o espelho, saltando para dentro da luz.

— Ei... Volte amanhã, ok?

Essas últimas palavras ecoam no fundo dos ouvidos de Kokoro conforme vários sons se distanciam.

INSTANTES DEPOIS, O CONHECIDO quarto de Kokoro está diante de seus olhos.

O aparelho de TV, a cama, os bichos de pelúcia enfileirados desde pequena no parapeito da janela, a estante, a escrivaninha, a penteadeira.

E, virando o rosto, lá estava o espelho.

Ele não emitia luz.

Apenas refletia o rosto de olhos abertos, atordoado.

O coração de Kokoro estava acelerado.

Afinal, o que foi aquilo?, pensou e, ao mesmo tempo, instintivamente estendeu a mão na direção do espelho, mas a recolheu às pressas.

O espelho refletia apenas a si e ao seu conhecido quarto.

Todavia, ela pensava se não haveria alguém a espiando do outro lado do espelho. Ficou com medo que naquele exato momento aquela menina-lobo estendesse o braço e a agarrasse.

No entanto, o espelho estava sereno. Nada acontecia além de refletir as imagens.

Olhou para o relógio sobre a TV e suspirou. Ia começar a reprise de sua novela favorita, que ela acompanhava sem perder um capítulo. Havia passado mais tempo do que imaginara. O tempo avançara.

Talvez apenas o relógio estivesse adiantado, mas ao ligar a TV a novela já havia começado. Não havia razão para o relógio estar errado. O tempo tinha realmente passado.

O que foi aquilo?

Ela mordeu os lábios em silêncio. Distanciou-se bem do espelho e o observou.

Aquilo aconteceu de verdade?

Restava ainda a sensação de que tinha sido agarrada com força pela cintura.

Lembrando disso com uma surpresa tímida, estendeu bem reto os braços e, mantendo distância, virou com cautela o espelho na direção da parede. Feito isso, se afastou na hora.

Seus dedos tremiam de leve.

— O que foi aquilo?

Desta vez ela falou alto. E lembrou que há pouco gritara. Em geral, como não conversava com ninguém, até sua voz quando falava sozinha era rouca, mas agora saíra bastante nítida. Não havia rouquidão. Há tempos não conversava com alguém além de sua família.

Aquilo teria sido um sonho?

Ela já tinha ouvido falar sobre "sonhar acordado". Mas seria um fenômeno comum?

Será que enlouqueci?

Quando finalmente se acalmou um pouco e conseguiu pensar, se deu conta dessa possibilidade e foi acometida de uma nova preocupação. *Será que estou tendo alucinações pelo fato de passar os dias trancada em casa?*

Você pode ter um desejo realizado!

Apesar de confusa, Kokoro se lembrava por algum motivo dessas palavras.

Qualquer desejo que uma garota tão comum como você tenha, já não falei?

Seus ouvidos voltaram a reproduzir a voz, nítida demais para ser uma alucinação. Preocupada, ela não desgrudava os olhos do espelho virado contra a parede.

Foi nesse momento que...

— Cheguei!

... Kokoro ouviu a voz da mãe na porta de entrada.

Se sua mãe descobrir que estava vendo TV, ficará furiosa. Kokoro pegou às pressas o controle remoto e desligou o aparelho.

— Oi, mãe — ergueu o rosto.

Quando telefonou, a mãe havia falado que "daria um jeito para chegar mais cedo", e realmente chegou bem antes do normal.

Antes de descer, Kokoro olhou de novo preocupada para o espelho voltado para a parede, mas não havia sinais de luz.

A MÃE ESTAVA GENTIL e bem-disposta.

— Kokoro, vou fazer *gyoza*, que você adora. Eu mesma vou preparar a massa. Pode me ajudar?

Enquanto falava colocou no chão do corredor da entrada as sacolas de compras do supermercado que carregava com as duas mãos. Café com leite, iogurte, salsicha de peixe. A mãe repetiu diversas vezes que o conteúdo da geladeira diminui depressa comparado a antes porque Kokoro está agora em casa durante o dia.

— Mãe...

— Hum?

A mãe, em seu terninho, tirou o prendedor de cabelo prateado para soltar os cabelos perfeitamente presos atrás da cabeça, descalçou os sapatos e se dirigiu à cozinha.

Kokoro queria falar com ela sobre o que vira pouco antes, mas ao ver a mãe de costas perdeu a coragem. Não desejava estragar o bom humor da mãe. Além disso, ela não iria acreditar mesmo. Porque até a própria Kokoro, que presenciou tudo, não acreditava.

— Esquece, não é nada importante.

Bastou falar isso para a mãe se virar. Kokoro pegou as sacolas e foi para a cozinha guardar o conteúdo na geladeira.

— Não se preocupe! — falou a mãe dando um tapinha nas costas da filha. — Se for por causa do Instituto, não estou zangada.

Ao ouvir isso, Kokoro se lembrou do ocorrido. Certamente a mãe acreditou que a filha estava inquieta procurando se desculpar.

— Hoje foi a primeira vez. Mas tenho certeza de que é um ótimo local. Se você quiser ir, é só me falar. A professora... qual é mesmo o nome dela? Kitajima... A que guiou você na visita... Quando telefonei para ela hoje, ela falou a mesma coisa. *Ela pode vir quando desejar.* É uma ótima professora, né?

— Hum.

O choque com o que vira antes foi tão forte que ela se esquecera por completo de ter faltado naquele dia ao Instituto.

Kokoro se lembrou e ficou desanimada. A voz da mãe transmitia a realidade desoladora: seu desejo de que Kokoro fosse ao Instituto, fazendo-a se sentir culpada.

— Segundo a professora, o próximo encontro é na sexta-feira — informou a mãe.

— Hum — assentiu Kokoro.

A MÃE DEVE TER ligado para o pai, pois ele chegou mais cedo, a tempo para o jantar.

Ele não tocou no assunto do Instituto.

— Ah, hoje tem *gyoza*! — Ele circundou a mesa de jantar todo contente.

— Querido, você lembra? Quando Kokoro era pequena, ela só comia a massa de *gyoza*.

— Lembro, claro. Ela tirava o recheio e punha de lado. Eu acabava comendo todo ele!

— Isso mesmo. Por isso, comecei a preparar eu mesma a massa! Já que ela não comia o recheio, pelo menos eu queria fazer uma massa gostosa para ela.

Enquanto ouvia a conversa dos dois, Kokoro não tocou na comida.

— Você também se lembra, filha? — perguntou o pai.

Óbvio que não se recordava. Ela só sabia porque ouviu a história ser contada trocentas vezes.

— Não me recordo — respondeu ela secamente.

Apesar de declarar que não está com fome, a mãe enche a tigela dela de arroz.

Será que os pais desejam que ela seja sempre a menina que só come a massa que envolve os *gyozas*?

Eles querem que eu continue a ser a garota de antes e não como sou agora, sem poder frequentar a escola.

ELA SE PREOCUPAVA SOBRE o que faria se à noite, na hora de dormir, o espelho voltasse a brilhar. Porém, o objeto estava virado contra a parede e não havia indícios de luz vazando dele.

Apesar de aliviada, ela não conseguia parar de olhá-lo com o canto do olho, ainda incomodada. Mesmo deitada na cama, depois de fechar os olhos, por várias vezes virou o rosto na direção do espelho.

É como se eu estivesse esperando por alguma coisa, pensa com a mente embargada antes de cair no sono. *Talvez seja o início de uma aventura? Não fica ansiosa?*, a menina-lobo falou e, sinceramente, Kokoro esperava por algo. Ela ansiava que alguma coisa especial acontecesse.

Kokoro se lembrou de *As crônicas de Nárnia*.

A famosa fantasia na qual um guarda-roupa da casa era o portal para um mundo diferente. Como não se encantar?

Ela não deveria ter fugido? Sem perceber, pode ter perdido uma chance de ouro. Porém, se era para ser guiada para um mundo das maravilhas, em vez de uma menina-lobo ela preferia que fosse por um coelho, como o de Alice…

Apavorada, ela fugiu, mas ainda tinha esperança. Na realidade, ela própria não sabia bem o que desejava. Com o espelho não mais brilhando, de repente estava arrependida do que fizera.

E se…

E se o espelho voltasse a brilhar?

Se isso acontecesse, talvez Kokoro pudesse apenas entrar nele mais uma vez.

Com esse pensamento, ela se sentiu derreter nos braços de Morfeu.

♦

Na manhã seguinte, o espelho também não brilhava.

Ao acordar, Kokoro se lembrava vagamente de que algo incrível havia acontecido no dia anterior. Logo depois, ela se sobressaltou ao ver o espelho voltado para a parede.

Mais corajosa do que antes, ela o virou com cautela e vislumbrou nele apenas seu reflexo de pijama e cabelos desgrenhados.

Como sempre, tomou o café da manhã, se despediu da mãe quando ela saiu para trabalhar, lavou a louça e retornou para o quarto. Kokoro estava nervosa e preocupada em relação ao espelho. Desde que parara de ir à escola, às vezes passava o dia inteiro de pijama. Hoje ela trocou de roupa e penteou os cabelos.

O espelho voltou a brilhar perto das nove horas, quando ela acabara de se arrumar.

Da mesma forma como no dia anterior, o espelho estava iluminado como uma poça de água captando a luz do sol.

Kokoro engoliu em seco e respirou fundo devagar. Parecia mentira, mas não era. Esticou o braço e enfiou a mão diretamente dentro do espelho. Bastou afundar a mão e ela foi sugada para seu interior.

Como sempre, ela ainda tinha um pouco de medo.

Porém, seu coração palpitava de excitação. Enquanto era tragada, seu campo de visão se tornou amarelo, depois branco.

Ela imaginou o assoalho verde-esmeralda e o portão diante do castelo como no dia anterior, mas quando o brilho esvaneceu e sua visão voltou aos poucos, ela viu uma escadaria e um grande relógio.

Kokoro piscou.

Tudo parecia como aquelas mansões nas novelas e filmes estrangeiros. Logo na entrada havia um grande salão.

Havia uma enorme janela da qual partiam longas escadarias simétricas. Cobertas por um lindo tapete, parecia com aquela que Cinderela desceu correndo no desenho animado.

No alto da escada não havia quartos, apenas um corredor onde fora colocado um enorme relógio. Ao contrário dos sobrados comuns, a finalidade dessa grande escada parecia ser apenas levar até o relógio.

Dentro dele, balançava um pêndulo com ilustrações do sol e da lua.

Aqui deve ser o castelo que vi ontem, intuiu Kokoro.

Notou outras pessoas além dela pela escada. Ela piscou abrindo bem os olhos. Eles a olhavam com espanto.

Eram alunos da escola fundamental, assim como ela.

Um, dois, três, quatro, cinco, seis... Contando com ela, eram sete no total.

— Ah, então você veio — falou alguém.

Diante de seus olhos a menina-lobo veio correndo toda saltitante. Usava o mesmo vestido rendado do dia anterior e a máscara. Sem ser possível ver sua expressão, ela parou em frente de Kokoro.

— Ontem você fugiu, mas está de volta.

— É que...

Como havia outras pessoas de idade semelhante à dela, Kokoro não se sentiu tão intimidada pela menina-lobo como na véspera. Havia meninos e meninas. Entre eles, um garoto segurava, meio cabisbaixo, algo semelhante a um videogame portátil. Havia uma menina de óculos e um outro menino bem bronzeado. Ao olhar o rosto de um deles, Kokoro cerrou o punho.

O rapaz encostado de pé na parede logo abaixo do relógio tinha um rosto lindo. Apesar de vestir uma camiseta semelhante a um pijama, tinha o charme de um artista famoso.

Por esse motivo, Kokoro abaixou a cabeça às pressas sentindo ter visto algo que não deveria ver.

— Bom dia.

A voz veio de outra direção. Ao olhar, uma menina estava sorrindo. Era alta e parecia simpática e animada. Usava rabo de cavalo.

Encarou Kokoro, que parecia confusa.

— Nós também acabamos de chegar — explicou. — Ouvimos que você fugiu ontem e, para não acontecer de novo hoje, aquela menina nos mandou esperar por você aqui.

— Aquela menina?

Na direção para onde a garota simpática olhava estava a menina-lobo.

— Chame-me "senhorita Lobo" — pediu, autoritária.

— Ok, ok. — A menina riu. — A senhorita Lobo nos mandou esperar — falou corrigindo-se. — Estávamos te esperando. Ela falou que precisávamos estar os sete juntos.

— Só você fugiu — falou a menina, a tal "senhorita Lobo". — Pensei que poderia virar uma bagunça se todos se reunissem de uma vez só. Por isso, embora mais cansativo, chamei um por um desde ontem pela manhã. E, logo no finalzinho, você fogiu sem ouvir minhas explicações. Só me deu trabalho.

— É... O que é... este lugar? — perguntou Kokoro, meio atrapalhada por ser o alvo das atenções.

— Hum — bufou ela. — Você fugiu como uma idiota quando eu ia explicar isso. Azar seu.

— Nós também não entendemos bem, apesar de termos ouvido ontem! Estamos na mesma situação que você — explicou a menina de rabo de cavalo com gentileza.

Ela parecia ter a mesma idade de Kokoro, mas, pelo seu jeito de falar, devia ser mais velha. Era muito calma e madura.

— Ela explicou que este castelo torna desejos realidade. — Uma voz aguda e distinta ressoou. Parecia a voz de uma dubladora, o que é algo desconcertante de se ouvir na vida real.

Ao erguer o rosto viu a menina de óculos sentada em um degrau da escada no canto direito. Tinha o cabelo estilo tigelinha, vestia um casaco moletom bege e calças jeans nem um pouco femininas.

— Exatamente! — exclamou a senhorita Lobo bem alto.

Nesse instante, Kokoro ouviu algo como um uivo distante se sobrepor à voz da senhorita Lobo.

Kokoro paralisou ao ouvir o som.

Ao lado da assustada Kokoro, os outros também pareciam petrificados e olhavam espantados a senhorita Lobo. Parece que todos haviam escutado, não só ela. Indiferente ao espanto dos demais, a senhorita Lobo prosseguiu.

— Em algum lugar deste castelo há a "sala do desejo", cuja entrada é proibida. Apenas uma pessoa conseguirá entrar. Apenas a Chapeuzinho Vermelho que tiver seu desejo realizado.

Como? Chapeuzinho Vermelho?, questionou Kokoro, imaginando que diabos seria isso.

Depois de ouvir o inusitado uivo à distância, ser chamada assim por uma menininha é uma sensação estranhamente assustadora.

— Vocês todos são Chapeuzinhos Vermelhos perdidos — falou ela. — A partir de hoje e até março do ano que vem, vocês vão procurar dentro deste castelo a chave que abre a "sala do desejo". Apenas aquele que a encontrar terá o direito de abrir a porta e ter seu desejo realizado. Em outras palavras, é a busca pela "chave do desejo". Entenderam?

Kokoro se calou.

Todos ficaram mudos, se entreolhando por um tempo.

Ninguém parecia ter compreendido, mas estavam intimidados pela senhorita Lobo. As dúvidas eram tantas que ninguém sabia o que perguntar. Bastava olhar a todos para sentir isso.

— Parem de olhar um para a cara do outro! — gritou a senhorita Lobo. — Não é legal ficar esperando que alguém vá perguntar o que vocês querem saber. Se quiserem falar algo, falem!

— Sendo assim, vou perguntar.

Como era de se esperar, quem abriu a boca foi a menina animada de rabo de cavalo que havia falado com Kokoro.

— De que forma isso acontece? Por que um desejo se realiza? Ontem também ouvi a explicação, mas afinal por que eu... quer dizer, nós... fomos chamados até aqui? E que lugar é este afinal? Ele é real? E quem é você?

— Nossa!

Apesar de ter ela própria declarado que se quisessem falar algo, deveriam fazê-lo diretamente, a senhorita Lobo tapou as orelhas para se proteger da saraivada de perguntas. Logicamente não as orelhas da máscara de lobo, mas as próprias.

— Que falta de imaginação. Vocês foram escolhidos como protagonistas de uma história. Não podem simplesmente ficar alegres por isso?

— Não. Ficar ou não alegre não é o caso — falou um outro menino no lugar da menina de rabo de cavalo.

Esse menino esteve o tempo todo sentado bem no meio da escadaria da esquerda desde a chegada de Kokoro. Tinha uma voz forte e um olhar malvado por trás das lentes grossas dos óculos.

— Eu simplesmente não entendo o que tudo isso significa. Desde ontem os espelhos em nossas casas começaram a brilhar de repente e estavam conectados a este local. A galera está confusa. Trate de explicar direitinho do zero.

— Hum, hum. Finalmente, o menininho mostrou que sabe falar. — A senhorita Lobo riu. — Meninos costumam demorar mais a se abrir do que as meninas... Mas apesar de as meninas logo conversarem entre si, você demorou demais. Espero mais empenho de você.

A senhorita Lobo falou num tom debochado. O menino franziu o cenho, encarando-a irritado. Ela permaneceu impassível.

— A escolha é feita periodicamente — respondeu ela, limpando a garganta e forçando um jeito de alguém mais velho. — Não só vocês. Várias vezes convidamos pessoas dessa forma para este castelo de Chapeuzinhos Vermelhos perdidos. Há muitos Chapeuzinhos Vermelhos que tiveram seus desejos atendidos até agora. Vocês são sortudos por terem sido selecionados.

Um outro menino que, até então, estava sentado calado na parte superior da escada se levantou. Era esguio e alto, com um jeito tranquilo. No seu rosto alvo, as sardas na ponta do nariz fizeram Kokoro se lembrar do bruxinho Ron, de Harry Potter.

— Posso ir embora? — perguntou.

— Não, não pode!

Ao mesmo tempo que a senhorita Lobo respondeu, ouviu-se de novo o uivo distante. O ar vibrou com violência. Mesmo o menino que se levantara arqueou o peito como se recebesse uma massa de ar diante de si e ficou paralisado.

— Vou explicar tudo tintim por tintim — falou a senhorita Lobo olhando para todos sem que pudessem ver sua expressão facial devido à máscara. — Decidam se virão ou não para cá depois de ouvir a explicação. Ouçam bem. Em primeiro lugar, é possível entrar e sair do castelo usando o espelho de seus quartos. Da última vez, o espelho os trouxe para o lado externo do castelo, mas, a partir de agora, preparei de forma que vocês aparecerão neste salão. Isso vai evitar fugas indesejáveis.

Ela olhou em direção a Kokoro, que sentiu vontade de fugir de novo e também não suportava que todos a estivessem encarando.

— O castelo estará aberto a partir de hoje até trinta de março. Se a chave não for encontrada até essa data, ela desaparecerá para sempre e vocês não poderão mais entrar aqui.

— E... se a encontrarmos?

A senhorita Lobo virou em direção à voz que era ouvida pela primeira vez. Kokoro também virou o rosto e, como se não suportasse estar sendo olhado, o menino soltou um grito atemorizado. Ele se escondeu atrás do corrimão da escada. Era possível ver as mãos rechonchudas do garoto ligeiramente obeso saindo timidamente para fora da escada. Acanhado, ele prosseguiu.

— Se alguém a encontrar e seu desejo for atendido, os espelhos perderão a ligação com o castelo?

— No momento em que a sala do desejo for aberta, é *game over.* Nesse caso, o castelo é fechado sem precisar esperar pelo trinta de março. — A senhorita Lobo assentiu com a cabeça. — A propósito, o castelo abre diariamente das nove da manhã às cinco da tarde pelo horário do Japão. Portanto, vocês devem atravessar o espelho de volta para casa até as cinco horas. Essa regra deve ser obedecida impreterivelmente. Se permanecerem no castelo depois desse horário, receberão uma penalidade assustadora.

— Penalidade?

— Um castigo bem simples. Vocês serão devorados por um lobo.

— Quê?

Praticamente todos abriram a boca ao mesmo tempo. Seus olhares grudaram na senhorita Lobo. Kokoro não era exceção. *Você deve estar de brincadeira, né?*, ela desejava perguntar, mas não conseguiu ao se lembrar de como congelara ao ouvir algumas vezes o uivo distante.

Ser devorado significava ser comido por você?

Ninguém tinha a coragem de perguntar, e um silêncio gélido dominou o espaço. Como houve algum tempo para pensar, nesse momento, pela primeira vez, Kokoro analisou com calma a situação.

Ontem, a senhorita Lobo havia dito a Kokoro que *eram quatro horas e tinham pouco tempo.* Quando ela retornou, na TV havia começado a novela que ela acompanhava e Kokoro perdeu a abertura. O horário no relógio do quarto havia avançado. Em outras palavras, o tempo despendido no castelo é o mesmo do mundo real do outro lado do espelho.

O castelo está aberto das nove às cinco. E até trinta de março.

Ela percebeu como era parecido com o ano escolar.

Calada, Kokoro olhou para cada um dos rostos ali, exceto o da senhorita Lobo.

O menino de camiseta com ar de galã.

A menina com um rabo de cavalo bem amarrado.

A menina de óculos e voz de dubladora.

O menino atrevido agarrado ao seu videogame.

O menino calmo e sardento, parecido com o Ron.

O menino gordinho, de jeito frágil, escondido na escada.

Ao todo, eram sete.

Eram pessoas completamente diferentes, mas se o tempo e as horas também estavam avançando do outro lado do espelho...

Kokoro se lembrou da pergunta da menina de rabo de cavalo. *Por que nós fomos chamados?* Kokoro tampouco sabia, mas havia pelo menos um ponto em comum entre todos.

Assim como Kokoro, nenhum deles frequentava a escola.

♦

— SOBRE O TEOR DESSE castigo...

Quem falou em seguida foi de novo a menina de rabo de cavalo.

Ser devorado por um lobo.

Sua voz se tornou um sinal para todos olharem para a senhorita Lobo, que revelou o teor chocante da penalidade.

A menina de rabo de cavalo, com sua expressão perplexa inalterada, parecia muito mais calma do que Kokoro.

— Quando você fala em ser devorado é no sentido literal da palavra? — prosseguiu ela.

A senhorita Lobo assentiu.

— Isso mesmo. Engolido inteiro pela cabeça. Porém, como num conto de fadas, nada de chamar suas mãezinhas para cortar a barriga do lobo, tirar vocês e, em seu lugar, enchê-la de pedras. Tomem bastante cuidado.

— Você é quem vai nos comer?

— Deixo isso por conta da sua imaginação, mas um lobo gigante vai aparecer de verdade. Uma força poderosa vai punir vocês. Depois que começar, ninguém poderá fazer nada. Nem eu.

A senhorita Lobo analisa o rosto de todos.

— Fora isso, se um de vocês sofrer a penalidade, todos os demais serão responsabilizados solidariamente. Se um não retornar para casa, a punição recairá também sobre os demais. Então, fiquem espertos.

— Isso significa que todo mundo também será devorado?

— Bem, pode-se afirmar que sim — respondeu a senhorita Lobo de forma vaga. — Seja como for, respeitem sem falta o horário. Nada de bancar o espertinho e se esgueirar, furtivamente, sozinho fora do horário em que o castelo está aberto para procurar a chave do desejo. Entenderam?

Quando a senhorita Lobo disse isso, a boca da máscara de lobo pareceu estar se movendo.

— Responsabilidade solidária para quem acabou de se encontrar? — Uma voz alta se fez ouvir. Era da menina de óculos do cabelo tigelinha. — A gente nem se conhece direito, mas temos de confiar uns nos outros?

— Exatamente. Por isso, tornem-se amigos. Por favor.

Não é algo que basta pedir para acontecer. O silêncio voltou a reinar.

— A senhorita Lobo estará conosco durante o tempo em que o castelo estiver aberto?

Kokoro tomou coragem e perguntou pela primeira vez. A menina virou-se a fim de olhar para Kokoro, que instintivamente se retraiu.

— Posso estar ou não. Não estarei sempre presente, mas se me chamarem, posso aparecer. Pensem em mim como uma supervisora e zeladora.

Uma supervisora muito prepotente, na opinião de Kokoro.

Uma outra pergunta foi feita.

— Trinta de março não seria um erro? Março tem com certeza trinta e um dias.

Essa voz era do menino de camiseta que até aquele momento era o único que não se manifestara. O mesmo que Kokoro achou um verdadeiro "galã". Seus olhos límpidos se parecem com os de um dos personagens de um dos mangás *shoujo* favoritos de Kokoro.

A senhorita Lobo meneou a cabeça negativamente.

— Está corretíssimo. O castelo fica aberto até trinta de março — replicou ela.

— Tem algum motivo para isso? — insistiu ele. — Algum significado em particular?

— A princípio não. Se você quer mesmo saber, o dia trinta e um de março seria o dia de manutenção deste nosso castelo. É comum ver algo do tipo "Fechado para reformas" ou coisa similar, não?

Apesar da senhorita Lobo falar sobre o castelo no qual ela está, pelo tom de voz, parecia se referir a outra coisa. O menino galã parecia ainda não ter se convencido e tinha ar de que iria acrescentar algo, mas, no fim das contas, se calou, olhou para outro lado e concordou.

— É verdade que o desejo será realizado? — Foi a vez do garoto que mexia no videogame virar a cabeça languidamente para perguntar à senhorita Lobo.

O aparelho de videogame chamava a atenção por ser de um modelo desconhecido, mas de onde Kokoro estava não podia ter certeza. O jeito de ele falar tinha um quê de provocador e mordaz.

— Isso significa que basta encontrar a chave para ter um desejo realizado, seja ele qual for? Pode-se entender que ele é realizado por um poder sobrenatural misterioso e complexo assim como a ligação do espelho brilhante com o castelo? Se meu desejo for virar um feiticeiro ou entrar dentro do universo de um videogame, é possível ser realizado?

— Sim, mas é complicado. Nunca vi alguém ficar feliz desejando algo do gênero. Quem entra no universo de um jogo acaba sendo atacado e morto pelos inimigos. Mas se esse for o seu desejo, vá em frente.

— Cortou meu barato. Mas tudo bem. Na pior hipótese, se eu escolher Pokémon, quem vai brigar não sou eu, mas as criaturas que eu tiver capturado.

O menino do videogame falou de maneira tão direta, concordando com a cabeça, que não dava para saber se ele estava falando sério.

— Um ponto a ter atenção no interior do castelo.

A senhorita Lobo prescrutou o rosto de todos ao redor.

— Somente vocês sete podem entrar no castelo. Mesmo que pensem em trazer alguém junto, essa pessoa não conseguirá vir. Por isso, nem pensem em usar algum ajudante para procurar a chave.

— E podemos falar com alguém sobre o castelo?

Essa foi também uma pergunta feita pelo menino bonito. A senhorita Lobo virou-se e olhou para ele. Ela havia respondido as perguntas até aquele momento tranquilamente, mas pela primeira vez ficou por um tempo em silêncio.

— Se quiser, experimente falar — respondeu ela um pouco depois. — Acha realmente que alguém vai acreditar em você? Vão pensar que você pirou de vez. Como ninguém além de vocês pode entrar aqui, será muito difícil provar a existência do castelo.

— Mas, veja bem. É possível mostrar que entramos dentro do espelho, não? Se meus pais virem o próprio filho desaparecer sugado por um espelho brilhante, com certeza vão acreditar e se preocupar — falou o menino do videogame, e a senhorita Lobo expirou forte.

— Você falou "filho", não? Ou seja, quer pedir a ajuda aos seus pais? Não a seus amigos, mas a adultos.

— Isso mesmo.

A cor do rosto do menino mudou de súbito.

— Nesse caso, os adultos destruiriam o espelho após a sua volta — respondeu de supetão. — Mesmo que não chegassem a destruí-lo, com certeza o afastariam. Eles o proibiriam de ir e vir a um local tão misterioso e tudo estaria terminado. Você não poderia mais vir ao castelo e a procura da chave chegaria ao fim. Se é isso que quer, fique à vontade. Porém, tenho minha posição com relação a esse caso. Adoto medidas para prevenir que a entrada se abra quando terceiros estão no local.

— Isso significa que quando tiver alguém por perto, a entrada do espelho não se abre?

— Exatamente.

Ao ouvir a voz do menino bonito a senhorita Lobo assentiu movendo enfaticamente a cabeça. Suas grandes orelhas balançaram junto.

— Na medida em que respeitem essas regras, vocês podem fazer o que bem entenderem enquanto estiverem aqui. — A senhorita Lobo prosseguiu com a explicação. — Enquanto o castelo estiver aberto, além de procurar pela chave, são livres para fazer qualquer coisa aqui dentro. Brincar, estudar, ler, jogar, e podem trazer comida e doces.

— Hã? Aqui não tem comida?

O menino gordinho escondido na escada perguntou. Kokoro se surpreendeu um pouco. Apesar de parecer "guloso", era incrível que ele tivesse coragem para perguntar algo que não traía sua aparência. Ele não parece sentir vergonha de quem é. *Se ele falasse isso em minha sala de aula, seria zoado até dizer chega*, pensou Kokoro.

— Não tem! — respondeu a senhorita Lobo. — Ao contrário, vocês são a ração dos lobos. Tenham isso em mente. Comam bastante, empanturrem-se.

A senhorita Lobo olhou todos assentindo com lentidão.

— Vamos nos apresentar. A partir de agora vocês estarão juntos durante quase um ano, mesmo que talvez não seja diariamente, então é bom todos se conhecerem.

Falar é fácil, pensou Kokoro. Todos se entreolharam mais uma vez. Kokoro imaginou se a senhorita Lobo não reclamaria de novo por estarem buscando respostas ao observar o rosto uns dos outros. Ela encolheu a cabeça, desconfiada de que aquele rugido semelhante a um uivo distante se ouvisse outra vez.

— Ok, mas a senhorita Lobo não poderia nos deixar sozinhos enquanto isso? — pediu a menina de rabo de cavalo. — Prometemos nos comportar. É lógico que vindo parar em um lugar desconhecido queremos todos fazer amizade entre nós. Porém, gostaríamos de apenas colocar as coisas em ordem sozinhos.

— Hum. Bem, façam como acharem melhor.

A senhorita Lobo não parecia chateada. Ela inclinou a máscara para um lado.

— Sintam-se em casa. Volto daqui a pouco.

Falando isso, desapareceu.

Ela levantou a mão para sentir como se flutuasse no vazio, mas logo a moveu para a frente do corpo como se acariciasse o ar e, em um piscar de olhos, evaporou.

Os sete ficaram boquiabertos e se entreolharam.

— Viram isso?

— Vi. Ela desapareceu...

— Quê? Quê?

— Fantástico...

Todos começaram a falar.

Graças ao desaparecimento inesperado da senhorita Lobo, Kokoro pôde conversar com eles de forma mais natural.

— Eu começo. Sou Aki.

Todos haviam se sentado em círculo no saguão que se estendia diante das escadaria para a esquerda e direita, tendo atrás deles o grande relógio. A menina de rabo de cavalo foi a primeira a fazer sua apresentação.

Sentindo certa estranheza na maneira da menina falar, Kokoro ergueu o rosto.

Ela falou apenas o nome, sem o sobrenome.

Porém, antes mesmo que alguém pudesse falar algo, ela prosseguiu em um tom animado.

— Estou no nono ano do fundamental. É um prazer conhecer todos vocês.

— Ah, encantado.

— Muito prazer em conhecê-la — falou Kokoro num linguajar formal, já que a menina era mais velha do que ela.

Kokoro não estava acostumada a fazer sua apresentação de forma tão respeitosa diante de outras crianças.

Nessas ocasiões sempre estava presente o professor encarregado ou algum adulto. Quando Kokoro se apresentou na sala de aula, assim que ingressou na escola em abril deste ano, um menino cujo nome vinha logo no início na lista de chamada falou apenas o nome, terminando rapidamente a apresentação.

— Ei, só o nome? Meio triste, não? Pelo menos falem todos o nome completo, de que escola vieram e pelo menos algumas palavras sobre seus passatempos e coisas de que gostem, como beisebol ou basquete — pediu o professor.

Graças a isso, todos começaram a falar sobre o que gostavam, como beisebol ou basquete. Nesse momento, Kokoro respondeu que gostava de karaokê. Se falasse que amava leitura, tomariam-na por introvertida. Como várias meninas antes dela haviam respondido gostar de karaokê, ela foi no embalo, já que não houve comentários. *Ninguém vai me achar esquisita*, pensou.

Agora, com a supervisora senhorita Lobo ausente, não havia ninguém pedindo para complementar a apresentação. Na realidade, Aki, que acabara de se apresentar, parecia ser alguém que faria isso, mas apenas falou brevemente o nome, o que de certa forma criou um padrão. Foi transmitido a todos que bastaria imitá-lo.

— Eu sou Kokoro. — Foi a vez de ela prosseguir resoluta.

Talvez seja difícil lembrar do nome de todos, pensou. Só o fato de se apresentar a esse pequeno grupo de pessoas já a fazia sentir mal no fundo do estômago. Ela se sentia empurrada por um vento frio.

— Estou no sétimo ano. É um prazer conhecê-los.

— Eu sou Rion. — O menino bonito se apresentou. — A galera acha que Rion tem jeito de nome estrangeiro, mas sou japonês. É escrito com os ideogramas de *Ri* como em *rika*, ciência, e *On*, que significa som. Meu passatempo é praticar esportes e sou melhor no futebol. Estou no sétimo ano. Muito prazer.

A mesma série que a minha, pensou Kokoro.

Várias vozes se ergueram dispersas falando "muito prazer". Todos estavam contendo a respiração meio sem jeito. A partir dali, precisariam declarar quais ideogramas que compõem seus nomes e quais seus passatempos.

Porém, Aki não parecia propensa a, no calor do momento, complementar sua apresentação. Kokoro tampouco se moveu. Ela sentiu também que, ao contrário, não deveria falar meio de repente que gostava de karaokê.

— Sou Fuka. Oitavo ano — falou a menina de óculos.

Depois de se acostumar com sua voz aguda de dubladora, ela não soava tão estranha com cada nota brilhante. Houve dois segundos de silêncio enquanto ela pensava em algo. Porém, como para quebrá-lo de forma organizada, apenas falou "muito prazer".

De novo, voltou-se ao padrão de não se acrescentar informações.

— Masamune. Oitavo ano — falou o garoto do videogame sem olhar para ninguém antes de prosseguir. — Olha só, estou de saco cheio de ouvir falarem que meu nome soa como o de um comandante samurai, uma espada famosa ou uma marca de saquê. Olha, já estou calejado, sacaram? Então dispenso comentários, ok? Porque, afinal, esse é meu nome verdadeiro.

Ele foi o único que não terminou com um "muito prazer". Todos perderam a chance de responder, e o garoto alto sentado ao seu lado respirou de leve. Era o menino parecido com o Ron, de Harry Potter, que pouco antes perguntara se podia ir embora.

— Eu me chamo Subaru, está ok? Muito prazer. Sou aluno do nono ano.

Bastante conciso.

Ele passava uma estranha impressão. Parecia desligado deste mundo. E perguntar se "está ok?" depois de falar o próprio nome não é algo que os meninos conhecidos de Kokoro fizessem. Mesmo falando assim, ninguém replicaria. Tinha um jeito incomum.

— Ureshino. — Foi ouvida uma voz.

Era do menino um pouco obeso que se preocupara se havia algo para comer no castelo.

— Como? — perguntaram todos.

Ele repetiu.

— Ureshino. Não é nome, é sobrenome. É raro. Ureshino. Muito prazer.

Kokoro sentiu afinidade entre o jeito acanhado do menino e o seu. Teve vontade de perguntar com que ideogramas se escrevia o nome dele, mas hesitou se deveria ou não. Sentiu que fazê-lo naquele momento poderia quebrar a harmonia.

— É? Escreve com quais ideogramas? — perguntou uma voz displicente.

Pega de surpresa, Kokoro respirou fundo. Foi Rion quem perguntou.

Porém, ao ser perguntado, Ureshino liberou a tensão e sua expressão era de alívio. Não parecia chateado com a pergunta.

— O *ureshi* é do adjetivo *ureshii*, alegre, e o *no* é o mesmo ideograma usado em *nohara*, prado.

— Nossa, os ideogramas têm traços demais. Eu mesma não consigo escrever. Em que ano na escola a gente aprende o ideograma de alegre, *ureshii*? Deve ser difícil ter que escrever o nome na hora da prova, não?

— É. Leva algum tempo. Acabo com menos tempo para resolver as questões.

Ureshino estava alegre, sorridente. Com isso, o ambiente se descontraiu.

— Estou no sétimo ano. — Ele complementou as informações. — Muito prazer.

— Todos somos alunos do fundamental então — declarou Aki.

Parecendo desempenhar o papel de coordenadora, ela assentiu olhando ao redor.

— Sabe, talvez agora a senhorita Lobo esteja nos ouvindo, mas alguém faz ideia do porquê de termos sido chamados para este lugar?

Em sua voz ao fazer a pergunta, Kokoro pôde sentir uma leve tensão ondulante. *Seria apenas impressão?*

— Alguém sabe?

Depois de uma pausa, Masamune respondeu:

— Olha. Não faço ideia.

— Era o que eu imaginava...

Aki assentiu como se estivesse aliviada. Vendo isso, Kokoro também se tranquilizou.

Por que teriam sido chamados ali?

Terminadas as apresentações, todos voltaram a evitar olhar uns aos outros. Permaneciam calados.

O uso da linguagem pode ter sido rude e podem ter acontecido alguns engasgos, mas assim mesmo, todos pareciam ter percebido o mesmo que Kokoro.

Nenhum deles frequentava a escola.

Porém, ninguém ousou tocar no assunto. Não perguntam. Não falam.

Um sentimento compartilhado foi transmitido, embora todos tenham o receio invisível de verbalizá-lo. Nenhum deles tinha intenção de confirmá-lo ali.

O silêncio sufocante prosseguiu.

Até que...

— Acabaram?

Sem que ninguém percebesse, a senhorita Lobo estava no alto da escada. Apareceu tão de repente e sem dar sinais que todos soltaram exclamações de espanto e olharam para cima.

— Caramba, não façam essa cara de quem viu uma assombração — falou.

Apesar de todos parecerem ter visto uma.

Era o que sentiam, embora ninguém tenha admitido.

— Então, estão todos preparados? — perguntou.

Ninguém se entreolhou.

Preparados?

Isso significaria "prontos para procurar a chave e ter seu desejo realizado"? Terminadas as apresentações, quando foi possível saber o nome e um pouco da personalidade de cada um, era de novo a vez de pensar no castelo e na chave.

A chave é uma só.

Uma única pessoa terá o desejo realizado.

É possível perceber que todos pensam a mesma coisa.

Como se pudesse ver através deles, a senhorita Loba disse o seguinte.

— Então, por hoje estão todos liberados. Podem continuar aqui procurando a chave, passear pelo castelo ou voltar para suas casas e colocar os pensamentos em ordem. Façam o que acharem melhor. Ah, e outra coisa...

Ela falou como um complemento final. As palavras doces e gentis da senhorita Lobo fizeram Kokoro ficar mais calma.

— Foram preparados quartos para cada um de vocês no castelo. Podem usá-los à vontade. Há uma placa com o nome de cada um em frente ao quarto. Confirmem depois.

Junho

MAIO TERMINOU, JUNHO COMEÇOU.

Nesse dia chovia suavemente pela manhã.

Kokoro não detestava nem um pouco esse clima em que era acordada com gotas de chuva batendo contra a janela.

Ela ia para a escola de bicicleta e, nos dias de chuva, a pé, vestindo uma capa de chuva do uniforme. Gostava do cheiro que permanecia na superfície da capa de chuva encharcada pela manhã quando a estendia à tardinha ensolarada. Talvez algumas pessoas detestem o cheiro, mas Kokoro, que leu em algum lugar que ele era formado pela mistura de água e poeira, adorava.

Em abril, quando ela ainda frequentava a escola, sentiu esse cheiro no estacionamento das bicicletas. Nesse momento, sem pensar muito, murmurou para as crianças que voltavam com ela "sinto o cheiro da chuva".

Depois disso, no estacionamento das bicicletas, Sanada e as integrantes de seu grupo, fingindo cheirar as capas de chuva, repetiam risonhas entre elas "siiiiinto o cheiro da chuuuvaa". Ao ver isso, Kokoro ficou paralisada. Elas deviam tê-la espionado.

Qual o problema de gostar de chuva?

Kokoro percebeu, para seu desespero, que a escola era um lugar onde era proibido falar as coisas com honestidade.

ELA SE LEVANTOU DA cama e desceu até a sala.

HOJE ELA VOLTOU A afirmar "Não quero ir ao Instituto", mas a mãe não ficou brava. Pelo menos, não ergueu a voz de forma imponente.

— Dor de estômago outra vez?

Kokoro ouviu a voz fria da mãe. Ela não conseguia entender por que, apesar de sentir dor de verdade, a mãe usava um tom de voz como se Kokoro estivesse fingindo uma dor.

— Hum. — Kokoro resmungou uma resposta.

— Então, vá dormir mais — retrucou a mãe e não falou mais nada como se não quisesse encarar a filha.

Kokoro sentia vontade de conversar mais com a mãe. Falar que ela não estava fingindo, que não odiava o Instituto. Ela devia explicar direitinho e em detalhes tudo o que sentia, mas teve medo que, se permanecesse ali, a mãe acabaria por se enfurecer de verdade. Estava triste e decepcionada porque a mãe não acreditava na dor de estômago e acabou subindo a escada, porque não queria ouvir a mãe telefonando de novo para o Instituto para notificar sua ausência.

Deitada na cama, ouviu a mãe abrir a porta da entrada e sair para o trabalho. Ela sempre falava sem falta "Até mais tarde" quando saía, mas hoje foi embora sem pronunciar uma palavra.

Kokoro decidiu ir até a entrada para checar se a mãe não teria dado uma saída rápida, mas a bolsa e os sapatos dela não estavam mais ali. Em frente à porta, às escuras, foi tomada por uma sensação triste e dolorosa que a impedia de respirar apesar de ter sido ela própria a decidir que não podia ir ao Instituto. A mãe fora embora naquela manhã sem sequer se despedir.

Sobre a mesa de jantar na cozinha havia, como todos os dias, uma marmita com seu almoço e uma garrafa térmica de água.

O espelho brilhava quando ela retornou ao quarto envolto pelo som e pelo cheiro da chuva.

Desde aquele dia no fim de maio, era assim todas as manhãs.

O espelho reluzia.

A entrada para o castelo estava aberta chamando por ela.

Ela se lembrou vagamente daquele último dia de maio.

Naquele dia, como se houvesse um acordo tácito entre todos, cada um foi ver seu respectivo quarto.

Kokoro também foi até o quarto que lhe fora atribuído e ficou admirada quando o viu.

O quarto era muito mais espaçoso do que o dela em casa, com um tapete fofo, uma escrivaninha com entalhes ornamentais de flores na madeira e uma cama enorme.

— Nossa! — Sem perceber, soltou uma exclamação.

Com timidez, ela se sentou na cama. O colchão era tão macio que seu corpo parecia não parar de afundar nele.

Havia uma janela saliente enquadrada em uma treliça branca e com uma cortina de veludo vermelho. No beiral da janela, havia uma gaiola vazia, como aquelas que ela só tinha visto em contos de fada ocidentais.

E uma estante grande, muito grande.

Instintivamente, ela inspirou fundo. O cheiro de papel velho. O mesmo odor levemente empoeirado que se sente quando se vai à seção de livros especializados, aquela com poucos clientes em uma grande livraria. O cheiro favorito de Kokoro.

Ela se sentiu pressionada pela estante que tomava toda uma parede, chegando a encostar no teto.

Apenas o meu quarto tem uma estante de livros?

Nesse momento, ouviu o som distante de um piano.

Ela apurou os ouvidos.

Alguém toca o piano sem parar. Uma melodia clássica cujo nome ela não sabe, mas que lembra ter ouvido bastante em algum comercial de TV. Ela ouve cada nota bem marcada. É como se alguém estivesse experimentando o instrumento. *Ah, tem um piano no quarto de algum deles*, pensou.

No instante seguinte, após ter esse pensamento, ressoou um forte som. *Bang!* Parecia que alguém tinha batido com violência sobre o teclado e isso de súbito a assustou. A execução terminara.

Kokoro olhou ao redor, mas não havia piano no seu quarto. Na cabeceira da grande cama havia um ursinho de pelúcia sentado e a estante tomando a parede inteira. Ela pegou alguns livros, mas se espantou ao ver que todos eram em línguas estrangeiras. Ela provavelmente entenderia até certo ponto os que eram em inglês, mas havia alguns escritos em alemão e francês. A maioria de contos de fada. Olhando a ilustração nas capas, havia *Cinderela*, *A bela adormecida*, *A rainha da neve*, *O lobo e os sete cabritinhos* e uma em que um casal de velhinhos arrastava um nabo, provavelmente *O nabo gigante*. Ela sentiu um calafrio ao ver também a versão em alemão de *Chapeuzinho Vermelho*, apelido dado a eles pela senhorita Lobo.

Kokoro pensou em pegar emprestado um dos livros para ler em casa. Se fosse em inglês, ela talvez pudesse ler com a ajuda de um dicionário.

Ela contemplou a estante.

Sentiu se lembrar de algumas daquelas capas elegantes. Talvez não fossem as mesmas, mas se pareciam muito com as ilustrações originais dos livros do pai de Tojo. Ao perceber isso, sentiu um aperto no peito. Tojo falara que ela poderia levar emprestado qualquer livro que desejasse, mas aquela promessa nunca mais seria cumprida.

Kokoro se lamentava um pouco também de não haver um piano em seu quarto. Mas, mesmo que houvesse, ela não tocaria bem. Provavelmente só haveria piano nos quartos selecionados de quem sabe tocar. Então, deveria ser nos quartos de Aki, a menina do rabo de cavalo, ou de Fuka, a menina de óculos.

Depois de algum tempo, Kokoro desabou com força na cama e contemplou o lindo padrão floral que se estendia no teto.

Que maravilha se este fosse meu quarto de verdade!, ela fechou os olhos fascinada e respirou fundo.

Uma vez ali, decidiu dar uma olhada nos outros lugares. Saiu do quarto e caminhou um pouco pelo interior do castelo.

Havia um longo corredor com as maiores pinturas de paisagens que ela já vira, iluminadas pela luz de velas. Andando um pouco mais, chegou a um local parecido com uma sala de jantar, onde havia uma lareira. À frente, ainda tinha muitos outros quartos, mas, não vendo vivalma ao redor, Kokoro decidiu voltar até a escada. Nesse momento, ali estava a senhorita Lobo sozinha.

— Ué, onde estão todos?

— Foram embora — falou sem rodeios a senhorita Lobo.

Kokoro se surpreendeu. Apesar de não ter se passado muito tempo, todos haviam partido sem falar com ela.

— Todos juntos?

— Separadamente. Cada qual para a própria casa. Talvez algum deles ainda volte hoje.

O castelo ficava aberto das nove da manhã às cinco da tarde e todos eram livres para entrar e sair quantas vezes desejassem.

Kokoro ficou aliviada com a resposta, pois compreendeu que não fora abandonada. Contudo, lamentava ver todos agindo por conta própria, cada um por si, apesar de poderem se reunir.

Sentindo que deveria imitar essa liberdade de todos, Kokoro decidiu voltar para casa também. Na realidade, mesmo voltando não haveria nada para fazer. Pensou em procurar a "chave do desejo" de imediato, mas não lhe agradava que os outros a julgassem obcecada pela chave. Afinal, ela não fazia ideia do quanto os demais estariam realmente interessados.

Ela enfiou a mão para o outro lado do espelho e, quando atravessou de novo a película luminosa, se virou e viu o salão, as escadarias, mas a senhorita Lobo não estava mais lá.

Desde então, Kokoro não atravessou mais o espelho.

Ela hesitava ao ver diante dela o espelho brilhando.

Pensou inúmeras vezes em ir, mas sempre ficava paralisada. Talvez fosse por covardia, mas quando passava das cinco da tarde, a entrada para o castelo se fechava e o brilho do espelho esvanecia, e ela experimentava um súbito alívio. Ela se questiona se é uma covarde por esperar que talvez a senhorita Lobo ou qualquer um dos outros viessem buscá-la à força.

Será que o pessoal tinha se reunido de novo no castelo depois daquele dia? Se assim fosse, eles deviam ter formado um círculo de amizade e não haveria mais espaço para ela. Kokoro até pensou em se tornar amiga de alguns deles após as apresentações, mas quanto mais tempo passava, mais ela se desanimava e perdia a vontade de ir até lá. Era exatamente como não poder ir à escola. E parecia também com a sensação de não seguir a recomendação da mãe e poder ir ao Instituto.

Porém, ela se fascinava com a ideia de poder viver naquele quarto agradável que lhe fazia sentir como se estivesse dentro de um conto de fadas estrangeiro.

Kokoro apreciava o fato de os membros daquele grupo não expressarem que também não frequentavam a escola. Eles não falarem profundamente sobre si mesmos era talvez semelhante a um encontro *off-line* de grupos da internet, embora ela própria nunca tenha participado de um. Apenas falam seus nomes, sem informar onde moram.

Isso torna as coisas fáceis, mas também era levemente doloroso e de apertar o coração.

Ela acreditava que poderia conversar de verdade com aquelas pessoas sobre qualquer coisa, incluindo tudo o que vivenciara e como se sentia agora, por elas estarem em uma situação idêntica à sua. No entanto, sentia-se um pouco angustiada de estar provavelmente se fechando para essa oportunidade.

Era estranho, uma vez que acabara de conhecê-los, mas sentia uma afinidade estranha com todos.

Colocou numa sacola a marmita com o almoço preparado pela mãe e a garrafa térmica de água e a pendurou no ombro. Trocou de roupa, lavou o rosto e se pôs de pé em frente ao espelho luminoso.

Embora tivesse impedido a si mesma de ir até o castelo, agora se preocupava sobre o que aconteceria caso alguém tivesse encontrado a chave. Ela torcia para que ninguém a tivesse achado.

Kokoro tinha um desejo que queria ver realizado.

O DESEJO DE VER Miori Sanada desaparecer da face da Terra!

Como seria bom se aquela pessoa que riu pelo que Kokoro falou sobre o cheiro da chuva nunca tivesse existido.

Motivada por esse desejo, Kokoro colocou ambas as mãos na superfície do espelho e abriu com força a porta que conecta ao castelo.

Seu corpo parecia ser puxado para dentro de uma água luminosa.

Ela inspirou e prendeu a respiração.

Quando tomou coragem e abriu os olhos, igual à vez anterior, pôde ver as escadarias se estendendo para ambos os lados a partir da parede onde estava pendurado o grande relógio. Em frente havia a janela clara com seu vitral.

Kokoro segurou com força sua sacola e procurou instantaneamente por alguém. Da vez anterior havia sete pessoas reunidas, mas agora não tinha uma alma viva. Fazia algum tempo que ela não vinha, mas estava aliviada, pois não se sentia preparada para cumprimentá-los caso os encontrasse.

Será que não vieram?, pensou.

Voltou-se e percebeu que a superfície do espelho que atravessara ainda reluzia e, como se refletisse a luz solar em uma poça d'água oleosa, brilhava iridescente. Dos sete espelhos alinhados, além daquele por onde ela saíra, dois outros brilhavam com as mesmas cores. O da ponta mais à direita e o mais à esquerda reluziam. Os outros quatro não emitiam luz. À semelhança de espelhos normais, apenas refletiam as escadas. Ela se espantou um pouco ao se ver refletida em um deles.

Talvez cada espelho somente se ilumine enquanto seu dono estiver no castelo?

Imaginando que a senhorita Lobo pudesse aparecer para dar explicações, olhou para trás, mas não havia sinal da menina.

Apesar de um pouco decepcionada, ela pensava consigo mesma que precisava tomar cuidado. O espelho do qual saíra era o do meio entre os sete. Sobre ele não havia nenhuma placa ou algo semelhante, e imaginou que deveria memorizar qual era o seu. Da última vez ela não teve tempo para refletir sobre isso.

Ela ouviu um som vindo de algum lugar.

Havia alguém ali.

Kokoro começou a caminhar devagar. O som vinha do fundo do andar térreo. Ele não combinava bem com aquele castelo. Não era o piano ou vozes conversando que ouvira da última vez. Soava um pouco estranho.

Se ela não estivesse enganada, soava como um jogo eletrônico.

♦

HAVIA UMA LAREIRA, UM sofá e uma mesa. O cômodo, em uma casa comum, se chamaria de sala de estar.

Esse cômodo, no caso de um castelo, poderia ser denominado grande salão ou sala de visita. Embora não soubesse bem o termo correto, seja como for, ela sentiu que era o tipo de cômodo para onde um convidado é conduzido, onde as pessoas se reúnem.

Como a porta estava aberta, ela pôde espiar o interior sem precisar bater.

Dentro, havia dois meninos.

Ambos haviam se apresentado anteriormente: Masamune, o menino de óculos, e Subaru, o de ar misterioso. Havia um aparelho de televisão daqueles antigos, grande e pesado, que parecia ter sido trazido expressamente para ali. Na tela do televisor aparecia um videogame que Kokoro conhecia. Um jogo de ação baseado nos Três Reinos da China. Um jogo emocionante no qual se avança matando com espadas os inimigos uns após os outros.

— Uau! — exclamou Kokoro baixinho.

Recentemente, o pai guardou seu aparelho de videogame afirmando que, se ela tivesse acesso aos jogos, aí mesmo é que não estudaria mais. Depois disso, por passar os dias inteiros em casa, ela procurou no escritório do pai, no dormitório, em vários locais, mas ele devia tê-lo escondido muito bem porque Kokoro não conseguiu encontrá-lo.

Devia ter deixado a sacola no quarto, pensou, mas segurando--a com a mão direita continuava de pé na porta enquanto olhava para o interior. Foi quando os dois meninos lá dentro a notaram. Apesar de Kokoro perceber que eles viraram o rosto na direção dela, Masamune voltou rapidamente o olhar para a tela da TV.

— Merda, minha barra de vida reduziu. Nessa eu morro — falou.

Ouvindo isso, Kokoro entendeu que ele percebeu a presença dela, mas fingiu não a ter visto. Ela ficou quieta, sem saber o que falar.

Foi Subaru quem a socorreu.

Como sempre, demonstrando tato, ele aproveitou que Masamune falou "tô morto" para baixar o controle do console que segurava, colocando-o junto aos pés. Voltando-se para Kokoro, ele falou:

— Ah, você veio? Bem-vinda. Quer dizer, aqui não é minha casa e todos temos o mesmo direito de usá-la.

— Bo... Bom dia... — A voz de Kokoro soou hesitante.

— Ei, Subaru! — Sem se importar com a conversa dos dois, Masamune chamou o amigo, não dando a mínima para Kokoro.

Ela sentiu uma ligeira tensão ao ouvi-lo chamar Subaru pelo nome apenas, sem nenhum sufixo honorífico, tipo "Subaru-san". Como ela imaginara, os dois haviam se tornado amigos.

— Nada de interromper o jogo na metade. Você vai se ver comigo se eu morrer por sua causa! — falou Masamune para Subaru sem olhar para Kokoro.

— Foi mal, foi mal.

Olhando de soslaio para Masamune, que retomou o jogo resmungando, Subaru perguntou para Kokoro.

— Que tal se sentar? Joga com a gente?

— Você trouxe o jogo?

— Masamune trouxe.

Mesmo seu nome sendo pronunciado, Masamune não desgrudou a cara da tela. Apenas voltou a mover calado o controle.

— Estava pesado pra caramba. Meu pai largou essa TV antiga no depósito de casa. O velho deve ter esquecido dela e nem vai dar por falta. Eu o carreguei, mas, cara, quase morri de tão pesado. Deu um baita trabalho trazê-la até aqui. E peguei um console que estava largado.

Falava numa voz tão monótona que era difícil saber para quem ele estava explicando.

Kokoro apenas assentia com um "Ah, entendo. Ok". Ela olhou para Subaru.

— Só tem vocês dois aqui hoje?

— Hum. Talvez o resto do pessoal venha mais tarde, mas por enquanto só nós. Até agora o prêmio por cem por cento de frequência é nosso. Os outros aparecem ocasionalmente — falou sorridente.

O sorriso de Subaru só podia ser descrito como gracioso.

— Faz tempo que você não aparece, Kokoro-chan. Achei que não tinha interesse pelo castelo.

— Eu...

Sem saber a partir de onde começar a explicar, ela se sentiu criticada por aparecer de repente após tanto tempo. Quando ia falar, Subaru se adiantou.

— Ah, desculpe — falou. — De repente chamei você de Kokoro-chan, no diminutivo. É um pouco familiar demais. Me perdoe.

— Não esquenta. Está tudo bem!

Era compreensível, uma vez que ela não revelara seu sobrenome. Porém, ele poderia ter evitado e usado "ei", "olha" ao chamá-la, sem pronunciar seu nome.[4] De fato, ele era um menino esquisito. Não que a reação de Masamune em não olhar para ela fosse agradável, mas lhe pareceu ser a forma natural que os meninos se comportavam.

---

[4] Na cultura japonesa, é indelicado chamar uma pessoa pelo primeiro nome caso não tenham intimidade, principalmente sem o uso de honoríficos. O correto é chamar a pessoa pelo sobrenome e, de preferência, usar um honorífico de educação, como "san". [N. E.]

Ela analisou de novo ao redor o quarto incrível onde entrava pela primeira vez.

Havia um enorme quadro com a paisagem de um lago e uma floresta. E, para seu espanto, uma armadura de cavaleiro. Pendurada na parede, a cabeça empalhada de um cervo com enormes chifres a assustou por fazê-la se lembrar num instante da máscara da senhorita Lobo. É o tipo de coisa que se vê com frequência em animês e contos de fada, mas era a primeira vez que ela via ao vivo.

Os dois jogavam videogame sentados de forma relaxada em um tapete macio e fofo com bordados.

Por que será que estão jogando?

— O que aconteceu? — perguntou Subaru como se a dúvida de Kokoro lhe tivesse sido transmitida.

Masamune recomeçou o jogo e tinha o rosto voltado para a TV. Como sempre ele exclamava sozinho "Ei", "Tá de brincadeira?" e coisas do gênero, tendo o monitor da TV como contraparte.

— Vocês não estão procurando a chave?

— Como? Ah… — respondeu Subaru ao ser questionado por Kokoro.

Daquele jeito, ela continuaria apenas a ser ignorada e, por mais que esperasse, Masamune não conversaria com ela. Resoluta, ela o chamou pelo nome, usando o sufixo "kun", afetivo para rapazes.

— Masamune-kun, você parecia querer encontrar logo a chave da sala do desejo. Pensei que nos dias em que não vim, todos estivessem procurado e alguém a tivesse encontrado.

— Se fosse encontrada, não poderíamos mais vir ao castelo. Ele teria fechado antes de março.

Apesar de ter ignorado Kokoro até aquele momento, Masamune se tornou mais falador. Mas ele ainda não a encarava.

— Isso significa que ninguém a encontrou, certo? Eu também procurei pra caramba, mas até agora nada.

— Entendi.

Foi um jeito de falar seco, mas pelo menos ele respondeu. Kokoro ficou aliviada porque a chave ainda não fora encontrada.

— Masamune procurou muuuuito seriamente!

Subaru soltou uma risadinha.

— Cala a boca! — murmurou Masamune olhando para baixo.

— Também tenho ajudado, mas até hoje não tivemos sucesso. Por isso decidimos jogar videogame. De início, ficamos no quarto de Masamune, mas Aki sugeriu que, em vez daquele quarto, seria melhor um local onde todos os outros pudessem jogar também.

— Entendi.

— Aki ainda não veio hoje, mas ela e os outros aparecem às vezes.

— E você, Subaru-kun, não tem interesse na sala do desejo?

— Eu?

Kokoro perguntou por achar estranho quando Subaru falou que "estava ajudando".

— Hum. Não muito — assentiu.

Kokoro se surpreendeu.

— Para ser sincero, não me interesso em ter um desejo realizado. A própria busca pela chave parece um jogo divertido de decifrar, como uma charada, mas o meu interesse maior está nos jogos que Masamune trouxe.

Subaru fez um gesto em direção a Masamune, que lutava com a TV.

— Não tenho games em casa. Quase nunca joguei e fiquei impressionado quando ele me deixou jogar. É muito divertido. Além disso, este castelo não é incrível? Só a gente pode usá-lo livremente e ainda nos deixam jogar videogame.

— Por isso mesmo, tudo o que se tem a fazer é encontrar a chave e mantê-la para abrir a sala do desejo apenas no finalzinho de março. — Masamune finalmente olhou para o lado de cá, mas para Subaru. — Se fizer isso, o castelo não fecha e até o finalzinho deve ser possível usá-lo. Para mim tudo bem dessa forma, mas tem outros caras que desejam ver logo seu desejo realizado. Se eles encontrarem a chave primeiro, é o fim de tudo. Por isso, é melhor que eu a encontre e, por isso, Subaru está cooperando comigo. Assim, a gente pode continuar jogando aqui até março.

— Então, além de Masamune-kun, todos os outros também estão à procura da chave? — perguntou Kokoro perplexa.

Ela não imaginara que, mesmo procurando pela chave, alguém a guardaria até o prazo final para aproveitar o castelo aberto. Masamune olhou mal-humorado para ela. Quem respondeu foi Subaru.

— Parece que sim. Não diria com certeza que todos a estejam procurando, mas é essa a impressão que dão. Porém, ninguém a encontrou, né? Nós também fizemos uma varredura por toda a parte, nas áreas comuns, nas gavetas, debaixo do tapete, mas não vimos nada parecido com uma chave. De resto, temos de vasculhar também nossos quartos…

— Nós confirmamos com a senhorita Lobo, né? Ela afirmou que não está dando vantagem a ninguém. Cada quarto é um espaço totalmente privado. É possível encontrar alguma pista neles, e ela falou para conversarmos entre nós.

— Uma pista? — inquiriu Kokoro.

— Muito misterioso, não acha? Ela explicou que as pistas foram colocadas e cabia a nós procurá-las.

Masamune falou imitando a senhorita Lobo. Kokoro ficou sabendo com isso que, desde a última vez que ela viera, a senhorita Lobo parecia haver conversado com todos.

— Você também quer procurar a chave do desejo, Kokoro-chan?

— Eu…

Kokoro se sentiu constrangida em responder por estar diante de Subaru, que mostrou com uma atitude adulta "não estar muito interessado". O mesmo com relação a Masamune. Ela tinha resistência a imaginá-lo como seu rival na busca pela chave.

Por isso, respondeu de maneira ambígua.

— Eu estava só um pouco preocupada.

Mas nesse momento, Masamune falou algo surpreendente.

— Eu imaginei que, como ela desapareceu desde aquele dia, ela faz parte do grupo dos que vão à escola, mas e hoje? O que aconteceu? Resfriado? Faltou à aula?

— Hã?

Seus olhos arregalaram. Agora as palavras eram dirigidas com certeza a Kokoro. Ao falar "ela", era provavelmente a Kokoro que ele se referia.

Masamune olhou Kokoro pela primeira vez. Deu pausa no videogame e, na tela, se via o título de espera para iniciar.

— Escola. — Repetiu despreocupadamente Masamune. — Pensei que você estava indo. Não está?

Algo como uma massa de calor brotou dos tornozelos à cabeça de Kokoro impedindo-a de falar. Estava envergonhada, incapaz de se explicar.

Por quê?, era a sensação forte dentro dela. Sentia-se traída. Afinal, não havia um acordo tácito de não se tocar nesse assunto?

Ela acreditava que era uma regra dali ninguém apontar isso um ao outro. Essa cortesia fazia com que ela se sentisse à vontade.

Em primeiro lugar, Kokoro pensou em se exibir.

Hum, eu vou à escola sim. Porém, minha saúde é frágil e há dias em que preciso faltar para ir ao hospital ou fazer exames. Pensando bem, a ideia era demasiado ingênua. Seria bom se fosse verdade. Se a saúde dela fosse frágil, todos aceitariam a situação com mais facilidade. Não seria uma questão emocional. Os pais de Kokoro decerto prefeririam que fosse um problema físico.

— Eu... bem...

Ela gaguejava. Mais uns dez segundos e contaria uma mentira.

Porém, nesse momento, Masamune prosseguiu de um jeito casual. E Kokoro se viu atordoada de novo.

— Bem, só perguntei porque, se você estivesse indo à escola, talvez não tivéssemos muitos assuntos em comum. Não esquenta muito com isso, falou?

— Hã? — Ela ergueu a voz instintivamente e olhou para Masamune. Como sempre, ele não a encarou.

— Porque isso é o normal. O ensino compulsório significa ir à escola como é ordenado e ser intimidado pelos professores sem oferecer reação. Está longe de ser algo legal. É horrível.

— Não exagera, Masamune. — Subaru riu amargamente, olhando preocupado para Kokoro. — Está assustando Kokoro-chan!

— Estou mentindo por acaso? — Masamune fez um beicinho de desaprovação. — No sétimo ano meus pais tiveram um arranca-rabo com o professor responsável. Afirmaram que não valia a pena eu frequentar uma escola de nível tão baixo e acabei abandonando.

— Então seus pais decidiram que você não precisava mais ir?... — perguntou Kokoro custando a acreditar.

— Uhum — respondeu Masamune sem um mínimo de hesitação e, assentindo com a cabeça, olhou de relance para Kokoro. — Ao contrário, eles me proibiram, mesmo eu me propondo a ir. Na visão deles, a escola estava tratando os alunos como idiotas.

Kokoro arregalou os olhos.

— E não é? — prosseguiu ele. — Os professores têm um ar arrogante, mas no fim das contas são seres humanos. Eles devem ter qualificação para ensinar, mas a maioria é menos inteligente do que nós. Apesar disso, dá nojo vê-los cheios de si achando que sua arrogância será aceita, fazendo da sala de aula para crianças o seu reino particular.

— A família de Masamune parece ter esse tipo de filosofia! — complementou Subaru, ainda com um vestígio de sorriso amargo no rosto. — Eles acham que o que se ensina na escola não é lá essas coisas e pode ser aprendido muito bem em casa. Para eles, não é culpa de Masamune se ele não consegue se adaptar à vida escolar. Uns são capazes de se integrar, outros não.

— Não é que eu não esteja adaptado. — Masamune encarou Subaru com um jeito descontente. — Na verdade, minhas notas não são ruins — suspirou ele. — Eu ia à escola primária, mas não dava muita importância às aulas porque tinha aulas de reforço e estudava por correspondência em casa. Mas, mesmo assim, nos testes de avaliação nacional, tinha ótimas notas e classificação!

— Agora também você só tem aulas de reforço e por correspondência?

— Só reforço. E os professores não são de nível baixo como os que a gente vê por aí. Meus pais procuraram um local bem avaliado e estou frequentando.

Por serem as aulas de reforço à noite, naquele horário do dia ele estava livre, explicou.

— As escolas são locais autoritários aonde vão pessoas que conseguem acompanhar o fluxo sem contestar o porquê de todos irem. Meu conhecido, que desenvolveu este console de videogame, achava o ensino um porre e quase não foi à escola até o ensino médio. Falou que os professores e os colegas ao redor eram mó babacas.

— Uau! Um desenvolvedor de consoles de games...

Kokoro olhou fixamente para os aparelhos de videogame. Era incrível, um dos principais modelos. Era um sucesso mundial de vendas.

— Verdade? Em casa também tenho um desse. Um conhecido seu o criou, Masamune-kun?

— Bem, é.

— Fantástico!

Depois disso, Kokoro se lembrou de algo. No dia em que se viram pela primeira vez, o console portátil que Masamune tinha em mãos era de um tipo que ela nunca vira.

— Então... Da última vez, o seu console portátil era uma novidade ainda não lançada no mercado?

— Hã? Ah... aquele? — Masamune a olhou de soslaio. — Deve ter sido um que me pediram para monitorar.

— É? O que significa monitorar?

— Um tipo de operação-teste? Os adultos costumam fazer. Pedem às crianças para usar e dar sua opinião, informarem se há algum problema, coisas assim. Eles me passaram porque ainda está em fase de desenvolvimento.

— Uau, que incrível! — exclamou Kokoro instintivamente.

Apesar de ser um aluno do fundamental, como ela, Masamune conhecia adultos. Ela de súbito o achou maduro.

— Incrível, né? — falou Subaru. — Também fiquei admirado quando ele me contou.

— Por isso, ir à escola para mim já não faz muito sentido. Mesmo não seguindo as regras normais, um dia devo fazer algum trabalho relacionado a games. Mesmo agora, meu conhecido quer minha opinião como referência e me convidou para futuramente trabalhar na empresa dele.

— Convidou...?

O fato de ele já ter um trabalho futuro deixou Kokoro ainda mais admirada.

— Ah, hoje eu trouxe um console de segunda geração, mas, logicamente, em casa tenho da terceira. Eles me pediram para monitorar a quarta geração em desenvolvimento, mas é impossível com essa TV ultrapassada. O terminal é diferente.

— Terceira geração!

Kokoro desconhecia a parte técnica, mas, assim mesmo, ela expressou uma enorme admiração. Masamune sorriu, parecendo satisfeito com a grande reação obtida.

— E você ainda nem viu a quarta! — Maneou a cabeça. — Você é menina, mas joga videogame?

— Hum. Muitas meninas jogam.

Kokoro logo se lembrou de algumas colegas da escola primária que também jogavam.

— É mesmo? — Assentiu intrigado.

Com Masamune à sua frente, Kokoro pensou: *Nossa, nunca conseguiria fazer nada disso.* Assentia com a cabeça como se fosse ajudá-la a respirar, mas então ela percebeu que estava suspirando de novo.

Era tanta a admiração, que lhe faltavam palavras. Pais que falam aos filhos que eles não precisam ir à escola. Ou, melhor, que eles não devem ir e que, se eles têm problemas de adaptação, a culpa é da escola e dos professores. É o tipo de pensamento que Kokoro nunca teria em casa.

As palavras pronunciadas antes por Masamune agitaram o coração dela.

Eu só perguntei porque se você estivesse indo à escola, talvez não tivéssemos muitos assuntos em comum. Ele lhe falava que estava tudo bem não ir à escola. Talvez, indiretamente e de uma maneira meio rude, era a primeira vez que Kokoro recebia uma reação tão positiva.

— Subaru-kun, é assim também com sua família? Como no caso de Masamune-kun? — perguntou Kokoro instintivamente.

— Bem, é mais ou menos por aí. — Assentiu com a cabeça. Ele não entrou em detalhes, mas seu rosto sorridente, com um ar de constrangimento, parecia mostrar que não desejava que Kokoro perguntasse nada mais além disso.

Kokoro queria ouvir mais sobre os dois. E também sobre as crianças ausentes naquele dia e a situação de cada uma delas.

Afinal, ela percebera que, de alguma forma, se enganara.

Ela tinha certeza de que todos se importavam com o fato de não estarem frequentando a escola e procuravam não tocar no assunto ali, sendo que a realidade não era bem assim. Pelo menos, Masamune e Subaru não davam tanta importância para o assunto e pareciam apenas não o colocar em palavras.

— Quer jogar conosco?

Subaru pegou o controle e o estendeu em direção a Kokoro. Sentado, Masamune também a olhou.

— Quero, sim.

Kokoro respondeu brevemente e recebeu o controle das mãos de Subaru.

Além dos três, ninguém mais apareceu no castelo naquele dia.

Isso foi um grande alívio. Para Kokoro, era sua primeira experiência de se divertir com dois meninos, sem a presença de outras meninas. Ela ficou um pouco nervosa ao imaginar o que Aki e Fuka fariam se aparecessem e os vissem ali.

— Venha amanhã também — sugeriu Subaru.

O tempo passou num piscar de olhos. Os três jogaram até quase o horário de fechamento do castelo, com pausas eventuais para comer algo, pegar um lanchinho ou ir ao banheiro em casa — afinal, no castelo havia até sala de banho com ofurô, mas aparentemente não havia privadas —, e o resto do tempo se divertiram nos games. Talvez por jogar todo dia até o pai esconder seu console, Kokoro era bastante habilidosa e até Masamune, com seu jeito cínico de falar, a princípio, acabou por aceitá-la como amiga.

— A gente deve vir amanhã também! Se estiver à toa, que tal aparecer? — sugeriu ele.

— Obrigada — agradeceu Kokoro.

Na realidade, ela sentia uma alegria indescritível. Há tempos não conversava com outras pessoas além dos pais.

Ela não tinha mais receio de ir ao castelo.

Neste exato momento, chegou aos ouvidos deles um uivo alto e distante, provavelmente da senhorita Lobo. Kokoro se espantou e prescrutou ao redor mais que depressa. Porém, não viu sinal da menina.

— Ah, toda vez que dá quinze para as cinco a gente ouve esse uivo distante da senhorita Lobo — explicou Subaru.

— É um aviso de que está quase na hora de voltar.

— A senhorita Lobo não aparece aqui todo dia?

— Hum. Às vezes vem, outras não. Como a moça deixou claro no início, se a chamarmos ela aparece. Mas mesmo não a invocando, às vezes surge de surpresa, do nada. Quer falar com ela?

— Ah. Não, pode deixar. Está bem assim. — Mais que depressa Kokoro negou com a cabeça.

Quando ela pensa em como foi agarrada e presa pela cintura ao tentar fugir da primeira vez... A menina-lobo ainda a amedronta.

E ela se impressionou com a atitude madura de Subaru. Apesar da aparência de menininha da senhorita Lobo, ele a chamou de "moça", como a uma mulher adulta.

Ao retornar para a sala onde os espelhos estão alinhados para voltar para casa, Kokoro de súbito se lembrou de algo.

— Onde fica exatamente a sala do desejo? Vocês a viram?

Esse cômodo que permitia a realização de um desejo, seja ele qual fosse, parecia ficar em algum local do castelo. Obviamente, eles deviam ter confirmado a localização.

Ao perguntar, os dois meninos se entreolharam. Masamune informou franzindo os olhos no fundo dos óculos.

— Ainda não achamos.

— Isso significa que…

— Não é só a chave que devemos encontrar, mas também a própria localização da sala — complementou Subaru.

Kokoro respirou fundo.

— Entendi.

— Revoltante. Se é assim, a idiota da senhorita Lobo deveria ter explicado isso desde o começo.

O jeito de falar de Masamune era tão estranho que Kokoro acabou rindo.

— Que foi? — Masamune encarou Kokoro.

— Nada, não — respondeu ela.

Mas aquilo foi bem esquisito.

Era meio fofo que, apesar de usar palavras violentas, Masamune tratasse a menina por "senhorita". Logicamente, Kokoro jamais comentaria algo sob pena de ele se irritar, mas era curioso.

Que coisa, pensou Kokoro.

Não chega perto da educação de Subaru, que chama a senhorita Lobo de "moça", mas os dois no fundo são cavalheiros.

— Inté.

Masamune enfiou o console na mochila e a jogou às costas. Diante do espelho que brilhava na extremidade direita, ele acenou brevemente.

— Hum — assentiu Subaru.

Ele colocou a mão na frente do segundo espelho a partir da esquerda. Apenas na superfície onde ele encostou, o vidro pareceu se derreter e engolir sua mão. Era exatamente como colocar a mão na água caindo de uma cascata e interromper o fluxo. Kokoro ainda se espantava um pouco, mas os dois demonstravam estar totalmente acostumados.

Era a primeira vez que ela via uma pessoa entrar no outro lado do espelho.

Isso a fez sentir uma súbita estranheza.

Os espelhos brilhando agora — incluindo aqueles que não brilham — conectam as outras crianças com seus quartos, assim como acontece com ela, bastando para isso estender a mão. Seria possível ir também aos quartos das outras crianças? Por exemplo, quando eles estivessem ausentes e nunca ficassem sabendo?

Não que ela tivesse o desejo de ir.

Isso era algo que não devia ser feito. Era pior do que xeretar o diário de alguém. Ela própria não gostaria de jeito nenhum que alguém invadisse seu quarto.

Ela ficou um pouco preocupada, mesmo sabendo que não deveria. Podia confiar em Masamune e Subaru, que estavam naquele momento enfiando a mão no espelho. E imaginou que fosse assim também com relação aos outros.

— Até, né.

— Inté.

— Hum, tchau.

Depois de se despedir dos dois, Kokoro estendeu a mão com ímpeto para o outro lado do espelho atravessando o véu de luz.

♦

No dia seguinte, Kokoro voltou ao castelo.

Depois de ir uma vez, ela perdeu a resistência em encontrar as outras crianças a ponto de não entender a razão de sua apreensão inicial.

Quando estava jogando videogame com Masamune e Subaru, passado das dez horas, Aki apareceu na sala de visitas, que foi transformada em uma "sala de videogame", lançando um sonoro "Bom dia!".

Fazia tempo que Kokoro não a via. Aki se mostrou indiferente a essa lacuna entre elas.

— Ah, Kokoro-chan. Há quanto tempo — falou olhando para Kokoro.

Ela se apresentou como aluna do nono ano, e Kokoro realmente sentia estar diante de uma *senpai*, ou seja, veterana. Ela se alegrou por ser chamada afetivamente pelo diminutivo chan, mas ficou insegura sobre como deveria chamá-la e acabou optando por um "Ah, Aki-*senpai*".

Ao ouvir isso, Masamune soltou uma gargalhada.

— Se liga. Aqui não é clube extracurricular nem nada. Usar esse *senpai* é hilário.

— Tá bom, tá bom. Então, como devo chamá-la? — Achando injusto ser motivo de chacota, Kokoro se apressou em perguntar aflita.

— Sem problema! Fico feliz em ser chamada de *senpai*! — falou Aki. — Na realidade, pode me chamar só pelo meu nome ou acrescentar *chan*, tudo bem. É gracioso ver você sendo tão respeitosa, Kokoro.

Apesar de Aki brincar, Kokoro ficou instantaneamente surpresa ao ser chamada apenas pelo nome dessa vez. Essa mudança na forma de se dirigir a ela e o fato de parecer já estar bem entrosada com os dois meninos fez com que Kokoro se admirasse da capacidade de comunicação de Aki.

Por que alguém como Aki não estaria indo às aulas? Ela era do tipo de garota popular em qualquer escola.

— Kokoro, você é gentil e meiga, com certeza os veteranos da sua escola devem adorar você, não?

— Ah... Bem, depois da matrícula não tenho ido mais e, por isso, não conheço nenhum veterano. Também não entrei em nenhum clube extracurricular.

Embora Masamune e Subaru insistissem que isso não era algo de que se devia envergonhar, mesmo assim Kokoro falou apenas "não tenho ido", deixando no ar a palavra "escola". E ela se sentiu miserável ao lembrar que não pôde visitar sequer um dos clubes extracurriculares.

Todavia, o ânimo de Aki, que brincava com Kokoro, esfriou ao ouvi-la falar dos clubes. Ao lado, Masamune e Subaru expressaram surpresa e, no momento em que Kokoro percebeu, Aki virou de costas, pronta para sair como se tivesse perdido o interesse.

— Ah, é? Então, você não entrou para nenhum clube. Igualzinho a mim — falou ela.

— Como?

— Ficarei no meu quarto hoje. Fuka parece que veio também. Que tal convidá-la?

Declarando isso, começou a andar pelo corredor em direção aos quartos individuais. Kokoro viu a silhueta alta de Aki se afastar pelo corredor coberto por um tapete vermelho e ladeado por castiçais.

Quando se certificou de que ela já desaparecera, Subaru se aproximou de Kokoro e falou como num sussurro.

— Preciso lhe contar algo...

— Hum.

Kokoro estava confusa. Teria falado algo que magoou Aki?

— É um assunto delicado. Aki-chan não gosta muito de conversar sobre coisas da escola — Subaru informou.

— Ah...

Kokoro entendia bem o sentimento de Aki. Ela também se sentia da mesma forma. Porém, como os dois meninos tocaram no assunto com tanta franqueza, ela apenas se adaptou a isso.

— Não deve ser nada com que a gente deva se preocupar — falou Masamune, parecendo não ligar em absoluto. Seus olhos não desgrudavam do videogame, sem demonstrar qualquer empatia por Aki.

Ela se lembrou de novo que, no momento das apresentações pessoais, cada um se restringiu a falar o nome e o ano que cursava, porque foi assim que Aki fez de início.

Kokoro espiou o corredor na direção para onde Aki fora e refletiu um pouco.

Há quem prefira não tocar no assunto com outras pessoas, outros se sentem aliviados quando ouvem que há pessoas ou famílias achando "não ser tão importante" ir para a escola. Isso com certeza não acontecia exclusivamente com ela, mas era comum a todos ali.

Como disse Subaru, é uma questão "delicada".

— Então Fuka também veio — balbuciou Kokoro tentando se lembrar do rosto dela.

Por estar no oitavo ano, ela está uma série à frente de Kokoro, o que fazia dela também sua *senpai*.

— E você não vai chamá-la de Fuka-*senpai*? — questionou maliciosamente Masamune, em um tom de censura.

Kokoro, que não está acostumada a ser zoada, apressou-se para menear negativamente a cabeça.

— Como posso explicar? Olhando para Aki-chan, sinto que ela é minha *senpai* de verdade. Por isso a chamei dessa forma…

— Sendo assim, eu e Subaru também somos seus *senpai*.

Masamune caçoa de novo em tom de galhofa. Como desejasse se apossar das palavras de Kokoro, que estava prestes a abrir a boca para revidar, Masamune voltou de súbito à conversa inicial.

— Fuka tem vindo bastante! Mas quase não se encontra com a gente.

— Então ela fica o tempo todo sozinha no quarto?

— Isso. Uma vez nós a convidamos para jogar, mas ela se recusou. Com aquele jeitão dela de *otaku*, achei que estivesse mentindo.

— Masamune!

Subaru o repreendeu chamando num tom firme.

— O quê? — Masamune fez beicinho, amuado.

Mas percebendo que Subaru continuava olhando para ele friamente, soltou um suspiro exagerado.

— Ela fica mó tempo enfurnada no quarto dela — falou mudando de assunto. — Sei lá o que ela faz, mas basicamente gosta de se isolar.

— Ontem Ureshino não veio, mas ele costuma dar as caras depois da uma hora.

— Ah... — Kokoro pareceu se convencer de que ele vinha à tarde. Talvez ele almoçasse em casa e viesse depois. Parecia natural para quem adora comida, como ele.

Ureshino está no sétimo ano, assim como Kokoro, e deve ter ingressado há pouco tempo. Ela lembrou de um outro que também estava no mesmo ano.

— E havia mais um menino, não? — perguntou Kokoro.

Masamune olhou languidamente para ela.

— Rion-kun.

— Ah, o boy magia. — Havia sarcasmo no modo de Masamune falar.

Não foi por causa da beleza dele que Kokoro perguntou. Gostaria de se explicar, mas não sabia como.

— Tá com inveja, é? — murmura Subaru.

Vendo que Masamune não respondeu, Subaru se voltou para Kokoro e deu de ombros em um gesto exagerado.

— Sabe, Rion vem na maioria das vezes bem à tardinha. Sempre de moletom. Talvez tenha aula de reforço ou algum curso à tarde. A gente se vê bem pouco antes de o castelo fechar.

— Ele também joga conosco — complementou Masamune.

Os PONTEIROS DO GRANDE relógio do castelo indicavam meio-dia.

Kokoro voltou para casa e, depois de comer o curry preparado pela mãe, escovou os dentes e se dirigiu de novo ao castelo. Todos também ou voltaram para casa a fim de almoçar ou comeram o lanche que leveram.

Depois de terminar o almoço, voltar para o castelo parecia quando Kokoro retornava à tarde para sua carteira na sala de aula, depois do intervalo ao meio-dia. Pensando assim, quando atravessou o espelho, ela se alegrou um pouco. Lembrou-se do tempo tranquilo da escola primária, pois, depois de ingressar no fundamental, ficou sem jeito e não tinha mais essa sensação.

Kokoro gostaria de se juntar com todos e comer a maçã que a mãe havia separado. A mãe mandou Kokoro descascar sozinha e ela colocou a fruta na bolsa junto com uma faquinha própria para cortar frutas, com o gume enrolado em papel alumínio por precaução.

Ao cruzar o espelho e chegar ao castelo, o espelho vizinho estava brilhando e ela se encontrou com Fuka. Parece que, ao contrário de Kokoro, ela estava justamente retornando para casa.

— Ah! — exclamou Fuka, prestes a tocar a palma da mão no espelho, voltando-se para Kokoro. Ela a olhou com um rosto inexpressivo, sem sorrir. Pensando bem, as duas ainda não haviam conversado.

— Ah, bo… boa tarde.

— Olá…

Era uma maneira banal de se cumprimentar, mas, mesmo nessas breves palavras, sua voz soava brilhante como sempre. Bem ao lado de Kokoro, Fuka escorregou para o outro lado do espelho e desapareceu.

Ao retornar para a sala de visitas, conforme Subaru comentara, Ureshino havia chegado. Ele jogava videogame ocupando o assento onde Kokoro se sentara pela manhã. Ao vê-lo, a TV que ela julgara tão grande parecia ter diminuído. Provavelmente por causa do espaço ocupado pelo corpo grande dele.

Quando ela veio no dia anterior, Masamune a ignorara, mas Ureshino, ao ver Kokoro entrar, olhou em sua direção e logo reagiu.

— Ah… É… Você era… Kokoro…

— Uhum. Kokoro-chan — complementa Subaru para ajudá-lo ao perceber que Ureshino hesitou entre chamá-la usando "chan" ou "san".

— Kokoro-chan — Ureshino completou baixinho e olhou para ela. — Pensei que você não viria mais.

— Ela voltou desde ontem. E joga bem, vou logo avisando — afirmou Masamune.

— Bom te ver de novo, Ureshino — cumprimentou Kokoro.

Ela se sentia mais livre para conversar ali, com um número pequeno de pessoas, do que na escola, logo após uma mudança de turma.

— Hum. Legal ver você também. Tenho mais uma rival então?

O corpo de Kokoro enrijeceu com o jeito casual de Ureshino. De uma forma indireta, ele parecia dizer "o estorvo chegou". Talvez não tivesse sido bom para Kokoro ter ficado um tempo sem aparecer. Seus pensamentos voltaram a ficar negativos.

A maneira como ele se mostrava inquieto desde o primeiro dia com relação à comida levou Kokoro a achá-lo simpático e pacífico.

Ela se aproximou e sentou em frente à TV. Ureshino, com o controle remoto em mãos, parecia continuar preocupado com a porta de entrada. Ao vê-lo, Subaru, ao lado, comentou:

— Se estiver esperando por Aki, ela não deve vir aqui! — informou.

Bastou ouvir isso para Ureshino empertigar as costas exageradamente.

— Ela veio pela manhã e agora deve estar no quarto dela — complementou Subaru.

— Ah, é?

Ureshino deu de ombros como se estivesse decepcionado.

— Merda! — exclamou Masamune.

Ele largou o controle, algo raro nele, e olhou para Kokoro. Depois, perguntou todo sorridente.

— Você sabe qual o desejo de Ureshino?

— Não sei.

Esse "desejo" a que Masamune se referia deveria ser aquilo que ele quer que seja realizado na sala do desejo. *Mas acabei de chegar, como poderia saber?*, pensou Kokoro com seus botões. Masamune olhou sarcástico para Ureshino.

— Ele quer namorar a Aki.

— Hein? — exclamou Kokoro, mas sua voz foi apagada pelo grito de Ureshino.

— Pô, precisa ficar espalhando? Para com isso!

O rosto de Ureshino ficou vermelho, embora a voz não demonstrasse sinais de irritação. Ao lado, Subaru apenas permanecia calado, sabendo que não adiantaria se manifestar.

— Ureshino-kun, você gosta da Aki? — perguntou Kokoro.

Ele não responde de imediato.

— Gosto! Algum problema nisso? — respondeu ele finalmente, em voz baixa, depois de um tempo, quando Kokoro já se questionava se não teria sido indiscreto demais ter perguntado.

— Nenhum problema.

Mas eles mal haviam se conhecido. Kokoro pensou em manifestar sua dúvida, mas preferiu se calar.

— Foi amor à primeira vista — acrescentou ele.

Kokoro se admirou com essas palavras. Ela as via em mangás e romances, mas nunca pronunciadas por alguém na vida real. Além disso, pela primeira vez, por um menino!

— E quando ele se abriu para a Aki, ela o rejeitou. Uma semana depois de chegarmos aqui! Rápido, não?

— Aki ficou confusa, claro — explicou Subaru em voz miúda com um sorriso amargo. — Quando Ureshino a olha, ela não se sente à vontade e é difícil qualquer aproximação.

— Ah...

Kokoro podia imaginar. Pouco antes, Ureshino, que estava inquieto e espiava atrás de Kokoro, de repente, parecia animado para encontrar Aki. Talvez seja uma reação normal, já que Ureshino gosta dela, mas, se ele a encontrar, provavelmente terá uma reação exagerada.

Kokoro conhecia pessoas que tinham uma paixão semelhante, mas em geral eram meninas. Era raro em um garoto. Era a primeira vez que ela presenciava algo assim.

— Masamune, por que você tem de contar isso até para alguém como Kokoro-chan, que desconhece a situação?

Mesmo estando irritado ao falar isso, Ureshino exibia ao mesmo tempo um ar feliz. Kokoro se sentiu na obrigação de falar algo.

— Mas, Aki é muito simpática, não?

Numa fração de segundo, a expressão no rosto de Ureshino mudou para a de admiração. Depois, olhou alegre para Kokoro.

— Ela é graciosa, imponente, eu entendo o porquê de você estar apaixonado! — complementou Kokoro.

— Não é? — assentiu Ureshino.

Kokoro não conseguia imaginar que, nas duas semanas em que se ausentara, uma paixão pudesse ter surgido entre os integrantes do grupo. Apesar de Aki estar confusa, se Ureshino encontrasse a chave do quarto do desejo, ela namoraria com ele? Nesse caso, o que aconteceria com o real sentimento de Aki? A mente de Kokoro começou a girar.

Mesmo que uma força misteriosa atuasse para fazer com que Aki se apaixonasse por Ureshino, conforme ele desejava, ela o amaria de verdade? Se uma pessoa tem seus sentimentos e pensamentos manipulados por alguém, pode continuar sendo ela mesma?

Kokoro pegou a maçã que trouxera e a colocou em cima da mesa.

Sem ir até os assentos dos jogadores com seus controles espalhados, Kokoro se sentou no sofá.

— Eu trouxe uma maçã. Estão servidos? — perguntou.

— Posso? — perguntou rapidamente Ureshino, que estava radiante.

Kokoro ficou confusa com a reação sincera e entusiasmada de Ureshino, mas, sorrindo sem jeito, percebeu que ele não era uma má pessoa.

Um pouco perplexos, Masamune e Subaru olhavam para os dois discretamente.

— Não vai descascar?

Kokoro levou alguns segundos para perceber que se referiam à maçã.

— Vou, sim.

— Hum — Masamune se limitou a balbuciar.

Kokoro achava não ser nem um pouco incomum descascar uma maçã, mas percebeu que havia esquecido de trazer uma tábua de cozinha ou um prato. Usando o saco de plástico no qual a maçã estava como prato, ela a descascou e a cortou.

— Que incrível você é descascando maçã, Kokoro-chan. Parece com minha mãe — comentou Ureshino, sem parar de olhar para as mãos dela.

Masamune não se manifestou, mas Kokoro ficou aliviada vendo-o comer a maçã enquanto jogava.

Mais à tarde, Kokoro decidiu explorar melhor o interior do castelo.

Como cortara a maçã sem um prato, ela desejava ver a cozinha, caso houvesse. A senhorita Lobo avisara que não havia alimentos ali, mas talvez houvesse utensílios.

O castelo era realmente grande e amplo, mas não parecia ser tão imenso como aqueles com masmorras vistos nos videogames.

O saguão com as escadas e os sete espelhos pelos quais eles passaram estavam situados em uma extremidade do castelo, de onde partia um longo corredor com seus quartos alinhados. Após atravessá-lo, havia mais à frente um espaço comum com a sala de jogos e outros.

Havia também uma sala de jantar.

Ao entrar, a primeira coisa que fez Kokoro soltar uma exclamação de admiração foi a paisagem externa vista pela janela à frente.

As outras janelas do castelo tinham vidros opacos e não permitiam ver o exterior.

Ela pôde contemplar a vegetação além. Aproximando-se, constatou que se tratava de algo como um jardim interno, podendo-se avistar no lado oposto a ala onde estavam as escadarias e os espelhos. O jardim circundava com o formato de um U.

Kokoro desejava sair, mas não havia maçanetas que permitissem abrir as janelas. Aquele jardim era apenas para ser admirado. Sob uma árvore altaneira floresciam calêndulas e sálvias.

Na sala de jantar, havia uma mesa comprida do tipo que nos desenhos animados simboliza as famílias milionárias. Também não é incomum se ver em novelas um casal comendo e conversando cada qual sentado numa extremidade da mesa. Havia também uma lareira e acima dela estava pendurado o quadro de um vaso repleto de flores.

O cômodo vazio dava a impressão de ser silencioso e frio, parecendo não ter sido usado há tempos. Sobre a mesa uma toalha branca se estendia imaculada.

Abrindo a porta na outra extremidade da sala, Kokoro encontrou a cozinha. De tão grande, parecia a de um restaurante ou de uma fábrica.

Ela se deparou com uma pia cuja torneira era do tipo de manivela. Ela a levantou e desceu, mas não saiu água. Havia também uma grande geladeira prateada, vazia. Mesmo enfiando a mão dentro dela, não estava fria, parecendo estar desligada. Nas prateleiras alinhadas ao longo da parede havia muita louça, como pratos, tigelas de sopa, aparelho de chá, mas nada parecia estar em uso.

Para que serve este castelo afinal?, Kokoro se questionou.

A cozinha perfeitamente equipada não tinha gás nem água. Na sala de banho, há uma elegante banheira, mas não há privadas, o que obriga Kokoro e os outros a atravessarem o espelho para usar o banheiro de casa. Pensando bem, de onde vinha a eletricidade para o videogame de Masamune e dos outros?

Seria embaraçoso se Kokoro passeasse demais e acabasse dando de cara com alguém.

Ela se acostumara a conversar com Masamune e os demais em grupo, mas as coisas eram diferentes quando estavam apenas a dois. Mesmo há pouco, ela ficou sem jeito ao encontrar Fuka no espaço dos espelhos.

Pensando nisso, ela olhou de repente para a lareira de tijolos da sala de jantar.

Subitamente se lembrou da chave do desejo.

Alguém já teria procurado dentro da lareira? Ela estaria ligada a uma chaminé? Ou, assim como na sala de banho e na cozinha, onde não havia água, não seria possível tampouco utilizá-la?

Pensando nisso, Kokoro espiou dentro da lareira. Nesse momento, soltou um grito de espanto.

Não porque tivesse encontrado a chave.

Porque havia desenhado ali um x esmaecido do tamanho da palma de sua mão. Parecia estar ali há algum tempo, pois uma camada de poeira o cobria. Poderia ser apenas uma fissura ocasional nos tijolos, mas via-se de fato a nítida marca de um x.

Neste instante, Kokoro ouviu atrás de si uma voz exclamando alto "Ah!". Sentiu alguém a empurrando pelo ombro. Involuntariamente, ela soltou um grito, se virou e se espantou.

A máscara de lobo.

Era a senhorita Lobo, que ela não via há tempos.

— Senhorita Lobo...

— Está procurando sozinha a chave? Estou impressionada, muito mesmo.

— Não me assuste desse jeito!

Kokoro realmente se assustara, seu coração batia apressado. Ao contrário da época do primeiro encontro, a senhorita Lobo usava um vestido verde com bordados na barra.

— Encontrou?

— Não — respondeu Kokoro.

As duas se dirigiram para a sala de jogos (era como Kokoro havia decidido chamá-la), onde todos se agrupavam.

No meio do caminho, alguém surgiu no corredor vindo na direção delas. Kokoro estremeceu e respirou fundo.

Ao ver as duas, Rion, o "boy magia", como fora chamado por Masamune, as cumprimentou com um "olá".

Hoje ele não está totalmente de moletom, somente as calças, e veste uma camiseta. O moletom é elegante. Não é do tipo definido para uso na escola. É um Adidas preto. A camiseta tem o desenho do vilão de Star Wars. Kokoro não viu nenhum filme da franquia, mas conhece bem o personagem.

Enquanto ela hesitava sem saber o que falar por ter se ausentado por tanto tempo, Rion foi bastante direto.

— Há quanto tempo!

— Ah, eu sou Kokoro. — Ela se apresentou.

Rion riu.

— Se liga. É claro que sei quem você é — falou ele.

Ao ouvir isso, Kokoro se alegrou com o fato de ele ter lembrado o nome dela. Rion usava no pulso um relógio que ela não vira da vez anterior. Tinha o símbolo da Nike e um design do tipo que os meninos praticantes de esportes costumam usar.

— O que aconteceu?

Ao ser perguntada por Rion, Kokoro se espantou. Ele notou que ela observava o relógio.

— Ah, nada. Eu só me perguntava que horas seriam agora — respondeu instantaneamente Kokoro.

Calado, a expressão no rosto de Rion era como se assentisse.

— Ali tem um relógio! — falou apontando para o fim do corredor.

Na outra ponta do corredor, no meio do grande saguão da escadaria com os espelhos alinhados, havia o grande relógio. Franzindo os olhos, Rion olhou nessa direção.

— Ah, claro — respondeu vagamente Kokoro.

A franja caída sobre os olhos estreitos de Rion era um tanto pigmentada e de tom castanho.

Parecia verdade o que Subaru falara sobre Rion vir muitas vezes mais à tarde. E também sobre suas prováveis aulas de reforço ou cursos durante o dia. Era estranho que Aki e Rion, articulados e frequentando aulas de reforço ou cursos, mesmo assim não irem à escola. Afinal, eles eram do tipo popular e podiam ser queridos por garotos e garotas.

Fuka lia um livro sentada no sofá em frente à mesa sobre a qual estava largado o saco que Kokoro usara para descascar a maçã.

— Hoje todos estão aqui, não? — indagou a senhorita Lobo de pé à porta.

Fuka, com os olhos sobre o livro, e os meninos, que jogavam videogame, ergueram todos a cabeça ao mesmo tempo. Quando os olhos dos meninos encontraram os de Rion, cumprimentaram com expressões breves como "oi" ou "e aí?". Sem uma palavra, Fuka limitou-se a olhar de relance para Kokoro e os demais. Ela retomou de imediato a leitura.

— Né, Kokoro-chan — falou Ureshino.

— O quê?

— Você agora tem namorado ou alguém de quem goste?

Kokoro arregalou os olhos com a pergunta repentina. Ureshino parece ter pensado bastante antes de perguntar e devia estar morrendo de vontade de ter alguém com quem se consultar em relação à sua paixão por Aki. Ao prescrutar ao redor, Kokoro sentiu que havia algo diferente no ar.

Masamune havia parado de jogar e estava sorridente. Subaru tinha uma expressão risonha, mas acanhada. Diante de Kokoro, incapaz de responder a Ureshino, Masamune falou em tom de gracejo.

— Cê tá ferrada.

Mesmo Kokoro entendeu o que aquilo significava.

— Você vem amanhã, Kokoro-chan? A que horas?

Ureshino encheu Kokoro de perguntas, mesmo ela ainda não tendo respondido à primeira.

— Eu mesma não sei. — Ela tentou responder da melhor forma.

Kokoro sentiu o olhar da senhorita Lobo na direção deles. Ela perguntou logo para Masamune, com uma franqueza quase apologética.

— Ei, que coisa é essa? Ureshino desistiu de Aki e tá dando em cima de Kokoro?

Ao ouvir isso, Ureshino se virou para a senhorita Lobo.

— Ei, ei, ei! — protestou ele.

Voltando-se de novo para Kokoro, agora com o rosto exageradamente rígido, perguntou em seguida numa voz lacrimosa:

— Ouviu o que ela falou agora?

Kokoro não sabia o que responder.

— Eu não... — balbuciou Kokoro tentando formular alguma resposta. Na realidade, ela desejava ser insensível a ponto de não haver percebido nada. Rion teria interesse no que se passava com Kokoro e os outros? Talvez não, pois ele logo perguntou a Masamune:

— Que jogos você trouxe hoje?

Ao ouvir isso, Kokoro se sentiu aliviada.

Nesse instante, ela ouviu uma voz que fez todo o seu corpo tensionar outra vez.

— Ele é um idiota mesmo.

Era a voz de Fuka.

Uma voz estridente e gélida.

Ao ouvir uma outra voz também gélida, ressoou sobreposta, no fundo dos ouvidos de Kokoro, uma voz que ela não queria relembrar nunca mais.

Quero mais que você morra, imbecil!

Kokoro mordeu os lábios.

— Na verdade, você não ouviu isso que ela falou, né?

Ureshino repetiu com ingenuidade diante de Kokoro, que se odiou por apenas sorrir sem graça. Ela queria se enfurecer. Queria protestar cara a cara, mas não conseguia. E se sentia mal com si mesma por pensar em fazer algo parecido.

Aki, Rion e os demais pareciam tão normais, e ela não compreendia por que eles não iam à escola. Mas, no caso de Ureshino, entendia o motivo.

Ele é um garoto que acredita no amor supremo. Era odiado por todos e obviamente acabou não podendo mais ir.

Julho

Julho chegou e Kokoro se sentia cada vez menos à vontade no castelo.

Tudo por culpa de Ureshino.

Kokoro-chan, eu trouxe cookies. Quer um?

Kokoro-chan, quando você se apaixonou pela primeira vez? Comigo, foi no jardim de infância...

Ela gostava de ir à sala de jogos, mas à tarde Ureshino aparecia e a importunava com suas perguntas. Também odiava quando Masamune via isso e se limitava a sorrir. Portanto, muitas vezes, naturalmente, passava o tempo enfurnada em seu quarto.

Teria sido melhor parar de ir ao castelo, mas sabia que se o fizesse, acabaria perdendo a coragem para ir numa próxima vez e não queria repetir a experiência que tivera com a escola e com o Instituto aonde a mãe a levara.

Mesmo quando estava trancada em seu quarto, Ureshino batia na porta.

— Kokoro-chan, você tá aí? — chamava ele.

Quando ouvia, ela se sentia encurralada.

Mesmo quando pensava em procurar a chave do desejo, que era o objetivo de vir ao castelo, Ureshino a seguia.

— Kokoro-chan, posso ir junto?

Apesar do próprio Ureshino ter afirmado que ela era sua rival — e, por isso, seria óbvio que Kokoro não concordaria —, ele tinha a ingenuidade de indagar.

Ela o ouviu chamá-la formalmente de Kokoro, sem honoríficos, apenas diante dos outros falando coisas como "Kokoro é do tipo caseira, na realidade um pouco diferente do tipo que prefiro..."

Ela achava que Ureshino tinha uns parafusos a menos.

Ele não gostava necessariamente de Kokoro, mas se divertia fingindo estar apaixonado.

Mesmo assim, Kokoro não conseguia dizer com clareza a Ureshino que não gostava dele. Ela julgava isso um defeito pessoal, mas também não o fazia por medo de que Ureshino entendesse errado e começasse a falar mal dela para todos.

— Que desejo você quer realizar, Kokoro-chan? — perguntou num tom alegre.

— Ainda não decidi — respondeu na lata.

Se ela dissesse que desejava que Miori Sanada desaparecesse, ele provavelmente se retrairia.

— Hum... É mesmo?

Enquanto caminhavam pelo corredor, Ureshino olhava de soslaio para o rosto dela parecendo ainda querer acrescentar algo.

Ureshino, que até pouco antes tinha como desejo que "Aki se apaixonasse por ele", agora talvez tenha mudado a contraparte para Kokoro. Ela se arrepiava só de pensar. Mais do que detestar Ureshino, tinha medo que o poder do "desejo" pudesse ser usado para distorcer seu sentimento.

Ela olhou aborrecida para o teto mais à frente no corredor.

Em mangás e romances é comum no desenrolar da história ver instrumentos misteriosos sendo usados para manipular a contraparte para que ela faça tudo o que se deseja. Porém, Kokoro estava certa do quanto isso era tão irracional, como tudo o que experimentava naquele momento.

Quando soube que Ureshino transferiu de si para Kokoro o alvo de seu "afeto", Aki franziu o rosto.

— Vixe, agora complicou para o seu lado — falou ela simpatizando com Kokoro.

Ao mesmo tempo, ela sorria demonstrando estar aliviada por poder sair livremente do quarto.

Ao contrário de Masamune, que zombava da situação, Rion e Subaru evitavam tocar em assuntos amorosos diante de Kokoro, o que era um alívio para ela.

Kokoro ouviu Ureshino perguntar hesitante a Rion:

— Você tem namorada? Não está pensando em arranjar uma entre as meninas daqui, né?

— Nem um pouco. — Rion se limitou a responder, sem demonstrar interesse. Logicamente, Ureshino deve ter feito a mesma pergunta aos outros meninos.

Kokoro estava bem com Aki e Rion.

E as zombarias de Masamune não eram de um nível que ela não pudesse suportar.

Todavia, o duro foi a reação de Fuka.

Das três meninas, Kokoro achou que logo se tornaria amiga de Fuka, depois de ela ter feito a autoapresentação. Todavia, sem sequer ter tempo para conversarem ou trocarem confidências, as palavras expelidas por Fuka ainda machucavam Kokoro por dentro.

Ele é um idiota mesmo.

Fuka apenas se referia à inconstância de Ureshino em mudar seu alvo amoroso. Não estava falando de Kokoro.

Quando passou pelo espelho ligado ao castelo e ao dormir à noite, Kokoro repetiu isso para si mesma, mas nem assim se sentiu mais leve. Mesmo vindo ao castelo, Fuka passa quase todo o tempo em seu quarto e, mesmo quando aparecia no local onde os outros estão, como aconteceu recentemente, apenas lia um livro. Até o momento, Kokoro não tivera oportunidade de conversar com ela.

Uma vez, com Ureshino ausente, ela estava na sala de jogos com Masamune e os outros. Eles de novo falaram "Que barra, não?", sorridentes. Fuka também estava presente.

Sem saber como replicar, Kokoro exclamou "Hum..." e, preocupada com Fuka, assentiu de forma vaga. Nesse momento, sem tirar os olhos do livro, ela repetiu o que falara antes: "Ele é um idiota mesmo".

O coração de Kokoro acelerou. Fuka prosseguiu sem olhar para ela.

— É bem daquele tipo sem nenhum atrativo que se declara apaixonado pela garota mais bonita da turma, né? Fico puta só de ver.

— Nossa. Que medo. Você é durona — falou Masamune com malícia, ao mesmo tempo que fingia retrair o corpo.

Kokoro ficou sem palavras. Ela se sentia mal por Fuka não olhar para ela e mordeu os lábios.

Ela não sabia se "a garota mais bonita da turma" fora dirigida a ela. Kokoro queria refutar, mas sentiu que não fazia sentido. Ela procurava agir com cautela.

Prestava atenção quando estava junto de Subaru e Masamune para não dar uma impressão errada às outras meninas por estar sozinha com os dois.

Apesar disso, por que as coisas ficaram daquele jeito?

Decepcionada por não poder preencher o espaço existente entre ela e Fuka, Kokoro decidiu tirar um dia de folga do castelo.

Um dia de folga é uma maneira estranha de falar, mas, desde o início de julho, ela sentia como se o castelo fosse algo similar ao Instituto ou à escola, um "local deprimente aonde ela era obrigada a ir".

E no dia seguinte à sua folga...

Como sempre, em primeiro lugar, caminhou até a sala de jogos e se espantou ao ver a cena no seu interior.

— Mesmo assim, apesar da sua opinião, Aki-chan, ainda prefiro a sequência daquele filme.

— Quê? Aquele filme teve uma sequência?

— Como? É impossível. O segundo é fantástico.

Fuka e Aki estavam sentadas lado a lado no sofá.

As duas não perceberam Kokoro de pé à porta. Ela não sabia sobre o que as meninas estavam conversando, mas na frente das duas haviam espalhados cookies no formato de flores sobre um lenço de papel.

O tipo de doce preferido de Kokoro: no formato de calêndulas, com creme de chocolate no centro. No instante em que os viu, sentiu-se arrebatada por uma meiga lembrança e desejou um deles também.

Mas ela não conseguia pedir.

Antes que as meninas notassem sua presença, virou-se às pressas e foi rápido para seu quarto. Rezava para que elas não a tivessem visto.

Desde quando as duas haviam se tornado amigas tão íntimas? Elas falavam sobre algo que Kokoro desconhecia. Conversavam animadas. Ela se sentia dolorida, como se estivesse machucada por dentro.

Kokoro se concentrava em se afastar das duas. No meio do caminho, atravessou o saguão diante dos espelhos. Seu espelho brilhava. Ela não foi para o seu quarto dentro do castelo, mas tocou a luz iridescente que levava para o seu quarto real, na casa onde vivia com os pais, em busca de um local para se refugiar. Ela voltou para casa.

Pela primeira vez, ela fugia dessa forma do castelo.

Ela se esforçara, pois tinha um desejo, mas devia estar no seu limite. *Talvez eu não seja capaz de me entrosar aqui também*, pensou.

♦

O DESEJO DE KOKORO.

Que Miori Sanada desaparecesse.

KOKORO E MIORI SANADA nunca haviam se falado.

Kokoro a via como uma menina agitada e de temperamento forte, e quando no primeiro dia de reunião na sala de orientação, Sanada se candidatou a representante de classe, Kokoro pensou: *Ah, ela é realmente esse tipo de garota.*

Ela ouvira Sanada falar às colegas que decidira entrar para o clube de vôlei. Escolher sem hesitar um clube de esportes era sinal de que ela era atlética. Desde a escola primária, a maioria das crianças representantes de classe é que são as mais admiradas pelos colegas, não são aquelas com as melhores notas, mas as mais atléticas.

Em abril, depois de terminadas as apresentações pessoais, Kokoro mal associava os nomes aos rostos na mesma turma e pensava em, aos poucos, memorizar a personalidade de cada um.

Mesmo a Escola Fundamental Yukishina nº 5 sendo definida como a escola da região, havia alunos provenientes de seis escolas primárias diferentes. Era uma grande escola. Além disso, como havia também admissões especiais para alguns alunos de outras regiões que desejavam estudar ali, eram poucos rostos conhecidos no novo ano escolar. Os alunos vindos de várias localidades pareciam formar um padrão híbrido, como numa mandala.

Havia três meninos e duas meninas oriundos da mesma escola primária que Kokoro.

Dentre os alunos, Sanada, que viera de uma escola primária relativamente grande, parecia ter um grande número de amigas desde o início. Ao que parecia, ela também frequentava aulas de reforço, onde fizera amizade com meninas de outras escolas primárias.

Ao contrário de Sanada, que não era tímida mesmo na nova sala de aula, falava alto, indiferente às pessoas ao redor, Kokoro e as meninas da mesma escola primária eram mais acanhadas. Era como se a escola pertencesse a Sanada e a suas amigas, e Kokoro e as outras estavam ali de favor. Kokoro não entendia por que as coisas ficaram desse jeito, mas foi assim desde o início do novo ano escolar.

Embora estivessem no mesmo ano, Sanada e seu grupo passavam a impressão de que detinham todos os direitos sobre a escola e a turma.

A liberdade de poder falar de início em que clube desejavam entrar e, depois, o direito de falar coisas do tipo pelas costas daquelas que desejavam entrar no mesmo clube: "esse clube não tem nada a ver com você, escolha outro". O direito de escolher aqueles que eram legais para se tornar seus amigos, o direito de colocar apelido no professor encarregado da turma, bem como a liberdade de escolher primeiro os garotos de quem gostavam para namorar.

Miori Sanada escolheu Chuta Ikeda como seu "crush". Ela se declarou e os dois começaram a se relacionar. Ele era um colega de Kokoro na escola primária. No sexto ano, estudaram na mesma turma.

Eram amigos.

Somente amigos. Quando faziam os preparativos para o jantar de agradecimento aos professores antes da formatura, Chuta reclamava por achar tudo um desperdício de tempo, mas mesmo assim acabava fazendo o que era necessário. Kokoro ficou impressionada. Não que ela tivesse algum interesse amoroso por ele, o achasse lindo ou algo assim. Ela apenas achava que ele não era do tipo sério.

— Sempre pensei que os meninos não conseguiam fazer essas coisas direito — falou ela casualmente.

— É? Eu apenas não quero que no final surja algum problema. Meninos fazem as coisas certo, não são idiotas como você imagina — disse.

Ele teve uma impressão errada e, depois disso, eles não conversaram mais.

Por isso, ele não tinha o direito de falar assim com Kokoro.

— Quer saber?

Era meado de abril no estacionamento de bicicletas. Ouvindo uma voz, Kokoro se virou e Chuta estava de pé, atrás dela.

— Detesto mocreias como você.

Q-Quê? Ela ia falar, mas as palavras ficaram engasgadas no meio da garganta.

Kokoro arregalou involuntariamente os olhos e sentiu sua visão, cujo foco estava em Chuta, tremer bastante. Apesar de olhar apenas para a frente, sua visão girava.

Kokoro sentiu que havia outras pessoas agachadas atrás dele, de outra turma, no estacionamento de bicicletas. Prendiam a respiração, olhavam em sua direção, exalavam.

— É isso...

Mesmo ouvindo, Kokoro continuou paralisada. As costas de Chuta, com as mãos enfiadas languidamente nos bolsos, se afastam mais e mais. Quando ele vai para o estacionamento de bicicletas onde Kokoro achou que tinha visto alguém, ela ouve uma explosão de gargalhadas.

— Fala sério, não foi da hora? Olha só. Por um instante, ela deve ter achado que Chuta ia se declarar para ela, não? Quebrou a cara.

Era uma voz feminina.

A sombra se levantou. Era Miori Sanada.

— Tava bom daquele jeito? — pergunta Chuta a ela com uma voz categórica.

Sanada olha na direção de Kokoro, que mais do que depressa baixa os olhos. Sanada ergue a voz. *Se era para falar tão alto, ela não precisaria ter se escondido desde o início*, pensou Kokoro.

— Chuta não está nem um pouco a fim de você!

Kokoro levou um tempo para entender que a voz era dirigida a ela.

E a voz não parou por aí.

— Não finge que não ouviu, sua baranga!

Até então, mesmo quando discutia com alguma amiga, ninguém jamais lhe ofendera daquela forma.

Miori Sanada nem era sua amiga. Era incerto se podia ser chamada de conhecida. Kokoro não sabia nada sobre ela e isso devia ser recíproco. No entanto, Sanada não hesitou em exclamar:

— Quero mais que você morra, imbecil!

Na escola primária, parece que Chuta Ikeda tinha uma queda por Kokoro.

Um colega daquela época que sabia lhe contou mais tarde. Ela ficou muito surpresa porque ele nunca se declarara ou demonstrara esse sentimento, mas parecia ser algo bem conhecido entre os meninos.

Despois de começar a se relacionar com Miori Sanada, ele deve ter contado a história desse seu "passado".

Kokoro se ausentou do castelo por três dias.

Depois disso era um fim de semana e no total foram cinco dias sem ir.

Nesse ínterim, ela tampouco fora à escola ou ao Instituto, mas era um peso diferente não poder ir ao castelo onde ela tinha se sentido tão bem. Ela não se divertia mais vendo as reprises das novelas e os telejornais.

Tudo a entediava.

No quarto, seus olhos doíam pela luminosidade do espelho virado contra a parede.

Ele brilhava como se a chamasse, convidando-a a ir ao castelo.

Porém, ela não sabia se o pessoal perguntava sobre ela ou não. *Talvez nem se importem com a minha ausência*, pensava. Mas mesmo assim, imaginava o que eles estariam fazendo. Não havia como contatá-los estando do lado de cá do espelho.

Mesmo que os demais a desejassem de volta, não tinha como ela saber.

— Que tal vir conosco fazer compras? — Os pais a convidaram no sábado.

— Passo. Vão vocês — recusou Kokoro.

Os pais ficaram sem palavras.

Eles se entreolharam com uma expressão que não era nem de tristeza nem de raiva, talvez uma mistura dos dois.

— O que você pretende fazer? — Nesse dia, o pai lhe perguntou. — Mesmo no fim de semana não sai de casa. Pretende continuar assim para sempre?

Ele não entendia.

Kokoro também gostaria de saber.

No entanto, ela se sentia mal ao pensar no que faria caso encontrasse colegas da turma ao sair de casa. Só de imaginar, suas pernas bambeavam.

Ela compreendia a angústia dos pais desejando saber o que ela pretendia fazer dali em diante. O sentimento aumentava junto com a pressão das palavras do pai, deixando Kokoro sufocada.

Ela tinha medo.

Ignorava o que queria fazer.

Desejava saber o que as outras crianças em evasão escolar pensavam.

Ela falaria para Ureshino com clareza que não gostava dele.

Kokoro não queria que a achassem convencida, já que ele não tinha se declarado diretamente, mas, mesmo assim, ela decidiu falar.

E com Fuka também.

Desde que Fuka soltara o "Ele é um idiota mesmo", Kokoro teve medo de conversar, mas ela precisava exprimir o quanto essa situação é insuportável de verdade.

Também tinha a conversa desagradável sobre declarações e relacionamentos amorosos em que fora envolvida. Até então, Kokoro não falara a ninguém, nem aos pais, mas sentiu que poderia se abrir com Aki e os outros. Talvez Masamune caçoe dela de novo, mas ela desejava saber como ele opinaria sobre Miori Sanada e Chuta Ikeda, com seu olhar adulto e seu jeito seguro de falar como se soubesse das coisas.

Ela desejava que alguém confirmasse que não era sua culpa.

Segunda-feira. Depois de seis dias, Kokoro atravessou o espelho para ir ao castelo.

Ela percebeu um envelope colado sobre o espelho pelo qual saíra. Era de um jogo de papel de carta azul-claro. Quando ela saiu, o envelope se desprendeu e caiu sobre o tapete. Ele não estava fechado. Havia apenas uma folha da mesma cor dentro do envelope.

Para Kokoro-chan,

Se você vier, apareça naquela sala onde costumamos jogar. Você talvez veja algo interessante.

Subaru

Seu coração acelerou.

Ela se alegrou imaginando que ele estaria preocupado com ela.

Como era impossível contatá-la do outro lado do espelho, pelo menos ele deve ter deixado um bilhete pregado no espelho para que ela não voltasse a fugir quando viesse. Ela recordou como tinha se afastado ao ver Aki e Fuka conversando amigavelmente e sentiu o peito apertar.

Às pressas, ela foi até a sala de jogos. Todos estavam reunidos, com exceção de Rion. Ela hesitou ao ver Ureshino ali também.

— Kokoro! — gritou Aki.

Ao ouvi-lo, todos se voltaram em sua direção, inclusive Ureshino e Fuka.

— Ah! — Ureshino limitou-se a exclamar baixinho.

Ela esperava que fosse seguido o habitual "Kokoro-chan", o que não aconteceu. Por algum motivo, ele se mantinha cabisbaixo.

Ela não tinha certeza de como explicar os cinco dias ausente. Mesmo achando que talvez fosse esquisito ter que se justificar, ela permaneceu calada olhando para Subaru em busca de ajuda. Porém, Subaru apenas sorria.

— Kokoro-chan, há quanto tempo. — Ele apenas a cumprimentou com certa indiferença.

Sem largar o controle, Masamune a olhava sorrindo, como sempre.

Justo no momento em que ela pressentia algo estranho no ar, Ureshino abriu a boca.

— Então...

Preparada para o pior, ela olhou timidamente na direção dele, contraiu os lábios e engoliu em seco com vagar.

Porém, não era para Kokoro que Ureshino olhava, mas Fuka.

— Fuka-chan, como os seus amigos mais chegados a chamam? Fu-chan ou algo assim?

Fuka lia como sempre seu livro. Respondeu com os olhos fixos na página.

— Nada disso. Normalmente, até minha mãe me chama pelo meu nome, Fuka.

Ela falou como se estivesse entediada e ergueu o rosto do livro. Encarou Ureshino com um olhar penetrante.

— Por que o interesse? O que pretende com a pergunta?

— Huum. Estava só curioso para saber como os outros a chamam.

Fuka fez menção de abrir de novo o livro. Seus olhos encontraram os de Kokoro. Parecia querer falar algo, mas por fim cerrou firme os lábios e baixou os olhos.

Fu-chan?

Kokoro piscou os olhos. Por mais que Fuka o tratasse com palavras frias, mesmo assim Ureshino lançava a ela um olhar de peixe morto. Espiou de relance para Kokoro como se falasse "Ah, você veio". Nem sequer lhe dirigiu a palavra.

Afinal, o que estava acontecendo? Diante de uma Kokoro incrédula, Fuka falou irritada como se estivesse farta do olhar que Ureshino lhe dirigia.

— Vê se me deixa em paz! Você só quer se engraçar com meninas bonitinhas. E o que pretende com essa conversa mole pra cima de mim, do nada?

— Ah, acho você linda, Fuka-chan. Estou errado? — Fuka arregalou os olhos, paralisada ao ouvir essa palavra disparada por Ureshino. Não se contentando, Ureshino voltou a perguntar estranhamente: — Por que você diz isso?

Fuka suspirou baixinho.

— Faça como achar melhor… — murmurou, contraindo o rosto.

Era um tom mais suave do que a sua habitual maneira exasperada de falar.

Kokoro instintivamente olhou para Subaru. Ele, que lhe deixara a carta avisando que ela "talvez veria algo interessante", apenas observava risonho os dois, como de costume.

Kokoro ficou pasma.

Porém, as coisas estavam bem claras. Por algum motivo Ureshino começou a dar em cima de Fuka.

Havia apenas três garotas no castelo e ele se apaixonou por cada uma delas.

Enojada com a reação de Ureshino, Kokoro permaneceu no seu quarto. O som de uma batida tímida na porta a fez se lembrar de quando Ureshino a visitou antes. Ela se assustou na mesma hora.

Ao abrir a porta, Aki estava de pé. E atrás dela, Fuka.

♦

— Que acha de tomarmos um chá, só nós três garotas?

— Ah, bem...

Kokoro ainda não tinha conversado mais intimamente com Fuka. Ela temia que sua companhia lhe desagradasse. Lembrou-se ainda, com certa aflição, como as duas estavam animadas na sua ausência.

Porém, Fuka não disse nada e, embora não olhasse para Kokoro, não parecia de mau humor.

Sinceramente, Kokoro estava muito feliz por ter sido convidada.

— Esperem um pouco.

Pegou os doces que havia trazido e saiu para o corredor.

Aki levou as duas meninas à sala de jantar que Kokoro recentemente visitara.

— Fiz chá preto! — anunciou Aki.

Kokoro se perguntou como ela teria feito, uma vez que era impossível esquentar água na cozinha. Aki tirou uma garrafa térmica de uma bolsa jeans. A bolsa elegante era decorada com muitas estrelinhas, lantejoulas e coraçõezinhos.

Ao abrir a garrafa térmica, de dentro um leve vapor se ergueu.

Aki trouxe da cozinha três xícaras de um conjunto de chá, colocou-as em frente de cada uma delas e verteu o conteúdo.

— Obrigada. Ah, sirvam-se destes também, se quiserem.

Kokoro também colocou sobre a mesa a caixa de cookies que trouxera. Aki agradeceu sorridente.

— De nada adianta ter uma cozinha aqui se não dá para usar, né? Não tem água nem gás. O interior do castelo é iluminado, não faz calor nem frio, não dá para entender — falou Aki.

Kokoro pela primeira vez percebeu algo ridículo. Instintivamente, olhou para o teto. Acima de sua cabeça havia um enorme candelabro com inúmeras gotas de vidro penduradas, mas não havia sinais de fios de eletricidade passando por ele. Não havia as luzes que deveriam brilhar amarelas ou alaranjadas.

Ela não pensara sobre quente ou frio, mas agora se deu conta de que não havia ar-condicionado em funcionamento. Nesse caso, seria natural ouvir um leve zumbido.

— Mas tem corrente elétrica, não? Os meninos estão jogando videogame.

— Ah, tem razão. Como se explica?

Kokoro inclinou a cabeça em dúvida ao ouvir o comentário de Fuka.

— Estranhei sobre a eletricidade e perguntei aos meninos. Disseram que apenas ligavam na tomada.

— É? Então tem tomadas na sala de jogos...

Kokoro se impressionou. Apesar de não haver água e gás, havia apenas eletricidade.

Ela instintivamente elevou a voz. Nesse momento, ouviu o riso de Aki. Kokoro ficou confusa, pois não havia dito nada tão engraçado.

— Legal você chamar de "sala de jogos".

— Ah...

— Realmente, os garotos passam o tempo todo jogando videogame, né? Eu também vou chamá-la assim.

Kokoro apenas a denominava assim para si mesma, mas, sem perceber, acabou verbalizando dessa forma. Ficou um pouco envergonhada, mas ao mesmo tempo aliviada por Aki sorrir ingenuamente.

— Parece que não é só na sala de jogos que tem eletricidade! Nem precisaria desse candelabro, porque é bem claro aqui, mas é possível acendê-lo. Vejam só.

Aki usou de imediato a expressão "sala de jogos". Ela pressionou o interruptor na parede. A sala foi preenchida por um véu de luz alaranjada. Foi apenas um teste, e ela logo desligou.

Por que será que tem apenas energia elétrica?

Na próxima vez que me encontrar com a senhorita Lobo, vou perguntar a ela o motivo. Justo quando pensava nisso, Fuka juntou as mãos diante da xícara em agradecimento.

— Obrigada — falou baixando delicadamente a cabeça.

Ela é uma menina muito bem-educada, pensou Kokoro. Se fosse ela, não pensaria em juntar as mãos em agradecimento se estivesse só com outras crianças, sem um adulto por perto.

— Por favor, por favor.

Diante de Aki, que a incentivava a tomar o chá, Kokoro também abaixou a cabeça em agradecimento. Ao levantar a xícara e sentir o cheiro do chá preto quente recendeu um aroma de fruta.

— Tem um aroma maravilhoso.

Esperando esfriar, ela perguntou do que era.

— É de maçã. Chá de maçã — respondeu Aki.

— A energia elétrica e a água são estranhas por aqui, mas outra coisa bizarra é que os utensílios que a gente usa aparecem limpos de uma hora para outra.

— Como? — exclamou Kokoro.

Aki olhou para baixo, para sua xícara de chá, sentindo o aroma no vapor.

— Dia desses usei uma xícara e como não tem água corrente, eu a deixei sem lavar. Quando retornei um tempo depois, ela estava limpa de volta na prateleira. Como se alguém a tivesse lavado.

— Não diga!

— Hum. Perguntei ao pessoal, mas todos falaram que não foram eles. A senhorita Lobo deve ter lavado depois de termos ido embora.

— Seria gentil da parte dela, se pensar bem.

— Concordo.

Kokoro se divertiu ao imaginar a senhorita Lobo, com aquela máscara e vestido, lavando louças. Ela riu, levou a xícara à boca, tomou um gole. Justo nesse momento, Aki mudou de assunto de repente.

— Cá pra nós, Ureshino é um pé no saco, hein?

Ela tocou no ponto nevrálgico do problema que vinha incomodando Kokoro há algum tempo.

Às pressas, Kokoro engoliu o chá que pusera na boca. Olhou para Aki. O chá de aroma agridoce esquentou o fundo de seu estômago. Uma delícia.

Aki olhou alternadamente para Fuka e Kokoro sorrindo sem jeito.

— Há muitos garotos como ele por aí. Não estão acostumados com meninas. Tipo, basta uma delas se mostrar gentil e amiga para eles logo se declararem, buscando um relacionamento. Apesar de poderem ser amigos das garotas, eles parecem ansiar por um "namoro", como nas novelas e mangás.

— É apenas um incômodo — falou Fuka com a mesma expressão de quando estava com os meninos, um pouco antes. — Se for menina, pode ser qualquer uma, desse jeito. Estão zoando com a nossa cara?

— Então…

Kokoro começou a falar algo. Pela primeira vez Fuka olhou na direção dela.

Fuka não parecia zangada, mas seu olhar penetrante no fundo dos óculos fez Kokoro hesitar um pouco. Talvez porque ela usa palavras fortes como "idiota".

— Por que Ureshino tem uma queda por você? Veja bem, não pense que estou acusando você de roubá-lo de mim ou algo assim. Apenas fico imaginando o que poderia ter acontecido para essa mudança tão repentina — perguntou Kokoro com timidez.

— Vixe, não esquenta! Ninguém pensaria algo do tipo — disse Aki sorrindo ao ver como Kokoro parecia confusa depois de ter falado.

Fuka estava calada, mas como Kokoro parecia esperar ansiosa por uma palavra dela, acabou respondendo secamente.

— Por causa de um conselho. Kokoro-chan, você não veio ao castelo na semana passada, correto? Ele veio se aconselhar comigo acreditando que algo tivesse acontecido com você. Talvez você estivesse doente, e ele devesse fazer uma visita, coisas assim. Ele começou a falar que, se atravessasse o espelho no salão, talvez fosse possível ir até sua casa. Eu me enfureci quando ouvi. Além de ser uma total falta de delicadeza, é uma infração às regras. E não sei direito, mas a partir de então…

— Fuka estava enraivecida! — interveio Aki.

— Claro. Se ele pensasse em fazer algo assim comigo, eu odiaria — falou Fuka virando o rosto.

Kokoro ficou impressionada ao ouvir tudo isso. Ela se horrorizara com a ideia de Ureshino atravessar o espelho até sua casa, mas, mais do que isso, não imaginara que Fuka viesse em sua defesa.

— Obrigada.

Kokoro falou com sinceridade.

— Imagina! — replicou Fuka, meio constrangida.

— Seja como for, parece ser impossível ir para o outro lado de um espelho que não seja o próprio. Eu o fiz parar, mas Ureshino tentou colocar a mão…

— Quê?

— Mas não conseguiu entrar. Ele falou que a sensação era a do vidro rígido, como um espelho comum. Aparentemente a regra é esta: você não pode ir para o outro lado do espelho de outra pessoa.

— Melhor assim…

Kokoro pensou em como seria embaraçoso se, por engano, entrasse no espelho de outra pessoa, mas pelo visto não havia motivo para se preocupar. Kokoro respirou aliviada, e Aki sorriu.

— Naquele momento Fuka pegou pesado com Ureshino. Falou na cara dele que ficar achando que isso que ele faz é amor é doentio e que é possível viver sem paixão nenhuma. Irritada, ela o chamou de infantil. Parece que as palavras foram captadas pela estranha antena dele e transmitidas ao seu coração.

— Antena?

— Ele disse que *"Se você, Fuka-chan, acredita que é possível viver sem paixão, é porque provavelmente ainda não se apaixonou. Que adorável!"*.

— Para com isso!

Aki imitou o jeito de falar de Ureshino tão bem que causou surpresa. Fuka não gostou nadinha e franziu o rosto. Muito além de surpresa, Kokoro ficou chocada com o relato. Ela não entendia quais qualidades ele buscava e o que fazia Ureshino se apaixonar.

— Aki-chan, Kokoro-chan, ele certamente se deu conta de que vocês duas eram muita areia para o caminhãozinho dele e que comigo seria mais fácil. Ureshino faz os outros de idiota — falou Fuka, como se desabafasse mais para si mesma, e respirou fundo.

Ouvindo isso, Kokoro ficou secretamente feliz. Fuka a chamara por Kokoro-chan. Ela se sentiu aliviada ao ver que Fuka não estava brava com ela.

— Eu... gostaria de agradecer você outra vez, de coração.

— Hã?

Kokoro falou meio tímida. As duas olharam ao mesmo tempo para ela. Havia uma história importante que Kokoro queria contar, mas se preocupava como as duas reagiriam, por isso hesitava em abordar o assunto. Porém, ela desejava se abrir com as garotas. E havia decidido fazê-lo naquele dia.

— Para ser sincera, na realidade, não sou muito boa nessas coisas de amor. Tive uma experiência muito desagradável.

Kokoro jamais mencionara isso a alguém. Porém, à medida que falava, se dava conta de como desejava realmente desabafar.

De como ela se sentiu mal com Miori Sanada se envolvendo na paixão de outra pessoa.

Do incidente com Chuta Ikeda no estacionamento de bicicletas.

De como ela se tornou alvo de *bullying* na turma a partir daquele episódio.

Conforme falava, Kokoro sentia que suava nas axilas. Suas orelhas queimavam.

— E um tempo depois disso...

A partir desse ponto havia coisas que ela não desejava que suas amigas, colegas da escola, soubessem. Justamente por serem amigas antigas.

Kokoro ficou admirada com o desejo que tinha de contar tudo a essas meninas quase desconhecidas e cujos endereços ela ignorava.

— As meninas vieram até minha casa depois. Quando já tinha voltado da escola e fazia minha lição de casa esperando por minha mãe.

♦

Ding-dong. A campainha da porta soa.

Quem seria àquela hora? Alguma entrega por correio especial?

— Estou indo — responde Kokoro, que se levanta e se dirige à entrada.

Então tudo acontece.

— Kokoro Anzai!

Um grito raivoso ressoa.

Não é a voz de Sanada, mas a de uma menina que Kokoro só conhecia de vista. A representante de classe de outra turma. Amiga de Sanada.

Mesmo agora ela acha curioso ter reconhecido a voz estando dentro de casa. A sensação de pavor brotando desde seus tornozelos certamente aguçou seus ouvidos e olhos. A porta estava trancada por orientação da mãe e, do lado de fora, Kokoro sentiu a presença não de uma ou duas, mas de muitas pessoas.

Bam, bam, bam!

Elas começam a bater na porta em uma rápida sucessão.

— Saia, vamos! Sabemos que você está aí.

— Vamos dar a volta por trás! É bem capaz de poder ver você pela janela.

Kokoro sente arrepios.

Ouve alguém anunciar: "Vamos dar uma lição nela!".

Ela não entende o que isso significa. Contudo, antes de entrar para a escola fundamental, Kokoro se preocupava e costumava se consultar com suas colegas sobre como evitar ser intimidada por alunos veteranos na nova escola.

Dar uma lição. A imagem dolorosa de um castigo passa pela sua cabeça. De tão absurda, a ideia a abala. E não se tratava de veteranas, mas meninas da mesma idade que a sua.

Meninas iguais a ela.

Por quê?, pensou.

Sentia arrepios percorrerem até a testa. Não havia sinal de que parariam.

Kokoro volta correndo para a sala de estar. Fecha às pressas as cortinas da sala, da cozinha, de todos os cômodos do térreo. Não sabe se teria dado tempo. Estava tudo escuro, mas ainda claro o suficiente para perceber vários vultos do lado de fora. E a sombra de algumas bicicletas.

É Tojo, pensa Kokoro desesperada.

Não é difícil imaginar o pior. Ela tem uma ideia do que poderia acontecer e não conseguia tirar a imagem da cabeça.

Vamos dar uma lição naquela nojenta atrevida!

Moe-chan, você mora nas redondezas, não? Qual é a casa dela?

Deixa comigo. Eu mostro pra vocês.

Kokoro não podia confirmar se Tojo estaria junto com as outras. Se, por um lado, tinha uma vontade enorme de saber, por outro não queria mesmo.

Ela se sentia sufocada só de pensar na cara que aquela menina graciosa como uma bonequinha estaria fazendo do lado de fora, alguém que Kokoro desejava tanto ser amiga.

Saia logo! Covarde!

Dessa vez, a voz era de Miori Sanada.

Para seu vulto não refletir do outro lado da cortina fechada, Kokoro contém até a respiração e se estende no chão ao lado do sofá.

Do outro lado da sala de estar, há o jardim gramado rodeado por uma cerca baixa. Tremendo, Kokoro prende a respiração e espera até que elas vão embora. Não sabe o que fazer. Dentro do peito ela apenas chama sem cessar pela mãe.

A casa é seu porto seguro.

Mesmo passando por situações desagradáveis na escola, sabe que, ao retornar para casa, não será tratada de tal maneira.

Por que agora suas colegas de turma, que ela mal conhecia e nem eram amigas, estavam no lugar que devia ser de sua família, onde Kokoro convivia com os pais, fazendo algo tão absurdo? Ela não compreendia.

Bam, bam, bam, bam. Bam, bam, bam, bam.

O som das batidas na porta não para.

As meninas do lado de fora estão todas animadas e não param de gritar: "*Vamos, saia!*" e "*Covarde*".

Deve haver uma dezena delas. As palavras usadas não são muitas. Alguém fala algo que apenas é repetido por todas.

— *Vamos entrar no jardim.*

Kokoro ouve alguém dizer e sente que uma pessoa havia entrado no jardim, ela para de respirar. Olha para a janela com a cortina fechada e sente vontade de confirmar se estaria trancada.

Sente que, se a porta não estivesse trancada, do jeito que Sanada e suas meninas estavam nervosas, elas invadiriam com tranquilidade a casa. Se a descobrissem, elas a arrastariam dali e a matariam. E Kokoro não acreditava estar exagerando.

Aterrorizada, não era capaz de dizer nada.

Dentro do cômodo imerso na penumbra, os vultos das meninas além das cortinas aumentam. Um desses vultos estende a mão para a janela.

Kokoro cerra os olhos. Cobrindo a boca, sente que até seus ouvidos parecem fechados. Ouve o barulho da janela sendo sacudida com força.

Quando reabre os olhos, para sua felicidade, a janela continua fechada. No fim das contas, estava trancada.

— *Não abre!*

Kokoro ouve alguém dizer do lado de fora. É a voz de uma colega de turma, o mesmo tom de voz que a pessoa usava quando estavam conversando normalmente na sala de aula.

Sem entender por que elas faziam aquilo, Kokoro discretamente, com a respiração contida e mordendo os lábios, vai rastejando até a cozinha e a sala com tatames para verificar as janelas.

Quando imaginava a razão de não estar chorando apesar de estar apavorada, Kokoro sentiu o sabor salgado das lágrimas tocar nos lábios juntamente com o hálito ligeiramente frio. Sem perceber, chorava havia algum tempo.

Ela também imaginava como podia se movimentar em meio a tanto pavor. Ao confirmar se as últimas janelas estavam trancadas, ela paralisou. Sua aparência parecia exatamente com a de um coelho feito de neve, sem patas, grudado no solo. Ela curvou o corpo, enfiou a cabeça entre os joelhos, parecendo uma tartaruga. Permaneceu tremendo enfurnada em um canto do cômodo.

Aos poucos, a fraca luz de fim de tarde foi esvanecendo até deixar o quarto mergulhado na penumbra. Em sua inocência, ela pensava em se desculpar. Não a Sanada. Ela não tinha nada para se desculpar com as meninas que estavam do lado de fora.

Em seu coração, ela pedia desculpas aos pais.

Ela acabou deixando aquelas meninas desconhecidas invadirem a casa deles. No jardim que a mãe tanto amava.

Perdão, perdão, perdão.

— Por que ela não sai? Quem ela pensa que é?

Do lado de fora a voz de Miori Sanada vacila. A voz dirigida às amigas vai aos poucos se tornando chorosa.

— É uma covarde! É o que ela é.

— Ah, Miori. Não chore. — Outra menina a consola ao ouvir a voz fina e chorosa.

O mundo daquelas meninas sempre gira somente em torno de seu próprio umbigo.

— Tadinho do Chuta — volta a falar Miori Sanada.

— A vadia se diverte jogando charme para cima do namorado das amigas mesmo tendo levado um fora dele — declara outra menina.

Não acho que tenha levado um fora. Kokoro deseja revidar, mas a língua parece colada no fundo da garganta e não consegue sequer falar consigo mesma. Apenas continua aterrorizada.

Dentro do quarto, que perdera toda a claridade, o assoalho frio faz os pés de Kokoro, ainda de uniforme, esfriarem. O calor do corpo se esvai aos poucos.

— É imperdoável — fala alguém.

Kokoro não consegue mais distinguir se é a voz de Sanada ou não.

Não me importo se não me perdoarem. Eu também nunca vou perdoar vocês!, pensa Kokoro.

Ela não tinha noção de quanto tempo passara. Parecia uma eternidade. Mas foi suficiente para extirpar pelas raízes de dentro dela o pouco de leveza, gentileza e positividade que tinha até o dia anterior.

Como se tivessem se cansado da brincadeira, ouviu-se a voz de Sanada e a das meninas do grupo se despedindo umas das outras diante da casa de Kokoro.

— Tchau, tchau.

— Até amanhã.

Kokoro não foi capaz de se mover, temendo se tratar de uma armadilha. Ela não conseguia deixar de pensar que, caso se movesse para acender a luz, no momento em que percebesse sua presença, Sanada poderia vir matá-la.

A mãe voltou. O barulho da chave girando na fechadura reverberou pelo quarto tranquilo e escuro.

— Kokoro? — perguntou ela hesitante e preocupada.

No instante em que ouviu ser chamada dentro de casa, um nó se formou em sua garganta e as lágrimas desceram.

— Mamãe, mamãe, mamãe.

Embora quisesse se atirar nos braços da mãe e chorar tudo o que pudesse, Kokoro não conseguiu se mover e as lágrimas continuavam contidas nos cantos dos olhos. A mãe entrou na sala de estar e acendeu a luz.

Ao fazê-lo, pela primeira vez Kokoro ergueu a cabeça.

Tinha a aparência de quem acabara de acordar. Esfregou os olhos, como se estivesse sonolenta.

— Kokoro.

A mãe estava de pé. Vestindo o terninho cinza de trabalho, suspirou aliviada. Ao ver seu rosto, Kokoro teve o impulso de lhe contar de verdade tudo o que acontecera com ela naquele dia, mas acabou desistindo.

— Mamãe — falou em voz rouca.

— O que houve? Essa luz apagada. Eu me espantei. Pensei que você ainda não tivesse voltado. Fiquei preocupada.

— Hum.

Ao ouvir que a mãe se preocupara, algo ressoou no fundo de Kokoro.

Ela não entendia o que poderia ser.

— Acabei dormindo sem perceber. — Acabou se justificando.

Ela decidiu fazer de conta que não estava em casa naquele dia.

Desde o início, ela estava ausente de casa. Sanada e suas meninas apenas haviam batido na porta, entrado no jardim e contornado uma casa vazia.

Nada aconteceu.

Na casa de Kokoro nada havia se passado.

Ela não correu o risco de ser morta.

Mas no dia seguinte...

— Estou com dor de estômago. — Kokoro se queixou.

E a dor era verdadeira. Nada de fingimento.

— Você está pálida como cera. Está tudo bem? — perguntou a mãe.

A partir desse dia, Kokoro começou a se ausentar da escola.

Ah, e se...

Muito tempo depois, Kokoro compreendeu que ela nutria uma leve esperança.

Os pais não perceberiam a grama do jardim pisoteada?

Mesmo ela não falando, algum vizinho não teria presenciado a cena e informaria aos pais que a casa dos Anzai fora cercada por aquelas meninas? Teriam avisado a polícia?

Porém, nada disso aconteceu.

Ela custava a acreditar que as meninas naquele dia não tivessem tido violência suficiente para devastar o gramado. Era lamentável.

Se tivesse feito algo logo após o acontecido, teria tido algum impacto, mas agora era tarde para Kokoro falar do evento que mudou sua vida de aluna do ensino fundamental: com certeza, seus pais não a levariam a sério.

Por que não me atirei chorando nos braços da minha mãe logo após o que aconteceu?

Kokoro agora se arrependia.

Miori Sanada e sua gangue vieram até em casa.

O fato era apenas esse. Kokoro compreendia agora absolutamente como seria simples colocá-lo em palavras. Porém, os adultos afirmariam que elas teriam ido comprar briga, mas, apesar de terem vindo até a casa, foi somente isso, nada mais aconteceu. E, com certeza, esse comentário jogaria uma pá de cal em toda a história.

As meninas não quebraram nada, nem a feriram fisicamente.

Porém, o que Kokoro vivenciara foi definitivamente muito além dessas palavras. A chave e as cortinas a salvaram. Sem elas, estaria indefesa quando fosse à escola.

Ela conseguiria se defender?

Portanto, ela não vai mais à escola.

Porque talvez as meninas a matem.

Ela sabe que não está segura mesmo em casa. Sentindo-se assim, ela começou a se trancar no quarto. O castelo é o único local onde ela pode ir e vir livremente.

E agora, quando estou no castelo, estou protegida, Kokoro começou a pensar.

Kokoro agora sentia que apenas o castelo, do outro lado do espelho, poderia protegê-la e deixá-la em segurança daquelas garotas.

♦

Aki e Fuka não desgrudaram os olhos de Kokoro até o fim do relato.

Kokoro não era boa com as palavras. Escolhia demais os termos e falava muito devagar. No meio da narrativa, não conseguia olhar para o rosto das duas amigas.

Ela não sentiu vontade de chorar, mas seus olhos estavam secos demais, como se esquecesse de piscar às vezes. Houve momentos em que sua voz ficou entrecortada ou embargada.

No entanto, Aki e Fuka não a apressaram e ouviram em silêncio até o fim.

O castelo era sempre iluminado, e o jardim interno visto da sala de jantar não mudava a luminosidade, nem mesmo à tardinha. Mesmo em dias de chuva, o céu estava sempre límpido e brilhante.

— Esse problema continua até agora? — perguntou Aki, que até então escutava calada.

Kokoro evitou revelar que, devido ao ocorrido, não podia mais ir à escola. Ela sabia bem como Aki não gostava que esse assunto fosse abordado.

Kokoro ignorava como Aki reagiria à sua história. Talvez ela não julgasse algo tão relevante assim.

Temerosa, Kokoro assentiu.

— Sim, continua.

Quando respondeu, Aki se levantou da cadeira e acariciou com a mão direita a cabeça de Kokoro, como se misturasse seus cabelos, deixando-os bagunçados.

— O que você está fazendo?

Confusa, com os cabelos emaranhados, Kokoro ergueu o rosto.

— Tenho orgulho de você — falou Aki.

Ela encarou Kokoro. De uma forma doce e carinhosa.

— Muito orgulho mesmo. Você aguentou bem.

Foi quando ouviu essas palavras.

Kokoro sentiu uma pontada no fundo do nariz. Não teve sequer tempo para refletir o que seria. Tentou às pressas cerrar os dentes, mas não deu tempo.

— Ah, hum…

Cabisbaixa, ao mesmo tempo em que assentiu, as lágrimas começaram a rolar de seus olhos.

Fuka, que se mantinha calada de lado, entregou-lhe um lenço. Em seu olhar, assim como no de Aki, havia a mesma luz gentil.

Ainda assim Kokoro não parava de chorar.

— Desculpe — falou, debulhada em lágrimas.

Tentando se enganar, forçou um sorriso, mas sem conseguir mantê-lo por causa das lágrimas que rolavam por sua face. Recebeu o lenço de Fuka, recuperou o fôlego e respirou fundo bem devagar.

Agosto

Mesmo dentro de casa, Kokoro sentia a chegada das férias de verão.

Ela jamais imaginaria que estaria naquela situação durante as férias de verão do sétimo ano, mas agosto chega para todos, sem discriminação.

Durante o dia, trancada no quarto, Kokoro ouvia ressoar as vozes de alunos do primário e do fundamental, como ela, conversando enquanto passavam pedalando suas bicicletas. Vultos parecidos com os dos alunos da escola primária que ela frequentara transitavam sob sua janela.

No início de agosto, quando as férias de verão começaram, na hora do jantar o pai falou: "Que bom, né?".

Por um instante, Kokoro não imaginou que ele estivesse falando com ela. Desde que deixara de ir à escola, ela não se lembrava de uma única vez que o pai tivesse lhe falado: "Que bom, né?".

Porém, o pai explicou com calma.

— Com todos em férias, ninguém perceberá que você não vai à escola.

Kokoro parou de comer e olhou para ele.

O pai falava de um jeito leviano.

— Como são férias de verão, você pode perambular por aí à vontade sem se preocupar. O que acha de ir à biblioteca? Ficar o tempo todo em casa é sufocante, né?

— Querido — interveio a mãe, pensando em Kokoro —, falando assim você a deixa nervosa sem necessidade. Se ela sair de tarde e encontrar com as colegas da escola vai se sentir mal. Não é?

— Hum.

Kokoro não sabia como concordar. As sobrancelhas da mãe se franziram. Ela prosseguiu.

— Como falei antes, se tiver alguma razão para você não querer ir à escola, pode conversar comigo quando quiser.

— Hum.

Kokoro abaixou a cabeça e mordeu de leve o *hashi* que levara à boca.

A partir de determinado momento, a mãe parara de insistir com ela para que fosse ao Instituto. Porém, ela notava que a mãe continuava mantendo contato com os professores de lá. Não ousava falar sobre isso, temendo que a mãe tentasse fazê-la ir de novo.

Porém, a atitude da mãe parecia ter mudado um pouco. Antes, ela aparentava achar que fosse algum problema de preguiça, mas aumentavam as ocasiões em que ela perguntava, de uma forma indireta, se algo acontecera para fazer a filha parar de ir à escola.

Antes do começo das férias de verão, os pais tentaram persuadi-la a aproveitar para fazer aulas de reforço.

Poderia ser em um cursinho próximo à casa da avó, um local mais longe onde ninguém a conhecia. Pelo menos assim, ela conseguiria recuperar o atraso dos estudos de um período escolar. Na noite em que eles fizeram essa sugestão, ela sentiu um peso no fundo do estômago e não pôde dormir.

Os livros da escola guardados na gaveta da escrivaninha praticamente não apresentam sinais de que foram abertos. Todos os colegas estudaram o conteúdo durante o primeiro período, menos ela. Agora era tarde. Com certeza não conseguiria mais acompanhar as aulas.

Mesmo não desejando voltar à escola, ela se preocupava de não conseguir mais assimilar as matérias.

Kokoro se imaginou frequentando as aulas de reforço do verão, mas, assim como no caso do Instituto, não se sentiu motivada.

Depois de declarar aos pais que "Gostaria de pensar sobre isso", apesar de as férias de verão terem começado, a mãe não a apressou.

— Vá com calma — falou a mãe.

O PROFESSOR IDA, QUE tanto visitava a casa no início do período letivo, agora vinha bem menos. *Talvez tenha desistido*, pensou Kokoro.

Satsuki-chan e outras colegas da escola primária, que às vezes vinham entregar o material das aulas em lugar de Tojo, também deixaram de vir. Kokoro, por vezes, se arrependia de não ter encontrado com elas quando apareciam, mas o alívio superava em muito o arrependimento.

Ela se sentiria mais à vontade e feliz se as meninas não se importassem com ela.

Porém, quando imaginava que essa situação continuaria para sempre, sentia o corpo lhe pesar.

♦

— ENTENDO VOCÊ SE SENTIR angustiada quando não consegue acompanhar a matéria!

No dia seguinte Kokoro foi ao castelo e, quando estavam juntas na sala de jantar, Fuka lhe falou isso com uma voz calma.

Desde que Kokoro contara sua história, havia uma regra tácita de que os meninos se reuniriam na sala de jogos e as meninas na sala de jantar. Tão logo chegava ao castelo, Kokoro deixava os pertences no quarto e logo se dirigia à sala de jantar.

O que ela mais ansiava era poder encontrar-se com Aki e Fuka.

Mesmo aquele persistente Ureshino não as procurava mais tão obsessivamente, talvez por ser difícil puxar conversa com as três reunidas na sala de jantar.

Quando Aki não estava, Kokoro foi aos poucos conversando na sala de jantar com Fuka sobre não frequentar a escola.

— Mesmo você, Fuka-chan, tem dificuldade nos estudos?

De óculos e com seu cabelo estilo tigelinha, Fuka aparentava ser muito CDF.

— Surpresa! Por fora aparento ser muito estudiosa, sei disso. Mas minhas notas são péssimas. Tem muita coisa que não entendo. Não sei por onde começar para acompanhar as matérias — respondeu Fuka sorridente ao ser questionada por Kokoro.

"Então, poderia tentar pegar aulas de reforço ou quem sabe...". Justo quando Kokoro pensou em perguntar, ouviu-se uma voz:

— Booom diaa... Fuka, Kokoro!

Aki entrou na sala toda alegre interrompendo a conversa das duas.

Kokoro conseguia conversar com Fuka sobre a escola, mas como sempre não sentia um ambiente propício para abordar o assunto com Aki.

— Ah, como está fresquinho aqui. Estou me sentindo revigorada — murmurou Aki. Tirou a garrafa térmica da bolsa e começou os preparativos para servir o chá.

Fuka e Kokoro pegaram os cookies que trouxeram e, Aki estendeu guardanapos estampados. Vendo os guardanapos com padrões de vinhas de rosas e pássaros, Fuka exclamou inusitadamente: "Que graciosos!". Pegou um deles e perguntou: "Onde você os comprou?"

— São lindos, não? — Aki sorriu. — Eu os encontrei quando fui, no fim de semana, a uma papelaria perto de casa. Tinha outros com estampas diferentes, todos maravilhosos. Custei para me decidir qual comprar! Fuka, você gosta deles? Eu te dou de presente.

— Se eu gosto deles? Ah, acho que sim.

— São realmente graciosos! — falou Kokoro também, e Fuka ergueu o rosto.

— Aki-chan.

— Hum?

— Posso dar um deles para Kokoro?

— Claro. Lógico.

— Sério? — perguntou Kokoro.

— Sim — respondeu Fuka, entregando o guardanapo que segurava.

Aki serviu o chá da garrafa térmica nas xícaras. Um vapor quente com o aroma de maçã recendeu. A estampa dos guardanapos combinava à perfeição com a linda cor do chá preto.

— Obrigada — agradeceu Kokoro.

Fuka estendeu um outro guardanapo e colocou os cookies sobre eles. Como se esperasse por isso, Ureshino apareceu na entrada da sala de jantar.

É raro, pois ele só costuma vir bem à tardinha.

Ureshino permaneceu de pé, acanhado. Parecia esperar que as meninas notassem sua presença.

— Ah, Ureshino — falou Aki.

— Bom dia — replicou ele em voz miúda, olhando para Fuka.

Sua paixão atual: Fuka.

Fuka apenas lançou um rápido olhar na direção do garoto e, mal-humorada, abaixou a xícara e permaneceu olhando as próprias mãos.

Vendo isso, Kokoro ficou nervosa. Talvez Ureshino seja sincero quando chama Fuka de "graciosa", mas, depois de defini-la como seu *crush*, dá a impressão de se comportar como se seguisse um manual de instruções.

— O que aconteceu com você? — perguntou Kokoro.

Desde que as meninas começaram a se reunir ali, era raro ele aparecer daquele jeito. Ela notou que o menino escondia algo às costas.

Quando ele trouxe às mãos à frente, Kokoro soltou uma exclamação de espanto.

— Fuka-chan, hoje é seu aniversário, não? Eu lhe trouxe flores!

Eram duas flores de caule longo, uma rosa, outra branca, cujo nome Kokoro não conhecia. Estavam envolvidas no formato de buquê em um papel de embrulho de uma loja de departamento.

— Ah, é seu aniversário?

Aki e Kokoro instintivamente olharam para Fuka. Sem perceberem, ela havia erguido o rosto.

— Quem diria, você se lembrou — murmurou Fuka.

— Eu tinha escutado — respondeu ele todo alegre. — Coisas assim nunca esqueço.

— É mesmo, Fuka? Você devia ter nos falado! — exclamou Aki.

— Não é nada que valha a pena comentar — replicou com seu costumeiro jeito frio de falar e ar de desprezo. Porém, havia certo acanhamento quando ela baixou o olhar.

— Então, vamos comemorar. Um brinde!

Aki ergueu a xícara de chá e brindou contra a de Fuka.

— Obrigada — agradeceu Fuka, recebendo sem jeito o buquê de flores.

Ureshino era todo sorrisos.

— E não tem chá para mim? — perguntou ele a Aki, dando a entender que pretendia permanecer mais tempo ali.

Ele não perde uma oportunidade, pensou Kokoro.

— Posso pegar um cookie? — perguntou ele descaradamente.

Nesse instante, a boa impressão deixada pelo oferecimento das flores foi por água abaixo.

— Olha, você não se tocou que esta é uma reunião só de meninas? — falou Aki irritada. — Trata de cair fora! — Ela tentava se livrar de Ureshino.

— Hã? Por que me trata desse jeito? — revidou ele desafiadoramente.

A cena era tão cômica que Kokoro não conteve o riso.

— Não é quase meio-dia?

Com o sinal de Aki, eles deveriam se separar para almoçar em casa.

— Ah, preciso voltar o quanto antes — saiu Ureshino às pressas da sala.

As flores deixadas sobre a mesa eram lindas, mas pouco viçosas.

— Está com cara de que foram colhidas em algum jardim — comentou Aki.

— Seja como for, ele deve ter pegado sem pensar muito e pretendeu fazer um arranjo no formato de buquê. Coitadas das flores. É preciso molhá-las logo. Esse papel está todo amarrotado e já deve ter sido usado antes. Que falta de senso!

— Você acha? — Fuka inclinou casualmente a cabeça para o lado ao ouvir as palavras de Aki.

Surpresa com a reação, Aki parou de falar. Fuka pegou docemente o buquê e se levantou indo em direção à porta.

— Ah — exclamou Aki de mau humor se dirigindo às costas de Fuka. — Se quiser deixá-las enfeitando a sala de jantar, posso procurar algum vaso ou algo assim.

— Não precisa — respondeu Fuka sem se virar. — Aqui não tem água. Vou levar para casa.

— Ah, é?

— Hum.

Observando a cena, Kokoro se sentiu pouco à vontade. Desde a época do primário, algumas vezes acontecera algo parecido. Esses momentos em que o ar entre amigas fica de repente tenso e estranho.

Depois de Fuka ir embora, Aki e Kokoro permaneceram caladas.

Não conseguindo se conter, Kokoro falou primeiro.

— Então, a gente se vê à tarde.

— Ah, sim — respondeu Aki prontamente.

Como tinha a expressão alegre de sempre, Kokoro apenas fez menção de partir sem falar mais nada.

Nesse momento, Kokoro ouviu atrás dela a voz de Aki.

— Se ela se comporta daquele jeito, é bem capaz de não ter amigas...

As palavras provocaram um arrepio em Kokoro. Ela resistiu ao impulso de se virar em direção a Aki para confirmar se não havia entendido errado, mas às pressas se afastou dali. Ela correu em direção ao seu quarto do outro lado do espelho.

Ela não ouvira errado.

Mesmo não se virando, sabia disso. Não havia dúvidas nas palavras de Aki. Parecia falar consigo mesma, mas talvez não se importasse que Kokoro a ouvisse.

Voltando para casa, Kokoro esquentou no micro-ondas o gratinado congelado que a mãe lhe deixara. Enquanto comia, refletiu sobre como a situação a deixou desconfortável.

Ela gostava de Fuka e Aki, mas não conseguia acreditar que, mesmo dentro do castelo, situações tensas como aquela ocorressem.

Kokoro chegou a pensar que, naquele dia, as duas não voltariam ao castelo, mas, quando voltou, logo depois da uma, ambas já estavam na sala de jantar.

Elas pareciam esperar sua volta.

— Ureshino apareceu, mas nós o expulsamos! — falou Aki rindo. — Vamos continuar a festa de aniversário. Ah, este é o meu presente.

Aki estendeu a mão. Havia nela três prendedores de cabelo.

Eram graciosos, feitos de madeira, com enfeite em cerâmica nos formatos de melancia, limão e morango. Estavam dentro de um saquinho transparente amarrado no alto com um laço azul quadriculado.

— Não repare pelo embrulho mal feito. Usei o que encontrei em casa. — Aki se desculpou, mas aos olhos de Kokoro, a embalagem estava perfeita. Era como se tivesse sido comprada em uma loja.

Fuka pegou os prendedores e os observou com cuidado.

— Obrigada — falou agradecendo. — São realmente lindos. Obrigada.

— Que bom que gostou! — Aki se alegrou. — Parabéns pelo seu aniversário, Fuka.

♦

Na manhã do dia seguinte, Kokoro acordou animada.

Depois de os pais tomarem café e saírem, dentro da casa vazia, ela respirou fundo.

A maioria das lojas abre a partir das dez horas.

Ela pensou em sair para comprar um presente para Fuka.

No dia anterior, o dia do aniversário, Ureshino e Aki ofereceram presentes, mas ela não. Fuka parecia não ter se importado, e Kokoro não falou nada naquele momento, mas desejava presenteá-la, mesmo com atraso.

Dentro da casa, em total silêncio, ninguém sabia o que ela pretendia fazer. Pensou em sair e voltar às escondidas.

Kokoro estava diante do espelho, não o do quarto que conecta com o castelo, mas o da entrada. Respirou fundo. Pensou em colocar o chapéu, mas sentiu que isso era coisa para alunos do primário. Uma aluna do fundamental com um chapéu se destacaria demais.

Vestiu uma camiseta e saia, lavou duas vezes o rosto – mais do que o normal – e penteou os cabelos.

Animada, empurrou a porta da frente.

A ofuscante luz de verão penetrou na penumbra do vestíbulo fazendo-a cerrar os olhos. O sol amarelo brilhava no céu. Pássaros voavam. A quentura do asfalto se elevava a partir dos seus pés numa sensação desagradável.

Ela estava do lado de fora.

Tinha passado muito tempo sem contato com o mundo exterior.

Respirava um ar puro. Sentiu-se aliviada por não estar nem um pouco irritada. Cigarras ciciavam. Ouvia-se ao longe a voz de pessoas levando cachorros para passear e de crianças.

Estava quente, mas para Kokoro estava tudo agradável.

Atravessou o portão.

Tinha uma ideia para o presente de Fuka.

Pensou em ir à Careo.

Careo era um shopping bem próximo da sua casa que dava para ir a pé. Foi inaugurado quando Kokoro entrou na escola primária e tinha muitas lojas, inclusive McDonald's e Mister Donuts. Em uma loja de artigos sortidos, havia muitos guardanapos lindos de papel, como os que Aki levara ao castelo na véspera. Tamanha a variedade, tornava-se difícil escolher um. Desde que parara de ir à escola, ela economizou uma boa quantia da mesada.

Era divertido sair depois de tanto tempo e ela estava repleta de uma animada expectativa. Ao contrário de quando fora levada ao Instituto, a mãe não estava junto. Ela não imaginava que sair sozinha fosse tão agradável.

Foi justo quando ela pensava nisso.

Ela chegou a uma avenida.

Nesse momento, bicicletas passaram próximo a ela. Ao vê-las, suas pernas enrijeceram. Dirigindo-as, estavam meninos vestindo jaquetas da Escola Fundamental Yukishina nº 5, que ela frequenta... ou melhor, frequentava. Falando coisas entre eles como: "Qualé, aí complica" ou "Péra lá", as duas bicicletas acabaram se distanciando.

Cada ano do fundamental usa uma jaqueta de cor diferente. A deles não era azul, como no caso de Kokoro, mas grená. Eram alunos do oitavo ano.

Era como se pudesse ouvir claramente o som de seu coração acelerado no peito.

Instintivamente abaixou a cabeça e desviou o olhar dos meninos. Porém, algo a atraía a eles. Desejava vê-los. *Esquece isso*, algo dentro de si reprimia qualquer impulso.

Seus ouvidos insistiam em querer ouvir a voz dos dois meninos. Sem qualquer razão lógica, ela pressentia que os dois falavam mal dela. Kokoro tinha certeza de que eles se virariam e sussurrariam algo entre si algo sobre ela.

Mas isso seria pouco provável.

A Escola Fundamental Yukishina nº 5 é enorme. Como os dois poderiam saber sobre Kokoro, que era de uma série diferente e que nem sequer fazia parte dos clubes da escola?

Eles não eram do sétimo ano, como ela e, por serem rapazes, não pertenciam ao grupo de Sanada. Mesmo assim, Kokoro estava nervosa.

O que aconteceria se fossem conhecidos de Sanada? Ao pensar nisso, sentiu a súbita vontade de se agachar ali mesmo e se esconder.

E ela se sobressaltou de novo.

Tojo, amiga de Sanada, morava naquela área.

Olhou de novo para a rua e sentiu que a quentura do asfalto a envolvia rapidamente pelos tornozelos.

No fim do longo caminho que se perdia à distância, pôde ver a placa do shopping para onde estava indo. Quando os pais a levavam de carro sentia ser bem perto, mas agora era incrivelmente distante.

Suas pernas tremeram ao pensar em ter de caminhar até lá.

Mordeu os lábios, respirou fundo.

Porém, era uma pena, já que chegara até ali.

Falando isso para si mesma, voltou a caminhar. Ela teve a impressão de que as solas dos sapatos haviam deixado leves marcas no local onde parara por um tempo. Cada passo dado era um grande esforço.

Quanto tempo ela teria andado?

Na metade do caminho, sentindo-se mal, entrou em uma loja de conveniência.

E sentiu-se tonta.

Logo ao entrar, a luz no local de resfriamento de comidas prontas e bebidas era ofuscante a ponto de Kokoro não conseguir manter os olhos abertos. Ela esteve ali inúmeras vezes e conhecia a intensidade daquela luz, mas as cores desta vez eram muito mais vívidas do que de costume. E também a quantidade de produtos. Doces e sucos que ela pedia com certo sentimento de culpa para a mãe acrescentar às compras se alinhavam sem fim nas gôndolas, como em uma pintura desenhada em uma parede. Era uma sensação inusitada. Essa possibilidade de escolha a deixou tonta.

Ao estender a mão para um produto meio desajeitada, não conseguiu segurar direito a garrafa de plástico, que caiu rolando no chão.

— Desculpe! — murmurou instintivamente e depois a recolheu. Apertou-a contra o peito sentindo as faces queimando.

Não havia motivos para se desculpar. Sua voz talvez tenha saído mais alta do que pretendera.

Um homem com jeito de funcionário de escritório passou calado logo atrás dela. Embora não tivesse encostado em seu ombro ou costas, ela se espantou. Como só tinha contato com os pais em casa e com os amigos no castelo, ela não podia acreditar que tivesse uma pessoa desconhecida bem ao seu lado. Era inconcebível que estivessem tão próximos.

Inconcebível, inacreditável, desagradável, ofuscante... São muitas as palavras, mas todas se resumiam a uma só.

Medo.

A loja de conveniência a apavorava.

A garrafa de plástico colada ao peito estava fria. Essa frieza agradável a fez se dar conta de algo.

Era impossível.

Ela não conseguiria de jeito algum ir ao shopping.

♦

Quando foi ao castelo à tarde, Fuka não estava.

Como nem Aki nem Fuka estavam na sala de jantar, ela foi até a sala de jogos. Encontrou Masamune.

— Ah, Fuka esteve aqui de manhã, mas não deve vir por um tempo — informou ele.

Kokoro segurava uma caixa de chocolates que pegou da gôndola e comprou às pressas antes de sair correndo da loja de conveniências como uma fugitiva. Ao ouvir, ela ficou sem palavras.

— O que aconteceu?

— Os pais a matricularam em um curso de verão. Tem duração de cerca de uma semana. Tipo Intensivão. Falou que é para recuperar o atraso nos estudos.

Kokoro recebeu a notícia como se tivesse levado uma pancada na cabeça.

Curso de verão. Recuperar o atraso nos estudos.

Era tudo o que os pais lhe propuseram, e ela carregava como um fardo pesado.

Ela sempre quis perguntar a Fuka e aos outros como faziam em relação às aulas e estudos uma vez que não iam à escola. De repente, Fuka parecia ter se antecipado a ela. Seu estômago voltou a doer. Ela não conseguia se acalmar.

— E Aki-chan?

— Não tô sabendo. Fuka foi embora, e Aki deve estar no quarto dela?

Naquele dia Masamune estava sozinho na sala de jogos, algo incomum. Tanto Ureshino quanto Subaru não haviam aparecido até aquele momento.

— Ureshino não dar as caras não é novidade, e Subaru falou algo como ir viajar com os pais. Férias de verão, sabe como é.

— Entendo...

Ela se lembrou de como se sentiu mal na loja de conveniência. Subaru já era estranhamente adulto para viajar.

— Masamune-kun, como você está se virando com os estudos?

— Hã? Tá sussa, eu sou um gênio.

Ele leva tudo na brincadeira.

— Será que não comentei que tenho aulas de reforço? Minhas notas são ótimas.

— Ah, é?

Kokoro respondeu e estava prestes a sair da sala, quando Masamune a chamou.

— Olha só. Deixa eu falar. O que se aprende na escola não serve de nada no mundo real.

Kokoro o invejou por ele estudar seriamente em um programa extracurricular.

— Hum — replicou ela desmotivada. Sem desejar falar mais nada, foi para a sala de jantar.

Kokoro deixou o presente de Fuka sobre a mesa.

Ela embrulhou a caixa de chocolate comprada na loja de conveniência em uma página de um jornal em língua inglesa trazido pela mãe para casa em alguma ocasião, prendeu com fita adesiva e colou um selo com um personagem de animê. Procurou fazer um embrulho legal reunindo uma variedade de materiais, mas olhando bem ela o achou muito pobre. O buquê de flores de Ureshino era mais vistoso.

Talvez fosse melhor nem o dar a Fuka.

No momento em que pensou nisso, veio-lhe à mente os dolorosos acontecimentos durante o longo dia.

Diante do presente medíocre, começou a pensar.

Por que não podia fazer um embrulho elegante como o de Aki?

Por que se desesperou apenas por ter entrado em uma loja de conveniência?

E começou a ficar muito angustiada.

Já eram férias de verão, mas devido ao seu estado de espírito, sentia que praticamente não descansara. E agora ela havia desenvolvido uma fobia do mundo exterior.

Pensou por um instante que talvez se sentisse melhor se chorasse bem alto. Mas, às pressas, abandonou a ideia. Poderia fazer isso em casa, no seu quarto ou na banheira. Não queria ser tida como uma pessoa chata se a vissem choramingando.

— Ué?

Nesse momento, Kokoro ouviu uma voz.

Às pressas, ela voltou o rosto na direção da entrada. E piscou um pouco. Estava ali um rosto que ela não via há algum tempo. Rion.

— Ué? Está sozinha hoje? E as outras meninas?

— Ah, Aki-chan talvez esteja no quarto dela. Fuka-chan tem um curso de verão e ficará um tempo sem vir a partir de hoje.

— O que é esse curso de verão?

— Como?

Rion entrou na sala de jantar.

Um nariz bem definido, olhos grandes um pouco sonolentos com longos cílios. Olhando de perto, Kokoro confirmou como ele é bonito. *Ele tem um belo bronzeado. Ah, certamente não deve ter problema em sair por aí,* pensou observando a aparência do garoto. De novo, se sentiu intimidada.

— Nunca ouviu falar de cursos de verão? São compostos de aulas extracurriculares intensivas durante as férias para revisar as matérias do primeiro período de aulas.

— Ah, é isso. Afinal, estamos nas férias de verão. Mas é duro ter de estudar nas férias, não?

Kokoro ficou pasma ao constatar que Rion não era sarcástico como Masamune. Ela o encarou.

— O que foi? — perguntou ele.

— Rion-kun, você não estuda?

— Só o absolutamente necessário. Detesto estudar. Mas, quem é que gosta? Ah, mas você, Kokoro, tem jeito de ser aplicada. Deve estudar direitinho.

— Não estou estudando!

Na realidade, ela não estudava nada e isso agora a deixava angustiada a ponto de lhe tirar o fôlego. Porém, o que a surpreendeu foi Rion, de repente, a chamá-la apenas pelo nome, sem acrescentar *san* ou *chan*. Ele se limitou a balbuciar "Hum", desinteressado e olhou para a mesa da sala de jantar.

— Isso é um presente? — perguntou.

Me dei mal. Era melhor ter escondido, pensou Kokoro.

— Uhum.

— Para Fuka?

— Sim. Foi aniversário dela. Sabia?

— Difícil não saber, com Ureshino falando sobre isso aos quatro ventos. Ele é uma figura. E pensar que até pouco tempo atrás você era a menina dos olhos dele.

— Deixa disso!

Instintivamente Kokoro abaixou a cabeça. Queria sumir, tanta era a vergonha do embrulho mal feito.

— Que pena, não? — falou Rion nesse momento. — Pena realmente que você não vai poder entregá-lo logo.

Não havia nada de especial em suas palavras.

No entanto, no instante em que as ouviu, Kokoro se sentiu emocionada.

Era um presente comum e mal embrulhado.

Do tipo que pode ser comprado em qualquer lugar, inclusive numa loja de conveniência.

Chocolates que ela pegou de qualquer jeito antes de sair às pressas da loja.

— Uhum — replicou. — Queria muito entregá-lo.

Ao saber que Subaru partira em viagem com a família e Fuka estava em um cursinho de verão, ela sentiu vergonha de continuar indo ao castelo, com todos se revezando dessa forma.

Os pais a haviam aconselhado a frequentar um cursinho de férias, e ela jogara fora a oportunidade.

— Vou me atrasar nos estudos... — Ela acabou sussurrando.

Com o término do primeiro período de aulas, isso era algo que a preocupava há algum tempo e involuntariamente acabou colocando em palavras.

— Hã?

Rion virou-se para ela. Em um segundo, o semblante de Kokoro mudou. Para que o clima não ficasse pesado, ela sorriu.

— Esqueça, não é nada — respondeu, mas Rion ouvira.

— Está preocupada com os estudos? Você está no sétimo ano, não? Assim como eu.

— Isso mesmo.

— Entendo.

A conversa acabou nesse ponto.

Talvez Rion estivesse em uma situação idêntica à de Kokoro. Ao pensar nisso, ela se sentiu um pouco aliviada, embora tivesse certa pena pelo garoto.

Apesar de ter perdido a chance de fazer um cursinho de verão, talvez ainda desse tempo de frequentar, se ela assim o desejasse. Deveria ser possível começar no meio do curso.

Porém, embora estivesse impaciente por dentro, isso não se transformava em ações concretas. No fundo, ela não desejava ter aulas de reforço e isso não mudara em nada dentro de si.

Tinha medo de não conseguir acompanhar os estudos e tinha medo das aulas de reforço.

O que ela poderia fazer? O que fazer para trazer de volta a "vida cotidiana" que tanto desejava?

A chave do quarto dos desejos. Precisava encontrar o quarto dos desejos.

Se Sanada desaparecesse do mapa, Kokoro com certeza poderia voltar para a sala de aula.

♦

Na semana seguinte, Aki continuou não aparecendo no castelo.

Ureshino também não dava as caras. Segundo informou Masamune, ele estava passando as férias na casa da avó.

Na casa de Kokoro, tanto o pai quanto a mãe estavam ocupados no trabalho e não podiam tirar férias. Vendo que a filha não se motivava a ir à escola ou ao Instituto, parecem ter desistido por completo de levá-la a algum lugar durante o verão. Por sua vez, envergonhada, ela evitou questionar.

Em meio a isso, assim como Kokoro, Masamune também continuou a frequentar o castelo. Kokoro raramente ia aos sábados e domingos, quando os pais estavam em casa, mas talvez Masamune fosse até mesmo nos dias em que todos estavam de folga. Os pais de Masamune têm um filosofia totalmente oposta à dos pais de Kokoro. Ela imaginava que tipo de pessoas seriam e qual a ocupação deles.

Masamune muitas vezes estava sozinho. Quando Kokoro entrava na sala de jogos, ele a olhava de soslaio. Sem falar nada, sem cumprimentá-la.

Quando Subaru e os outros meninos não estavam, na maioria das vezes ele não jogava no console conectado à TV, permanecendo de olhos grudados no videogame portátil que trazia.

— Ah, esse aí... — falou Kokoro sem pensar.

— Hã? — Masamune ergueu o rosto.

Os olhos de Kokoro estavam pregados nas mãos do garoto.

No dia que se encontraram pela primeira vez, o console portátil que Masamune tinha em mãos... Ele explicara que estava fazendo o monitoramento dele, a pedido de um conhecido. Kokoro sentiu uma enorme inveja, mas não sabia se ele poderia lhe mostrar o console assim tão facilmente, pois ele o recebera em circunstâncias especiais e deveria ser um segredo corporativo.

— Ah...

Percebendo que era observado por Kokoro, Masamune olhou para o console em mãos. Podia-se ouvir uma leve música saindo dele.

— Quer emprestado? — ofereceu em seguida Masamune.

Kokoro arregalou os olhos.

— Sério? Mas...

— Seus pais não esconderam o seu? Pode pegar! Tenho um montão de modelos novos em casa. Curte RPG? — perguntou ele enquanto se inclinava sobre sua mochila e pegava alguns jogos.

No console portátil, Masamune parece jogar mais RPG, que tem uma história, do que os jogos de corrida e ação que costuma jogar na TV quando está com os outros.

— Não joguei muito RPG. É longo e parece complicado — falou Kokoro de alguma forma agradecendo pela gentileza de Masamune.

— Hã? — perguntou Masamune, enquanto vasculhava a mochila e encarou Kokoro. — Achei incrível uma menina jogar videogame. É algo raro. Mas, o que significa que eles "são longos"?

Ele parecia nitidamente decepcionado. Tinha uma expressão de desdém estampada no rosto.

— Então você quase nunca jogou com *role-playing*? Acha que games são coisas simples que podem ser jogados rapidinho?

— Para mim tem jeito de ser complicado.

— Complicado? — Masamune voltou a franzir o rosto. — A gente não se entende. Na minha opinião, só quem joga RPG compreende como esses games são da hora. Até chorei pela primeira vez na vida com a história em um game.

— Quê?! Você chorou com um game? — Agora foi a vez de Kokoro se admirar. Ela olhava sério para Masamune. — Com certeza ficou frustrado com algum *game over*?

— Não! Me emocionei na real. Mas deixa pra lá — falou Masamune parecendo irritado.

Kokoro se surpreendeu. Muitos videogames anunciados na TV prometem com certeza histórias emocionantes como as do cinema. Mas fazer um homem chorar?

Kokoro temia que Masamune soltasse um novo: "A gente não se entende", com seu jeito de falar agressivo, e preferiu não argumentar.

— Você já chorou lendo um romance ou mangá? Ou vendo um animê ou filme?

— Com certeza…

— Então, que diferença tem pra um game? Que falta de imaginação a sua!

Ela entendeu que ofendera a sensibilidade de Masamune, mas ele exagerou nas palavras.

— Sendo assim, não precisa me emprestar. — Kokoro acabou deixando sair o comentário.

Masamune estreitou os olhos mal-humorado.

— Ah, é? — falou, puxando de volta a mão com o console de videogame que estava prestes a passar para ela. — Sabia que no fundo seu interesse não era lá essas coisas.

Ao ouvir isso, Kokoro se enfureceu, mas, não querendo começar uma discussão, preferiu se calar.

Imaginou que Masamune, sempre indiferente a tudo, logo esqueceria essa conversa com ela.

Embora pensasse assim, ao retornar de tarde nesse dia ao castelo, não havia sinal dele.

— Aquele *otaku* imbecil! — sussurrou Kokoro na sala de jogos vazia. Ele não voltou pelo resto do dia.

Furiosa, Kokoro socou uma almofada no esplêndido sofá.

Bang, bang, bang. Depois de esmurrar três vezes, respirou fundo.

Olhou para o console de videogame em frente à TV deixado por Masamune. Sentiu o desejo de quebrá-lo, aproveitando a ausência do garoto. No fundo ela não queria, mas considerar essa possibilidade a fez se acalmar um pouco.

Masamune devia gostar realmente de RPG e outros games nos quais se pode mergulhar em completa solidão. Contudo, ela percebeu que, enquanto estava no castelo, ele se concentrava nos games de ação que podiam ser jogados com todos.

No DIA SEGUINTE, SUBARU apareceu no castelo depois de um longo tempo.

Masamune não estava e Subaru, de pé à janela, parecia ouvir algo pelos fones de ouvido. O fio dos fones terminava dentro da bolsa.

— Subaru-kun.

Concentrado na música que ouvia, não percebeu quando foi chamado da primeira vez. Na segunda tentativa, Kokoro deu também tapinhas no ombro dele. "Ah", ele exclamou erguendo finalmente os olhos. Tirou os fones de ouvido.

— Desculpe, não notei você.

— Imagina. Sou eu que peço desculpas por importunar você. Masamune não vem hoje?

— Parece que não. É uma pena. Eu queria encontrá-lo depois de tanto tempo.

Ele se curvou para guardar os fones de ouvido e a olhou com seu rosto pálido e sardento.

— Ei, Subaru-kun, nunca lhe disseram que você é a cara do Ron de Harry Potter? Achei isso desde a primeira vez que vi você.

— Harry Potter?

— Sim, dos livros.

Depois de falar, pensou que tinha em mente mais o personagem dos filmes do que dos livros. Subaru deu de ombros e meneou a cabeça negativamente.

— É a primeira vez que ouço algo parecido. Você gosta mesmo de livros, não é, Kokoro-chan?

Vendo sua atitude madura, ela imaginou como seria bom se alguém como ele estivesse em sua turma.

— "Subaru" é o nome da constelação das Plêiades, né? Talvez por isso também associei você a um mundo de fantasia.

— Foi? Realmente, de tudo o que meu velho me deu, o que mais gosto é do meu nome.

— Ah.

Mais do que o nome dele, Kokoro ficou surpresa com a forma com que um garoto como ele empregava sem constrangimento a palavra "velho". Ele sorriu.

— Esses aqui também foram presentes dele. Foi quando nos encontramos este mês — falou depois de acabar de retirar os fones dos ouvidos.

Kokoro achou estranho ao ouvir "nos encontramos este mês", apesar de ser seu pai. Talvez eles não morassem juntos?

Como se percebesse que Kokoro parara de falar, Subaru ergueu o rosto e a encarou. Ela não sabia se deveria ou não perguntar algo. Porém, Subaru parecia estranhamente esperar que ela perguntasse. Ou talvez fosse apenas impressão sua.

— Mas você...

Quando fez menção de perguntar, sentiu o olhar vindo de alguém na porta de entrada. Subaru percebeu antes e olhou. Fuka estava de pé. Fazia tempos que não a viam.

— Fuka-chan.

— Kokoro-chan, obrigada pelo presente.

— Imagina...

Kokoro deixou o presente em pé em frente ao espelho de Fuka para que ela o encontrasse assim que viesse. Colocou junto um cartão com a mensagem: "Feliz Aniversário! Desculpe pelo atraso".

Fuka tinha em mãos o presente. Entrou na sala de jogos e o abriu sobre a mesa. Observou com atenção a caixa de chocolates.

Kokoro estremeceu.

Ela tivera trabalho para comprar o chocolate, mas não parava de pensar se Fuka não acharia que ela apenas embrulhara algo que havia em casa.

Vendo que Kokoro e Fuka começaram a conversar, Subaru se levantou.

— Bom, vou dar um pulo em casa — anunciou. Guardou os fones de ouvido. — Até mais! — Ele se despediu, como se não quisesse atrapalhar a conversa das meninas.

Kokoro lamentou que a conversa entre os dois tivesse sido interrompida.

— Ah, uhum. — Ela se limitou a falar.

Mesmo depois de Subaru partir, Fuka continuava com os olhos fixos no presente. Kokoro sentiu que deveria pedir desculpas de alguma forma. No entanto, nesse momento de súbito Fuka ergueu a cabeça.

— Você gosta deste doce?

— Hã?

— Eu nunca os comi. Achei que você me ofereceu porque tem uma predileção especial por eles.

— Hum. São deliciosos.

Realmente gostava daqueles doces, mas se lhe fosse perguntado se tinha uma "predileção especial", como Fuka colocara, ela hesitaria na resposta. Se Fuka nunca os provou, era sinal de que talvez não fosse com frequência a lojas de conveniência. Ela era uma menina bem-educada e talvez os pais tivessem como lema não permitir que ela comesse coisas doces. Fuka abriu um sorriso.

— Estou alegre. Vou experimentar.

Sua voz soava mesmo animada. Ela não parecia tê-lo dito apenas por educação. Kokoro se emocionou.

Fuka era uma menina incomum.

Ela não deixava transparecer seus sentimentos. Era difícil saber o que pensava. Porém, não parecia haver nela algum tipo de cálculo ou interesse em fazer se passar por uma boa moça diante das pessoas. Kokoro não pôde conter sua alegria ao ouvir sua voz tão inocente.

— Queria comer junto com você, mas se importa se eu levar para casa? — perguntou Fuka, para a surpresa de Kokoro. — É um presente tão bom que quero comer sozinha.

— Claro. Sem problema!

À tarde, ao regressar da pausa do almoço, ela exclamou radiante: "Estavam deliciosos!".

Ao ouvir, Kokoro se sentiu feliz por ter ido à loja de conveniência.

♦

As visitas ao castelo diminuíram, mas havia alguém que Kokoro encontrava com alguma frequência desde o início das férias: Rion.

Como sempre, passava a impressão de um menino dinâmico e muito popular entre as garotas. Desde que o encontrara pela primeira vez, sentiu que ele estava mais bronzeado e havia crescido. A pele do rosto até parecia estar descascando. Talvez ele fosse do tipo que mata aula para se divertir por aí. Ela estremeceu ao pensar. Mas Rion não tinha jeito de alguém que estivesse passando o tempo com amigos supostamente delinquentes. Se fosse esse o caso, o que Kokoro faria?

— Ué, cadê o pessoal?

— Hoje somos só eu e Kokoro-chan. Subaru veio de manhã, mas todos devem ter algum tipo de programação nas férias — respondeu Fuka.

Kokoro olhou o relógio. Passava das quatro. Rion prescrutou o interior da sala de jogos sem os outros meninos.

— Hum — murmurou ele. — Masamune também não está? É raro. Eu ia pedir a ele para me deixar jogar.

— Eu o deixei com raiva — contou Kokoro.

— Não brinca. Por quê? — Rion a fitou.

De vez em quando se encontram meninos como Rion na escola. Eles não ligam para a própria beleza ou popularidade e conversam com todos, meninos e meninas, até mesmo com Masamune e Ureshino, que não eram muito bons em relacionamentos pessoais.

Por que um menino como ele é membro do castelo? Kokoro se sentia constrangia em perguntar, achando que seria absolutamente inapropriado.

Ela explicou, sentindo-se ainda um pouco sufocada.

— Ele se enfureceu quando falei que entre os games, achava RPG longo e complicado. Começou a tirar sarro de mim e fiquei irritada. Mas, seja como for, ele havia se oferecido para me emprestar um game.

Apesar de tudo, Masamune manteve a oferta. Birrenta, foi Kokoro quem a recusou.

— Ah, não conheço nada de videogames. Mas, talvez seja melhor você se desculpar. Talvez Masamune também esteja preocupado com a situação. Deve estar ciente de que exagerou na dose.

Ele falou de uma forma tão resoluta que Kokoro apenas assentiu.

— Vou pedir desculpas na próxima vez que nos encontrarmos.

♦

O PAI ESTAVA AUSENTE a trabalho e no jantar daquela noite seriam apenas Kokoro e a mãe.

Kokoro lavou o arroz e o colocou na panela elétrica. A mãe retornou bem a tempo de encontrá-lo pronto. Trocou de roupa e colocou o avental.

No trabalho, ela estava particularmente ocupada naquele momento. Comprou salada e *gyoza* na delicatessen dentro do shopping Careo e os colocou sobre a mesa, desculpando-se por não ter tempo para cozinhar algo. Mas Kokoro adora as misturas dessa loja. Principalmente porque, ao contrário da mãe, eles põem nozes na salada.

— Sabe, Kokoro... — começou a falar a mãe.

Sua voz era gentil, mas tinha certa rigidez.

— O quê? — replicou Kokoro, já com um pé atrás.

Quando a mãe falava com aquele tom, a conversa era sobre o Instituto ou a escola. E, na maioria das vezes, o assunto era desconfortável.

— Você costuma sair durante o dia?

No instante em que ouviu a pergunta, seu coração se acelerou e ela deu um salto.

— Hã? — Ela se limitou a responder depois de uma pausa.

As mãos da mãe, que estavam colocando os pratos sobre a mesa, pararam. Ela olhou para Kokoro que colocava os copos e *hashis*.

— Não estou brava, não! Sentir vontade de sair é algo positivo. Felizmente, agora estamos em férias de verão.

"Felizmente", disse a mãe, e essa palavra não fazia sentido na cabeça de Kokoro.

Felizmente.

Felizmente, agora estamos em férias de verão.

Ela imaginou que, se não fossem as férias de verão, a mãe talvez não desejasse, em hipótese alguma, que pessoas vissem sua filha, que não vai à escola, vagando por aí.

A mãe prosseguiu.

— Eu não pretendia falar, mas dia desses aconteceu de eu voltar do trabalho à tarde. — Kokoro se sentiu distante, como se tivesse recebido um golpe invisível na nuca. — E você não estava em casa.

— Por que você voltou? — revidou impulsivamente Kokoro. Sentia a raiva fermentando dentro do peito.

Por que a mãe voltara para casa à tarde quando em geral fica no trabalho até à noite? Kokoro tinha consciência do quanto sua raiva era irracional. Porém, ela achou o fato terrível. Sentia que o tempo em casa à tarde pertencia apenas a ela. A mãe não confiaria nela? Teria vindo para se certificar de que ela estava em casa?

Kokoro sentia uma desagradável contração de todos os músculos do rosto e do movimento dos olhos.

— Kokoro, não estou brava! — falou de novo a mãe para acalmá-la. — Para falar a verdade, nem pretendia tocar no assunto.

— Então, por que o fez?

— Porque... — A mãe franziu as sobrancelhas. A voz que estava doce até então, como para amenizar a situação, elevou-se. — Lógico que é porque estou preocupada. Primeiro, seus sapatos estavam na entrada. Cheguei a imaginar que você tivesse sido raptada.

— Os sapatos...

Kokoro não supôs que a mãe verificaria até aí. Logicamente ela também entrara no quarto, mas certamente nessa hora o espelho não brilhava. Ela não sabia como o espelho ficava cada vez que ela se ausentava, mas talvez houvesse algum mecanismo para que parasse de emitir luminosidade depois de o ter atravessado.

Ela não sabia como a mãe teria interpretado os sapatos. Talvez tivesse deduzido que a filha saíra usando algum de seus sapatos.

— Kokoro.

Os olhos da mãe estavam perplexos. Vendo-os, Kokoro percebeu. A mãe não confiava nela.

— Eu falei, não? Não estou repreendendo você. É ótimo que possa sair. Mas, aonde...

— Só dei uma saída rápida!

Na realidade, não foi bem assim.

Ela ficou sufocada por estar mentindo.

Não queria ter falado.

Afinal, a verdade é que ela não podia sair.

Pelas ruas ensolaradas seus olhos eram ofuscados até pela luminosidade da loja de conveniência, e só de ver as silhuetas dos meninos de outros anos da mesma escola com suas jaquetas, seu corpo se imobilizou, trêmulo. Na verdade, ela desejava muito que a mãe compreendesse o quanto ela sofreu. No entanto, Kokoro se limitou a declarar que saíra. Estava com raiva de si mesma. Muita raiva.

Apesar de ter tido tanto medo do exterior, ela não desejava que a mãe julgasse que ela estava vagando tranquilamente por aí, como qualquer outra criança.

A mãe suspirou. Apesar de "não pretender falar nada", mesmo assim não conseguiu se conter "porque estava preocupada". Tendo essas palavras como pretexto, ela invadiu uma área que Kokoro não desejava que ela se aproximasse. Como ela teria entendido a justificativa dada pela filha?

Se acabou falando, a mãe não devia ter afirmado que "não pretendia falar nada".

Se era para falar que não estava brava e não queria repreendê-la, por que então suspirou tão profundamente diante dela?

— Você não quer visitar mais uma vez o Instituto?

Essas palavras causaram uma dor no fundo do estômago de Kokoro. Ela ouviu calada a mãe prosseguir.

— Lembra da professora Kitajima, que encontramos quando fomos lá pela primeira vez?

Era a jovem professora que guiou Kokoro até a sala dos professores. Aquela que perguntou: "Kokoro Anzai é aluna da escola Yukishina nº 5, correto?". No seu crachá havia seu retrato desenhado por alguma criança e o nome Kitajima.

"Eu também!", ela exclamou gentilmente, sorrindo, quando Kokoro confirmou onde estudava. Kokoro, naquele dia, sentiu inveja porque a professora era adulta e não precisava mais frequentar uma escola fundamental. De cabelos curtos, ela passava a impressão de ser uma pessoa dinâmica. *Não, ela não é nem um pouco parecida comigo,* concluiu Kokoro.

— A professora gostaria de conversar de novo com você. — A mãe a encarou.

Como Kokoro suspeitava, a mãe mantinha contato com os professores do Instituto durante o tempo em que ela não o frequentava.

— A professora afirmou que o fato de você não poder ir à escola não é culpa sua. Ela acha que deve ter acontecido algo. — A mãe prosseguiu, depois de vacilar em silêncio por um momento.

Kokoro reabriu os olhos. Embora constrangida, a mãe continuou.

— Ela me falou inúmeras vezes. Não é culpa de Kokoro. Por isso, me aconselhou a não repreender ou ficar brava com você. De jeito algum. Mesmo eu querendo perguntar, me contive.

Se ela se conteve, por que justo agora revela até isso a mim?

A mãe a encarou.

— No dia seguinte daquele em que não encontrei você, dei uma escapulida do trabalho e vim até em casa. E, de novo, você não estava, não é? Fiz isso várias vezes.

Sem revidar, Kokoro se manteve calada. A mãe a olhava com um ar exausto.

— Eu trabalhava preocupada com o que faria se você não estivesse em casa quando eu voltasse à noite. Mas eu sempre encontrava você com um ar de que nada havia acontecido, não é? Você passava o dia fora e à noite diante de mim jantava calada e tranquila. Imagine como eu me sentia.

— Entendi! Não saio mais. Vou ficar todo o tempo em casa.

Kokoro falou com uma voz desdenhosa. A mãe perdeu o fôlego.

— Não é o que eu pretendo. — A mãe piscou, tentando prosseguir. — Acho bom que você saia. Mas, aonde você está indo? Ao parque? À biblioteca? Espero que não esteja indo ao fliperama do shopping, não?

— Eu não conseguiria ir tão longe!

Não era mentira. Kokoro não se sentia capaz de ir tão distante. A loja de conveniência era o seu limite. Apesar disso, não suportava ser mal interpretada daquela forma pela mãe.

Ela colocou os copos e *hashis* que tinha em mãos sobre a mesa com força, causando um forte ruído. Saiu correndo da sala de jantar.

— Kokoro! — chamou a mãe, mas ela não se virou. Foi direto para seu quarto no andar de cima e se atirou de bruços na cama.

Lastimou o espelho que conduzia ao castelo não estar brilhando nem um pouco naquele momento. Por um instante, apenas imaginou como seria bom se pudesse ir também ao castelo à noite e assim desaparecer daquele quarto.

Porém, ouviu seu nome ser chamado e o som de passos se aproximando escada acima. Ela não podia sair de casa.

Pensava na professora Kitajima, do Instituto.

Em tudo o que ela dissera.

A culpa não é de Kokoro por não poder ir à escola.

Ao ouvir essas palavras, uma leve e pequena esperança brotou em seu peito.

Quem sabe a professora Kitajima tenha percebido algo? Não era estranho que os professores do Instituto mantivessem algum tipo de contato com as escolas fundamentais da região. Teria alguém da escola comentado algo? Contaram sobre a situação em que ela estava? Mas será que eles sabiam?

Pensou nisso por apenas um instante, mas ao mesmo tempo imaginou que uma situação tão conveniente provavelmente não ocorreria.

Afinal, Miori Sanada era a garota mais popular do seu ano e suas admiradoras jamais a trairiam. Elas nunca contariam a adultos algo que deixasse sua líder em apuros. Nem as outras colegas. A essa altura, elas já haviam esquecido de Kokoro e deviam se dedicar com afinco às atividades extracurriculares e às outras coisas de suas vidas cotidianas.

Kokoro fora excluída por completo do tempo que passava na sala de aula.

— Kokoro... — A mãe a chamava, dando sinais de estar se aproximando do quarto. Ao se dar conta Kokoro se levantou assustada.

O guardanapo de papel estampado que recebera de Aki estava sobre a escrivaninha. Se a mãe o visse, iria perguntar de onde viera aquilo e faria um escarcéu. Kokoro foi às pressas escondê-lo.

Ela o segurou firme, o colocou sobre a coberta da cama e sentou em cima. Sentiu pena de amassar um guardanapo tão bonito.

Lembrou-se de Aki, que trouxe os guardanapos e preparou chá para elas, e em seguida de Fuka, que se alegrou com o presente. Um sentimento de frustração brotou em seu peito a ponto de ter vontade de gritar.

Por que a mãe não se calava e a deixava ir aonde quisesse, sem questionar?

Por que não a deixavam viver da forma que bem entendesse?

— Kokoro, abra!

A voz soou, e a mãe entrou no quarto.

♦

No dia seguinte à discussão com a mãe, Kokoro não foi ao castelo.

Nesse dia pela manhã, a mãe se desculpou de um jeito exageradamente meigo.

— Peço desculpas por ontem. Não pretendo dar palpite sobre como você deve passar os seus dias. Não foi para fazer uma inspeção de surpresa que vim até em casa à tarde. Desculpe se causei essa impressão.

— Hum — respondeu Kokoro, tentando suportar a sensação de desconforto que sentia.

— Prometo não voltar para casa à tarde sem avisar — falou a mãe. — Não farei nada para testar você.

Ela estaria empregando algum tipo de estratégia recomendada pela professora Kitajima ou por alguém do Instituto? Sua maneira de falar era do tipo usado por uma mãe compreensiva.

Desconfiando se tratar possivelmente de uma armadilha, Kokoro passou todo o dia em casa. Isso porque, apesar da mãe ter falado daquela forma, ela podia muito bem estar sendo vigiada.

Fechou hermeticamente a janela por onde penetravam os raios de sol estivais, leu um livro e assistiu à TV. Podia ouvir as vozes de crianças em meio às férias de verão brincando no parquinho atrás da casa.

Ela comeu no almoço a comida preparada pela mãe. Depois olhou preguiçosamente pela janela, mas embora esperasse até o fim do dia, não havia sinal de que a mãe retornasse.

Mesmo ela tendo ficado o tempo todo em casa, a mãe não apareceu de surpresa.

Kokoro lamentou, sentindo-se frustrada.

Ela bem que poderia ter ido ao castelo.

Também no dia seguinte a esse arrependimento, ela ainda vacilava se deveria ou não visitar o castelo. Por fim, como, mesmo esperando até a tarde, não havia indícios de que a mãe retornaria, ela foi pouco depois das três.

Prometeu a si mesma que não se demoraria muito por lá.

Ficaria só um pouquinho.

Ela se encontraria com os outros e voltaria antes da mãe realizar sua inspeção. Com isso em mente, atravessou o espelho.

Uma grande surpresa a esperava.

Kokoro frequentava o castelo há cerca de três meses. Comparado à impressão impessoal dos primeiros tempos, havia um ar bem mais familiar, fruto talvez do chá e doces que cada um levava espalhados por toda parte. Também em frente dos espelhos que se conectavam às respectivas casas, alguém escrevera em placas feitas com recortes de cartolina o nome de cada um. Kokoro, Aki, Masamune...

Algo incomum estava acontecendo, naquele dia todos os espelhos brilhavam iridescentes. Ela fora a última a chegar.

Ao entrar na já familiar sala de jogos no meio do castelo, viu uma cena que a deixou sem fôlego.

— Ah, Kokoro-chan.

Masamune e Subaru, que sempre jogavam juntos, se viraram na direção dela.

Todos estavam reunidos. Fuka e Aki estavam sentadas no sofá e os outros meninos, perto do console de videogame.

Porém, um dentre eles chamou nitidamente sua atenção.

Subaru.

Na vez anterior, ele falava sobre o próprio pai quando foram interrompidos. Os cabelos dele agora estavam castanho-claros. Diferentemente dos de Rion, naturalmente descoloridos pela ação do sol, os de Subaru tinham uma cor artificial de tintura, como os adultos costumam fazer.

— Subaru-kun.

— Oi?

— Seus cabelos...

Todo mundo já deveria ter comentado sobre isso? Ela não deveria falar nada? Apesar de hesitar, acabou perguntando.

Todos estavam calados, mas mostravam estar atentos à conversa dos dois.

— Ah, isso? — falou Subaru com indiferença, enquanto segurava uma mecha ao lado da orelha. Kokoro ficou confusa sentindo-o ainda mais adulto do que antes.

Mas outra surpresa a esperava.

No lóbulo da orelha, descoberto quando ele levantou a mecha, reluzia um brinquinho redondo. Ele o havia furado.

— Foi meu irmão — explicou Subaru. — Falou que, nas férias de verão, seria legal eu mudar o visual e meio que me forçou a fazer.

— Tingiu?

— Não. Descolori. Se tingir de cara a cor não pega, mas, descolorindo, muda bem rápido.

— Ah, é?

Kokoro estava nervosa.

Masamune, que jogava com Subaru, não sorria ironicamente, como de costume. Ele balbuciou algo. Fingia desinteresse, mas havia uma tensão visível em sua voz.

— Então você tem um irmão mais velho?

Kokoro ficou um pouco surpresa.

Ela também ouvia pela primeira vez sobre o irmão, mas não imaginou que Masamune, tão amigo de Subaru, desconhecesse isso.

— O brinco também foi ideia dele? — voltou a perguntar Masamune.

— Hum. Do meu irmão e da namorada. Me aconselharam a usar de início até quando durmo, porque senão o furo fecha. Ontem à noite, me virei na cama e machucou. Acordei com sangue no travesseiro.

— Nossa.

Masamune assentiu impassível, embora mantivesse os olhos mais baixos do que o normal. Kokoro sentia poder entender o estado de espírito dele.

Ele estava na defensiva.

Cabelos castanho-claros e brincos eram coisas provavelmente incomuns no mundo de Masamune. Todavia, ele se esforçava para se mostrar inabalável, aparentando calma e serenidade. Kokoro também é assim e sente que o mesmo acontecia com todos os demais.

— Hum. — Uma voz soou. Ao se virar, Kokoro viu que era Aki.

Em meio a um ar de constrangimento geral, apenas ela demonstrava não se importar.

— Mas você não vai ser repreendido? No fim de cada período, os professores não cansam de falar pra gente não voltar das férias com os cabelos tingidos? Eles vão cair te matando.

— Hum. Mas não tô nem aí.

— Ah. Que bom. Acho que vou tingir os meus também.

— Por que não? Combinaria bem com você, Aki-chan.

— Seria legal. Fuka, Kokoro, que acham de fazermos as três? Ah, mas talvez alguém não vá gostar se eu incentivar Fuka a fazer.

Aki olhou abertamente para Ureshino e começou a rir baixinho. Ele olhou com ar de surpresa para ela, revirando seus olhos arredondados. Ao lado, Fuka, mal-humorada, fingiu não ter entendido.

Sob os cabelos descoloridos, as faces de Subaru pareciam um pouco transparentes e até as feições do rosto aparentavam ter se transformado. Ainda era o mesmo Subaru por dentro, mas Kokoro se espantou que apenas essa mudança a fizera sentir um súbito constrangimento. Sentiu como nunca uma dificuldade de aproximação entre ela e Aki, que conversava descontraidamente com Subaru.

Meu irmão e a namorada, falara Subaru.

Kokoro sentiu que seriam pessoas com quem ela teria dificuldades de se relacionar. Do tipo que a professora Kitajima e sua mãe reprovavam e que não desejavam que ela se tornasse. Como a galera que não vai à escola e passa o dia inteiro se divertindo tranquilamente em fliperamas ou em shoppings.

Nesse momento, uma voz ressoou bem alto.

— Olhem só. Tenho algo para comunicar a todos.

Era a voz de Ureshino.

— O quê? — perguntou Aki.

Com o rosto vermelho de vergonha, Ureshino olhou para Aki, depois para os outros.

— No próximo período, vou voltar a frequentar a escola.

No instante em que ele anunciou, Aki arregalou os olhos. Os outros também se espantaram e prenderam a respiração. O semblante de Ureshino estava sério e seu rosto cada vez mais vermelho.

— Estava em dúvida se deveria contar e só agora tomei coragem — continuou ele. — Todos os que estão aqui não vão à escola, né? Não podem ir à escola.

E por que ele fala isso justo agora?, pensou Kokoro. Afinal, era algo do conhecimento de todos.

Nesse momento, ela se deu conta de algo. Quando Masamune e Subaru comentaram sobre a escola ser um lugar completamente inútil, e Aki se mostrou constrangida ao conversarem sobre a escola, foi sempre pela manhã em um momento em que Ureshino estava ausente. Com certeza, não haviam abordado o assunto com ele.

Ureshino era um glutão romântico com jeito de personagem de mangá. Ele não confirmou com os outros se "não estavam frequentando a escola".

E o garoto não parou por aí. Prosseguiu dirigindo-se a todos que se mantinham calados.

— É pura idiotice. Nós todos abandonamos a escola e, no entanto, estamos aqui agindo livremente como *pessoas comuns*. Agora mesmo, Aki falou para Subaru que os professores vão cair matando quando o segundo período começar. Isso não passa de *ilusão*. Vocês não têm a menor vontade de voltar a frequentar a escola.

Kokoro conteve um grito.

Aki permanecia calada. Agora era ela quem tinha o rosto enrubescido e olhava Ureshino como se quisesse trucidá-lo. Apesar das faces vermelhas, do pescoço para baixo estava pálida como um fantasma.

— Seja como for, eu vou — afirmou Ureshino prescrutando ao redor os rostos de todos. — A partir do segundo período, vou voltar para a escola. Não venho mais. Vocês podem ficar aqui o tempo que acharem melhor!

— Cara, que jeito de falar é esse? — advertiu Rion.

Até então, Rion estava deitado calmamente, mas se levantou e se postou diante de Ureshino. Elevou o tom de voz.

— É legal aqui, não é?

— Legal porra nenhuma! — gritou Ureshino, contorcendo o rosto.

Surpreso com a intensidade do grito, Rion momentaneamente se intimidou. Aproveitando essa abertura, Ureshino partiu para o contra-ataque, disparando como uma metralhadora.

— Vocês zombam de mim direto. O tempo todo! Sempre. Não entendo o motivo, mas ninguém me leva a sério! Quando vocês se apaixonam entre si, tratam de esconder, ficam na moita até quando tem reciprocidade. Se eu me apaixono, não veem problema em expor e zoar só *porque é o idiota do Ureshino*. Ninguém me leva a sério, e é assim com relação a tudo. Estão pouco se lixando comigo.

— Não é bem assim! — retrucou Kokoro sem refletir muito.

Mas no fundo ela estava chocada. Tudo o que ele dissera era a *pura verdade*.

Ela também com certeza se sentia no direito de zombar e caçoar dele. Foi justamente pelas conversas entremeadas de risos que teve com Aki e Fuka quando Ureshino mudou o alvo de sua paixão que elas rapidamente se tornaram amigas. Estava até agradecida por essa amizade ter brotado graças a ele.

Ela o considerava um tolo.

Percebera isso, mas não conseguiu admitir. Só podia se desculpar.

— Peço desculpas se fiz você se sentir assim! Mas...

— Aaaaaaah! Cala sua boca! — gritou Ureshino. Kokoro recuou. — Você também!

Ureshino olhou para Aki. Virou a cabeça dessa vez na direção de Subaru.

— E você! E você! E você!

Um por um ele encarou a todos até seus olhos por fim pousarem sobre Rion, que estava parado à sua frente.

— E você também, com essa cara de quem não dá a mínima. Vocês todos são iguais a mim. Sofrem *bullying*, são odiados, não têm amigos.

— Ureshino, acalme-se! — pediu Rion colocando a mão sobre o ombro do garoto. O rosto de Ureshino continuava vermelho.

Cada um tinha seus motivos para estar ali.

Kokoro entendeu isso assim que veio ao castelo. No entanto, era doloroso naquele momento ser confrontada sobre aquilo em palavras. Ela não sabia o que falar.

Ureshino se livrou da mão de Rion.

— Então, o que me diz de você, hein? — Ele se voltou contra Rion.

Ureshino estava pronto para descarregar toda a sua raiva. Os ombros tremiam e a respiração era forte.

— Então, conta pra gente por que você abandonou a escola! Vai, desembucha! Fala logo! — perguntou a Rion.

Rion arregalou os olhos. Todos os olhares estavam concentrados nos dois.

Ureshino estava prestes a chorar. Apesar de estar na ofensiva, seu rosto era de quem buscava por ajuda. Dava pena só de ver. Porém, mesmo assim, os olhos dos demais não desgrudavam dele.

— Eu...

Por um instante, Rion pareceu hesitar. Pouco depois, contraiu os lábios. Encarou Ureshino.

— Eu estou indo à escola!

Como? Todos ali pareciam perplexos.

— Mentira! — levantou a voz Ureshino depois de olhar admirado o rosto de Rion. — Não tem vergonha de mentir nessa altura do campeonato? Eu falei sério...

— Não estou mentindo! — exclamou Rion.

Com o rosto contraído e meneando a cabeça negativamente como para eliminar a nova hesitação, replicou.

— Mas não é uma escola japonesa. Ela fica no Havaí. Frequento um colégio interno.

Uma expressão indistinta surgiu no rosto de Ureshino.

Ao mesmo tempo, sua admiração se transmitiu a todos os outros. Kokoro também estava atônita.

Havaí.

A imagem evocada na mente de Kokoro: distante ilha meridional, brisa, mar, dança hula, coqueiros, exuberante natureza. Ela combinava à perfeição com a cor bronzeada da pele de Rion. E ele prosseguiu, para surpresa geral.

— Agora já é noite no Havaí. Venho ao castelo depois das aulas terminadas. Estou longe da minha família, em um internato!

Pensando bem, Rion estava sempre portando um relógio de pulso. Kokoro não havia visto de perto, mas ele parecia muitas vezes preocupado com o tempo. Ele continua a usá-lo.

E ela se lembrou.

Um bom tempo atrás, quando perguntou as horas a Rion, depois de olhar o próprio relógio, ele apontou para o grande relógio no saguão e disse: *Ali tem um relógio.*

Provavelmente ela sabia que o horário indicado em seu relógio de nada serviria para Kokoro. Por ser o horário do Havaí, local no exterior com fuso horário diferente do Japão.

— Havaí?

Foi Masamune quem se pronunciou sintetizando o espanto dos demais. Em seu rosto se via um sorriso nervoso.

— Por Havaí você se refere *àquele* Havaí? E você vem de lá até aqui? Especialmente?

— O espelho no meu quarto do dormitório brilhou! — respondeu Rion com o rosto contraído. — Como aconteceu com todos vocês. Eu só o atravessei. A distância é irrelevante.

— Agora que você falou... — Uma voz alta e clara ressoou. Ao se virar, perceberam que era Fuka. Ela olhava fixo para Rion. Respirou fundo antes de continuar. — Quando tivemos as explicações iniciais sobre o castelo, a senhorita Lobo disse que o horário de funcionamento era "das nove da manhã às cinco da tarde pelo horário do Japão".

Ah, tem razão, pensou Kokoro.

Ela lembrou que fora colocado dessa forma.

— Eu me lembro porque me chamou a atenção a ressalva intencional de "pelo horário do Japão". Então, aquilo foi direcionado a você, né?

— Acho que não foi só esse o motivo.

— Ah, então por quê?

Rion olhou para baixo como se estivesse constrangido.

— Porque você pertence à elite, é por isso — falou Masamune com palavras rudes que poderiam muito bem ser evitadas.

Rion se calou. Ergueu o rosto e, naquele instante, até olhar para Masamune, Kokoro não pôde ver deixar de perceber que os olhos de Rion estavam embaçados, como se algo o tivesse ferido.

Rion balançou a cabeça.

— Não precisa ser da elite. O teste de admissão é fácil e o nível das aulas está defasado em relação ao Japão. A proposta da escola parece ser buscar alunos que querem jogar futebol em meio à natureza!

— Isso significa que você vai a essa escola no exterior só para jogar futebol? — perguntou Subaru, inclinando-se. Kokoro não conseguia decifrar o que ele estava pensando. — Que bacana! — sussurrou.

— Para estudar em uma escola no Havaí, sua família deve ser muito rica. Coisa que os filhos de celebridades fazem.

— Vocês entenderam errado. Não é uma escola *top*.

— Mesmo assim…

Seja o que for que Rion falasse, não conseguia mudar o estereótipo na mente que todos tinham sobre alguém que estudava no Havaí.

Rion não havia abandonado a escola.

Deve ser um garoto comum frequentando uma escola razoável no Havaí.

De tão grande, o anúncio deixou Kokoro sem chão. Rion que os desculpasse, mas o choque era demais.

Rion não era como eles.

Por que ele estaria ali?

Ele tinha um lugar para onde retornar.

— Não entendo...

A voz de Ureshino ecoou sem energia. Fixava um olhar de censura em Rion. Os lábios de Rion tremiam ligeiramente.

— Por que escondeu isso da gente? Estava nos fazendo de idiotas? — perguntou Ureshino.

— Claro que não. — Rion meneou negativamente a cabeça, às pressas. Porém, a expressão constrangida se sobrepunha às palavras.

Talvez ele não estivesse fazendo os outros de idiota. No entanto, ele visivelmente parecia se sentir culpado. Talvez não estivesse escondendo. Talvez não tivesse a intenção de falar até que alguém perguntasse.

— Não estava fazendo ninguém de idiota. No início, não entendi o significado. Pensei que tivessem reunido aqui apenas pessoas que, assim como eu, estudam no exterior e que vocês também viessem de escolas no Havaí. Mas todos conversavam tendo como pressuposto ser de tarde no Japão e, como ouvi que o castelo só funcionaria até final de março, enfim pude compreender que vocês vinham do Japão.

Pensando bem, Kokoro havia ouvido sobre isso. Nas escolas na América e em muitos outros países as aulas começam em setembro. O calendário escolar do Japão é diferente.

Rion prosseguiu.

— Mesmo depois de entender que se tratava da tarde no Japão, de início não pensei nada em particular sobre a escola de vocês. Não percebi que não iam à escola até alguém ter tocado no assunto. Mesmo depois de perceber, não refleti sobre isso, especificamente!

— Desculpa aí se a gente não vai à escola — falou Masamune.

Apesar de não parecer haver nuance de malícia nas palavras de Masamune, foi possível distinguir uma expressão de estupefação no rosto de Rion. Masamune deliberadamente soltou um suspiro audível.

— Foi mal não termos vindo de escolas do Havaí! Ah, mas não esquenta. Falei com sarcasmo, mas não estou ofendido.

— Não foi essa minha intenção... — falou Rion. — Realmente errei em ficar calado. Adoro este lugar. Onde estou não tenho quase nenhum amigo japonês.

Todos olhavam para Rion. Cabisbaixo, ele prosseguiu.

— Se acharem melhor, eu paro de vir... Fui para lá sem preparar bem meu inglês e não consigo me comunicar direito com os outros, muitas vezes fico deprimido. Agora comecei a compreender melhor o idioma, mas, mesmo assim, não sinto que consigo me expressar cem por cento. Foi bom poder conversar com vocês!

— Ninguém está falando para você não vir! — afirmou Kokoro, começando finalmente a romper o desconforto que se instaurou.

Por que será?

A descoberta sobre Rion foi mesmo um choque. Um garoto que estuda no Havaí, com sinceridade, fazia Kokoro se sentir mais retraída do que com um garoto comum. E ela, claro, também se sentia traída por Rion não ser como eles.

Porém, apesar de tudo, ela não achava que tinham sido feitos de idiota por Rion. O desejo de que todos ali pudessem se entender bem permanecia inalterado.

Por que então as coisas acabaram daquela forma?

Ela pensou em tudo isso, mas sem conseguir falar em voz alta, permaneceu calada. Diante dela, Rion chamou Ureshino.

Ureshino continuou calado e cabisbaixo. Ele não olhava para Rion.

Nesse momento, uma voz rude ressoou.

— Vá então!

Ureshino olhou timidamente em direção à voz.

Era Aki.

— Vá então à escola! Por que não? Ninguém aqui se importa com o que você faça ou deixe de fazer. Fique à vontade.

Ureshino não revidou. Ainda calado, passou ao lado de Rion e saiu da sala de jogos. Ninguém foi atrás dele.

Depois de Ureshino ter saído, o silêncio voltou rapidamente a reinar na sala. Quem o quebrou foi Fuka.

— Então... — Ela se dirigia à Rion. Seus olhos estavam cravados no relógio de pulso. — Com sua idade você já vive no exterior? Algum olheiro da escola recrutou você? É isso?

— Não, o treinador de meu time no Japão escreveu uma carta de recomendação. Bastou isso! Meus pais só tiveram de decidir pela escola.

— São quantas horas de diferença com o Havaí?

— Dezenove.

Finalmente um sorriso cansado surgiu no rosto de Rion. O relógio na parede marcava quatro horas.

— Agora são nove da noite. O jantar terminou e logo as luzes se apagam.

— Da noite de ontem? De hoje?

— De ontem. O Havaí está mais ou menos um dia atrás — Rion sorriu com calma.

A sala ficou silenciosa.

— Eu também vou voltar para casa — falou Rion. — Foi mal eu não ter contado...

Ele se desculpou embora não tivesse culpa.

Depois, por um tempo, todos agiram como se o incidente com Ureshino não tivesse acontecido. O episódio de acesso de raiva abriu com certeza uma fissura na paz costumeira no interior do castelo.

Um tabu que não devia ser quebrado. Aquele foi um grande e sufocante acontecimento dentro do tranquilo castelo.

Uma semana depois, quando todos haviam se acostumado com a nova cor de cabelo e com o brinco de Subaru, o castelo foi de novo envolto em surpresas. Foi a vez de Aki aparecer com o cabelo tingido.

PARTE 2
SEGUNDO PERÍODO:
Descobertas

Setembro

TERMINADAS AS FÉRIAS DE verão, as aulas no Japão recomeçaram.

Não que Kokoro estivesse esperando por isso, mas Aki visitara raras vezes o castelo desde o incidente com Ureshino. E agora que reapareceu, seus cabelos estavam vermelho-claros.

Os de Subaru eram quase loiros e os de Aki, avermelhados.

— Eu tingi! — Aki ria com gosto ao perceber o olhar de Kokoro. — Você não quer experimentar tingir? Achei uma marca de tinta para cabelos fantástica. Se quiser, eu indico.

— Não precisa. Obrigada — respondeu Kokoro.

Quando Aki se aproximou, Kokoro sentiu recender a fragrância de um perfume dos ombros dela que a deixou perplexa. Não foi apenas a cor dos cabelos que mudara. Ela desistira do rabo de cavalo, sua marca registrada até então, e as unhas estavam pintadas de esmalte cor-de-rosa. Como se não estivesse acostumada a pintá-las, aqui e ali havia borrões. Depois de ver o esmalte, Kokoro sentiu que não deveria fazer nenhuma pintura e desviou o olhar com rapidez.

Ela pensou em qual seria a reação dos pais se fizesse a mesma coisa.

Se ela tingisse os cabelos.

A mãe teria um piripaque. Ela ficaria possessa e a obrigaria a retornar à cor natural.

Os pais de Subaru e Aki não se enfureceram vendo o que os dois fizeram?

Desde aquele episódio, Ureshino não deu mais as caras no castelo.

Ele falou que retornaria à escola e isso com certeza seria positivo para ele. Teria retornado à escola antiga? A partir do segundo período teria se transferido para uma outra?

Kokoro se arrependia de não ter conversado mais com ele. Naquele dia, por que ela não o parou antes de ele ir embora?

Eles precisavam se desculpar. Porque Kokoro e Fuka caçoaram de Ureshino, se divertiram às suas custas e ele sofreu demais, pois sentiu que estava sendo feito de bobo.

No saguão da grande escadaria, o espelho de Ureshino ficava lado a lado com o de Kokoro. Ele já não brilhava. Toda vez que o via, ela se sentia culpada e triste por saber que Ureshino não surgiria dali dentro.

Kokoro deveria ter conversado mais com ele.

Todos deveriam ter se despedido direito quando souberam de sua decisão de voltar a estudar e não brigado daquele jeito.

— Ureshino sumiu de vez, não? — falou Rion certo dia, quando Kokoro estava de pé em frente ao espelho de Ureshino.

Algum tempo havia se passado desde sua confissão constrangedora, mas Rion continuava a aparecer regulamente no castelo. Kokoro sentia um certo consolo nisso.

— Hum.

— Ninguém liga se ele vai ou não à escola. Simplesmente vir ao castelo e se divertir é o que importa, não?

Assim como eu, murmurou Rion ao fim. Havia um quê de tristeza na sua voz.

Era meado de setembro, e Kokoro e os outros pensavam assim.

Foi quando Ureshino retornou ao castelo.

Muito machucado.

Seu rosto estava coberto com uma gaze, o braço enfaixado, o rosto inchado.

Ele apareceu cheio de hematomas no castelo.

♦

À TARDE, ELE ENTROU na sala de jogos em silêncio. Com a gaze no rosto e o braço enfaixado.

Sem parecer ter quebrado algo, sem mancar, sem tipoia. Mesmo assim, dava pena só de ver.

Apesar de haver uma gaze na bochecha esquerda, a da direita estava vermelha e intumescida com marcas de arranhões. Por isso, embaixo da gaze deveria estar ainda mais inchado.

Ele entrou sem falar uma palavra.

Nesse dia, todos estavam no castelo.

Som fluía alegremente da TV do videogame ligado, apesar de ninguém estar jogando.

A PARTIR DO SEGUNDO período, vou voltar para a escola.

AS PALAVRAS DE URESHINO reviveram na mente de Kokoro.

Passaram-se apenas duas semanas desde o início do segundo período.

Kokoro apenas olhava para Ureshino, boquiaberta. O mesmo acontecia com os demais. Masamune, Subaru, Aki, Rion, Fuka. Todos tinham os olhos pregados nele.

O próprio Ureshino talvez não soubesse bem o que deveria falar. Em silêncio, sem olhar para ninguém em particular, foi se sentar no sofá.

Deviam perguntar o que aconteceu ou não?

— Ureshino... — Nesse momento, ouviu-se a voz de Masamune.

Ele caminhou até onde Ureshino estava prestes a se sentar e empurrou de leve seu ombro. Um gesto inibido, constrangido. Porém, era possível ver que ele se empenhava para fazê-lo com naturalidade.

— ... quer jogar? — propôs Masamune com sua voz meio ríspida.

Ureshino finalmente ergueu o rosto. Mordia os lábios como se tentasse reprimir a emoção.

Todos observavam, engolindo em seco.

— Hum. Quero, sim — respondeu ele.

O breve diálogo terminou por aí.

Havia algo ali que todos sabiam, sem precisar perguntar.

Kokoro não tinha conhecimento exato da situação. Porém, deveria ser como se atirar dentro de uma tempestade ou tornado e acabar estraçalhado.

A mesma sensação de Kokoro de ser morta por Miori Sanada caso fosse à escola.

Mesmo Ureshino com certeza precisou de muita coragem para voltar depois de gritar com todos daquela forma. Apesar disso, ele estava ali. E Kokoro sentiu o peito apertado ao ver como o garoto desejava retornar, mesmo após ter se atirado dentro da tempestade.

Porque Kokoro compreendia bem esse sentimento.

Até Masamune, com seu jeito ácido de falar, ficou quieto, parecendo também ter entendido.

Quando Ureshino respondeu displicentemente "Quero, sim", seus olhos brilharam com leve transparência. Parecendo não conseguir suportar o próprio peso, uma lágrima escorreu pela sua face mas, numa decisão obstinada, ele não a enxugou.

Incentivado por Masamune, ele se sentou diante da TV.

Até o momento de Ureshino partir naquele dia, ninguém questionou sobre os seus ferimentos.

SOMENTE NO DIA SEGUINTE o próprio Ureshino contou o que lhe acontecera.

Em geral ele vinha na parte da tarde, mas nesse dia apareceu no castelo pela manhã trazendo seu almoço.

Para surpresa de todos, Rion também apareceu nesse horário, coisa rara e, ao ser questionado, ele se limitou a dizer que tivera uma "folga extraordinária". Porém, era bem capaz de ter vindo cedo por estar preocupado com Ureshino.

Passado um pouco das onze, Ureshino abriu sua lancheira e começou a comer com gosto diante de todos. Ele devia ter lacerações no interior da boca, porque gemia às vezes, franzindo o rosto, mas não perdera o apetite. Kokoro ficou aliviada ao ver, pois ela logo sentia dores no estômago quando algo desagradável acontecia.

— O que houve com esse seu almoço? — perguntou Masamune.

— Minha mãe preparou antes de ir ao Instituto. Mas não tive vontade de ir hoje, então eu trouxe para comer aqui — respondeu Ureshino de boca cheia.

Kokoro se surpreendeu ao ouvir a palavra "Instituto", mas, ao seu lado, foi Subaru quem perguntou com desconfiança o que significava.

— O Instituto é uma escola?

— Deve ser um tipo de escola de cursos livres — respondeu Masamune.

De tanto olhar para eles, Kokoro foi aos poucos se acostumando com os cabelos castanhos de Subaru, mas, mesmo quando ele e Masamune jogavam videogame juntos, ela ainda sentia certa estranheza. As raízes dos cabelos claros de Subaru começavam a escurecer e era tão esquisito que Kokoro, sentindo-se desconfortável, não podia olhar diretamente para eles.

Masamune prosseguiu.

— Também não tem um perto de sua casa? Um lugar frequentado pelas crianças em evasão escolar.

— Não sei — foi a vez de Aki responder.

— Uhum. Existe esse tipo de lugar — assentiu Masamune murmurando. — Kokoro, você conhece?

— Sim, perto de casa também tem. — O coração de Kokoro começou a bater forte enquanto falava com ele.

— É o primeiro lugar para onde os pais correm quando os filhos não querem ir à escola e eles ficam que nem baratas tontas sem saber como agir. Tinha uma dessas instituições particulares de suporte perto da escola que eu frequentava. Meus pais nunca se interessaram. *Não é o tipo de lugar que Masamune queira ir, não?*, eles falaram, e a conversa morreu por aí — contou Masamune com ar de especialista no assunto.

— Ah, é? Perto de casa não tem. E nunca ouvi a respeito — falou Aki, demonstrando algum interesse.

— Se procurar, será que tem um perto da minha escola? Eu também até agora não sabia que existiam — balbuciou Fuka.

— Seus pais não tentaram levar você para se matricular em um?

— Minha mãe é muito ocupada para isso.

Ao ser questionada por Masamune, por alguma razão, Fuka respondeu baixando os olhos.

Ao seu lado, Kokoro não conseguiu contar a própria experiência.

Deveria ou não falar sobre a visita ao Instituto? Por um instante, hesitou, mas lembrando que o nome do local era Kokoro no Kyoshitsu, "Sala de Aula do Coração", se calou. Era apenas uma coincidência ter o mesmo nome que ela, mas, se alguém comentasse, morreria de vergonha.

Seja como for, Masamune é incrível!

Ele chamou o Instituto de "escola de cursos livres" e de "instituição particular". Até então, Kokoro não havia pensado em quem administrava o Instituto.

Masamune olhou para Ureshino.

— Então, o Instituto, você faltou hoje. Tem ido sempre até agora?

— Hum. Apenas pela manhã.

Ureshino falou engolindo o que tinha na boca. Depois, ergueu o rosto e, após um momento de silenciosa indecisão, começou a contar como se não fosse algo sério.

— Já que ninguém pergunta, eu vou falar. Os colegas da turma fizeram isso comigo, mas não foi *bullying*.

Todos prenderam a respiração.

Ninguém esperava que Ureshino fosse contar espontaneamente.

Ele prosseguiu, sem esperar por uma resposta.

— Quando alguém apanha, logo pensam em *bullying* e isso me deixa puto.

— Por que bateram em você? — perguntou Rion, sem acanhamento.

— São colegas desde que entrei na escola fundamental. Vinham até em casa jogar videogame e tínhamos aulas de reforço juntos. Eu os considerava meus amigos, até que as coisas degringolaram — respondeu Ureshino, sem olhar para o rosto de Rion.

Apesar da maneira calma de se expressar, a dureza da voz transmitia que não se tratava de algo banal para Ureshino. *É algo doloroso e ele não devia falar sobre isso*, pensou Kokoro. Porém, ele parecia disposto a continuar o relato.

Kokoro não sabia como eram os colegas de Ureshino, mas, deduzindo pelos meninos de sua própria turma, conseguiu ter uma ideia, mesmo que vaga. Desde a escola primária, havia meninos ridicularizados e feitos de idiota após receber provocações e, em muitos casos, a situação ultrapassava os limites.

Porém, como explicara Ureshino, Kokoro também não considerava aqueles casos como *bullying*. Mesmo acreditando que haviam ido longe demais, não sentira, em nenhum momento, ser algo grave como os casos que se viam nos noticiários.

Ureshino devia ter o mesmo raciocínio. Por mais que "as coisas tenham degringolado", talvez ele não entendesse a agressão como *bullying*.

— Quando eles vinham em casa, eu oferecia suco e sorvete e, quando saíamos para o McDonald's ou outro lugar, como os pais deles quase não davam mesada, eu tinha pena e muitas vezes paguei a conta! Com o tempo, isso se tornou um hábito, mas, com isso, eles me respeitavam e me bajulavam. Seja como for, eles não me obrigavam. Porém, o professor das aulas de reforço contou aos meus pais. Meu velho ficou furioso.

Somente nesse momento o tom de voz, até então indiferente, vacilou.

— "Não tem vergonha de ter que pagar para ter amigos?", meu pai falou.

A agonia era visível nos olhos dele.

Segurou os *hashi* com o punho fechado, como se não conseguisse fazê-lo da forma adequada.

— Minha mãe ficou furiosa com meu pai! Ela argumentou que ele estava brigando comigo, mas os errados eram meus colegas, por deixar que eu comprasse suco e coisas assim pra eles. Eu concordava com ela, mas não queria ver meus pais discutindo. Os dois acabaram irritados com a situação e falaram com os outros pais. Por isso, meus amigos levaram uma bronca dos pais e o clima ficou cada vez mais tenso na escola.

— Hum.

Ureshino ergueu o rosto. A voz límpida e cristalina era de Fuka. Encarando-o, ela o incentivou de novo.

— E então?

— Depois que parei de ir à escola, eu frequentava o Instituto, minha mãe que me levava. Ela trabalha, mas de manhã tirava folga e ficava comigo em casa ou me acompanhava até o Instituto. Sinceramente, era uma chatice. Era como se me vigiassem. Dava vontade de falar pra ela pra não se preocupar, que eu não ia morrer!

— Morrer?

— Segundo meus pais, eu tinha sofrido *bullying*, e eles se preocupavam comigo, porque leram vários livros sobre o assunto que alegam que crianças nessa situação pensam em se suicidar ou se sentem culpadas. Era uma idiotice, porque nunca quis morrer. "Haruka, está tudo bem?", eles me perguntavam chorando.

— Haruka?

O nome, falado por descuido, despertou a reação de Masamune. Nesse momento, uma expressão de constrangimento surgiu na metade sem gaze do rosto de Ureshino.

— Quem é Haruka?

— Sou eu.

Como ele não baixou a cabeça ao falar, todos se surpreenderam.

— Pô, vocês são um saco! — berrou. — Meu nome é Haruka, ok? E vamos deixar isso pra lá.

— Nossa. Que gracioso. Parece nome de menina — falou Aki. Não havia segundas intenções nas palavras, mas Ureshino enrubesceu, como se enraivecido.

— Seja como for, não combina comigo — acrescentou ele.

Tudo fez sentido para Kokoro.

Quando se encontraram pela primeira vez, enquanto falavam seus nomes, apenas Ureshino se limitou a se apresentar com o sobrenome.

Ele não queria revelar o primeiro nome. Talvez tivesse sido zombado a vida inteira por isso. Ureshino prosseguiu, como se não quisesse insistir no assunto.

— Seja como for, meus pais me enchiam o saco. Meu velho começou a afirmar que era uma idiotice abandonar a escola apenas por esse motivo. A professora do Instituto procurou convencê-lo a esperar e a me dar mais tempo, mas ele falou que o pessoal do Instituto fazia corpo mole comigo e decidiu que eu voltaria à escola a partir do segundo período.

— E sua mãe? Ela não defendeu você? — questionou Fuka.

Somente quando Fuka falou, Ureshino olhou na direção da voz. Mas, logo em seguida, voltou a baixar a cabeça.

— Ela me defendeu, mas acabou cedendo à vontade de meu pai. É sempre assim — balbuciou. — Pensei que não haveria problema voltar para a escola. Meus pais pareciam ter feito uma tempestade num copo d'água, mas isso não devia comprometer meu relacionamento com meus colegas.

— Uhum — assentiu Kokoro, temendo o que ele falaria a seguir.

— Mas eu estava errado. Ouvi do professor encarregado e de outros que o pessoal se preocupava, achavam que eu tinha parado de ir à escola por culpa deles, mas, mesmo eu voltando a frequentar, era tipo "Ah, você veio?", sem demonstrar nenhum remorso. Então, fiquei decepcionado e tentei conversar com meus amigos. Meus pais devem ter falado horrores para os pais deles, e pedi desculpas por isso.

— Cara, você não tinha nada que se desculpar — falou Masamune num tom seco. Sua maneira de falar denotava irritação. Porém, Ureshino não replicou.

Apesar de acreditar que "*isso não devia comprometer seu relacionamento com os colegas*", ele se desculpou e, mesmo achando que os colegas não fizeram nada de errado, ele esperava uma expressão de remorso por parte dos garotos. A conversa de Ureshino estava repleta de contradições, demonstrando sua confusão mental. Por orgulho, talvez não desejasse se abrir mais.

No entanto, sem dúvida, nada daquilo era invenção.

As emoções que sentiu em cada um dos momentos, eram realmente como ele as descrevia.

— Um dos meninos disse na minha cara que só sairia comigo se eu continuasse a pagar os lanches. Os outros também riram com desdém. Quem aguentaria isso? Fique puto e dei um soco bem na cara dele, e aí todos vieram pra cima de mim. Acabei todo machucado — explicou.

Todos o ouviam calados.

— E, como bati primeiro, a culpa recaiu toda sobre mim. Agora, tá o maior bafafá! Meus pais ameaçam abrir processo contra os garotos e não sei aonde as coisas vão chegar. Os professores do Instituto também estão preocupados! Eles me perguntam o que eu quero fazer no momento. Por isso… — prosseguiu Ureshino.

A voz estava um pouco chorosa. De súbito, ele se virou para Masamune.

— Por isso, não zombe da "instituição particular de suporte". Os professores de lá me ouviram, fique sabendo!

Mal-humorado, Masamune virou o rosto. No entanto, como seria constrangedor pedir desculpas, não deu um pio sequer. Em vez disso, Fuka perguntou.

— O que você respondeu?

— Hã?

— Quando perguntaram o que você quer fazer.

— Ah, falei que não quero fazer nada — replicou. — Expliquei que só queria ficar sozinho em casa. Sem minha mãe. Posso ir de vez em quando ao Instituto, mas quero ficar um tempo em casa sem fazer nada. Bem, como estou machucado, acabaram concordando!

— Entendo — assentiu Fuka. — Mas isso significa que você queria vir ao castelo? — questionou ela.

O rosto de Ureshino ficou sério. Provavelmente por ter sido Fuka quem fez a pergunta. Fosse qualquer outro do grupo, talvez revidasse ou se enfurecesse. Ele parecia ter de súbito se tornado inseguro.

— Fiz mal? — perguntou.

— Claro que não — respondeu Masamune no lugar de Fuka.

Todos olharam para Masamune.

— Você mandou bem — falou Masamune para Ureshino, em um tom ríspido e breve, com o rosto sério como nunca.

Mesmo após voltar para casa, Kokoro pensou em Ureshino por um tempo.

E também no castelo, no Instituto, em todos... E nela própria.

Depois de ouvir o relato de Ureshino, próximo ao horário de fechamento do castelo, ela se despediu dos demais diante do espelho, no saguão do grande relógio.

— Então, até amanhã — falou Aki.

— Até! — Os outros se cumprimentaram mutuamente.

Isso se tornou algo natural.

♦

Nem todos visitavam o castelo diariamente. Aki e Subaru, sobretudo, raramente apareciam, desde que haviam mudado a cor dos cabelos. Kokoro agora sentia os dois bem mais soltos nas conversas.

Ela ficou surpresa em particular quando Aki lhes contou sobre estar namorando. Aki pareceu se divertir em ver Kokoro e Fuka hesitantes, já que não é um assunto familiar a elas.

— Mas não é o primeiro, não! — acrescentou ela, aumentando a surpresa.

Kokoro sentia que devia perguntar algo.

— Como ele é? — indagou.

— Mais velho que eu — respondeu ela brevemente. — Tem 23 anos. Logo menos, ele vai me levar para passear de moto.

— Onde se conheceram?

— Pois é. Por aí.

Era uma maneira de falar evasiva. Achando que ela fazia de propósito, Kokoro perdeu a vontade de continuar perguntando. Fuka escutava amuada.

Aki não se limitou a contar às meninas e fez algumas alusões quando estava com os meninos.

— É meio perigoso. Uma garota do nono ano saindo com um homem de 23 anos. O que o cara pretende? — comentou Masamune em *off*, quando Aki não estava.

— Mitsuo, amigo do meu irmão mais velho, tem dezenove anos e a namorada está no oitavo ano! — respondeu Subaru.

Ao ouvir isso, Masamune ficou quieto, parecendo irritado.

No caso de Subaru, ao contrário de Aki, ele não parecia querer provocá-los e se divertir com isso, mas Kokoro ficava constrangida do mesmo jeito.

Depois de Subaru descolorir o cabelo, era como se houvesse uma certa distância entre ele e Masamune.

Subaru não visitava o castelo com a mesma assiduidade de antes e, mesmo quando aparecia, não eram raras as vezes em que apenas sentava-se sozinho no sofá da sala de jogos ouvindo música pelos fones de ouvido.

— O que você está ouvindo? — perguntou Kokoro.

— Em casa ouço mais rádio, mas aqui não pega, né? — respondeu ele.

Com isso, Kokoro tomou conhecimento que as ondas de rádio não chegavam até ali. Pensando bem, a TV trazida só servia para jogar videogames. Certamente não seria possível assistir a nada nela.

— Meu walkman estragou uma vez e fui até Akihabara para consertar, mas me aconselharam a comprar um novo. Fiquei sem saber o que fazer, mas numa das ruazinhas do bairro encontrei uma loja de reparos e lá consertaram para mim.

Ele parecia cuidar com carinho do walkman que o pai lhe dera de presente.

— Ah, é? — assentiu Kokoro.

Masamune, que jogava videogame, ergueu a cabeça.

— Então você foi até "Akiba" — comentou.

Kokoro se sobressaltou ao ouvir a voz de Masamune.

Ela não sabia onde Subaru e Masamune moravam. Porém, o fato de Subaru ter ido a Akihabara[5] deve significar que ele também mora em Tóquio. Será que a casa dele era perto o suficiente do bairro para conseguir ir sozinho? Ou alguém o teria acompanhado?

Além do Rion, que contou que morava no Havaí, era a primeira vez que o nome de algum lugar surgia nas conversas. Talvez, a partir dali, todos começassem a falar sobre onde moram. Kokoro se preparou, mas Subaru apenas assentiu.

Continuando a se encarar, os dois permaneceram estranhamente silenciosos e, com isso, a conversa entre eles terminou.

Não apenas Subaru começou a falar mais sobre sua vida fora do castelo, mas Aki também.

Sua maneira de se vestir também mudou. Em particular, a partir do verão, passou a usar com mais frequência shorts extremamente curtos, brancos ou de cores chamativas. Suas pernas esguias expostas deixavam até uma outra menina, como Kokoro, envergonhada.

— No sábado passado eu e meu namorado, por pouco, não fomos parados na rua. Quase tive um troço. Uma pessoa veio atrás de nós, questionando, mas meu namorado falou que tenho dezessete anos e tinha me formado no fundamental. O que acham? Eu pareço ter dezessete? Ele forçou a barra, não? — per-

[5] Famoso centro comercial de Tóquio. [N. E.]

guntou ela a Kokoro e Fuka, com uma cara que era, ao mesmo tempo, desconcertada e alegre.

De cabelos pintados e roupa vistosa, Aki com certeza parecia mais adulta do que antes, algo que intimidava Kokoro.

— Ah, desculpa. Vocês duas devem achar um saco esse tipo de conversa, não? Afinal, são comportadinhas demais.

— Não é bem assim…

Chamá-las dessa forma soava como um modo de menosprezá-las, e tanto Kokoro quanto Fuka se calaram. Exibir um mundo desconhecido apenas despertava nelas uma sensação desagradável, sentissem ou não inveja dele.

Quem era e onde Aki encontrou o namorado e que tipo de relacionamento os dois tinham naquele momento não eram motivos de inveja para Kokoro. Porém, o fato de saber que ela tinha uma vida fora do castelo criava uma pressão insuportável e a deixava ansiosa.

CADA QUAL TINHA SUAS próprias circunstâncias.

Isso era algo que Kokoro já havia deduzido. Porém, ao ouvir a história de Ureshino, começou a refletir mais sobre isso.

E ela também estava curiosa para saber o que Rion, um garoto comum estudando no Havaí, pensava sobre eles.

— Qual a ocupação dos seus pais, Rion? — Certa vez ela tomou coragem para perguntar.

— Hã?

— Ah, quero dizer, se eles pensam em mandar o filho estudar no Havaí, deduzi que isso deve ter relação com o trabalho deles.

— Entendi — assentiu Rion. Ele respirou fundo antes de responder. — Meu pai é funcionário em uma empresa e minha mãe não trabalha. Parece que antigamente ela trabalhava na mesma empresa do meu pai, mas se demitiu quando nasci.

— É mesmo?

— E sua família, Kokoro?

— Os dois trabalham.

— Ah, é?

— Você tem irmãos? Eu sou filha única.

— Tenho uma irmã mais velha.

— Ah, uma irmã? E ela está também no Havaí?

— Não.

Por algum motivo, Rion parecia meio envergonhado.

— Japão — respondeu. — Ela está no Japão.

Neste momento, o rosto de Rion de súbito se tornou severo.

— Me fala uma coisa. Você abandou a escola?

Ao ouvir de novo a pergunta, Kokoro sentiu uma dor pungente por dentro. Até então, era ela quem falava sobre o assunto e, pela primeira vez, alguém a questionava diretamente. Além disso, partia de Rion, que frequentava uma escola com assiduidade.

— Uhum. — Ela conseguiu assentir de alguma forma.

— Aconteceu algo parecido com a situação Ureshino? — Rion voltou a perguntar.

— Uhum, sim.

Neste instante, ela sentiu um impulso de contar tudo para Rion. Tudo sobre Miori Sanada. O que ela sofrera nas mãos da garota.

Porém, Rion não perguntou mais nada.

— Entendi — falou, apenas assentindo. — Que dureza, não? — acrescentou e deu por terminada a conversa.

Depois de retornar para casa, Kokoro verificou que já era de noite e foi ver a caixa do correio.

O que a deixava mais feliz desde que passou a frequentar o castelo durante o dia era não precisar ouvir o barulho do material sendo colocado na caixa.

Era ótimo estar ausente de casa no momento em que Tojo, que mora nas redondezas, colocava o material da escola em silêncio. Não tinha o impulso de ir até a janela para espiá-la por entre as cortinas.

Apesar disso, ela também não se sentia à vontade ao imaginar a mãe voltando para casa e checando, antes de tudo, o conteúdo da caixa do correio. Vendo os boletins colocados ali, a mãe lembraria que a filha não estava frequentando a escola. Por esse motivo, Kokoro a verificava antes de a mãe voltar.

Foi justamente quando Kokoro pensava em ir até a caixa do correio.

Ela se assustou ao ouvir a campainha da porta tocar, algo raro de acontecer.

Ela olhou pela janela do seu quarto no andar de cima. Era improvável que fosse Tojo ou algum colega de turma, o que seria desagradável. Havia também a possibilidade de ser Sanada e seu grupo vindo atacá-la.

Apesar de muito tempo ter se passado desde aquele incidente, ela ainda se sentia aterrorizada. Inconscientemente, suas pernas paralisaram. O estômago começou a doer.

Ao olhar para fora, ela se sentiu aliviada. Não parecia ser algum colega de turma. Não havia nenhuma bicicleta usada para ir e vir da escola. Uma mulher estava de pé diante da porta.

Quem será? Obviamente, ela estava aliviada por não ser nenhuma colega de turma, mas estava um pouco tensa. A mulher inclinou a cabeça, e Kokoro pôde ver parte de seu perfil. Reconheceu quem era.

— Estou indo — falou descendo as escadas às pressas.

Ao abrir a porta, diante dela estava a professora Kitajima da "Sala de Aula do Coração". Com seu costumeiro ar gentil.

— Boa tarde — cumprimentou a professora, com um sorriso deslumbrante. Fazia tempo que as duas não se viam.

— Boa tarde.

Kokoro acabara de voltar do castelo e não estava de pijama nem com roupa casual de usar em casa, então não deveria se sentir constrangida, mas teve dificuldade de olhar para a professora Kitajima.

— Que bom que pude encontrar você — falou ela.

Kokoro estava sem fôlego.

Era a primeira vez que a professora Kitajima aparecia em sua casa.

Quando ela deixou de ir à escola no primeiro período, o professor encarregado visitou a casa várias vezes, mas depois não apareceu mais.

O que teria acontecido?

Depois da discussão que tiveram, a mãe parara de pressioná-la para saber aonde ela ia durante o dia. Provavelmente a professora Kitajima a aconselhou a não exercer pressão. Pelo visto, a mãe continuava a manter contato com a professora.

— Há quanto tempo — começou a falar a professora com ar descontraído, de propósito ou talvez por não perceber a complexidade do sentimento de Kokoro naquele momento. — Como você está? Já estamos em setembro, mas ainda está quente, né?

— Sim.

O que ela pretendia? Tentar incentivar Kokoro a voltar ao Instituto?

Como se lesse seus pensamentos, a professora Kitajima abriu um sorriso.

— Não tem nenhum motivo especial para eu ter vindo. Achei que você estaria em casa agora. Queria muito ver você de novo.

— Sim.

Kokoro apenas repetia as mesmas palavras. Não que ela não gostasse da professora, mas realmente não sabia o que falar.

Estava quase na hora de os pais retornarem. Foi bom a professora aparecer justo quando Kokoro havia voltado antes do fechamento do castelo. Caso contrário, se ela não estivesse em casa, a professora talvez informasse à mãe.

A mãe teria contado à professora que a filha estaria indo a algum lugar durante o dia? Será que ela tinha vindo para verificar a situação?

Queria muito ver você de novo, ela falou, mas as duas haviam se encontrado uma única vez no Instituto. Com certeza vir visitá-la fazia parte do "trabalho" da professora.

Kokoro se mantinha calada e desconfiada, mas se lembrava das palavras ditas à mãe pela professora, aquelas que lhe tocaram fundo o coração.

A culpa não é de Kokoro por não poder ir à escola.

Kokoro não imaginava que a professora Kitajima tivesse procurado saber o que lhe acontecera na escola, mas não a considera uma preguiçosa por ter parado de ir às aulas.

Ela entendia Kokoro.

Pensando assim, ela conseguiu pela primeira vez lhe dirigir a palavra.

— Professora.

— Sim.

— É verdade o que você disse para minha mãe?

As pupilas dos penetrantes olhos amendoados da professora tremularam. Kokoro não conseguia mais sustentar o olhar.

— Que eu não poder ir à escola não é culpa minha?

— Sim. — A professora Kitajima assentiu. Ela aquiesceu sem hesitação, de forma direta. Kokoro se espantou um pouco com a confiança que a professora demonstrou. — Falei, sim!

— Por quê?

A pergunta saiu de imediato da boca de Kokoro. Depois disso, percebeu que não encontrava palavras para continuar. No entanto, havia tanto a ser falado. *Por que me defendeu daquele jeito? Está ciente do que ocorreu? Sabe que a culpa não é minha, mas de Miori Sanada? Constatou isso?*

Olhando para a professora, percebeu os pensamentos inundando a própria mente. E se deu conta de que não eram perguntas. Kokoro não desejava indagar, mas tinha um desejo.

O desejo ardente de que a professora notasse.

Apesar disso, não conseguia falar. Se ela desejava que a professora soubesse, bastaria contar, mas, mesmo assim, era incapaz de continuar a falar. Apesar de saber que a professora certamente a ouviria.

Por que ela era uma adulta.

Por isso Kokoro não podia falar.

Adultos estão sempre muito rigorosos. A professora Kitajima, a quem ela gostaria de contar tudo o que sente, era gentil, mas ela deveria tratar todos dessa maneira. Se Miori Sanada estivesse com problemas e afirmasse não poder ir à escola, independentemente do seu caráter, a professora sem dúvida seria gentil com ela. Da mesma forma que era gentil agora com Kokoro, que não podia ir à escola.

Por um instante, uma imensidão de pensamentos girou em sua cabeça e, mesmo tendo perdido a capacidade de se expressar, se a professora Kitajima a pressionasse um pouco mais, talvez Kokoro se abrisse com ela. "Houve algo na escola? Tem algum motivo para não poder ir?", eram certamente as perguntas que Kokoro esperava ouvir em seguida. Era o que ela mais ansiava.

— Por que você, Kokoro-chan, luta todos os dias, não?

Calada, Kokoro respirou fundo. Não havia no rosto da professora um sorriso especial, um sinal de compaixão, enfim, nada que revelasse as reações exageradas de um "bom adulto".

Kokoro não entendia em que sentido a professora Kitajima usara a palavra "luta". No entanto, quando a ouviu, sentiu o ponto mais sensível em seu coração se aquecer e apertar. Mas não era de dor. Era de alegria.

— Luta?

— Uhum. Você parece ter lutado muito até agora e continua se esforçando na luta.

Sem poder ir à escola, sem estudar, as pessoas achando que ela passa o dia inteiro dormindo ou vendo TV e, recentemente, enganando a si mesma por acreditar que está saindo para se divertir. A bem da verdade, se não houvesse o castelo, essa seria a realidade. E mesmo assim a professora afirmava que ela "lutava"?

E a professora declarou que ela estava lutando muito? Quando ouviu, o pensamento de Kokoro voltou àqueles dias. O dia no estacionamento de bicicletas em que Chuta afirmou "detestar mocreias como ela". O dia em que, no banheiro, quase foi espionada por Sanada que estava na cabine ao lado. Ou o dia em que Sanada e as amigas cercaram sua casa e ela ficou paralisada, curvada sobre si mesma, tal qual uma tartaruga.

As lembranças de suas "lutas" ressoavam compassivamente junto com as palavras da professora.

Mas "lutar" talvez não passasse de uma generalização. Afinal, os alunos do fundamental de agora estão se esforçando diariamente e ela, como professora, reconhece o esforço, pois é esse seu trabalho. Portanto, deve ser fácil para ela colocar em palavras algo que se enquadra a todos.

Porém, por que essas palavras tocaram tão fundo o seu coração? Ela nunca encarara a situação dessa forma, mas sem dúvida vinha travando uma batalha. A de não ir à escola para não ser morta.

— Será que posso visitar você um outro dia? — perguntou a professora Kitajima e depois permaneceu calada.

No fim das contas, Kokoro continuou sem entender em que sentido a professora usou a palavra "lutar".

As palavras de Ureshino de súbito ressoaram no fundo de sua mente.

Os professores de lá me ouviram, fique sabendo!

Assim como Kokoro, Ureshino também deveria ter tido muitas conversas como aquela com os professores do Instituto.

— Claro. — Foi o máximo que ela conseguiu responder.

A professora agradeceu e lhe entregou um pequeno pacote.

— Ah, este é um presentinho. Não repare.

E ela entregou a Kokoro um pequeno pacote.

O que seria?, pensou.

— É chá. Em saquinhos — falou a professora quando Kokoro a olhou.

Era um lindo envelope azul-claro, um pouco estufado, com a ilustração de morangos silvestres.

— É meu chá preto favorito. Experimente, por favor. Se quiser, lógico.

— Sim — assentiu Kokoro. — Muito obrigada.

Ela só conseguiu agradecer.

— Imagina. Bem, até logo então.

A conversa se limitou a isso. Chegou a ser decepcionante. Ao contrário, Kokoro desejava algo mais... Queria mantê-la ali para conversarem mais.

Depois de ver a professora Kitajima se distanciar, Kokoro percebeu que sentia uma estranha familiaridade com ela.

Notou que a professora se parecia com alguém, apesar de Kokoro não conhecer praticamente ninguém daquela idade.

Ou seria pela sua capacidade de lidar com o sentimento das crianças dessa forma e, justamente por isso, ela era professora do Instituto?

Kokoro abriu o envelope com os saquinhos de chá que recebera. Não estava colado. Dentro havia dois sachês de chá da mesma cor do envelope. Em casa, quando os adultos bebiam chá não perguntavam às crianças se queriam. Ela ficou contente por se sentir tratada como um adulto.

Outubro

Foi logo no comecinho de outubro.

Como de costume, Kokoro se preparava para voltar para casa antes de o castelo fechar às cinco.

— E aí, você vem amanhã? — perguntou Aki.

Não era comum ela procurar uma confirmação desse jeito.

— Sim, por quê? — replicou Kokoro.

— Tenho algo para falar para vocês — anunciou ela. — Mas quero contar para todos. Não é justo se alguém estiver ausente.

Essa forma de falar causou uma súbita apreensão em Kokoro. Seria algo relacionado a ela? Teria ela feito algo que não agradou Aki? Ela se sentia mal só de pensar.

— Bem, até amanhã então. Venha sem falta, ok? — falou Aki aliviada e atravessou às pressas o espelho para voltar para casa.

No dia seguinte, com Rion vindo depois das aulas terminarem à tarde, enfim todos estavam reunidos na sala de jogos.

Todos pareciam ter ouvido de Aki que ela queria conversar com eles. No entanto, para surpresa geral, não apenas Aki como também Masamune estavam de pé diante de todos.

Eles formavam uma dupla inusitada. O que teria acontecido? Foi Masamune o primeiro a falar.

— Bem, a gente quer saber... Vocês estão procurando seriamente a chave do desejo?

Todos ficaram surpresos.

A busca pela sala do desejo localizada em algum lugar dentro do castelo.

Como apenas um deles terá seu desejo realizado, se viam como rivais em relação a essa questão.

O que explicava o porquê de praticamente nunca conversarem entre si sobre o assunto. Quando alguém encontrasse a chave e a sala do desejo, e tivesse seu desejo atendido, o castelo fecharia sem precisar esperar pelo dia trinta de março. Foi essa a explicação da senhorita Lobo.

O fato de o castelo ainda estar aberto demonstrava que ninguém havia ainda realizado seu desejo, mas, com certeza, Kokoro tinha a leve sensação de que todos tinham em mente a procura da chave.

— Eu até procurei, mas nos últimos tempos parei. Tinha outras coisas acontecendo e, além disso, aqui é divertido — declarou Ureshino.

Ele havia tirado as ataduras. Também a gaze na face direita fora substituída por um grande curativo e a dor, que por um tempo sofrera, diminuíra.

Depois de olhar para Ureshino, Masamune prosseguiu.

— Também sinto mais ou menos o mesmo. Porém, todo mundo procurou por algum tempo, não? Independentemente de qual era seu desejo.

— Foi bem por aí — assentiu Subaru.

Quando houve essa conversa anteriormente, Subaru confessara não ter nenhum desejo em particular e se dispôs a colaborar com Masamune, mas pelo visto ele também havia procurado pela chave.

— A forma como a senhorita Lobo nos contou me deixou intrigado e pensei que talvez eu pudesse achar a chave. Mas não achei, ok? — acrescentou Subaru.

Aki assentiu.

— Com relação a isso, hoje, eu e Masamune temos uma proposta a fazer. Existe a possibilidade de alguém já ter encontrado a chave e estar escondendo o jogo até bem próximo de março ou estar lutando desesperadamente para encontrar a sala do desejo. Seja como for, ouçam.

— Proposta?

Masamune e Aki se olharam.

— Recentemente, num momento em que, por acaso, só nós dois estávamos no castelo, conversamos sobre isso... Preciso confessar que eu e Masamune procuramos mesmo pela chave. Rodamos tudo dentro do castelo.

— Como falaram que pode estar em qualquer lugar nas áreas comuns e não nos quartos individuais, mesmo o castelo sendo tão vasto, os locais de procura se restringem. Procuramos por todo canto.

— Eu também! — falou Masamune, e a seu lado Aki suspirou. Os dois olharam para os demais.

— Porém, não achamos. Sério, já não tem lugar onde não tenhamos vasculhado. Por isso, justo quando estava impaciente, encontrei Masamune na sala de jantar e que, assim como eu, também procurava desesperadamente.

— Que negócio é esse de "desesperadamente"? — perguntou Masamune com ar irritado. — Sou eu por acaso que, quando todos estão reunidos, finge desinteresse, mas que estava muito mais desesperada do que eu verificando cada prato como se quisesse lambê-los, hein?

— E você que fica com a cara mais deslavada do mundo o dia inteiro na sala de jogos, mas espreita para ver quando não tem ninguém, esperando todo dia o melhor momento para se movimentar por toda parte? Na minha opinião, isso é bem mais sinistro.

Masamune e Aki trocavam farpas entre si.

— Bom, já chega. Calminha vocês dois — interveio Subaru. — Afinal, qual é a proposta?

— Fazermos um pacto colaborativo — respondeu Aki.

— Já estamos em outubro! Desde que fomos chamados para vir aqui ao fim de maio, um bom tempo se passou e até agora nada de chave. A sala do desejo deve ter uma entrada secreta em algum lugar. Só nos resta meio ano.

— É capaz de chegarmos ao último dia sem ninguém realizar seu desejo. Vamos deixar de lado a rivalidade e procurar juntos. Depois de achar, a gente senta e conversa para decidir qual desejo deve ser realizado. Pode ser por sorteio ou disputando no pedra-papel-tesoura. É melhor do que não encontrar, não? — prosseguiu Aki, desconsolada. — Na realidade, nós procuramos à beça. É um desperdício continuar nessa situação, sem encontrar a chave. Não dá para ficar parado só assistindo.

— Entendo… — assentiu Fuka, até então calada. — Não sabia que você tinha um desejo que queria tanto realizar. Masamune também, já que procurou desesperadamente — falou ela com franqueza para Aki.

— Se disserem que poderá ser realizado, qualquer pessoa vai pensar em um ou dois desejos — falou Masamune.

Aki desviou os olhos e parecia um pouco ressentida, talvez por não imaginar que fosse confrontada diretamente por Fuka.

Porém, o que Fuka falou em seguida deixou a todos perplexos.

— Ah, é? Mas eu não tenho nenhum desejo em particular. — Kokoro não sabia se ela falava a sério ou não. Mas em seguida ela declarou com um jeito bem descontraído. — Ok, pessoal. Eu colaboro. Estou de acordo com que todos procuremos juntos a chave! A propósito, eu não a encontrei. Para falar a verdade, nem a procurei.

Realmente, mais do que os outros, ela ficava trancada no seu quarto quando vinha ao castelo. Talvez ela não tivesse mesmo interesse em procurar a chave.

Kokoro estava sem palavras.

Logicamente, ela também tinha um desejo que queria realizar. No entanto, seu desejo era tão obscuro que ela temia verbalizá-lo. Principalmente para os meninos, que, se soubessem, talvez passassem a evitá-la. Depois de a chave ser encontrada com a colaboração de todos, de que forma decidiriam qual desejo deveria ser realizado?

Tudo bem se decidissem jogando pedra-papel-tesoura, mas se, em vez disso, eles tivessem de competir defendendo verbalmente cada um seu desejo, como nos discursos na época de eleições, Kokoro sentia que, por ser uma péssima oradora, não teria chances de vencer. Com certeza Aki ou Masamune ganhariam.

Porém, por outro lado, a chave ainda não fora encontrada. Era incerto se dali em diante eles a encontrariam.

Kokoro também, algumas vezes, quando tinha tempo, procurara pela chave sem sucesso. Conforme Aki falou, seria mesmo uma pena que nenhum desejo fosse realizado, no fim das contas.

— Estou dentro. Concordo em procurarmos todos juntos — falou Rion.

Ao seu lado, Ureshino também assentiu timidamente.

— Eu também. Uhum.

Desde que Ureshino se foi do castelo para frequentar a escola, mas acabou voltando todo machucado, Kokoro sentia que a atmosfera no castelo havia mudado. Ela percebia que, de alguma forma, tinha ficado mais fácil para os demais exporem abertamente suas verdadeiras intenções.

Kokoro e Subaru, que ainda não haviam respondido, se entreolharam. Kokoro foi a primeira a assentir.

Ela adoraria que seu desejo fosse atendido, mas antes disso, também era importante que ela pudesse aproveitar e se divertir com os outros no castelo até março. Quando ouviu que só faltava meio ano para terminar o prazo, se achou tola por ter se dado conta desse fato só agora. Depois do fechamento do castelo, o que aconteceria se ela não pudesse ir à escola?

O ano escolar seguinte ainda estava muito longe, mas ele chegaria em algum momento. Quando ela se imaginava no oitavo ano do fundamental, sentia o sangue gelar e o estômago doer. Sua única opção era encontrar a chave.

— Tudo bem. Vamos procurar todos juntos — suspirou Subaru, ao lado, ao ver Kokoro concordar.

— Então, a partir de hoje vamos nos empenhar com seriedade. Vamos fazer de um jeito eficaz. Que acham de desenharmos um mapa do castelo e eliminarmos nele os locais que procuramos até aqui?

— Ah, acho que fiz uma varredura completa na sala de jantar. — De pronto Aki ergueu o braço. — Desde o interior vazio da geladeira até atrás das cortinas, conferi tudinho. Mas é sempre bom mais alguém inspecionar outra vez.

— Eu inspecionei umas cinco ou seis vezes todo este cômodo — falou Masamune olhando ao redor da sala de jogos e apontando para a cabeça do cervo empalhada e para a lareira.

Ao seu lado, Subaru assentiu.

— No meu caso, inspecionei os pontos de água. Locais que não se pode utilizar na prática por não haver água: a cozinha e a sala de banhos. Fiquei curioso para saber o motivo deles existirem se não há água, e achei que a chave podia estar escondida ali. Inspecionei até canos e ralos em vão. Não só a chave. Também não encontrei nenhuma entrada para a sala do desejo.

— Ah... — Masamune sorriu ironicamente das palavras de Subaru.

— Que foi esse "ah"? — perguntou Subaru.

— Nada demais. Jurava que você não procurava com empenho, mas pelo visto estava bem animado. Como você é falso!

— Nesse ponto somos parecidos, não?

Os dois discutiam de uma forma que deixaria nervoso qualquer um ouvindo, mas ambos estampavam um sorriso no rosto. Pareciam até revigorados por enfim poderem falar o que sentiam de verdade um para o outro.

— Olha, queria pedir uma coisa. — Foi a vez de Rion erguer o braço. Ele falou não sem antes esperar que todos o fitassem. — Como vocês sabem, a senhorita Lobo falou que o castelo fica aberto até março, mas se alguém achar a chave e o desejo for realizado, ele fechará de imediato.

Aki assentiu.

— Então — prosseguiu Rion —, eu também vou me juntar à procura, mas, uma vez que faremos em conjunto, gostaria que fizéssemos uma promessa. Mesmo que encontremos a chave, não vamos usá-la até março. Vamos continuar aproveitando o castelo até o fim.

Olhando para Rion, Kokoro prendeu a respiração.

Era justamente o que ela mais desejava. A partir de abril do ano seguinte, ficava deprimida só de imaginar que mudaria de turma no fundamental e com vontade de fugir. Por isso, evitava pensar nisso com muito afinco.

Depois de tanto tempo ausente da escola, mesmo mudando de turma, ela não tinha ânimo para voltar. Mesmo em uma turma diferente, Sanada estaria na mesma série. Kokoro temia não poder resistir sozinha em seu quarto até março. Ela desejava que o castelo continuasse do jeito que era. Ela concordava com a sugestão de Rion.

Rion prosseguiu.

— Todos prometem respeitar nosso acordo independentemente de quem tenha o desejo realizado? Nada de puxar o tapete dos outros.

— Cara, isso é mó óbvio — respondeu Masamune. Olhou para o rosto de todos como se quisesse prescrutar sua reação antes de continuar. — Todo mundo quer continuar aqui até o fim, né?

Ninguém se mostrou contrário.

Nem Subaru, de cabelo descolorido e linguajar adulto, nem Aki, com um namorado mais velho fora do castelo, nem Fuka, sem nenhum desejo em particular, nem Ureshino, que voltara ao castelo todo machucado.

O silêncio transmitia que todos sentiam a mesma coisa.

— Que ótimo — falou Rion com o rosto sorridente. — Fico tranquilo ao ouvir.

— Humm... Então é uma estratégia coletiva? Que maravilha vocês terem definido uma diretriz.

Nesse momento, ouviu-se de repente uma voz.

Veio logo de trás de Kokoro, que, pega de surpresa, soltou um grito.

Ela deu um salto e olhou para trás.

Era a senhorita Lobo. Fazia tempos que ela não entrava em cena.

Senhorita Lobo!

Todos estavam surpresos. Eles a encaravam de olhos arregalados. Por fazer bastante tempo que não a viam, sentiram uma nova sensação de estranheza com a máscara de lobo. A senhorita Lobo trajava um vestido que viam pela primeira vez.

— Ora, ora, há quanto tempo, meus Chapeuzinhos Vermelhos!

Ela caminhou até o meio deles.

— Pô, precisava assustar a gente desse jeito? — protestaram Masamune e Rion.

— Desculpe, desculpe — reagiu ela sem que fosse possível ver a expressão de seu rosto sob a máscara. — Os Chapeuzinhos Vermelhos pareciam se divertir tanto que senti vontade de aparecer. Percebi que esqueci de falar algo muito importante.

— Muito importante? — Aki inclinou a cabeça. — Procurar a chave juntos não infringe as regras, né? Não tem problema, correto?

— Problema algum — assentiu a senhorita Lobo. — Ao contrário, isso é muito positivo. Cooperação é excelente. É lindo vê-los se ajudando. Vão em frente.

— Que bom.

— Mas tem uma coisa que esqueci de falar e hoje vim para lhes informar. Vamos lá! — afirmou a senhorita Lobo, sentando-se na mesinha posta em frente ao sofá. — Vocês usarão a chave na sala do desejo e o desejo será realizado. Porém, no exato instante em que isso acontecer, todas as lembranças de sua vida no castelo desaparecerão da memória de vocês.

— Quê??? — Uma voz se ergueu no local.

Não era a voz de uma pessoa específica, mas de todos em uníssono.

— Quando o desejo for realizado, vocês esquecerão de tudo: do castelo, da vida que levaram aqui, dos colegas. Logicamente, de mim também — prosseguiu a senhorita Lobo.

Ela declarou isso com um jeito relutante.

E continuou olhando na direção dos demais, que continuavam embasbacados.

— Caso o desejo de alguém não se realize até dia trinta de março, as memórias continuarão. O castelo fechará, mas vocês manterão na memória o que vivenciaram aqui. É a regra.

Enquanto os outros mantinham os olhos arregalados de espanto e choque, a senhorita Lobo, com toda tranquilidade, encolheu os ombros. Kokoro custava a imaginar que expressão a menina teria agora por debaixo da máscara.

— Desculpe, desculpe. Foi esquecimento meu — falou ela em tom despreocupado.

♦

Atônitos, por um tempo ninguém se manifestou.

Kokoro também precisava de um tempo para colocar os pensamentos em ordem. Tamanho fora o choque recebido ao saber que esqueceriam tudo o que se passara no castelo.

— Tá de brincadeira? — Por fim, uma voz se fez ouvir.

Era Rion, que parecia confuso.

— Não que eu não acredite, ok, mas você tá falando sério mesmo?

Kokoro podia entender a perplexidade de Rion. Mesmo assimilando o significado das palavras, o coração se recusava a fazê-lo. Por isso, ele queria confirmar. Kokoro também, e provavelmente poderia afirmar o mesmo dos outros.

— Seríssimo — afirmou com tranquilidade a senhorita Lobo. Como sempre, sem alterar o tom da voz. — Mais alguma pergunta?

— E o que acontece com as memórias desse tempo?

Quem perguntou em seguida foi Masamune, que olhava casualmente para a senhorita Lobo. Prescrutando seu perfil, Kokoro sentiu o quanto ele parecia irritado.

— O que acontece com nossas lembranças desde maio, quando viemos parar aqui até o dia do desejo ser realizado? Tudo o que fizemos nesse período será apagado?

— As memórias serão preenchidas da forma adequada — informou a senhorita Lobo com uma voz que poderia se considerar até que resoluta. — Serão complementadas com a repetição de coisas que costumavam fazer antes de virem para cá. Dormir em casa, assistir à TV, ler livros e mangás, sair algumas vezes para fazer compras, ir se divertir em fliperamas. Provavelmente suas memórias serão preenchidas com esse tipo de coisas.

— Calma aí. Então, as memórias dos livros lidos e dos games que jogamos aqui nesses vários meses serão substituídas por outras? Algo novo que li aqui, a história de um mangá por exemplo, não restará dentro de mim? Que desperdício de tempo!

— Provavelmente. Mas, isso é tão problemático assim? — A senhorita Lobo retrucou sem rodeios. — É tão importante para você acumular as histórias de novos mangás?

— Claro que é! Tá me tirando? — Masamune enfim fez um beicinho expondo seu mau humor.

De sua parte, Kokoro se lembrou de algo. Todos os dias em seu quarto com uma cortina fina de cor laranja, ela se divertia vendo as reprises de novelas na TV. Porém, no fim do dia, só lembrava vagamente do desenrolar do capítulo que assistira. E não só as novelas. O mesmo também acontecia com *talk shows* e programas de variedades, cujas lembranças iam aos poucos se esvanecendo desde o momento que os assistia.

Agora, eram poucos os programas de que se lembrava entre tantos que assistira na TV antes de vir ao castelo. Ela os via o dia inteiro e, com isso, a noite chegava rápido.

No entanto, Masamune, que se emocionava com RPGs, assim como com mangás e filmes, talvez achasse um prejuízo e um desperdício de tempo não acumular conhecimento a partir de seu conteúdo. A senhorita Lobo meneou a cabeça.

— Vamos, desista das lembranças. Talvez elas sejam importantes para você, mas isso mostra quanta energia deve ser necessária para tornar um desejo realidade. Se não está satisfeito, basta não usar a chave, mesmo que você a encontre. Simples assim.

A senhorita Lobo transmitia um ar malicioso ao olhar para todos. Ela fita o rosto de todos, um por um.

— Apenas a lembrança de ter estado aqui desaparecerá da memória de vocês. Tudo o que os meus Chapeuzinhos Vermelhos fizeram no mundo do outro lado do espelho permanecerá.

Os jogos de futebol, o namoradinho da vez, o cabelo tingido. E também a surra ao retornar à escola.

Kokoro sentiu o corpo de Ureshino enrijecer quando ele ouviu essas últimas palavras.

— Está se referindo a mim? — perguntou ele com voz tensa. — Está tirando sarro da minha cara, senhorita Lobo?

Desde o incidente, Ureshino se mostrava calmo. Parou de se irritar com os outros, e Kokoro temia que o assunto fosse abordado. Contrariando as expectativas, a voz da senhorita Lobo estava serena.

— Não — retrucou ela, com calma. — Venero a sua coragem de voltar à escola. Apenas citei como exemplo, mas peço desculpas caso tenha magoado você. Foi mal.

Surpreso com palavras tão diretas, Ureshino se calou, cabisbaixo.

— Hã… ah… uhum… — assentiu o garoto que, em seguida, perguntou para Fuka, ao seu lado: — O que significa "venero"?

— É como se ela afirmasse que respeita você pela sua coragem!

Ureshino arregalou os olhos e ficou ainda mais quieto.

— Mais alguma pergunta? — indagou a senhorita Lobo.

Todos permaneceram calados.

Mais do que perguntas, desejavam externar suas opiniões. Ou melhor, suas insatisfações.

A memória se apagaria.

Esquecer o que se passou no castelo seria logicamente não se recordar de outros que conheceram ali.

Kokoro ignorava como a senhorita Lobo entenderia o silêncio deles.

— Não havendo mais perguntas, eu me retirarei.

Deixando essas breves palavras, a senhorita Lobo de súbito desapareceu.

Havia tempos que eles não a viam evaporar daquele jeito e, no entanto, ninguém falou nada. A atmosfera era completamente diferente do dia em que se conheceram e se espantaram ao vê-la sumir. Ao se lembrar disso, Kokoro sentiu saudades daquele dia.

— Nossas memórias vão desaparecer, mas e daí? — uma voz quebrou o silêncio.

Era Aki. Todos voltaram os olhos para ela. Impossível saber se era intencional ou não, mas ela retribuía os olhares com uma atitude indiferente.

— Não me importo nem um pouco. Afinal, só ficaremos no castelo até março. Depois não viremos mais e não haverá chance de nos encontrarmos. Se há uma chave que permite a realização de qualquer desejo, seria um desperdício não a usar. Não acham?

Buscando concordância, ela encarou cada um.

— Antes, não vínhamos ao castelo. Não nos conhecíamos. Apenas voltaremos para nossa vidinha de sempre. O que tem de ruim nisso?

— Tudo! Eu não quero isso! — Uma voz resoluta se fez ouvir, para espanto de todos, que se voltaram para o dono da voz.

Era Ureshino. Ele se deixava levar facilmente pelas emoções, mas a voz estava serena, o que era inusitado.

Aki, estranhamente, permaneceu quieta. Ureshino prosseguiu.

— Não concordo! Como posso esquecer que vocês souberam me ouvir? E que a senhorita Lobo falou há pouco que me respeita?

— Ela não falou que respeita, mas que venera — observou Masamune em tom educado.

— Foi, é? — Ureshino inclinou a cabeça, olhando para Aki.
— Se o preço a pagar é esquecer tudo, não quero meu desejo realizado!

Não havia rancor ou malícia em seu olhar, que era apenas direto. Ele inclinou a cabeça em direção a Aki, como se estivesse confuso.

— Você não acha, Aki-chan? O que deseja é tão importante assim?

Kokoro observava espantada Ureshino perguntar. Ele procurara a chave do desejo, porém, mais do que a realização do desejo, ele prezava as lembranças compartilhadas ali. Kokoro estava incluída nelas. Assim como Masamune e Aki, com quem Ureshino gritara e tivera desentendimentos, enfim todos. Ele declarara o desejo sem hesitar. Kokoro ficou quieta e, um pouco depois, sentiu um calor lhe invadindo o peito. Percebeu o quanto estava alegre.

Aki talvez sentisse o mesmo que Kokoro.

— Não, não é que eu… — Depois de se expressar com palavras ríspidas, Aki falou em voz fraca, como se aquilo tudo a tivesse afetado.

Suas palavras talvez tivessem sido duras. Ela havia afirmado que o mais importante seria ter o desejo realizado e as memórias pouco importavam. Supostamente, ela acabou falando daquela forma sem refletir o suficiente. Ou talvez achasse que Masamune e mais alguém concordariam com ela.

Ureshino parecia ainda confuso.

— Acabamos de combinar que vamos agir em conjunto na procura da chave. Mas, se priorizarem a realização do desejo, sem se importar com a perda da memória, vou desistir. Não vou ajudar, mas, ao contrário, talvez eu procure a chave para destruí-la ou escondê-la. E talvez faça de tudo para atrapalhar você, Aki-chan! — declarou Ureshino.

Suas últimas palavras foram em tom baixo, que nem um sussurro, enquanto fixava o olhar no semblante de Aki. O rosto dela enrubesceu. Ela encarou Ureshino.

— Desculpe.

Ureshino baixou os olhos. Os outros permaneciam quietos.

Apesar de ninguém ter berrado ou ficado com raiva, caíra um silêncio muito mais constrangedor do que se o fizessem.

— Faça como achar melhor — por fim Aki falou desanimada.

Ela se calou e saiu do cômodo. Nesse momento também ninguém tentou impedi-la. Ninguém poderia.

Depois de perder totalmente de vista a silhueta de Aki, que fora embora mostrando-se inabalável, os que ficaram na sala começaram a trocar olhares questionadores.

— Qual será o desejo de Aki-chan? — balbuciou Subaru que até então se mantivera silencioso. Ele não falou em busca da opinião de alguém, apenas expressou algo que lhe ocorrera.

— Bem, cada um deve ter um desejo diferente, não? — falou Subaru sussurrando e, em seguida, sorriu. — Seja como for, a senhorita Lobo é astuta! Por que deixou para informar isso logo agora? Ou ela esperava por este momento?

— Esperava? — perguntou Kokoro.

— Uhum — assentiu Subaru com um tom de voz leve como se o assunto não tivesse relação com ele.

Como sempre, Kokoro o achou misterioso.

— Falei "logo agora" porque ela parece ter esperado que nós criássemos um relacionamento de amizade legal. Esperou que chegássemos ao ponto em que, como falou Ureshino há pouco, não nos importássemos mais com a realização do desejo. No fim das contas, ela não deve ter vontade de realizar o desejo de ninguém. Quem sabe desde o início a tal chave do desejo sequer exista?

— Acredito que exista, sim — balbuciou Masamune.

— Não duvido nada — replicou Subaru.

— Não — interveio Rion. — Acredito que ela tenha vontade real de fazer com que um desejo se realize. Ela não parece agir com maldade, apenas está nos testando. Para ver se queremos que o desejo se realize a qualquer custo. Aquela pessoa não está agindo com base numa resposta pronta e deve aceitar qualquer que seja nossa escolha. Na realidade, não deve ser mentira que ela esqueceu de nos falar isso no início. É apenas minha intuição.

Enquanto eles discutiam, Kokoro imaginou estranhamente que era possível que aquela garota estivesse ouvindo a conversa. Ela notou que se referia à senhorita Lobo como "aquela garota" enquanto Rion a chamava de "aquela pessoa", a vendo mais como adulta.

— Fuka, o que você acha?

— Eu?

Sendo perguntada por Rion, Fuka virou o rosto na direção de todos. Ela tinha uma expressão estranha ao responder.

— Mesmo depois de tudo terminar em março e eu voltar para o mundo real, achei que continuaríamos mantendo contato entre nós.

— É?

— Até hoje eu achava que mesmo o castelo fechando em abril, se falássemos entre nós quem somos e onde moramos, deveríamos poder nos comunicar mesmo depois de voltarmos para o mundo real. Por isso não estava triste.

— Ah.

Kokoro entendia o que Fuka desejava expressar. Kokoro também pensara vagamente sobre isso. Eles não falaram até aquele momento quem eram e de onde vieram. Aquele era um ambiente em que podiam viver convenientemente sabendo apenas o nome de cada um. Porém, quando fossem se despedir em definitivo, com certeza ela gostaria de saber onde todos os outros moravam. Ela não concebia que nunca mais pudessem se ver.

O peso da expressão "mundo real", utilizada por Fuka, aumentava bastante.

Estar agora no castelo era sem dúvida algo real, mas o "real" deles era com certeza o mundo do lado de fora, do tipo para o qual não desejavam retornar.

— Se esquecermos, isso será impossível. Mesmo trocando endereços, vamos esquecer que o fizemos, não?

— Mas se o desejo não se realizar, seria bom mantermos contato lá fora — interveio Masamune.

— Você fala de endereço e telefone? — perguntou Subaru.

— É — assentiu Masamune.

De início, quando os dois jogavam juntos videogame sem parar, a impressão era de serem um pouco parecidos. Talvez por Subaru ter descolorido o cabelo durante as férias de verão, quando os dois agora estão juntos, não se parecem em nada. Quando

Kokoro imaginava os dois juntos no mundo fora do castelo — por exemplo, na sala de aula —, sentia que a aparência extravagante de Subaru não combinava muito bem com Masamune.

"Manter contato" era outra expressão que tocava o coração de Kokoro.

Mundo real, manter contato.

Ela se dava conta, de novo, que muitas coisas apenas dentro do castelo eram excepcionais.

Eles não sabiam nada uns dos outros.

Ouvira que Rion vinha do Havaí, mas achava até então que não devia perguntar de onde os outros vinham e por isso não o fizera. Embora com certeza ela tivesse vontade de saber, por outro lado, resistia um pouco a se deixar conhecer.

Porque ela desejava esquecer.

Enquanto estava ali, queria se sentir livre de ser uma aluna da Escola Fundamental Yukishina nº 5, da sala de aula onde estava aquela Sanada e do fato de Tojo morar duas casas vizinhas à sua.

Talvez todos se sentissem como ela. Mesmo depois de se espalhar um ar de concordância sobre trocar contatos, conforme as palavras de Fuka, na realidade, pelo menos naquele dia, ninguém parecia pronto para fazê-lo.

♦

Nossas memórias vão desaparecer, mas e daí?

Depois de lançar isso e partir, por um tempo Aki não apareceu no castelo. Talvez por uma questão de orgulho ferido. Embora, na verdade, ela não pensasse assim, talvez tenha apenas se expressado dessa forma diante dos outros para impressioná-los, mostrando-se durona.

Apesar de achar que todos eram tão fortes quanto ela, ao ouvir Ureshino e os outros, e até Masamune, afirmarem categoricamente que não desejavam ter a memória apagada, apesar de se sentir na realidade da mesma forma, talvez não quisesse dar o braço a torcer.

Todos estavam conscientes da ausência de Aki.

— Será que ela não pensa no que vai acontecer se um de nós achar a chave enquanto ela está ausente? — Masamune trouxe o assunto em tom de brincadeira.

Porém, ainda havia tempo até março. Todos tinham alguma folga. Ainda era outubro.

Mesmo procurando a chave e perdendo a memória quando o desejo fosse realizado, ainda era outubro. Ainda havia tempo, bastante tempo.

Aki reapareceu no castelo em início de novembro.

Após uma longa ausência, no dia de seu retorno, quem primeiro a viu foi Kokoro. Logo depois do meio-dia, quando não havia mais ninguém na sala de jogos, Aki estava sentada no sofá, abraçando os próprios joelhos.

Kokoro engoliu a seco.

— Aki-chan.

Ao ouvir ser chamada por uma voz vacilante, Aki ergueu o rosto enfiado nos joelhos.

A cor dos olhos mostrava que estava prestes a chorar. Dentro da sala que deveria estar iluminada, apenas ao redor de Aki estava escuro. Era como se ela absorvesse toda a luz ao redor de si. Estava muito, muito obscurecido. Seu rosto estava pálido e nas faces formaram-se marcas das pregas da saia, talvez por estar cobrindo por muito tempo o rosto com ela ao escondê-lo entre os joelhos.

— Kokoro — falou Aki.

A voz estava mais fina e fraca em comparação a quando Kokoro a vira pela última vez. Rouca, presa na garganta, por alguma razão a voz dava a impressão de que pedia por socorro.

Kokoro voltou a engolir em seco. Mais do que antes.

Nesse dia, Aki vestia uniforme escolar. Pensando bem, até então, ninguém aparecera no castelo de uniforme. Por isso, Kokoro não sabia era qual o tipo de uniforme dos demais.

A gola azul-esverdeada do uniforme estilo marinheiro. O lenço grená.

No bolso no lado direito do peito, quando ela ergueu o corpo, havia a insígnia da escola. Ao lado, bordado o nome da escola.

Yukishina nº 5.

Kokoro não podia acreditar nos seus olhos. Ela olhou mais uma vez o uniforme de Aki.

Ela conhecia aquele uniforme. Não havia dúvidas. Afinal, era igual ao que ela própria tinha em seu quarto.

— Aki-chan...

A voz a chamando foi se tornando tensa.

Ela perguntou resoluta.

— Aki-chan, você estuda na Escola Fundamental Yukishina nº 5?

Aki lentamente observou o próprio uniforme, acompanhando o olhar de Kokoro.

— Ah, sim — assentiu ela. — Yukishina nº 5.

Seu gesto vagaroso parecia demonstrar que ela se lembrara naquele momento, pela primeira vez, que estava trajando uniforme.

— Sim, estudo lá — voltou a assentir, olhando desconfiada para Kokoro. — Yukishina nº 5.

Ela falou com todas as letras o nome da mesma escola fundamental de Kokoro.

Novembro

— O QUE ACONTECEU? — AKI se levantou diante de uma Kokoro atônita.

A cor de seus olhos ainda estava sombria, mas ela parecia haver recobrado um pouco a vivacidade graças ao encontro com Kokoro. Ainda se viam as marcas avermelhadas no rosto pelo contato com as pregas da saia. Ela devia estar chorando, Kokoro percebeu. Devido às lágrimas, alguns fios de cabelo estavam grudados firmemente nas faces.

Nesse momento, aconteceu mais uma coisa para a surpresa de Kokoro.

— Ah... — Uma voz se fez ouvir atrás dela.

Ao se virar, Subaru e Masamune estavam de pé. Talvez, por acaso, os dois haviam atravessado ao mesmo tempo seus espelhos. Eles olhavam para Aki espantados, como se não acreditassem no que viam.

Os sem dúvida se espantaram com a volta de Aki após tanto tempo, mas também pela estranheza de vê-la de uniforme, algo incomum no castelo.

Kokoro não sabia o que falar. Foi então que algo estranho ocorreu. O olhar dos dois se transferiu do rosto de Aki para se concentrar na insígnia que ela trazia ao peito.

— Que merda é essa? — exclamou Masamune. — Por que está de uniforme? — questionou confuso. — Quer dizer, é o uniforme da sua escola?

— Algum problema?

Os olhos de Aki se estreitaram encarando Masamune. Kokoro percebeu que alguma coisa acontecia ali, algo que poderia mandar pelos ares a forma desagradável que se separaram na vez anterior.

— Não pode ser! — exclamou Masamune. — É o mesmo.

Os olhos de Aki se arregalaram.

— É o mesmo uniforme das meninas da minha escola.

Aconteceu no exato instante em que Masamune falou isso. Subaru, que estava ao lado dele, fez uma cara de espanto. Ele olhou para o amigo.

— Da sua escola também?

Kokoro permanecia calada, apertando com firmeza os lábios.

— Quê? Como? — disparou Aki olhando para Kokoro atordoada. Depois, desviou o olhar para cada um dos meninos, que ainda pareciam em estado de choque.

— Yukishina nº 5 — falou Aki, finalmente tentando ligar as palavras. — Não pode ser verdade. — Ela mantinha os lábios entreabertos. — O uniforme deve ser apenas parecido, não? Masamune e Subaru também são da Escola Fundamental Yukishina nº 5? Escola municipal de Minami-Tóquio?

— Eu também — declarou Kokoro. Ela conseguia enfim se expressar.

Foi a vez de Subaru, Masamune e Aki se espantarem. Eles fitaram Kokoro.

Veio à mente de Kokoro a máscara da senhorita Lobo.

O que era tudo aquilo?

Confusa, ela repetia para si mesma o nome da senhorita Lobo. O que a menina pretendia fazendo tudo isso? Kokoro não entendia. Porém...

Todos frequentavam a mesma escola fundamental.

Para ser mais exato, *deveriam* estar frequentando a mesma escola.

Não haviam descoberto esse fato, pois evitaram falar sobre a escola. Não falaram entre si onde moravam nem o nome da escola que frequentavam. Kokoro jamais poderia imaginar que eles estivessem tão próximos dela.

— Ah!

Fuka, que acabara de entrar na sala de jogos, ergueu a voz como se gritasse. Olhava o uniforme de Aki.

Apesar disso, Kokoro e os outros não se espantaram.

♦

Eles esperaram a chegada por último de Rion ao final da tarde.

Fuka e Ureshino se espantaram ao ver Aki de uniforme e, assim como os outros, questionaram o motivo. Ficaram paralisados ao ver diante de si o bordado com o nome da Escola Fundamental Yukishina nº 5 no peito de Aki. Com uma voz estridente balbuciaram "é o mesmo".

Apenas Rion, que afirmava estar frequentando uma escola no Havaí, era uma exceção, mas sua chegada esclareceu o mistério.

Quando lhe informaram que todos ali estavam matriculados na mesma escola fundamental, depois de se mostrar espantado, ele balbuciou:

— É a escola localizada na cidade de Minami-Tóquio...

— Isso mesmo! — falaram quase todos em uníssono.

Rion suspirou fundo.

— Era a escola para onde eu deveria ter ido.

Todos fitaram Rion em silêncio. Ele explicou.

— Se eu não tivesse ido estudar fora, eu também deveria estar frequentando essa escola...

Aki cruzou os braços sob o uniforme.

— Ou seja, então rolaria o seguinte — falou ela como num gemido: — Todos nós devíamos estar matriculados na Escola Fundamental Yukishina nº 5, mas não estamos indo. Fomos chamados para cá por conta disso?

Fuka prescrutou o rosto de todos. Inclinou a cabeça estranhamente.

— Acredito que sim. Porém... Não somos muitos? — perguntou ela. — Uma única escola ter tantos alunos evasão escolar ao mesmo tempo?

Kokoro imaginava que fosse apenas ela.

Ao ouvir as palavras de Fuka, ela sentiu um aperto no peito. Sentia o mesmo: que, no fim, não era apenas ela.

Kokoro, Rion e Ureshino são alunos do sétimo ano.

Fuka e Masamune estão no oitavo ano.

Subaru e Aki, no nono ano.

Apesar de não saberem, alguns deles frequentavam o mesmo ano, na mesma escola. A situação era diferente com Rion, mas pelo menos a realidade vivida por Ureshino na escola era similar à de Kokoro.

Ela se lembrou do que a mãe conversou com o professor com ares de encarregado na Sala de Aula do Coração quando visitaram.

"Não são raras as crianças que não conseguem se adaptar à escola fundamental depois de virem de um ambiente mais caseiro da escola primária! Sobretudo no caso da Yukishina nº 5, que cresceu bastante devido à fusão pela reestruturação escolar. É a que tem o maior número de alunos em evasão entre as escolas da região."

Kokoro se lembrava apenas da repulsa que sentiu ao ouvir aquilo. Ela não desejava que a inserissem na categoria das "crianças que não conseguem se adaptar à escola". No entanto, talvez isso ocorresse em uma escola com tantas turmas, como a Escola Fundamental Yukishina nº 5.

— Não seria porque a Yukishina nº 5 tem tantos alunos? Talvez por isso seja inevitável não nos conhecermos — sugeriu Kokoro.

— Será? — Fuka inclinou a cabeça outra vez. — Mas no sétimo ano tem só quatro turmas. Não são tantas assim!

— É? No oitavo ano é assim?

— Uhum — assentiu Fuka.

— O nono ano tem oito turmas — falou Subaru.

— Tantas assim? — perguntou Fuka com ar de espanto.

— O segundo ano deve ter seis turmas — corrigiu Masamune.

— Fuka, desde quando você parou de ir à escola? Sua memória deve estar traindo você.

— Não acho, não. — Fuka estava descontente.

Porém, Kokoro achou estranho o que Fuka falara. Na escola de Kokoro, havia a mesma quantidade de alunos no sétimo e oitavo ano. Como indicou Masamune, desde que ingressara, Fuka talvez não tivesse frequentado nem o sétimo ano. Talvez tenha sempre estado em evasão escolar.

— Onde vocês cursaram o primário?

A Escola Fundamental Yukishina nº 5 fica em uma região que tem seis escolas primárias no total. Ao contrário da escola fundamental, como as primárias são relativamente pequenas, se eles estiveram juntos no primário, deveriam se conhecer, mesmo que apenas de vista.

— Primária 2 — falou Masamune mal-humorado.

Primária 2 era a abreviação da Escola Primária Yukishina nº 2.

— Eu, na Primária 1 — respondeu Fuka.

— Ah! — exclamou Kokoro. Fuka olhou para ela.

— É a mesma que você?

— Sim, a mesma...

A Escola Primária Yukishina nº 1 tem duas turmas por ano. No entanto, talvez por estudarem em séries diferentes, Kokoro não tinha memória alguma de Fuka. Seria estranho se elas fossem do mesmo ano, mas Kokoro não mantinha contato com crianças de outras séries. Na escola primária não havia muitas atividades extracurriculares e, se o Comitê Escolar não fosse conjunto, seria impossível ter amizade com crianças de outras séries.

Além do mais, Fuka não é do tipo que se destaca. Kokoro duvidava que ela tivesse sido membro do Comitê ou a atleta representante nas competições de atletismo ou natação. Logicamente, o mesmo poderia ser dito de Kokoro, então não era nada estranho que Fuka não se lembrasse dela.

Mesmo assim, Kokoro tinha uma estranha sensação.

Quem imaginaria que alguém foi para a mesma escola que a minha.

— Vocês duas não se lembram de ter se visto ou se conhecido? — perguntou Subaru.

— Não — elas menearam a cabeça respondendo.

Subaru encolheu de leve o pescoço.

— Mesmo que eu fale qual escola primária frequentei, talvez nenhum de vocês conheça — declarou.

Os outros se concentraram nele.

— Escola Primária Nagura. É uma escola da província de Ibaraki. Nós nos mudamos quando eu ia entrar no nono ano. Vim com meu irmão mais velho morar com nossos avós em Tóquio.

— Os dois? — perguntou Masamune.

— Uhum — assentiu Subaru.

— E seus pais? — perguntou Masamune instintivamente.

Apesar de serem bons amigos, até as férias de verão, quando Subaru mudou a cor dos cabelos, Masamune desconhecia que o outro tinha um irmão mais velho. Não que Subaru tivesse escondido dele intencionalmente.

— Não estão conosco. Quando morávamos em Ibaraki, minha mãe foi embora, nos deixando. Nosso pai se casou de novo e vive com a atual esposa — respondeu Subaru com naturalidade. — Por isso, fomos morar com nossos avós.

Masamune franziu o cenho. Todos os outros engoliram em seco.

— De início, eu e meu irmão não queríamos muito ir à escola! Não conhecíamos ninguém e se quiséssemos nos adaptar, o mês de abril, de início das aulas, era primordial, mas começamos a faltar e aos poucos foi se tornando complicado para ir. Não que tivéssemos sido tratados com indiferença pelos colegas ou algo grave tivesse acontecido. Comparado com os outros, éramos apenas preguiçosos e nos sentimos culpados por isso — prosseguiu Subaru.

Talvez nada de grave tivesse acontecido com Subaru na escola. Contudo, Kokoro sentia que havia um problema anterior. Ele contava com calma e com o rosto sorridente o motivo que o levara a morar com os avós. Mas por que ele sorria? Desde o início ele havia conseguido se sentir assim?

Férias de verão.

Subaru contara ter viajado com os pais. Declarou ter recebido um walkman do pai. O peso do que Kokoro ouvira mudou da água para o vinho.

Ninguém falava nada, a começar por Masamune, com sua expressão fechada. Subaru também não parecia esperar que alguém fosse falar algo.

— Escola Primária Aokusa.

A voz de Rion ressoou quebrando o silêncio.

A Escola Primária Aokusa ficava na direção oposta da Escola Primária Yukishina nº 1, que Kokoro frequentara, com a escola fundamental no meio. Rion não cursou o primário no exterior, mas no distrito onde morava. Kokoro voltou a sentir estranheza ao saber que Rion morava tão perto.

— Mentira! — Ureshino girou, movimentando muito os braços ao ouvir.

— O quê? — perguntou Rion.

— Também estudei na Aokusa — falou Ureshino, completamente surpreso.

Rion pareceu de novo admirado e olhou para Ureshino, que continuou:

— Ué! Você está agora no sétimo ano, né? Então estudamos na mesma escola no primário? Mentira. Você não estava na escola. Eu fui para a escola todos os dias. Você estava lá? É verdade?

— Eu também fui para a escola todos os dias... — falou Rion confuso.

— E você não conheceu Ureshino? — perguntou Subaru.

— Não me lembro. Talvez tenha visto ele, mas não me recordo de termos brincado juntos.

— Quantas turmas havia? Aokusa era grande?

— Três turmas.

Kokoro ouvia o diálogo entre os dois com o coração um pouco apertado.

Ao contrário dela e Fuka, que estavam em anos diferentes, em uma escola tão pequena e sendo alunos do mesmo ano, não ter ocorrido nenhum contato e eles próprios não se lembrarem um do outro certamente demonstrava que os mundos onde os dois viviam eram, desde o início, diferentes.

Eles não poderiam se lembrar de terem brincado junto se vivessem em mundos diferentes.

— Eu sou da Escola Primária Shimizudai — falou Aki por último.

Dentre os sete, ela era do distrito escolar mais distante do local onde Kokoro morava. Mesmo assim, era possível ir a pé à escola. Todos moravam realmente perto uns dos outros.

Tendo a Escola Fundamental Yukishina nº 5 como centro, cada qual vinha de seus quartos atravessando o respectivo espelho.

— Ah, fica próximo do Careo, né?

Perto do Careo e do centro comercial em frente à estação de trem. Careo era para onde Kokoro pretendia ter visitado, mas não pôde. Por ser o local mais animado dentre os distritos escolares, não era estranho que Aki, com seus cabelos avermelhados e roupa espalhafatosa, tivesse frequentado o primário ali. *Ela teria ido ao fliperama do shopping?*

Como Aki inclinou a cabeça, Kokoro perguntou:

— Então, você comprou em alguma loja de lá o guardanapo que deu de presente de aniversário a Fuka?

Kokoro estava prestes a lhe falar que também pensara em procurar os mesmos guardanapos, quando Aki meneou negativamente a cabeça.

— Aqueles guardanapos são da Marumido, no centro comercial! Os prendedores de cabelo que dei de presente junto também.

Kokoro nunca havia ouvido falar da Marumido. Porém, Subaru, que ouvia ao lado, exclamou.

— Marumido! Nossa, é uma loja perto. Sinal que moramos de verdade nas redondezas para conhecermos essa loja. É estranho, mas fico feliz. E que outros lugares você costuma ir se divertir com os amigos, Aki-chan? O McDonald's em frente da estação?

— Vou, sim.

Apesar de ser nas redondezas, fazia tempo que Kokoro não ia até a estação. Ouvindo o teor da conversa dos dois, ela se deu conta de que um McDonald's fora inaugurado ali.

Fuka pensou o mesmo.

— Agora então tem um McDonald's em frente à estação... — ela sussurrou.

Kokoro se sentiu aliviada. Não era apenas ela que não sabia.

Quem ouvisse o "ir se divertir com os amigos" na conversa do *novo* Subaru — desde que mudara a cor dos cabelos —, sentiria certa tensão desagradável. Era diferente de quando Ureshino e Rion afirmavam que brincavam nos tempos da escola primária. Partindo de Subaru, parecia um jovem delinquente.

— O que vamos fazer? — perguntou Masamune olhando para o relógio na parede da sala de jogos.

— Já são quatro e meia. Está perto das cinco. Se é para chamar a senhorita Lobo ainda hoje, é melhor fazer logo. Querem chamá-la?

— Vamos, sim.

Havia muitas coisas que desejavam perguntar a ela. Todos concordaram a um só tempo.

— Senhorita Lobo — falou Masamune se dirigindo ao vazio.

— Alguém me chamou?

Como sempre, ela apareceu casualmente.

♦

Naquele dia a senhorita Lobo também trajava um vestido diferente. Afinal, quantas peças de roupa ela teria? Como sempre, um vestido bufante do tipo usado em bonecas antigas, como se fosse se apresentar em um recital de piano.

— Por que não nos falou nada? — perguntou Fuka.

Aki, de uniforme, cruzou os braços mal-humorada.

— Sobre o quê? — replicou a senhorita Lobo.

— Por que não contou que todos somos alunos da mesma escola fundamental? Por que se calou? — interveio Masamune com uma voz irritada.

— Ué, por acaso alguém me perguntou? — replicou a senhorita Lobo, numa serenidade detestável, com a máscara escondendo seu semblante com certeza impassível.

Masamune se calou.

— Estranho é alguém só saber de algo se eu falar. Os Chapeuzinhos Vermelhos deveriam começar a conversar mais entre si. Se fizessem isso, com certeza logo teriam descoberto que estudam na mesma escola. Vocês desperdiçaram um tempo enorme — continuou a senhorita Lobo.

Ela suspirou profundamente.

— Acho que vocês pensam demais em si mesmos, não?

— Não tire sarro com a nossa cara! — De rosto franzido, Masamune fez menção de se levantar.

— Deixa disso. — Ureshino o impediu. — Ela é uma menininha. Esqueça.

— Hã? Onde isso? Ela pode ser baixinha, mas está visivelmente no modo do *Novo jogo*. Mesmo morrendo, ressuscita e agora tem uma vida a mais. É sobrenatural!

— Já chega!

Uma voz assustadoramente forte o fez interromper. Era Rion. Em geral calmo e descontraído, ele estava com o rosto um pouco vermelho, o que era inusitado. Parecia zangado.

Depois de fazer todos se calarem, ele falou. Com voz calma, serena.

— Tenho uma pergunta.

— Manda ver.

— Você já chamou outros Chapeuzinhos Vermelhos, como nós, aqui para realizar seus desejos? Eles também eram alunos da Escola Fundamental Yukishina nº 5? Você os reúne aqui com a frequência de quantos anos?

— Mais do que um intervalo de alguns anos. Acredito que seja uma oportunidade igualitária, mas se você interpreta dessa forma, bem, não me importo.

A senhorita Lobo falou num tom presunçoso.

— A cada vez, como agora, os membros são alunos que abandonaram escolas deste distrito escolar, como no nosso caso? Eles são escolhidos por terem esse ponto em comum? Ou... — antes de prosseguir, Rion soltou um breve suspiro. — Seu alvo são todos os estudantes da Yukishina nº 5? Você faz brilhar os espelhos nas casas dos alunos, abrindo caminho para virem ao castelo? Porém, como a maioria frequenta a escola, acabam não percebendo. Apenas os que estão em casa percebem e vêm.

Kokoro se admirou com a observação. Era plausível.

Ela ficou chocada. Se assim fosse, não haviam sido escolhidos em particular. Os alunos que frequentavam a escola também tinham chance igual de vir ao castelo. Eles não haviam sido selecionados a dedo.

Sentia o peito apertado. Ela observava a senhorita Lobo, sentindo-se sufocada. A outra balançou a cabeça com tranquilidade, como costumava fazer.

— Erro seu. Chamei apenas vocês. Desde o início selecionei os membros.

— Então, por que estou aqui? — Rion lentamente estreitou os olhos. — Não estou matriculado na Yukishina nº 5, mas venho ao castelo. Por que chamou até a mim?

Rion fitava a senhorita Lobo. Kokoro imaginou que ela responderia de forma evasiva, dando alguma desculpa de que não sabia ou de que em breve entenderíamos.

Porém, não foi o que aconteceu. Ela respondeu. Olhou direto para Rion por trás de sua máscara de lobo.

— Mas você estava doido para ir a essa escola, não? Uma escola fundamental pública no distrito escolar onde você mora no Japão.

Ao ouvir a voz, era como se Rion tivesse sido atingido por um raio. Aprumou as costas paralisado, tal qual se uma flecha lhe tivesse transpassado o peito.

Como se ignorasse Rion, a senhorita Lobo deu um passo à frente.

— Algo mais? Responderei na medida do possível.

— O que é este lugar, afinal? — perguntou Aki.

Kokoro não conseguia se acostumar vendo-a de uniforme pela primeira vez. Um uniforme que conhecia. O mesmo que os colegas de turma e os veteranos dos outros anos usavam na escola que Kokoro deixara de frequentar.

Olhando desse ângulo, ela tinha a impressão de ter visto Aki também na escola, em abril, entre os muitos veteranos.

— O castelo no espelho — respondeu a senhorita Lobo. Como sempre, sua voz era calma e indiferente. — É o seu castelo que estará aberto até março. Usem-no à vontade.

— O que você quer de nós?

A voz de Aki era chorosa. Kokoro sentia que ela estava cansada. Ela se mostrava durona, mas estava enfraquecida. A voz soou suplicante, a resposta da senhorita Lobo foi seca.

— Nada em especial — respondeu. — Não espero nada de vocês. Apenas lhes ofereço o castelo e o direito de procurarem a chave para realizar um desejo. Como expliquei no início. E agora, com licença.

Com a voz ainda ressoando no vazio, a senhorita Lobo desapareceu. Ao mesmo tempo, fez-se ouvir o uivo de um animal selvagem. *Auuuuuuu*.

Quinze para as cinco. Era o uivo avisando que era hora de voltar para casa.

Kokoro se lembrou de terem sido avisados de que, se perdessem a hora, seriam devorados pelo lobo. Provavelmente a senhorita Lobo não falara sério, mas só de pensar um arrepio lhe percorria a espinha.

Mesmo a senhorita Lobo tendo desaparecido e eles tendo escutado o uivo de alerta, Kokoro e os outros ainda queriam muito continuar conversando.

Moravam tão perto uns dos outros.

Estavam na mesma escola e conheciam o prédio, o pátio, o ginásio de esportes e o estacionamento de bicicletas.

A escola que os demais "não podiam ir" era a mesma de Kokoro. Pensando nisso, ela se sentiu muito mais próxima dos outros. Deviam ir à mesma loja de conveniência, ao mesmo supermercado e ao shopping Careo. Eram amigos compartilhando o mesmo ambiente.

Poucos minutos até o fechamento do castelo.

Voltaram até o local das grandes escadarias onde os espelhos se enfileiravam sentindo que havia coisas para serem ditas entre eles. Neste momento, Kokoro perguntou algo que a inquietava. Questionou Ureshino, que estava prestes a retornar para o outro lado do espelho.

— Diga uma coisa. A professora que ouviu sua conversa no Instituto se chama Kitajima?

Ureshino parou e piscou tão forte que seria quase possível ouvir o movimento dos cílios.

— Imagino que você foi ao mesmo local que eu. O Instituto — explicou Kokoro prosseguiu.

— Uhum. Isso mesmo! Professora Kitajima.

Ureshino parecia ter aliviado a tensão. Ao ouvi-lo assentir, Kokoro confirmou a suspeita.

A expressão no rosto de Kokoro certamente transmitira a Ureshino o que ela desejava lhe falar. Ela sentiu que o ar sombrio de Ureshino se suavizara. A professora talvez tivesse usado com Ureshino o mesmo discurso de quando visitara sua casa.

— É a mesma professora? — perguntou Fuka, parecendo ter ouvido a conversa. — Que incrível. Realmente estamos bem próximos.

— Uhum. A professora Kitajima é linda! — falou Kokoro casualmente.

— Linda? — Ureshino inclinou a cabeça.

Por ele ser do tipo fácil de se apaixonar, Kokoro assumiu vagamente que ele estaria ciente da professora como um membro do sexo oposto. Por isso, sua resposta foi inesperada.

Quando lhe presenteou os saquinhos de chá, Kokoro reparou nas mãos alvas da professora, com dedos longos e unhas muito bem cuidadas. E estando perto dela, Kokoro podia sentir o maravilhoso aroma de seu perfume.

Haveria outros entre eles que conheciam a professora Kitajima e sabiam sobre a Sala de Aula do Coração? Masamune chamou o Instituto de instituição particular de auxílio, como querendo se distanciar dele e, por isso, talvez não o estivesse frequentando.

Como seria com Aki e Subaru? Justo quando, pensando nisso, olhou para Subaru, ele estava fitando Aki.

— Aki-chan, posso fazer uma pergunta?

— O quê?

Kokoro imaginou que se relacionasse ao Instituto. Porém, ela estava errada.

— Por que você veio de uniforme hoje? Aconteceu algo? — questionou Subaru.

Todo o corpo de Aki pareceu congelar com a pergunta. Kokoro também ficou perplexa. Ela havia ficado tão surpresa por ser o uniforme da própria escola que se esqueceu por completo de perguntar.

— Fui a um funeral.

Kokoro notou todos engolindo em seco com a resposta. O rosto dela estava tenso e pálido.

— O funeral de minha avó, que morava com a gente. Por isso, pediram para que os primos e as crianças usassem o uniforme da escola…

— Não teria sido melhor você ter voltado para casa? — perguntou Fuka. — Minha bisavó morreu no ano passado... Funerais geralmente são pela manhã e depois é costume haver um almoço com parentes. Não tem problema você ter ficado aqui com a gente?

— Bem...

A voz de Aki se tornou ríspida de imediato. E com seu jeito durão de falar, Kokoro imaginou que ela soltasse algo como "não é da sua conta" ou "tanto faz, não é?".

Todavia, Aki deve ter percebido nos olhos de Fuka sua real preocupação e que ela não tinha segundas intenções.

— Está tudo bem — falou com uma voz fraca. — Foi melhor eu ter ficado com vocês.

Kokoro estava arrependida por não perceber o estado da amiga devido ao choque causado pelo uniforme.

Quando ela chegou ao castelo, Aki estava acocorada no sofá. Ela poderia muito bem ter se trancado em seu quarto, mas preferiu permanecer sozinha na sala de jogos, local aonde todos viriam, com o rosto enfiado entre os joelhos. Quando Kokoro se lembrava da expressão e da cor dos olhos de Aki, sentia o peito apertar e não sabia como se dirigir a ela. Os demais deveriam estar se sentindo da mesma forma.

— Entendo. — Foi Subaru quem quebrou o silêncio reinante com uma voz leve. — Você gostava muito de sua avó? — perguntou ele.

A voz era bem tranquila, sem ênfase em especial na pergunta.

Subaru havia contado que morava na casa dos avós agora. Sem os pais e com o irmão mais velho.

Provavelmente ninguém mais poderia ter perguntado a não ser ele. Podia-se ver a surpresa nos olhos de Aki. Ela contraiu os lábios. Por um instante não respondeu. Depois, falou em voz rouca e fraca.

— Uhum. Ela era rígida e nunca parei para refletir sobre meus sentimentos em relação a ela, mas, quando penso agora, no fundo eu gostava dela, sim.

— Foi bom você ter vindo de uniforme, Aki-chan! — falou Subaru continuando a sorrir. — Graças a isso, nós descobrimos que estudamos todos na mesma escola. Se isso não tivesse acontecido hoje, continuaríamos sem tocar no assunto até março.

O tom espontâneo de Subaru deixou os olhos de Aki lacrimejantes.

— Uhum. Obrigado, Aki-chan — Kokoro se apressou em agradecer.

— Foi por puro acaso, vocês sabem… — replicou Aki desviando o olhar.

Neste momento, ouviram-se uivos.

Auuuuuuuuuuuu.

Auuuuuuuuuuuu.

O SOM REPENTINO RESSOOU pelo interior do castelo. Assemelhava-se ao uivo de alerta de pouco antes, mas muito mais forte.

— Uau! — exclamaram em uníssono.

O ar vibrou, e o chão tremeu com os uivos. Era impossível permanecer de pé. Não era preciso verificar o que estava acontecendo.

Eram cinco horas.

— Vamos embora! — falou Rion.

Sem conseguir ficar de pé, ele se agarrou desesperadamente à moldura do espelho. Viu que os outros faziam o mesmo. Era difícil manter os olhos abertos por conta das fortes vibrações. Era inacreditável como se tornara impossível mover até os músculos do rosto.

Segurando com força a moldura dos espelhos, de alguma forma, tentaram entrar neles. A luz do outro lado tornava-se iridescente.

Espere! Não desapareça!

Kokoro deslizou o corpo com todas as forças para dentro do espelho.

Quando a vibração por fim cessou, ela havia voltado para dentro de seu quarto em casa.

A cama, a escrivaninha, as cortinas, tudo estava como de costume.

Mesmo com as cortinas fechadas, era possível sentir a atmosfera da cidade em novembro, com a aproximação do inverno, nitidamente diferente daquela até o verão.

O coração de Kokoro ainda estava acelerado. As costas e a testa, molhadas de suor. *Felizmente deu tempo*, pensou. Estava viva. Conseguiu escapar sem ser devorada.

Viu o espelho tranquilo e sem brilho. Mesmo assim, seus joelhos ainda tremiam ao recordar os uivos que ouvira por último. Restava dentro de si a sensação das vibrações, como se ela balançasse.

Os outros estariam sãos e salvos?

Afastou com lentidão a cortina. Era uma linda noite de lua crescente. Abriu a janela, como não fazia há tempos. Contemplou a cidade à distância. Sobrados similares àquele onde ela vivia, edifícios residenciais altos, condomínios que, vistos dali, se assemelhavam a caixas de fósforos. Ao fundo, viu as luzes do supermercado.

O pessoal estaria bem próximo dali.

Todos na mesma cidade que ela.

Dezembro

Luzes natalinas iluminam a cidade.

Mesmo estando em casa, é possível sentir. A família de Kokoro não é do tipo que decora a casa para o Natal, mas a residência vizinha fica enfeitada com luzes todos os anos. E ainda que não saindo para observá-la, as luzes cintilantes refletem nas paredes e janelas com a sensação de pisca-pisca.

♦

— A gente não vai comemorar o Natal? — perguntou Rion, no início de dezembro.

Ao ouvi-lo, Fuka, que estava lendo um livro no sofá, e Masamune, que jogava videogame, o olharam.

— Que tal aproveitamos este local só nosso e celebrarmos comendo bolo ou algo assim?

— No Havaí também tem Natal, não? — perguntou Fuka.

Natal é associado ao Papai Noel vestindo roupas vermelhas fofas chegando de trenó pelo céu nevado. Era impossível imaginá-lo no Havaí, uma ilha de verão eterno. Ouvindo a pergunta de Fuka, Rion soltou uma risada.

— Tem sim, lógico! Com certeza, não é a imagem de um Natal com neve como no Japão, mas tem um monte de pôsteres do Papai Noel surfando e coisas assim.

— Surfe!

Kokoro exclamou com espontaneidade, e Rion voltou a sorrir.

— Considerando que a origem é no Ocidente, nos Estados Unidos se comemora muito mais do que no Japão. Mais do que um *Merry Christmas*, é um *Very Christmas*. Todos ficam imersos no clima natalino.

— É mesmo?

— Uhum. Por isso, se desejarem, o que acham de fazermos algo na véspera do Natal? Não precisa ter troca de presentes, mas podemos trazer doces. Posso trazer um bolo!

Rion sugeriu convidarem a senhorita Lobo.

— Já estamos em dezembro. Se o castelo fechar em março, seria bom organizarmos algo do tipo, nem que seja uma única vez, não?

A chave do desejo ainda não aparecera em lugar algum. Pelo menos, não havia sinais de alguém tê-la encontrado. Eles não sabiam se as lembranças acumuladas ali continuariam ou não após março. Se continuassem, Rion ainda estaria morando no Havaí. Era improvável que voltassem a vê-lo e, dentre os membros, ele era o que mais estava consciente disso.

— Seria legal… — concordou Aki e todos assentiram.

— Porém… — falou Masamune. — Quando faremos? Vinte e quatro de dezembro? Na véspera do Natal? Ninguém tem outros compromissos?

— Para mim está tranquilo. Tenho uma festa programada com o pessoal do dormitório, mas por conta da diferença de fuso horário, não vai ter problema.

— Se for na véspera, não tenho nada, mas dia 23 eu não poderia — Fuka interveio com sua voz luminosa. — Tenho um recital de piano.

Kokoro se admirou ao ouvir.

— Você estuda piano? — perguntou ela.

— Uhum — assentiu Fuka. — Embora eu não vá à escola, tenho aulas particulares. Só continuo mesmo com o piano.

Quando visitou pela primeira vez o castelo, Kokoro ouviu o som de piano vindo de um dos quartos. Devia ser Fuka tocando. Então, no quarto dela havia um piano.

Kokoro aprendera piano quando estava no primário, mas acabou desistindo. Invejava Fuka por ela ter uma atividade extraescolar.

— Ouvi você tocando uma vez!

Fuka se espantou e engoliu em seco.

— O som atrapalhou você?

Kokoro meneou negativamente a cabeça.

— Ah, que ótimo — replicou Fuka. — Não há um piano no seu quarto, Kokoro? Só no meu?

— Uhum. Talvez sabendo que você pode tocar, a senhorita Lobo deve ter providenciado aquele para você.

— O que tem no seu quarto?

— Uma estante. Com poucos livros que se possa ler. A maioria em línguas estrangeiras: inglês, talvez dinamarquês e outras.

— Dinamarquês! Incrível! Mas, como você sabe que é dinamarquês?

— Porque há muitos livros de Andersen e ele é dinamarquês.

Kokoro se lembrou do que ouvira de Tojo. Havia em seu quarto muitos livros parecidos com os que vira na casa dela.

— Que legal. Então em seu quarto há muitos livros? Não sabia.

As palavras de Fuka fizeram Kokoro sorrir. Um cômodo com muitos livros como aquele que vira na casa de Tojo é com certeza um espaço fascinante. Mas, ao mesmo tempo, os livros no quarto de Kokoro lhe davam a impressão do quanto era óbvia a preocupação que tinha com Tojo.

Como seriam os quartos dos outros? Se no quarto de Fuka havia um piano porque ela sabia tocar, sem dúvida haveria no quarto de cada um algo combinando com as características dessa pessoa.

— Bom, dia 23 não é viável por causa do recital de piano de Fuka... E dia 24?

— Ah, eu não posso. Talvez eu passe com meu namorado — falou Aki.

Todos se calaram ao ouvi-la. A voz de Aki denotava seu desejo de que alguém se interessasse e continuasse a lhe fazer perguntas, mas Rion se limitou a murmurar "Entendi".

Na véspera, além de Aki, talvez todos tivessem compromisso para passar o Natal com a família. Por fim, ficou decidido que fariam a festa de Natal no dia 25.

Desde a descoberta de que eles eram todos alunos da Escola Fundamental Yukishina nº 5, Kokoro sentia que o clima dentro do castelo mudara um pouco.

Não que tivesse ocorrido algo especial em particular. A tensão entre eles dava sinais de haver abrandado.

Por exemplo, Masamune falou o seguinte para todos.

— A professora do Instituto também visitou minha casa!

Muitos não sabiam do que ele estava falando.

— Vocês não estavam conversando sobre uma tal Sala de Aula do Coração? — explicou.

— Ah! — Ureshino e Kokoro exclamaram assentindo.

— A professora Kitajima?

— Era uma professora.

— Então ela se encontrou também com Masamune!

Por algum motivo, Masamune estava de cara amarrada. Kokoro não sabia a razão, mas logo depois entendeu.

Ele não estava de mau humor, mas provavelmente envergonhado de algo a que não estava acostumado. Ou seja, até então ele não tivera conversas como essa fora do castelo.

— Você foi à Sala de Aula do Coração?

Ela continua se sentindo desconfortável porque o nome do Instituto tem a palavra "coração", ou seja "kokoro", o mesmo nome dela. Ao contrário das crianças da escola, os membros ali reunidos não tirariam sarro desse tipo de coisa. Ela estava convicta disso. Como era de se esperar, Masamune meneou negativamente a cabeça sem fazer qualquer alusão à coincidência dos nomes.

— Não fui. Meus pais sabiam da existência do Instituto, mas afirmavam que certamente era um local que se esforçava para que as crianças em evasão voltassem a frequentar a escola e, ao que parece, eles não tinham intenção de me mandar para lá.

— Seus pais têm sempre por princípio que você não tem obrigação de ir à escola se não quiser, né?

Kokoro involuntariamente falou por conta da enorme diferença com os próprios pais. Masamune deu de ombros.

— Meus pais estão cientes dos sérios problemas que vêm acontecendo nas escolas. *Bullying* é perigoso, e sempre há notícias de crianças que se suicidam por isso. Meu pai afirma: "Se é para frequentar uma escola que vai matar você, é melhor não ir".

Masamune imitou o jeito de falar do pai. Ser morto pela escola é uma expressão violenta, mas Kokoro se admirou que existam pais que falam coisas semelhantes, enquanto, ao contrário, os seus insistiam para que ela fosse à escola.

Os olhos de Masamune se tornaram distantes.

— Mas agora estão empenhados na procura de uma escola onde possam ficar tranquilos em deixar o filho. Também acham que o Instituto nada mais é do que uma ONG privada. Mesmo assim, a professora Kitajima veio nos visitar. Ela queria conversar com a gente.

Masamune respirou fundo.

— Minha mãe questionou o porquê da visita, uma vez que não a tinham solicitado. Se fora a escola que comentara sobre a minha situação. As duas discutiram na entrada de casa. A professora negou ter sido a escola e que teria ouvido por acaso de um amigo meu e por isso veio.

Embora Kokoro não conhecesse a mãe de Masamune, conseguia imaginar o seu rosto enfezado perguntando à professora se era a escola que lhe teria contado algo. A desconfiança dos pais de Masamune com o sistema escolar devia ser algo bem forte. Kokoro se lembrou de Masamune ter afirmado que "professores no fim das contas são seres humanos" e que "a maioria é menos inteligente do que nós".

Além disso, o som de "um amigo" saindo da boca de Masamune era algo novo para ela. Talvez ele tivesse feito essa amizade quando ia à escola fundamental.

Como se tivesse lido os pensamentos de Kokoro, Masamune complementou em voz baixa.

— Pouco depois de abandonar a escola, meus pais tiveram uma discussão com o professor encarregado. Reclamaram que professores da rede pública são péssimos e desde então meus velhos não confiam nem um pouco neles.

— É mesmo?

— Percebi que a professora do Instituto era a mesma a que vocês se referiram. Por isso, conversei com ela.

De imediato, Kokoro e Ureshino se entreolharam. Pouco depois, Kokoro sentiu um calor lhe invadir o peito.

Masamune se encontrou com a professora Kitajima apenas porque era a pessoa sobre a qual Kokoro e Ureshino haviam comentado.

Kokoro estava muito feliz. Talvez fosse exagero, mas sentiu que Masamune confiava neles.

Masamune continuava a exprimir no rosto uma timidez e constrangimento incomuns. Ele falava rápido.

— Não conversamos nada em especial, e ela disse que voltaria.

— É uma boa pessoa! — falou Kokoro.

— É — assentiu Masamune. — Deu pra sentir. — Foi uma declaração ambígua, mas ele reconheceu o valor da professora.

— Hum… Será que ela vai aparecer lá em casa qualquer hora? — murmurou Aki, que ouvia ao lado. — Eu achava que não tinha nenhuma escola do tipo perto de casa, mas afinal é sobre a mesma escola fundamental que estamos falando, não?

— Talvez sim.

Kokoro esperava que a professora Kitajima visitasse a casa de Aki, e que elas pudessem se encontrar.

Apesar de terem descoberto que moram próximo uns dos outros, ninguém sugeriu se encontrarem fora do castelo. Encontrar-se lá era suficiente e, mesmo que pensassem em fazê-lo fora, antes de mais nada, não havia um local. Em qualquer dia útil da semana, seriam vistos com reprovação pelos adultos por não estarem na escola e, mesmo nos fins de semana, corriam o risco de serem vistos por outros colegas conhecidos. Kokoro de novo sentiu que os únicos locais para um aluno do fundamental eram a "escola" ou a "casa".

Porém, quando Kokoro recordou do rosto de um conhecido em comum como a professora Kitajima, teve uma nova sensação de alegria ao se dar conta de que estavam todos conectados no mundo exterior.

Mesmo Masamune, que em geral fala sem filtros, e Aki, que se recusa teimosamente a falar sobre a escola, pareciam menos relutantes a conversas relacionadas ao mundo exterior. Apesar de não vir mais de uniforme, Aki costuma visitar o castelo com mais frequência.

Embora alguém se ausente de vez em quando, são mais comuns os dias em que todos visitam o castelo.

Kokoro não podia imaginar que naquele ano estaria festejando o Natal com amigos da mesma idade. Ela estava contente. No ano anterior, no sexto ano, Satsuki-chan, uma colega de turma, convidou a ela e a outras meninas para se reunirem em sua casa. Elas trocaram presente e brincaram.

De repente, Kokoro começou a imaginar o que Satsuki-chan estaria fazendo naquele momento. Seu coração apertou ao pensar nisso.

Talvez ela tivesse ingressado na Escola Fundamental Yukishina nº 5, em outra turma. Uma vez comentou que entraria para o clube de *softball*. Falou que era difícil, os treinos eram puxados, mas que se esforçaria. E, conhecendo Satsuki-chan, Kokoro estava certa de que ela deveria estar se empenhando bastante.

Fazia tempo que não se viam. As duas eram amigas e passavam um bom tempo juntas, mas agora ela deveria ver Kokoro como a "garota especial que abandonou a escola". Embora ela achasse que estava acostumada, isso ainda a amargurava.

O segundo período escolar estava prestes a se encerrar.

As férias de inverno logo começariam.

Em breve seria um novo ano.

Em meio a tudo isso, uma noite pouco antes do Natal, a mãe de Kokoro perguntou:

— Kokoro, podemos conversar um momento?

A garota sentiu uma leve tensão na voz da mãe e instintivamente teve um pressentimento desagradável. Quando a mãe falava com aquela voz, a conversa não costumava ser boa. Kokoro esperava por algo que acabaria fazendo seu peito voltar a apertar e o fundo do estômago pesar.

Kokoro queria ou não ouvir o que a mãe tinha a falar?

— O professor Ida sugeriu nos visitar amanhã de tarde. Tudo bem?

Ida é o professor encarregado da turma de Kokoro.

Seu único contato com ele foi na sala de aula em abril, quando ingressou na escola. É um professor jovem. Ele apareceu algumas vezes em maio e junho, depois de ela parar de ir à escola. Algumas vezes, Kokoro o encontrou, outras não.

Depois disso, a mãe talvez o tivesse encontrado. Da mesma forma como fazia no caso da professora Kitajima da Sala de Aula do Coração.

No entanto, há uma diferença fundamental entre a professora Kitajima e o professor Ida.

Quando o professor Ida aparece, Kokoro se torna muito tensa. A tensão a faz suar para caramba.

Até pouco antes de vir, ele estava na sala de aula da qual Kokoro fugira. Quando pensava nisso, sentia-se ansiosa só de imaginar a vinda do professor. Ela acabava desejando que ele não viesse.

Kokoro de imediato imaginou que o professor estaria vindo porque o segundo período estava prestes a terminar.

Ele devia se sentir obrigado a se preocupar com um aluno ausente em momentos importantes do calendário escolar. Fazia parte do seu trabalho.

Justo quando pensava nisso, ouviu a mãe chamá-la com voz tensa.

— O professor desta vez quer conversar com você sobre uma menina da mesma turma.

Kokoro não tinha certeza se conseguira se manter impassível. As palavras cravaram fundo no seu peito.

— Menina da turma?

— Alguém chamada Sanada, representante da classe.

Kokoro sentiu um rugido no fundo dos ouvidos. Os sons temporariamente desapareceram. O rosto da mãe se tornou severo. Kokoro sentiu-se sufocada.

— Aconteceu alguma coisa? Lembra de algo?

— O que o professor falou? O que ele lhe contou?

— Que essa menina e você talvez tenham discutido.

Um arrepio percorreu a espinha de Kokoro.

Discutido.

Soa bem leve. Uma violenta sensação de estranheza fez o sangue de Kokoro ferver. Ela achou que fosse desmaiar.

Aquilo não foi uma discussão.

Discussão é o que fazem duas pessoas que se comunicam entre si. É algo mais igualitário.

O que acontecera com ela estava longe disso.

A mãe parecia sentir algo diante de Kokoro, que cerrava os lábios.

— Vamos nos encontrar com ela — falou a mãe. — Eu, você e o professor.

A mãe voltou a indagar o que aconteceu.

Kokoro se mantinha calada. Pouco depois falou em voz fraca.

— Essas meninas vieram até aqui em casa.

Finalmente ela o colocara em palavras. Os olhos da mãe se abriram um pouco. Kokoro ergueu o rosto devagar.

— Eu… — falou ela.

Ela não devia afirmar que odeia as pessoas.

A mãe sempre a ensinara assim. Mesmo que não gostasse de algum amigo, não deveria falar mal dele. Imaginou a fúria da mãe se o fizesse. Por isso não fora capaz de falar.

— Mãe, eu… detesto Sanada.

As pupilas da mãe tremeram.

— Não foi uma discussão — prosseguiu Kokoro. — Eu e ela não discutimos!

♦

No dia seguinte, o professor Ida apareceu pela manhã.

Era terça-feira, em horário escolar, mas parece ter vindo no intervalo entre duas aulas. Nesse dia, a mãe tirou folga do trabalho.

Os cabelos do professor estavam um pouco mais longos do que quando o encontrara antes. Calçava sapatos mocassim, com jeito de bem usados, e os descalçou no vestíbulo.

— Bom dia, Kokoro. Como vai? — perguntou ele.

O professor Ida desde o início a chamava apenas de Kokoro, sem "san" ou "chan".

Apesar de Kokoro ter frequentado apenas por um mês as aulas, ele a chamava da mesma forma que a qualquer outro aluno. Kokoro com certeza se sentia contente sendo chamada assim, exatamente como as demais crianças. Porém, depois da alegria inicial, duvidou se o professor não o teria feito de propósito.

Afinal, esse era seu trabalho.

Ele não se preocupava em particular com Kokoro, mas era obrigado a fazê-lo por uma obrigação profissional.

Ela se achava infantil e estúpida por se importar com coisas tão pequenas, mas não podia evitar.

Afinal, o professor estava a serviço de Miori Sanada e sua gangue. Ela se lembrava da sala de aulas em abril. Gostaria de esquecer, mas não podia.

— *Professor, você tem namorada?*

— *Que pergunta é essa? Mesmo que tivesse, não é da sua conta!*

— *Ah… Estamos curiosas. Pare de esconder o jogo, fessor Ida.*

— *Olhem. Parem de me chamar assim!*

Apesar de falar isso, o professor Ida acabava não tendo alternativa a não ser rir e, mesmo nessas horas, ele não brigava de verdade com as meninas. Por isso, desde abril e até agora, ele devia estar sendo chamado daquele jeito por Miori Sanada e suas comparsas.

Ele era o "fessor Ida", queridinho de Miori Sanada e sua gangue.

Foi o que Kokoro sentiu quando ele veio visitá-la, e falou como se não se importasse.

— Não precisa se esforçar! Mas claro que seria uma alegria se você retornasse às aulas.

Talvez ele o afirmasse gentilmente, mas Kokoro imaginava que, no fundo, o professor não desejava que ela voltasse.

— Por que você não quer ir à escola? Aconteceu algo?

Ao ser questionada por ele no início de maio, quando parou de ir às aulas, Kokoro permaneceu em silêncio e, por isso, o professor deve ter julgado que seu problema era "preguiça", e devia ainda continuar com essa impressão.

Ela não se importava. Ao contrário, achava natural que o professor pensasse dessa forma.

Na escola primária era assim.

Os professores em geral estão do lado dos alunos que se destacam na turma, como Miori Sanada. Aqueles autoconfiantes, que falam alto dentro da sala de aula, brincam bastante no intervalo com os amigos do lado de fora ou se mostram sempre animados.

Ela até pensou em deixar o professor atônito lhe contando o que Sanada fizera de verdade, mas achou que o professor com certeza continuaria do lado de Sanada. Kokoro sabia que ele, sem dúvida, perguntaria diretamente a Miori Sanada se era verdade, algo que jamais admitiria.

Ela com certeza só falaria coisas em benefício próprio.

Por que ela não sai? Quem ela pensa que é?

Quando rodeou a casa com as amigas, e Kokoro tremia de medo, Miori Sanada chorava do lado de fora. *Não chore, Miori*, as amigas a consolavam.

No mundo delas, Kokoro era a vilã. Parece inacreditável, mas era assim.

Na sala de estar, o professor Ida e a mãe estão cara a cara.

A mãe aparenta estar mais ansiosa do que quando ele a visitou da última vez.

Na noite anterior, Kokoro contara à mãe o que aconteceu em abril com Miori Sanada. Até então ela não conseguira falar, mas desandou a contar sem parar quando imaginou que a mãe ouviria do professor sobre o ocorrido que tudo não passara de uma "discussão" ou algo semelhante. Desejava contar sua versão da história.

A mãe pediu para Kokoro ficar em seu quarto no andar de cima quando o professor chegasse. Queria conversar primeiro com ele.

Na realidade, Kokoro queria permanecer na sala para saber o que o professor pensava. Mas a mãe estava com um rosto sério e parecia zangada.

Na noite anterior, a mãe não se enfureceu ao ouvir a história.

Como vários meses haviam se passado, Kokoro também não chorou enquanto explicava. Ela própria considerava ser melhor chorar e mostrar à mãe como foi doloroso tudo o que acontecera, mas as lágrimas não saíram.

Falar sobre as relações amorosas foi difícil, mas ela se esforçou.

Kokoro desejava que a mãe se emocionasse e se revoltasse ao ouvir toda a história. Que se zangasse com as meninas da escola e a defendesse.

Apesar de achar que a mãe de início se irritaria, ela se enganou. No meio da conversa, lágrimas brotaram nos olhos da mãe. Ao vê-las, Kokoro se emocionou e, cada vez mais, ela mesma notava que não conseguia chorar.

— Desculpe — pediu a mãe. — Eu não percebi nada. Me perdoe.

Ela abraçou e segurou a mão de Kokoro. As lágrimas da mãe caíram gota a gota sobre a palma de Kokoro.

— Vamos lutar juntas — falou a mãe. A voz estava trêmula. — Talvez seja uma longa luta, mas vamos em frente. Sem desistir, Kokoro.

Ao voltar para o quarto, o espelho brilhava novamente. Na realidade, todos deviam estar do outro lado.

Kokoro gostaria de encontrá-los.

Porém, ela saiu furtivamente do quarto e, descendo a escada, tentou escutar com atenção. Por ser uma casa pequena, era fácil ouvir. Mesmo com a porta da sala de estar fechada, escutou baixinho a conversa.

— Parece que houve um problema entre as meninas — falou o professor.

— Kokoro afirma que não foi uma discussão — revidou a mãe.

O coração de Kokoro se apertou. As vozes aumentavam para em seguida diminuir, como ondas.

— A professora Kitajima não estava hoje? — perguntou a mãe.

— Ah, não, hoje preferi vir sozinho. Afinal, é uma questão relacionada à escola — replicou o professor.

Ao ouvi-lo, Kokoro lembrou do rosto da professora Kitajima. E também dos saquinhos de chá preto que recebeu de presente dela.

Ela pensava em tomar aquele chá com todos na festa de Natal do castelo.

Kokoro desconhecia o teor da conversa entre a professora Kitajima e o professor Ida. Buscando cooperar com a escola, ela deve ter pesquisado sobre o que aconteceu em abril.

Por que você, Kokoro-chan, luta todos os dias, não?

Ela se lembrava do som da voz da professora Kitajima lhe falando isso e sentiu vontade de encontrá-la. Ela fechou os olhos. Do andar de baixo, ouvia o professor tentando se justificar.

— Sanada também tem sua visão de… É uma menina alegre e com forte senso de responsabilidade!

— Alegre e com forte senso de responsabilidade? Isso não tem qualquer relação com o que ela fez com Kokoro.

A voz da mãe se tornou mais forte.

— O que você quer afirmar com isso?

Pela primeira vez Kokoro ouvia a voz da mãe emocionada e gostaria de tampar os ouvidos.

Ao voltar de fininho para o quarto, o espelho estava brilhando.

A cor iridescente abrindo a entrada para o castelo era benevolente com ela. Kokoro apenas tocou a superfície do espelho.

Socorro, pensou.

Socorro.

Todos, me socorram.

PASSOU UM BOM TEMPO até a mãe voltar a chamá-la.

A mãe e o professor tinham semblantes mais rígidos do que pouco antes e pareciam ainda mais tensos diante dela. A atmosfera ao redor ficou pesada, como se a cor da sala tivesse mudado.

— Kokoro — o professor Ida começou a falar —, você não gostaria de se encontrar com Sanada para conversarem?

Não era exagero afirmar que, ao ouvir essas palavras, Kokoro sentiu a respiração travar na garganta. Seu coração disparou.

Ela olhava calada o professor. Não podia acreditar.

Ela jamais se encontraria com Sanada.

— Ela é do tipo de menina que pode provocar mal-entendidos e acredito que deve ter havido muitas coisas que machucaram você. Mas nós conversamos e ela está preocupada com você! Está arrependida…

— Não acredito que ela se arrependa. — A voz saiu naturalmente.

Havia um ligeiro tremor na voz tépida ao final.

Talvez o professor não esperasse que Kokoro falasse algo assim. Ele a olhava admirado. Kokoro meneou a cabeça.

— Se ela se declara arrependida, é somente porque você deve ter se irritado com ela. Ela jamais se preocuparia comigo.

Está com medo que os professores tenham uma imagem negativa por conta do que ela fez.

Kokoro falou de uma vez só, sem pausas para recuperar o fôlego. Ela própria não imaginava que pudesse falar daquele jeito. E percebia a inquietação do professor.

— Mas Kokoro, é que...

— Professor — interveio a mãe. Ela falou com uma voz calma encarando o professor. — Em primeiro lugar, você não deveria ouvir da própria Kokoro o que aconteceu? Da mesma forma como ouviu as circunstâncias da boca dessa moça chamada Sanada?

O professor se sobressaltou como se tivesse recebido um peteleco, ergueu o rosto e olhou para a mãe. Parecia querer falar algo, mas a mãe não permitiu que ele o fizesse.

— Já chega — prosseguiu. — Vamos terminar por aqui hoje. Na próxima vez, poderia voltar acompanhado do professor encarregado pelo sétimo ano ou do diretor da escola?

O professor permaneceu calado e de lábios cerrados. Por fim, abaixou os olhos evitando encarar Kokoro e a mãe.

— Eu voltarei — falou e se levantou.

Depois de conduzir o professor até a porta e fechá-la, a mãe chamou Kokoro.

Kokoro se perguntava que cara estaria fazendo quando olhou de volta para a mãe, que fez menção de perguntar algo, mas cerrou os lábios. Depois, seu rosto desanuviou. Embora tivesse um aspecto cansado, seu semblante era sereno.

— Que acha de irmos fazer compras? — ela convidou. — Não precisa ser compras. Tem algum lugar aonde deseje ir?

♦

Em uma tarde de um dia de semana não havia chance de encontrar com os alunos da escola.

Kokoro se sentou com a mãe na praça de alimentação do Careo e tomou um sorvete.

No Careo tem também McDonald's e Mister Donuts, que Kokoro adora, mas ela os evitou. São locais onde pode haver muitos alunos da escola. Mesmo sendo um dia útil, ainda estava um pouco apreensiva.

Fazia tempo que não saía de casa. Desde que, nas férias de verão, fora até a loja de conveniência comprar o doce de presente para Fuka.

O sol estava ofuscante e ela, em geral, ficava nervosa vendo pessoas, exceto sua família e os amigos do castelo, mas, como estava acompanhada da mãe, não sentiu medo. E se adultos a vissem, decerto pensariam que estava voltando do hospital ou de algum outro lugar. Com isso, não se amedrontou com os olhares.

Em determinado momento, notou que estava sempre à procura de alguém.

Quando via alguém de cabelos castanhos, olhava com cuidado desejando que fosse Subaru ou Aki. Esperava Ureshino ou Fuka aparecerem do outro lado do corredor acompanhados dos pais. Queria que Masamune cruzasse diante dela com uma sacola pendurada no ombro com um videogame que acabara de comprar. Ansiava ver por ali até mesmo Rion, que estava no Havaí.

Como seria bom se eles a vissem ou ela os chamasse para surpresa da mãe, assim poderia dizer "são meus amigos!".

No entanto, ninguém apareceu.

Em um dia de semana a praça de alimentação estava praticamente deserta. Naquele horário, todos deviam estar no castelo.

— Quando você era bem pequena, Kokoro…

Assim como Kokoro, a mãe, sentada à sua frente, também olhava na direção do corredor.

Talvez não seja tão esplendoroso como no Havaí, mas o Careo também era bastante *Very Christmas*. Vermelho, verde, branco. Havia enfeites coloridos por toda a parte e era possível ouvir a música "Jingle Bells" pelo ambiente.

A mãe prosseguiu:

— Quando você era bem pequena, Kokoro, você se lembra quando fomos no Natal a um restaurante do centro comercial? Um restaurante francês. Você ia entrar na escola primária ou tinha acabado de entrar.

— Lembro vagamente...

Kokoro com certeza se lembrava de ter ido com os pais a um restaurante elegante, com uma atmosfera um pouco diferente do que estava acostumada. Recordava-se do centro comercial com a decoração natalina.

Lembrava-se de terem trazido comidas variadas em pratos separados, bem diferente do *omuraisu* de sempre, a omelete recheada com arroz que ofereciam no menu infantil dos restaurantes familiares. Mesmo sendo uma criança, Kokoro pensou que o restaurante era incrível.

— Lembro ter achado estranho o pouco de comida que vinha nos pratos que eram servidos. Bastava acabar de comer um e eles traziam outro. Pensei que nunca fosse terminar.

— Ah, é que não é comum pedirmos o menu completo. Também me lembro bem! Você perguntava: "A gente não vai voltar pra casa? Até quando vocês vão comer?".

A mãe sorriu.

— Este ano vamos comer em algum lugar diferente de novo? Aquele restaurante fechou, mas eu e seu pai vamos procurar outro.

Kokoro achou que entendia um pouco o porquê da mãe conversar sobre isso. O professor, Sanada. Mesmo Kokoro não se sentia à vontade para entrar diretamente no assunto.

Porém, havia algo que ela queria falar.

Ela falou para a mãe, que mantinha o olhar distante.

— Mãe.

— Hum.

— Obrigada.

A mãe entreabriu os lábios como se estivesse pasma. Olhou fixo para Kokoro. Era isso o que desejava transmitir à mãe.

— Obrigada por ter falado daquele jeito com o professor. Por ter falado a ele o que lhe contei.

A bem da verdade, Kokoro se preocupava se as palavras da mãe haviam sido transmitidas da forma adequada. Como a mãe falara por último ao professor, Kokoro desejava ela própria contar tudo. Ele deveria estar agora com uma impressão terrível dela. Apesar de Miori Sanada aceitar um encontro, Kokoro se recusou. O professor devia considerar Kokoro uma aluna problemática, sem a honestidade e a integridade desejadas por ele.

Porém…

— Mãe, você acreditou no que falei.

— É logico — falou a mãe.

Sua voz enrouqueceu levemente e ela abaixou a cabeça.

— É lógico! — ela repetiu com a voz completamente trêmula.

Ela enxuga de leve o canto dos olhos. Ao erguer a cabeça, eles estão vermelhos. Ela encara de novo Kokoro.

— Você deve ter tido medo, não? Só de ouvir, também me apavorei.

Um pouco admirada, Kokoro pisca. Não imaginava que um adulto usasse a palavra "medo". A mãe abaixa ligeiramente a cabeça.

— Se eu estivesse em seu lugar, também teria medo. Queria que tivesse me contado antes, mas quando você falou há pouco com o professor, senti ter compreendido um pouco como você se sente.

Kokoro continua olhando para a mãe calada. A mãe abre um sorriso discreto. Um sorriso sem força, parecendo cansado.

— Quando eu disse ao professor "Kokoro não tem culpa", apesar de estar convencida, fiquei insegura se ele acreditaria ou não. Fiquei apreensiva de não conseguir transmitir corretamente toda a sensação de medo que você sentiu e que ele não fosse entender. Foi preciso coragem para falar!

A mãe agarrou firme as mãos de Kokoro sobre a mesa.

— Você quer mudar de escola?

De início Kokoro não captou o sentido de "quer mudar". Juntamente com a sensação das mãos frias da mãe segurando as suas, um pouco depois ela compreendeu que a mãe desejava saber se ela queria se transferir para uma outra escola.

Ela arregalou os olhos.

Kokoro já havia pensado sobre isso. Por vezes, achava a ideia fascinante, por outras pensava no lado negativo da coisa, pois estaria apenas fugindo. Ela tinha amigos da escola primária matriculados na Escola Fundamental Yukishina nº 5. Seria uma covardia deixar a escola por causa de Miori Sanada. Mesmo que o fizesse, Sanada e sua gangue não se arrependeriam, ao contrário, ficariam até orgulhosas. Ela as imaginava cantando vitória. "Nós conseguimos fazê-la ir embora", afirmariam sorrindo entre si. Com raiva e vergonha, Kokoro sentiu náuseas.

No entanto, até então, jamais considerara a mudança de escola uma opção plausível. Mesmo que o desejasse, acreditava que a mãe não concordaria.

— Se você quiser mudar de escola, eu vou pesquisar outra! Talvez seja um pouco mais distante, mas vamos procurar juntas uma pública no distrito escolar vizinho ou uma particular que você possa frequentar — continuou a mãe.

Kokoro ainda tinha receio de que, mesmo indo para uma nova escola, as coisas não melhorariam. Não acreditava que algo parecido voltasse a ocorrer, mas uma aluna transferida sempre chama a atenção e talvez os novos colegas de turma logo descobrissem que ela saiu "fugida" da escola anterior.

Por outro lado, havia também a possibilidade de se integrar perfeitamente à vida na nova escola, como uma aluna comum. Talvez pudesse frequentá-la de verdade, como se nada tivesse acontecido.

Era uma possibilidade encantadora. O mais importante, sentia que a mãe a compreendera e isso lhe causava uma sensação quentinha e gostosa no peito. Percebera que ela não era uma menina que não conseguia se adaptar à vida escolar.

"Jingle Bells" continua a ressoar por todo o ambiente. A música compete com uma voz radiante anunciando promoções especiais de Natal.

— Posso pensar um pouco? — pergunta. Os outros no castelo ocupavam sua mente.

A ideia de mudar de escola é bastante atrativa, mas, ao mesmo tempo, ela deixaria de ser aluna da Escola Fundamental Yukishina nº 5. Talvez não pudesse mais ir ao castelo. Provavelmente não poderia mais encontrar os amigos. E isso ela não queria de forma alguma.

— Claro! — responde a mãe. — Vamos pensar juntas.

As duas fizeram compras no mercado do shopping antes de voltarem para casa.

Havia à venda um pacote com chocolates variados. Kokoro pediu à mãe para comprá-lo. Queria levá-lo para a festa de Natal do castelo.

A mãe deveria achar estranho por ser uma grande quantidade para uma pessoa comer sozinha, mas concordou e acrescentou o pacote à cesta.

Terminada a compra, antes de voltarem ao estacionamento, Kokoro parou e prescrutou as muitas lojas ao redor no interior do Careo.

— O que houve?

— Estava pensando que faz um bom tempo que não saio de casa. — As muitas luzes ofuscantes como sempre faziam sua cabeça girar. Porém, ao contrário de antes, ela logo se acostumou àquilo. — Obrigada por me trazer.

Ao falar, o rosto da mãe se tornou inexpressivo num átimo. Depois de um momento de silêncio, como se tivesse recebido um choque invisível, a mãe pegou a mão direita de Kokoro.

— Obrigada a você também — falou. — Foi bom termos vindo.

Talvez, desde os primeiros anos do primário, elas não davam as mãos daquela forma. E foi de mãos dadas que voltaram juntas para o estacionamento.

♦

Rion apareceu trazendo um bolo para a festa de Natal do castelo.

— Que maravilha!

Quase todos soltaram exclamações de admiração.

— Parece delicioso — falou Kokoro.

Era um bolo de chiffon de formato um pouco irregular, com um buraco ao centro e coberto com creme. Diferente dos que se costuma comprar em lojas. A distribuição das frutas também era desigual, mas justamente por isso passava a sensação de ser especial.

— Bolo caseiro? — perguntou Masamune.

— Foi sua namorada? — perguntou Aki, que estava ao lado.

Num instante o coração de Kokoro começou a bater acelerado. Todos olharam para Rion.

Mesmo nas escolas do Japão, um jogador de futebol costuma ser popular entre as meninas. Talvez ele estivesse estudando no exterior justamente por ser um desses garotos. Ele nunca comentou sobre ter uma namorada, mas não seria nada estranho.

Enquanto Kokoro pensava, Rion meneou a cabeça.

— Nada disso. Foi minha mãe. — Rion fez uma careta. — Ela assa um bolo todo ano no Natal. Ela veio me visitar e ficou no dormitório. Como também fez um bolo este ano, eu o trouxe para nós.

— É possível pernoitar no dormitório então.

— Dormir. Tem uma kitnet. Quando meus pais vêm me visitar, eles podem se hospedar nele.

— Isso significa que sua mãe ainda está no Havaí? Você não deveria ficar com ela em vez de vir para cá?

Kokoro olhou para o relógio na parede. Depois de ouvir o que Rion falou, ela se deu conta da diferença de horário entre o Japão e o Havaí.

Era meio-dia no Japão.

No Havaí, com certeza era a noite da véspera. No Japão era Natal, mas para Rion ainda devia ser a noite do dia 24.

Kokoro sabia que era mais comum as pessoas no exterior passarem o Natal em família do que no Japão. Ela fora a um restaurante com os pais na véspera do Natal e, como hoje os pais saíram, ela pôde vir ao castelo.

Ela ficou ainda mais admirada com a vinda do Rion, porque a escola dele devia estar em recesso.

— Você vai passar as férias de inverno no Japão?

Não foi com a intenção de se encontrarem fora do castelo que Kokoro perguntou, mas ela se alegrava ao pensar que ele estaria por perto, já que era impossível se encontrarem no distante Havaí.

Porém, Rion meneou a cabeça de imediato.

— Eu não vou voltar. Minha mãe ficou só dois dias, assou o bolo e foi embora. Está ocupada.

— Ah, entendi…

— Uhum. Vamos comer! — falou Rion.

Ele trouxera até mesmo a faca para cortar o bolo. Kokoro percebeu algo ao vê-lo pegar a faca.

A mãe voltara para casa sem provar com o filho o bolo que ela acabara de assar.

Ou quem sabe ela o fizera esperando que ele o comesse com os amigos? Mas, provavelmente, os outros colegas do dormitório teriam voltado para suas casas no Natal. Talvez seja por isso que ele enfatizou ao afirmar "*Eu* não vou voltar".

Kokoro se lembrou de que a ideia de fazerem uma festa de Natal no castelo partiu dele. E ele próprio se comprometeu a providenciar o bolo.

O que Rion estaria sentindo no dia em que deu essa sugestão?

Kokoro se lembrava de uma voz. A da senhorita Lobo falando com Rion. Quando ele a questionou do porquê de, apesar de estudar no exterior, ele ter sido chamado ao castelo.

"Mas você estava doido para ir a essa escola, não? Uma escola fundamental pública no distrito escolar onde você mora no Japão", respondeu ela.

O que significavam essas palavras?

Também, quando todos o chamavam de membro da "elite" só de ouvir que ele estudava no exterior, Rion ficou numa posição desconfortável. Insistia que sua escola não era tão chique assim.

— Ah, vamos chamar também a senhorita Lobo — sugeriu Rion antes de cortar o bolo. Ele baixou a faca. — Não tenho jeito para cortar os pedaços no mesmo tamanho. Alguma menina pode fazer? — pediu ele.

— Deixe nas mãos de Kokoro — falou Ureshino. — Ela descascou uma maçã e é boa nisso.

— Hã? Não sei se consigo.

Kokoro sorriu amargamente ao recordar o que passara, já que Ureshino se apaixonara apenas por ela ter descascado uma maçã. Mas também se sentia sinceramente feliz em ver que todos contavam com ela.

— Vocês me chamaram?

A senhorita Lobo apareceu falando com voz meiga.

— Temos bolo — falou Rion. — Apesar de estar de máscara, aceita uma fatia? E você costuma comer?

A senhorita Lobo moveu lentamente o rosto para o lado. Por detrás da máscara, fixou o olhar no bolo.

Por um tempo, observou calada o bolo com cobertura de chantilly caseiro formando ondas sobre a massa de pão de ló. Era uma cena surreal, mas a aparência pouco realista de seu vestido e máscara combinavam bem como acessórios ao bolo fofo.

— Não como aqui. — Ela ergueu lentamente o olhar para Rion. — Mas, se possível, gostaria de levar um pedaço.

Todos se admiraram ao ouvir a voz dela. Não podiam acreditar que a senhorita Lobo, cuja existência era totalmente irreal, pudesse se expressar como uma criança comum.

Porém, Rion apenas respondeu:

— Entendi.

E, virando-se para trás, pegou a bolsa. Retirou dela um pequeno pacote e o entregou à senhorita Lobo.

— E este é para você. Eu tinha em casa e espero que possa aceitá-lo.

Todos haviam combinado que não haveria troca de presentes, mas Rion pareceu trazer algo. Por um tempo, a senhorita Lobo se manteve calada, apenas observando o presente em suas mãos. Mas ela também não recusou desta vez.

— Entendi — disse, apenas levando a mão que segurava o presente às costas.

Kokoro pensou que ela fosse abrir o presente ali, mas não. Rion ficou um tempo em silêncio.

— Vamos comer bolo! — Rion finalmente sugeriu.

Era para ser uma festa de Natal sem troca de presentes mas, além de Rion, Aki também trouxe para todos guardanapos de papel lindamente decorados e distribuiu um para cada. Era do mesmo modelo, mas com uma estampa diferente, daqueles que ela presenteou Fuka no aniversário.

— Caramba. Eu devia ter trazido algo também! — falou Ureshino.

Kokoro estava maravilhada com a gentileza de Aki.

E ela se impressionou com Masamune, que trouxe um monte de itens de mangás *shounen* como presente.

— Peguem quantos vocês quiserem — ofereceu.

Kokoro estava admirada. A maioria eram cartões que vinham de brinde nos mangás, mas havia até mesmo vale-livros.

— Incrível! Tem um vale-livro para trocar por mangá do *One Piece*...

Era um mangá *shounen* que Kokoro também adorava. Na parte de trás do vale-livro ainda constava o valor remanescente: quinhentos ienes. Masamune tinha um monte de videogames e parecia possuir muitas outras coisas. Talvez por isso não fosse muito apegado a coisas materiais e dinheiro.

— Só tem mangás que os meninos leem. Não conheço nenhum e não me interessam. — Aki franziu o rosto.

Ao lado dela, Subaru estava animado. Pegou um vale-livro.

— Nossa! Este aqui não foi usado? Vou ficar com ele.

— Hã? Qual? — Aki se virou para olhar e Masamune fez uma cara visivelmente irritada.

— Se você não tem respeito pelos mangás, nem precisa tocar neles!

— Mas é inusitado — falou Aki, sem constrangimento. — Deixando de lado se me agradam ou não, estou surpresa você ter pensado em dá-los de presente.

— Vai te catar. Se é pra reclamar, devolva. Eu trouxe os que eu reuni em casa.

— Não, eu vou levar. Só me surpreendi, só isso.

Falando assim, ambos riram.

— Obrigada — Kokoro agradeceu de coração.

— Não por isso — falou Masamune, desviando o olhar e inflando as bochechas.

O bolo da mãe de Rion era delicioso, com uma massa macia e sabor de doce de ovo.

Por sua vez, Rion se alegrou com o pacote de chocolates sortidos trazido por Kokoro.

— Eu comia muito desses quando estava no Japão. Estava com saudades — confessou.

Kokoro dividiu entre eles o chá da garrafa térmica preparado com os sachês recebidos da professora Kitajima. Ela pegou emprestada a louça que estava no castelo. Aki e Fuka ficaram encantadas com o aroma e o sabor de morango do chá.

— Uma delícia.

Kokoro se alegrou ao ouvi-las falar.

— Adoraria tomar de novo qualquer dia — acrescentou Fuka.

Kokoro contou que recebera o chá de presente da professora Kitajima.

— Eu gostaria de visitar esse Instituto aonde você está indo, Kokoro. Queria conhecer a professora Kitajima.

— Uhum.

Fuka não a chamou pelo diminutivo afetivo *Kokoro-chan* como de costume. Não havia no castelo nenhuma resistência a se chamarem com familiaridade, independentemente do ano na escola.

♦

— Na realidade, eu gostaria de fazer uma consulta.

Passava das quatro horas e em breve o castelo iria fechar, quando Masamune tocou no assunto.

Depois de comer o bolo e os doces, ele se dirigiu a todos que estavam estirados sobre o tapete ou sentados no sofá conversando.

A senhorita Lobo em algum momento desaparecera. Ela se fora levando um pratinho com a fatia do bolo e o presente recebido de Rion.

Masamune tinha o tom de voz alterado, nitidamente diferente do usual. Parecia hesitar sobre o que ia falar, logo ele que costumava zoar e usar de muito sarcasmo.

— O que foi? — perguntou Aki.

Masamune estava de pé no centro do grupo. Os demais continuavam sentados ou deitados.

Ele apertou com força o cotovelo direito com a mão esquerda. Kokoro notou a força com que ele apertava o cotovelo, talvez um sinal de nervosismo.

Algo que definitivamente não combinava com ele.

— Consulta? — perguntou Kokoro.

Diante de todos perplexos, Masamune falou:

— Bem... será que vocês não podem vir apenas um dia no terceiro período da escola? — ele prosseguiu.

Sua voz ficou rouca, como se estivesse sem fôlego. Desviou o olhar. Abaixou a cabeça. Ao continuar falando "na escola", a voz voltou a ficar entrecortada.

— Na escola... Vocês não podem vir? Só um dia. Realmente, basta um dia.

Todos engoliram em seco.

Podia-se ouvir nitidamente o som das respirações. Ele segurou o cotovelo com ainda mais força. Continuou a falar aos poucos.

— A partir do terceiro período... meus pais me falaram... que pensam em me transferir para outra escola...

No instante em que ele anunciou, Kokoro sentiu uma dor lancinante no fundo do peito. Na praça de alimentação do Careo, a mãe lhe perguntara: "Você quer mudar de escola?".

Kokoro presumiu que fosse porque o segundo período terminava.

As circunstâncias eram um pouco diferentes no caso dela. No entanto, era possível que os pais de Masamune já discutissem sobre isso há algum tempo. Afinal, não era de hoje que seus pais pareciam ser críticos com relação aos professores de escolas públicas.

— Até agora, abordavam o assunto vagamente, mas, desde que vim para cá, a conversa ficou mais séria. Meu pai falou que, durante as férias de inverno, vai me matricular a partir do terceiro período em uma escola particular, a mesma frequentada por um conhecido dele.

— Isso significa que a partir do terceiro período você frequentará outra escola? — perguntou Fuka.

Masamune assentiu calado.

— Mas, isso por si só não é algo bom? — Foi Ureshino quem falou num tom de voz comedido. — Isso também me ocorreu. Imaginei que seria mais fácil poder ir para outra escola começando do zero com novos amigos. Talvez meus pais estejam pensando no que fazer a partir do ano que vem...

— Também pensei sobre isso. Mas não seria melhor começar a partir do próximo ano escolar? Não imaginava que seria tão cedo, já no terceiro período.

Kokoro não podia acreditar em como a voz de Masamune, com seu jeito em geral desdenhoso, se tornara fraca como nunca. Era indubitável que ele expressava seu sentimento mais verdadeiro. Ele fora pressionado até ser obrigado a externá-lo.

Kokoro sabia bem como ele se sentia.

Quando a mãe lhe sugeriu mudar de escola, a ideia a atraiu por não ser algo iminente. Ela teria tempo para pensar a respeito sobre algo ainda no futuro distante e nem um pouco concreto naquele momento.

Transferir-se de escola durante o ano letivo era uma história totalmente diferente.

— E eu odeio só de pensar — falou Masamune hesitante. Havia perplexidade no olhar que lançava a todos. — Se eu mudar para outra escola, talvez não possa mais vir ao castelo.

Todos morderam os lábios ao ouvir a voz sussurrante de Masamune.

Entendiam exatamente o que ele queria dizer.

De qualquer forma, o acesso ao castelo seria até o final de março. Ele não queria abrir mão do precioso período que teria até lá.

— Por isso, conversei com meu velho. Falei que ainda não quero mudar de escola. Prometi que no terceiro período eu frequentaria a Escola Fundamental Yukishina nº 5.

Kokoro voltou a arregalar os olhos. Masamune começou a falar mais rápido, como para se justificar.

— Só no primeiro dia. Já seria suficiente. Depois de ir apenas um dia, eu invento uma desculpa qualquer para não ir mais. Se eu for, daria tempo dos meus pais largarem de vez a matrícula em uma outra escola durante as férias de inverno. Mostro que tentei ir, não deu certo, e assim posso empurrar com a barriga até abril, início do novo ano letivo.

— Por que você quer que todos nós vamos à escola? — indagou Aki.

O rosto de Masamune se contraiu. Suas pupilas tremiam.

— No dia em que eu for, gostaria que vocês também estivessem juntos, mesmo que por apenas um dia... — Depois de falar, baixou a cabeça. Nem parecia o Masamune que eles conheciam. — Vocês não precisam ir para a sala de aula. Podem ficar na enfermaria ou na biblioteca só, sem problemas. Nenhum professor forçaria vocês a entrar na sala. Eles considerariam o fato de vocês estarem na biblioteca ou na enfermaria como um avanço na situação.

— Sim, tem alunos em evasão que passam o tempo na enfermaria, não? — falou Subaru.

Masamune ergueu o rosto.

— Há um tempo venho pensando nisso. Por que nós, todos alunos da mesma escola, fomos chamados? Deve ter algum significado nisso. Não sei se foi proposital ou não da parte da senhorita Lobo, mas pelo menos parece que podemos nos ajudar.

Podemos nos ajudar.

Ao ouvi-lo, Kokoro sentiu uma pontada lhe atravessar o peito.

Masamune tinha um olhar tristonho, como se estivesse prestes a chorar.

Vendo o rosto dele, ela sentiu ainda mais o peso de suas palavras.

E se lembrou de observar o corredor na praça de alimentação do Careo na companhia da mãe, fantasiando que algum deles apareceria a qualquer momento. Mesmo agora, Kokoro imaginava poder se encontrar com um deles fora do castelo ao dobrar uma esquina. Sonhava acordada com isso.

Ela também queria a ajuda deles.

— Então, mais do que uma consulta, é um pedido? — indagou Subaru.

Kokoro olhou para ele surpresa. Ele deu de ombros num gesto exagerado agitando um dos vale-livros que Masamune trouxera.

— Então os presentes de Natal são um tipo de suborno? Pra nos convencer?

Masamune olhou para Subaru com uma expressão dura.

— Sei muito bem que é um pedido egoísta, mas... — falou Masamune em um tom brusco.

— Ok, eu vou. Vou esperar na sala de aula no dia combinado — afirmou Subaru.

Masamune arregalou tanto os olhos que pareciam querer saltar das órbitas.

Subaru prosseguiu.

— Minha turma é a três do nono ano. Se você for até sua sala e sentir que não vai aguentar, fuja para a minha. Faz um tempão que não vou à escola e, de repente, talvez seja legal ser admirado pelos calouros.

— Talvez eu não consiga ir até a sala — Aki falou no seu tom direto de sempre, mas não parecia zangada. — Posso ficar na enfermaria — acrescentou.

— Eu posso ir. Os professores com certeza vão concordar.

— Eu também — falou Kokoro. Sua voz saiu espontaneamente.

Os pais sem dúvida se alegrariam quando ela informasse a decisão de ir à escola. Mesmo enfatizando que não precisava se esforçar para fazê-lo, a mãe decerto se sentiria aliviada. Como Sanada estaria lá, Kokoro sentia que os pais se tranquilizariam caso ela não fosse à aula e permanecesse apenas na enfermaria.

Antes de tudo, Kokoro se entusiasmou com a ideia de poder se encontrar com todos fora do castelo.

Ela entendia o que Masamune sentia.

A lembrança de Miori Sanada ter dito "*gente* solita *me dá uma peninha*" continuava agitando-se no fundo do seu peito. Ela queria provar para Sanada e seu grupo que ela não era "*solita*".

Eu tenho amigos em outros anos. Temos entre todos nós um vínculo de amizade.

Era o que ela desejava mostrar.

Devia ser o mesmo sentimento de Masamune.

O fato de nós existirmos fora da sala de aula, onde ele não tem amigos, lhe dá forças para poder ir à escola, pensou Kokoro.

— Bem, eu também vou à enfermaria! — anunciou Fuka, como se se apossasse do pensamento de Kokoro. — Que dia é mesmo a cerimônia de início das aulas? Em que dia devemos ir? — perguntou ela.

— Dez de janeiro — respondeu Masamune de imediato. Talvez ele esperasse com certo temor por esse dia. Ele parecia cada vez mais à beira das lágrimas.

— Anotado — confirmou Fuka. — A partir de agora, vou para a casa da minha avó, aproveitando as férias de inverno para frequentar aulas de reforço. Por isso, por um tempo não vou poder vir ao castelo, mas estou dentro. Prometo estar lá no dia dez.

— Eu... posso pensar um pouco? — perguntou Ureshino, revirando os olhos com impaciência. Logo depois acrescentou às pressas. — Ah, não é que eu deteste esse negócio de ajuda mútua, é que foi justamente no primeiro dia do segundo período, na cerimônia de início das aulas, que passei por um mau bocado na escola.

Kokoro se lembrou que, no início do segundo período, Ureshino apareceu com vários curativos.

— Por isso talvez minha mãe se oponha. Desculpe — falou ele em um sussurro, olhando em seguida para Masamune. — Mas farei o possível para ir. Pode ser?

— Claro — assentiu Masamune. Baixou os olhos, como inseguro para onde deveria olhar. — Obrigado, galera! — A voz fraca e breve se rompeu ao final. — Valeu mesmo. — Ele repetiu abaixando de leve a cabeça.

— Eu não posso ir, mas sinto inveja — falou Rion, e era possível ouvir um suspiro calmo exalando. Assim como o tom de suas palavras, seu semblante estava tristonho. — Fico com inveja de vocês poderem se encontrar fora do castelo.

Ao ouvir sua voz, Kokoro se sentiu leve como se tivesse asas e pudesse voar. O medo em relação a uma ida à escola continuava a mantê-la refém, mas sentia o coração bater forte ao imaginar a enfermaria e todos de uniforme à sua espera.

Não vai ter problemas, pensou ela.

Eles se ajudariam.

Eles lutariam juntos.

PARTE 3
TERCEIRO PERÍODO:
DESPEDIDAS

Janeiro

Kokoro: sétimo ano, Turma 4.

Ureshino: sétimo ano, Turma 1.

Fuka: oitavo ano, Turma 3.

Masamune: oitavo ano, Turma 6.

Subaru: nono ano, Turma 3.

Aki: nono ano, Turma 5.

Com exceção de Rion, que estuda no exterior, todos informaram uns aos outros suas turmas.

Numa emergência, deveriam se refugiar na enfermaria.

Se não fosse possível na enfermaria, na biblioteca.

Se não fosse possível na biblioteca, na sala de música.

Se todos esses locais fossem inviáveis, a princípio, o jeito era fugir.

Fugir da escola para casa e de lá voltar ao castelo através do espelho.

Todos decidiram isso antes de dez de janeiro.

— Estou com um pouco de inveja — impedido de participar, Rion revelou. — Deem tudo de si! Depois me contem como foi!

Essas palavras fizeram todos se sentirem um pouco orgulhosos de se encontrarem na escola.

O dia anterior era um feriado nacional em que se comemora o Dia da Maioridade.[6]

---

[6] Comemorado na 2ª segunda-feira de janeiro, é um feriado nacional que celebra a entrada dos jovens na fase adulta, considerada a partir de vinte anos. [N. E.]

Nesse dia, os pais de Kokoro estavam em casa. Ela aproveitou um horário em que certamente não viriam até seu quarto para passar pelo espelho e ir ao castelo. Queria confirmar com Masamune e os outros o compromisso assumido. Parece que todos tiveram a mesma ideia, porque apesar de ser difícil escapar dos olhos dos pais em um feriado, muitos estavam ali.

Antes de se despedir de Masamune, Kokoro conversou a sós com ele. Diante dos espelhos no grande salão, os dois por acaso se encontraram no momento de retornarem para casa.

Era perto das cinco horas.

— Então amanhã é o grande dia — disse Kokoro, antes de ouvirem os uivos de alerta da senhorita Lobo.

Da última vez, quando faltava pouco para as cinco horas, foram surpreendidos por um tremor violento que os deixou bastante assustados. Por isso, decidiram voltar para casa quinze minutos antes do alerta para o fechamento.

Masamune assentiu ao ouvir o que Kokoro falara. Ele ainda estava com o semblante sério e um pouco mal-humorado.

Olhando-o de perfil, Kokoro notou que ele estava pálido. Ela não sabia em detalhes as circunstâncias que levaram Masamune a abandonar a escola. Os pais tinham ideias bem *avançadas* e aparentemente respeitavam a decisão do filho de não ir à escola. Até aí ela sabia, mas deveria ter havido algum motivo para ele não frequentar mais.

Assim como acontecera com Kokoro.

— Sabe — falou ela —, tem uma garota na minha turma com quem eu não simpatizo.

"Não simpatizo" é uma expressão conveniente.

A expressão escondia todas as nuances de "eu a odeio", "não a suporto" e "ela me maltrata". Kokoro não brigou ou sofreu *bullying*. Não era nem um nem outro. Era algo que ela própria era incapaz de nomear. Algo que provocaria lágrimas de frustração no instante em que um adulto ou outra pessoa analisasse ou indicasse como maus-tratos.

— Justamente por causa dela eu realmente não queria ir à escola, mas se você e os outros vierem, ficarei tranquila.

Masamune olhou para ela, murmurando algo que não era claro se seria transformado em palavras.

— Hã? Você quer mostrar a todo custo que, apesar da situação, está indo por minha causa? Quer que eu fique em dívida com você?

— Lógico que não!

Kokoro ficou aliviada ao ver que ele retornara ao tom sarcástico habitual. Se fosse um pouco antes, talvez ela se irritasse, mas agora ela entendia que as palavras de Masamune não podiam ser levadas ao pé da letra. Ela compreendeu depois de conviver com ele diariamente.

Com certeza, Masamune só queria no fundo agradecê-la pelo apoio, apesar das circunstâncias. Ele apenas fazia as coisas parecerem o oposto do que sentia.

— O que quero dizer é que, apesar da situação, fico tranquila estando com você e com os outros. Não é só você que está apreensivo e vai à escola amanhã sem vontade de ir. Assim como você se sente seguro lá com a gente, também vamos nos sentir da mesma forma.

Ao ouvir as palavras de Kokoro, Masamune, que estava prestes a colocar a mão no espelho para voltar para casa, apertou o punho. Dobrou os dedos e segurou forte a moldura.

— Ah — assentiu ele.

— Até amanhã — Kokoro se despediu.

— Até amanhã — Masamune replicou com mais energia do que o habitual. — Ah, vejo você amanhã. Na escola…

♦

— Mãe, amanhã eu vou à escola.

Ao ser informada disso, o rosto da mãe se tornou instantaneamente inexpressivo, como se o tempo tivesse parado. Foi momentâneo e logo a mãe soltou um "Sério?" com ar indiferente.

Ela parecia se esforçar para esconder de Kokoro sua emoção, sem sucesso.

Na véspera da ida à escola, dia nove, Kokoro não falou nada à mãe até de noite. Ela temia causar preocupação caso contasse com antecedência. Mais do que tudo, uma vez comunicado, não poderia voltar atrás. Ainda pensava até aquele momento no que faria caso mudasse de ideia em cima da hora.

Ela falou enquanto lavava a louça com a mãe após o jantar.

— Está tudo bem? — perguntou a mãe, sem parar de lavar e afastando o olhar de Kokoro como se não soubesse para onde dirigi-lo. Kokoro também respondeu apenas olhando para suas mãos enquanto enxugava os pratos, sem encarar a mãe.

— Tudo bem. Quero ir no terceiro período, mesmo que um único dia.

Ela decidiu chegar à escola após o início das aulas às oito e meia, quando todos já estivessem presentes.

Não iria à sala de aula, apenas à enfermaria.

Se não se sentisse à vontade, voltaria de imediato para casa.

Informou tudo isso à mãe. E pediu a ela para não se preocupar.

— Quer que eu vá junto? — ofereceu a mãe.

— Não precisa — recusou Kokoro.

No fundo ela queria que a mãe fosse.

Estava nervosa. As pernas tremiam só de pensar na aparência dos corredores e entradas da escola que, por um tempo, ela não frequentara.

No entanto, todos devem vir sozinhos.

Os pais de Masamune, com uma mentalidade negativa em relação à escola, decerto não o acompanhariam. E Subaru não mora com os pais.

Ureshino, Fuka e Aki talvez tragam a mãe, mas alguém iria sozinho e Kokoro também deseja que fosse assim com ela.

A mãe falou que ligaria primeiro para o professor Ida para avisar que Kokoro iria.

— Precisa ser tão em cima da hora? Não pode deixar para a semana que vem?

— É por causa da cerimônia de início das aulas — argumentou Kokoro.

— Hã? — a mãe olhou para ela. Ela parou de lavar os pratos e enxugou as mãos no avental. — A cerimônia de início das aulas foi no final da semana passada. Seis de janeiro.

— Quê?

A mãe foi até a sala de estar e voltou trazendo um papel que tirou de dentro de uma pasta. Era um informe da escola trazido por Tojo. Kokoro nunca lia esses comunicados e apenas as entregava à mãe.

Na tabela com a programação dos eventos constava a cerimônia de início das aulas no dia seis de janeiro.

— É mesmo...

Se a cerimônia ocorreu no fim de semana anterior, isso significava que as aulas começariam no dia seguinte. Havia um feriado prolongado de três dias, incluindo o Dia da Maioridade, e o dia seguinte seria o primeiro dia de aula.

Teria Masamune se enganado? Kokoro sentiu vontade de confirmar de imediato, mas já era noite e o espelho não estava iluminado. Ela se arrependeu por não terem trocado telefones.

Mas, pensando bem, lhe ocorreu uma ideia.

Quando Masamune falou que desejava ir à escola a partir do terceiro período, foi Fuka quem perguntou: "Em que dia devemos ir?". E também: "Que dia é mesmo a cerimônia de início das aulas?".

Ouvindo isso, Kokoro simplesmente se convenceu de que Masamune pretendia ir à escola para a cerimônia, apesar de ele não ter falado isso com todas as letras. Nesse dia o evento acaba rápido, mas é bastante movimentado, com todos se deslocando dentro do ginásio de esportes. A entrada e a saída de pessoas na enfermaria também é maior do que em um dia comum de aulas. Se fossem se reunir ali, talvez fosse melhor fazê-lo durante as aulas.

Vejo você amanhã. Na escola...

Masamune e Kokoro prometeram fazia pouco tempo.

— Está tudo bem — Kokoro repetiu para a mãe.

Era uma pena não poder contar para a mãe que tudo estaria bem, porque seus amigos estariam à sua espera lá. Se ela falasse, a mãe poderia se tranquilizar.

Ela olhou para a mãe. Pela primeira vez percebeu que, apesar de saber que a cerimônia de início das aulas fora na sexta-feira da semana anterior, a mãe não comentou nada em especial nesse dia.

— Obrigada por se preocupar. Mas, quero ir.

Na manhã seguinte, a mãe saiu para o trabalho como sempre. Como Kokoro havia lhe pedido para fazer.

Mesmo assim, antes de sair, do vestíbulo a mãe aconselhou várias vezes a filha, arriscando se atrasar para o trabalho.

— Não se esforce. Se não sentir bem, volte logo para casa — recomendou. — À noitinha, eu telefono.

— Uhum — concordou Kokoro.

Ela acompanhou a mãe até a porta para se despedir.

— A bicicleta! — A mãe falou ao sair virando a cabeça. — Seu pai ontem à noite limpou o selim! Estava um pouco empoeirado.

— Ah…

— Ele comentou que vai voltar mais cedo hoje. Disse para você não se esforçar.

— Uhum.

Na noite anterior, Kokoro havia ouvido sobre a bicicleta diretamente do pai. Ele parecia ao mesmo tempo preocupado e aliviado.

— Filha, você é incrível — falou ele. — Decidir por vontade própria voltar à escola é realmente fantástico.

Quando pensou que pretendia ir um único dia e depois voltaria a ficar em casa, ela se sentiu um pouco culpada, mas estava feliz com as palavras do pai.

Além disso…

Se pudesse se encontrar com os outros hoje, talvez, a partir do dia seguinte, perdesse o medo da escola.

Talvez todos pudessem frequentá-la de novo.

Ela chegou mesmo a acreditar na possibilidade de esse sonho se realizar.

Ela saiu um pouco depois das nove, um horário em que não havia mais alunos indo para a escola.

Ela foi de bicicleta. Depois de muito tempo sem usá-la, o selim parecia frígido. O ar frio atravessava seu nariz e ardia um pouco em suas faces.

Ela sentia o coração palpitar.

Porém, não era uma sensação desagradável. Não era como o que sentia quando pensava em Miori Sanada. Era uma leve tensão combinada a uma agitação.

Ao pisar nos pedais, percebeu algo.

Não estou indo para a sala de aula hoje. Nem estou indo para a escola.

Hoje estou indo encontrar meus amigos.

E é, por puro acaso, o local de encontro ser a escola.

♦

O silêncio reinava na entrada da escola.

Quando estacionou a bicicleta atrás do prédio principal, Kokoro hesitou em deixá-la no espaço reservado para as do seu ano. Preferiu colocá-la junto com as do pessoal do oitavo ano.

Mesmo agora, sentia o coração apertado ao se lembrar do que aconteceu ali na primavera do ano anterior com Sanada e Chuta Ikeda.

No entanto, o estacionamento estava deserto naquele momento.

A estação do ano também era outra.

Ela ouviu vozes no prédio principal. Professores davam aula em algumas salas. Praticamente não se escutavam as vozes dos alunos.

Enquanto ouvia, descalçou os sapatos em frente à sapateira na entrada.

Sentiu o peito apertado por uma força invisível ao olhar para o espaço onde colocava o calçado quando vinha à escola, em abril do ano anterior.

Ela estendeu o braço em direção à sapateira.

Foi nesse instante.

De repente, sentiu que alguém próximo a observava. Ela ergueu o rosto e, calada, arregalou os olhos.

Diante de Kokoro, com o rosto franzido de espanto, a outra pessoa também arregalou os olhos. Era Moe Tojo, a colega de turma, de pé. Ela morava duas casas vizinhas à sua.

Nenhuma das duas abriu a boca.

Tojo vestia uma jaqueta e tinha pendurada no ombro a bolsa designada pela escola. Ela parecia também estar chegando naquele momento. Ela era linda. O perfil do nariz e os olhos castanhos bem arredondados imprimiam, como sempre, um ar de estrangeira. Exatamente como em abril, quando Kokoro cogitou que pudessem se tornar amigas.

Kokoro não podia fingir não a ter visto. Se houvesse muitas pessoas, ela poderia desviar os olhos, mas ali eram somente as duas.

Uma força desagradável tomou conta de uma só vez de seus ombros, costas, enfim, de todo o corpo.

Ela se lembrava do passado.

Imaginava que sempre se recordaria do sofrimento, mas, para sua surpresa, percebeu que estava se esquecendo dele. Até a primavera, todos os dias eram daquela forma. O estômago pesava e doía. Ela esquecera dessa sensação.

Uma voz dentro de si gritava para Kokoro não entrar.

No momento em que pensava em se virar e fugir, Tojo se moveu.

Kokoro pensou em falar algo. Tojo, um pouco mais à frente, pegou os chinelos de seu espaço na sapateira e os calçou. Desviando os olhos de Kokoro, seguiu para o corredor sem falar uma palavra. Dirigiu-se para a escada que conduzia à sala de aula.

Embora por dentro Kokoro se preparasse para abordar Tojo, ela foi lindamente ignorada.

Ela a viu se afastar, dobrar uma esquina no corredor e desaparecer. Não havia dúvidas de que Tojo olhara para ela. Aqueles lindos olhos semelhantes aos de uma boneca que haviam encantado Kokoro no primeiro período a ignoraram de forma inesperada. Tojo desaparecera sem falar uma palavra.

Ah, você veio?

Kokoro esperava algum comentário, mesmo imbuído de algum sarcasmo. Apenas algumas poucas palavras.

Sentiu a visão embaçar.

A respiração desalentou. Era como se estivesse imersa em água, se afogando. Tojo sempre deixava os informes da escola na caixa do correio, mas quando, por fim, se viu diante de Kokoro, não falou uma palavra. A respiração de Kokoro estava cada vez mais ofegante.

Por quê?

Sua voz era um murmúrio para si mesma dentro da boca.

Por quê? Por quê? Por quê?

Ela até atrasou o horário de ir à escola. Por quê?

Por que Tojo estava ainda parada na entrada naquele momento? E no exato horário para encontrar Kokoro. Tojo poderia vir à escola quando bem entendesse.

Apesar de, até pouco antes, ela estar ansiosa por poder encontrar Masamune e os outros, essa sensação foi facilmente arruinada apenas pela atitude indiferente de Tojo.

Ela voltou a sentir o corpo enrijecido.

Os chinelos deixados sem uso desde o primeiro período. A bem da verdade, ela imaginava que seus sapatos e assento estariam repletos de rabiscos. Era o que se costumava assistir na TV em cenas de *bullying*. Nas cadeiras e carteiras de crianças que não iam à escola era comum encontrar escrito "Morra!" ou outras ofensas.

Na realidade, ela tinha medo disso, por mais que não considerasse o ocorrido entre ela e Miori Sanada como *bullying*.

Não havia rabiscos nos chinelos nem tachinhas colocadas dentro deles. Em vez disso, ela encontrou uma carta.

Um envelope selado com um adesivo com a ilustração de um coelhinho.

Ela a pegou com as mãos trêmulas.

Nele constava um nome.

De: Miori Sanada.

Um som ensurdecedor invadiu seus ouvidos, como se o mundo desabasse ou alguém arranhasse um vidro.

Kokoro sentiu falta de ar. Abriu o envelope rasgando-o bruscamente. A ânsia de querer conhecer o quanto antes o conteúdo prevalecia sobre o medo do que estaria escrito. As mãos se moveram mais rápido do que o pensamento. O que aquela menina teria escrito para ela? Ela não podia esperar nem mais um segundo para saber do que se tratava.

Para Kokoro Anzai,

O professor Ida contou que você virá amanhã à escola e sugeriu que eu escrevesse esta carta.

Sei que você me odeia. Mas, como você deve ter ouvido do professor Ida, eu gostaria de me encontrar com você para conversarmos.

Você deve me achar uma vadia por falar isso sabendo que você me odeia. Sou mesmo desprezível. Sei que você gosta de C.I. (não comentei nada sobre C.I. com o professor Ida, não se preocupe). Na realidade, nós nos separamos durante as férias de verão, por isso, se você ainda estiver a fim dele, eu vou torcer por vocês...

A CARTA CONTINUAVA.

Entretanto, a mão que a segurava nesse ponto começou a tremer com violência. Ela amassou o papel ruidosamente.

— O que é isso?

Sentiu um tremor profundo como se fosse arrebatada por uma onda.

O nome de Miori Sanada, a sugestão do professor, os rostos de ambos girando em sua mente. "*Professor, você tem namorada?*", "*Que pergunta é essa? Mesmo que tivesse, não é da sua conta!"*. Em sua mente, ressurgia a cena dos dois sorrindo. Pensando em Tojo, que pouco antes a ignorara, sentiu o sangue fervendo nas veias das têmporas.

Com a carta esmagada num impulso, ela calçou os chinelos enfiando os pés sem sequer fechá-los nos calcanhares e rumou direto para a enfermaria.

Se chegasse à enfermaria, poderia respirar aliviada.

Prendendo a respiração, ela se apressou. Fechou os olhos, respirou, mas por mais que o fizesse, sentia o peito angustiado e aumentava a sensação de que se afogava.

Se chegasse à enfermaria, Masamune estaria ali.

Ela tinha seus amigos.

Todos estariam ali.

Desejava relatar a Masamune o teor da carta e ouvir dele: "Essa tal Sanada é uma vagaba! Ela se acha a última bolacha do pacote! Essa vadia não tem mais jeito".

Exatamente o que eu acho, pensou Kokoro.

Porque isso era o que ela pensava há tempos, mas nunca fora capaz de verbalizar. Nem os colegas de turma nem o professor encarregado falaram isso para Sanada.

O fato de Tojo tê-la visto significava que ela logo informaria a Miori Sanada sobre sua presença na escola naquele momento. Agora estavam em aula, mas ela imaginava que, quando soasse o próximo sinal de intervalo, Tojo se aproximaria da carteira de Miori Sanada e diria:

— Sabe, ela veio à escola!

Kokoro estava assustada. O que faria se as meninas viessem até a enfermaria?

Sei que você me odeia. Mas, eu gostaria de me encontrar com você para conversarmos.

Lembrando daquela frase, seu corpo tremia, e não era exagero algum.

Com a sensação libertadora de enfim emergir o rosto do fundo da água onde por muito tempo estava imersa, ela abriu a porta da enfermaria.

Ela acreditava que Masamune, Aki, Fuka e Ureshino estariam ali.

Mesmo que todos não tivessem vindo, apenas ver o rosto de um deles talvez a fizesse começar a chorar de alívio.

Do outro lado da sala estava sentada a encarregada pela enfermaria.

Estava sozinha.

Um aquecedor elétrico emitia uma luz brilhante. Ela se sentava em frente ao aparelho. Kokoro a conhecia de rosto, mas nunca haviam conversado. Ela parecia saber da vinda de Kokoro. Talvez o professor Ida tenha lhe contado.

— Anzai-san? — perguntou a enfermeira olhando surpresa para Kokoro. Pela expressão no rosto dala, Kokoro percebeu que seu próprio rosto deveria estar bastante abatido.

— Masamune não está?

Kokoro arfava, e sua voz vacilava ligeiramente.

Ela olhou para confirmar se não havia ninguém deitado no leito. No entanto, não viu ninguém.

— Como? — A encarregava inclinou a cabeça em dúvida. — Masa... quem? — Ela olhou para Kokoro.

— Masamune-kun... Do oitavo ano. Ele não veio?

Kokoro não se lembrava qual era a turma dele.

Ele lhe informara com certeza, mas sua cabeça estava confusa e não conseguia recordar. Fuka sem dúvida falou que era da turma três. No embalo, Kokoro começou a falar rápido.

— Fuka-chan, da turma três do oitavo ano, não veio? Subaru-kun e Aki-chan, do nono ano também...

Conforme ela falava, percebeu que, sem os sobrenomes, a encarregada não saberia de quem se tratavam. Na escola, a menos que se tivesse uma amizade íntima, não era costume chamar os colegas pelo nome, mas pelo sobrenome. Ela se sentiu de imediato envergonhada por ter perguntado usando o nome de Masamune.

Uma vez que eles não estavam ali, ela decidiu ir até a sala de aula de Subaru. Ele prometera esperá-los lá. Se dependesse dela, não teria coragem de aparecer na sala após uma ausência tão longa, mas Subaru teria feito isso de verdade. Kokoro apareceria esbaforida e em pânico, mas ele apenas falaria com ar despreocupado e o rosto lívido: "Ah, o que aconteceu?" ou algo assim. Bem, desse jeito.

— Anzai-san? O que foi? Acalme-se, por favor.

— Então, Ureshino, do sétimo ano?

Ela de repente percebeu.

Ureshino era o único de quem ela sabia o nome completo. No início do segundo período, como ele levou uma surra dos amigos, os professores devem se lembrar do episódio. A encarregada da enfermaria logicamente deve saber.

— Haruka Ureshino. Ele não veio hoje?

Enquanto perguntava, nesse momento uma dúvida lhe cruzou a mente.

Masamune, Aki, Subaru e ela própria.

Os professores não teriam se espantado que todos esses alunos, até então ausentes da escola, viessem de repente de uma só vez? Assim como a mãe de Kokoro fez, os outros pais devem ter contatado os encarregados de turma também. Seria natural eles questionarem o motivo de todos virem em grupo à escola no primeiro dia de aulas após a cerimônia de início do terceiro período.

E justamente por isso a encarregada deveria lembrar do nome de todos.

A encarregada apenas olhava perplexa para Kokoro.

— Ureshino-kun? — sussurrou. — No sétimo ano não há nenhum aluno com esse nome — explicou para surpresa de Kokoro.

Kokoro sentiu um golpe como se fosse atingida de frente por uma forte rajada de vento. A encarregada parecia realmente falar sério.

Haruka Ureshino.

Era um nome e sobrenome muito incomuns. Era impossível que ela não o conhecesse. Como ela não se lembrava dele?

De repente, ocorreu a Kokoro a hipótese de Ureshino ter mentido. Se somente ele não estudasse na Escola Fundamental Yukishina nº 5, ele mentira para não se sentir excluído do grupo.

Diante de uma Kokoro perplexa, a encarregada prosseguiu franzindo as sobrancelhas com desconfiança.

— No oitavo ano também não me parece que tenha um aluno chamado Masamune-kun. Deve ter alguma Aki-chan ou Fuka-chan. Qual os sobrenomes delas?

— Os sobrenomes…

Kokoro não sabia. Elas nunca haviam lhe falado.

Mas o problema não era esse.

Ela compreendeu intuitivamente. A ficha acabara de cair. Não era uma questão de lógica. Ela entendeu. Milagres não acontecem.

Não poderemos nos encontrar, pensou.

Com desespero, se deu conta.

Não entendia o porquê. Porém, ela não poderia se encontrar com Masamune e os outros na escola, num mundo fora do castelo.

Masamune, ela quase o chamou.

Ao pensar no que poderia fazer, começou a chorar.

Hã? Você quer mostrar a todo custo que, apesar da situação, você está indo por minha causa? Quer que eu fique em dívida com você?

Ao lembrar das palavras sarcásticas de Masamune, ela não pôde se conter.

O que teria acontecido com Masamune? O que se passaria dali em diante? Por não desejar se transferir, ele prometera aos pais que naquele dia iria à escola.

Ele decidiu fazê-lo por ter a certeza de que encontraria com todos na escola.

Nós o traímos.

Surgiu-lhe à mente a imagem de Masamune sozinho e distraído na enfermaria, magoado por pensar que Kokoro e os outros eram traidores.

Mas não foi assim. Ela veio. Veio, mas não pôde encontrá-lo. O que ela poderia fazer? Ele ficaria sozinho. Alguém, alguém…

Desejava sair correndo em busca de ajuda.

— Kokoro-chan. — No instante seguinte, alguém a chamou com voz doce.

Ela se virou. A professora Kitajima, do Instituto, estava de pé na porta da enfermaria.

Ela não era professora da escola. Então, por que estava ali?

Kokoro pensou isso, mas, no instante em que sentiu o calor da mão dela tocando seu ombro, toda a sua tensão desapareceu.

— Professora Kitajima...

Ouviu-se um som fraco, como se ar escapasse do fundo da garganta de Kokoro, e ela desabou no chão da enfermaria. Tudo diante de seus olhos escureceu num instante, como numa explosão de luz. Ela desmaiou.

♦

Ao recobrar a consciência, a professora Kitajima estava sentada ao seu lado.

Kokoro sentia a coberta do *futon* bem engomada na cama da enfermaria cobrindo-a. Sentiu o calor do aquecedor um pouco afastado dali.

Ao voltar a si, instantaneamente seus olhos prescrutaram ao redor.

Olhou para o lado imaginando se não haveria outro aluno deitado ali além dela, mas o leito do outro lado da partição de tela estava vazio.

— Está tudo bem? — A professora Kitajima encarou Kokoro.

— Sim, tudo bem.

Na realidade, não tinha certeza se estava tudo bem ou não. Apenas respondeu dessa forma por vergonha de estarem olhando para seu rosto enquanto estava deitada e indefesa.

Ela nunca desmaiara antes. Não sabia por quanto tempo ficara desacordada. O fundo da garganta estava seco, a voz rouca.

— Professora.

— Hum?

— Por que está na escola?

Os olhos da professora que a observavam com preocupação se estreitaram.

— Sua mãe me informou que você viria hoje à escola e resolvi vir também.

— Ah, é?

Ela veio por estar preocupada.

A enfermeira se ausentara. Agora eram apenas as duas ali.

Evidentemente, a professora Kitajima mantinha contato com os professores da escola há algum tempo e apareceu para "colaborar". Afinal, era o "trabalho" dela cuidar das crianças em evasão.

— Professora.

Kokoro não pôde encontrar Masamune e os outros.

Ela não sabia o motivo, mas decidiu desistir e se resignar. Como último recurso, experimentou perguntar apenas mais uma vez.

— Eu sou a única aluna em evasão que você sabia que viria hoje?

Ureshino e Masamune declararam conhecer a professora Kitajima. Parece que Aki e Subaru nem sequer sabiam sobre a existência do Instituto, mas pelo menos eles deviam estar ligados por meio dela.

Sobretudo seria estranho os pais de Ureshino não terem avisado previamente a professora Kitajima. Ainda mais, porque ela devia estar a par do que acontecera com ele no início do segundo período. Da mesma forma como a mãe de Kokoro a avisara.

— Quê? — perguntou docemente, exalando um ar leve, como se escapasse pelo nariz e afastou a franja sobre os olhos de Kokoro. — Só você mesmo! — falou a professora.

Não parecia que ela estivesse mentindo. Apenas respondera com sinceridade à pergunta que não parecia tão importante assim.

— Não recebeu nenhum contato dos pais de Ureshino-kun e Masamune-kun?

— Quem? — questionou a professora, de maneira lacônica.

Ao ouvir isso, Kokoro cerrou os olhos com força. Ela confirmou o que a enfermaria falara: não havia alunos na escola com esses nomes.

— Nada, não — falou com uma voz forte.

Ela parou de perguntar com medo que a professora Kitajima achasse que ela falava coisas sem sentido. Quando ela parecia se afogar e sufocar, a professora mostrou ser sua única aliada dentro da escola. Kokoro não conseguiria suportar ser olhada com desconfiança pela professora.

Kokoro sentiu as forças se esvaírem do corpo. Era como pensara, mas não conseguia entender, estava confusa.

O que foram todos aqueles dias que vivera até então?

O castelo no espelho seria uma ilusão?

Ela se sentia enfeitiçada por algum ser místico.

Ter conhecido os amigos no castelo não passaria de sua imaginação? Pensando bem, toda a história era conveniente demais e parecia um milagre.

Era difícil de imaginar conseguir se vincular a um outro universo dentro de seu próprio quarto.

Era bastante conveniente o pessoal do castelo a tratar como amiga. Isso não seria apenas um desejo seu?

Ao pensar assim, começou a se preocupar se não teria enlouquecido.

Masamune, Ureshino, Aki, Fuka, Subaru, Rion.

Seriam todos apenas frutos de sua imaginação? Teria ela vivido desde maio com todos sem perceber que se tratava de seres imaginários?

Ela tremeu só de pensar.

Estava assustada com a possibilidade de ter enlouquecido e ainda mais apavorada com o fato de não poder mais ir ao castelo até o dia seguinte.

Tendo entendido que tudo não passava de imaginação, da ilusão de um desejo criado si própria, Kokoro não poderia ir a lugar algum a partir daquele momento. Mas, mesmo sendo irreal, ela ainda preferiria permanecer dentro daquele mundo de ilusão.

Afinal, a realidade era um local verdadeiramente insuportável, onde nem seus desejos nem seus pensamentos eram levados em consideração.

— Kokoro-chan, me perdoe. Quando você desmaiou há pouco, a carta que você segurava caiu e acabei vendo o que estava escrito nela — falou a professora Kitajima.

Kokoro mordeu os lábios bem devagar.

Ela recordou do teor da carta que lera antes de desmaiar. As letras arredondadas no papel. Sanada se autodeclarando "desprezível". Escrevendo apenas C.I. para se referir a Chuta Ikeda. Kokoro pouco se importava dele ter sido namorado de Miori Sanada e os dois terem se separado.

Ela se deu conta, para seu desespero, que ela e Sanada não se entendiam.

A realidade que ela defendera com ardor desde a primavera. O que ela vivenciara e o mundo que Miori Sanada observava não combinavam entre si e era difícil acreditar que faziam parte de um mesmo universo. Mesmo a realidade sendo o que ela testemunhara, não era mais provável que os professores acreditariam nas palavras de Miori Sanada pelo simples fato de ela frequentar a escola regularmente?

Apesar de ter pensado muito e de ter vindo à escola, mesmo supondo que seria morta, ela sentia uma indescritível frustração por Sanada ter resumido tudo com reles palavras sobre um menino com quem Kokoro nada mais tinha a ver: "*se você ainda estiver a fim dele, eu vou torcer por vocês*". De tão humilhante, ela sentia um calor lhe queimando por dentro.

Ela queria matar Sanada.

Ao fechar os olhos, brotaram lágrimas de frustração. Ela não desejava que a professora Kitajima a visse chorando mas, ao mesmo tempo, sentia-se incapaz de explicar em palavras compreensíveis a um adulto a indignação que sentira ao ler a carta. Ela se calou cobrindo os olhos com um braço.

— Conversei há pouco com o professor Ida! A carta... você não merecia — falou a professora com firmeza. Era visível a irritação na sua voz.

Mesmo feliz, Kokoro continuou ocultando o rosto com o braço. Sentia o calor das lágrimas molhando sua manga. Calada, ergueu firme a cabeça num gesto de assentimento.

— Me perdoe, por favor. — A professora se desculpou. — Eu devia ter conversado mais com o professor Ida desde o início. Peço perdão por ter feito você passar por uma situação tão constrangedora.

A voz da professora tremia de frustração. Ela acariciou a testa de Kokoro, que soluçava enquanto se esforçava para conter as lágrimas.

Kokoro não sabia que professores, adultos, podiam se desculpar daquela forma. Estava convencida de que adultos, como os professores, se consideravam superiores às crianças e por isso não pediam desculpas nem reconheciam seus erros.

— Professora, eu vi Tojo há pouco — falou Kokoro. Em meio aos soluços, sua voz se quebrava ocasionalmente soando impaciente. — Ela estava na entrada e me ignorou, apesar de ter me visto. Não falou uma palavra. Nem mesmo um "Ah, você veio à escola", nada. Todos os dias ela trouxe até em casa os comunicados da escola, mas quando me encontrou ela se calou.

A própria Kokoro não sabia o que pretendia falando aquilo.

No entanto, ela estava amargurada. Tudo era tão triste e frustrante que sentia o peito prestes a explodir.

— O que devo fazer, professora? — As palavras saíram de sua boca como num grito suplicante. — Professora, o que eu faço se foi Tojo quem colocou aquela carta na sapateira? Se ela o fez a pedido de Miori Sanada?

Conforme falava, Kokoro percebia que aquilo realmente a desagradava e a preocupava.

Ela não podia confirmar se a mesma menina que em abril sorria para ela era integrante do grupo que cercara sua casa. Ela supunha que sim. Mas, só de pensar, sentia o peito apertar e preferia se apegar à possibilidade de ela não ter estado lá.

Ela não sabia a razão.

Desde o início ela gostaria de ter feito amizade com Tojo, mas não entendia o porquê de não ter se tornado sua melhor amiga e de se sentir daquela forma em relação à garota.

Ela apenas não queria imaginar que Tojo se tornara sua inimiga. Não queria acreditar que ela a odiasse. Até aquele momento.

Por ter sido ignorada naquela manhã, esse desejo se esvaneceu.

— Kokoro-chan...

A professora Kitajima segurou seu braço. Kokoro soltou um leve gemido ao sentir a força da mão da professora. Ela começou a chorar desesperadamente. A professora largou seu braço e se aproximou de seu rosto.

— Você não deve se preocupar! — falou ela, desta vez acariciando o braço de Kokoro, o que a tranquilizou. — Não se preocupe. Sanada colocou a carta na sapateira a conselho do professor Ida. Tojo não está envolvida nisso. Na realidade, foi Tojo quem me contou o que estava acontecendo com você. Acredite em mim! — pediu a professora. Sua voz era convincente. — Acredite, Kokoro-chan, acredite.

Uma exclamação de surpresa ficou presa na garganta de Kokoro.

— Foi Tojo quem nos contou sobre você e Sanada — falou a professora.

Na realidade, até mesmo Kokoro estava convencida de que as meninas mais próximas de Miori Sanada não falariam a verdade. Ninguém a trairia.

Mas, com Tojo seria diferente...

— Ela deve ter ficado tão surpresa de ver você de repente que ficou sem reação e não falou nada. Porém, confie em mim. Tojo está preocupada com você. De verdade!

Kokoro continuava a se perguntar o motivo.

Se estava preocupada, por que a teria ignorado?

Em parte, ela sabia a resposta.

Tojo se sentia culpada.

Mesmo ciente do que acontecia com Kokoro, ela não a ajudou. Provavelmente estava no grupo que cercou sua casa. Mesmo estando junto, ela não moveu um dedo para fazer as meninas pararem. Entre todas que a atacaram, talvez houvesse apenas uma que se sentia verdadeiramente culpada. A ideia dessa possibilidade serviu para aliviar um pouco a opressão que Kokoro sentia.

— Kokoro-chan — falou a professora docemente para Kokoro que parara de chorar. — Chega de lutar!

Chega de lutar.

Aos ouvidos de Kokoro, as palavras soaram como as de uma língua estrangeira que ouvia pela primeira vez.

Kokoro ficou feliz quando um tempo antes a professora Kitajima reconheceu que ela "lutava". Porém, as palavras agora tinham uma ressonância incomparavelmente mais suave do que a daquela época.

Ela observava calada a professora.

— Tanto eu quanto sua mãe estamos cientes do quanto você tem se esforçado. Concentre-se apenas naquilo que gostaria de fazer. Você não precisa mais lutar!

No instante em que ouviu essas palavras, Kokoro fechou os olhos. Não sabia como responder. Apenas assentiu uma única vez.

Na realidade, nem sabia o que desejava fazer.

No entanto, a ideia de não precisar mais lutar trouxe-lhe uma sensação de paz praticamente envolvendo seu corpo.

Nesse momento, enfermeira voltou.

— Com licença... — Na cama, Kokoro ouviu a voz tímida proveniente da entrada. — O professor Ida informou que virá ver Anzai-san...

Kokoro cerrou os olhos. Com força. Quando os abriu, se sentiu mais forte por dentro. Encarou a professora Kitajima que a observava.

— Quero voltar para casa.

A professora assentiu.

— Ok, vamos fazer isso — concordou a professora, encarando Kokoro.

A MÃE VEIO DIRETO do trabalho até a escola para buscar a filha. Aparentemente, a encarregada da enfermaria ligara para ela avisando do desmaio.

Kokoro queria se desculpar por estar retornando para casa pela manhã, após ter afirmado que iria à escola, mas a mãe não comentou nada.

Ao voltar da escola, Kokoro apenas se estendeu com calma no sofá da sala de estar. A mãe não voltaria a trabalhar nesse dia e sentou ao lado da filha, calada.

Cerca de meia-hora após chegarem em casa, a professora Kitajima apareceu.

Ela trouxe de volta a bicicleta que Kokoro usou para ir à escola. Vendo o selim, Kokoro se sentiu mal por seu pai o ter limpado.

Nesse dia, a professora entrou e conversou com Kokoro.

Ela explicou que, pela manhã, Tojo estava na entrada porque aparentemente havia passado no hospital por estar com sintomas de gripe.

Ela contou apenas isso sem tocar em outros assuntos.

Nesse ponto, de súbito um pensamento cruzou a mente de Kokoro.

O professor Ida desejava um encontro entre ela e Miori Sanada, mas será que a professora Kitajima não queria que o encontro fosse entre ela e Tojo?

A mãe parecia saber da carta de Miori Sanada quando a professora a contatou. Ela pediu a Kokoro para subir para o quarto e por um tempo ela e a professora conversaram a sós. Deixando-as para trás, Kokoro respirou fundo.

Olhou para a escada que conduzia a seu quarto.

Mesmo tendo voltado, ela teve medo de ir logo até lá.

Porque o espelho estava lá.

Não há nenhum aluno com esse nome.

A enfermaria não parecia estar mentindo.

Não havia um aluno chamado Haruka Ureshino. E ela falou que tampouco havia um com esse nome no oitavo ano.

Naquele dia, Kokoro foi a única aluna em evasão que a professora Kitajima recebeu aviso de que iria à escola.

Não havia razão para tanto a enfermeira quanto a professora estarem mentindo quanto a isso.

Sendo assim, os dias passados dentro do castelo até aquele momento teriam sido apenas uma ilusão dentro de sua cabeça? O espelho não brilharia mais?

O castelo abre diariamente das nove da manhã às cinco da tarde.

Em breve o espelho deveria estar brilhando hoje também.

Kokoro subiu as escadas e abriu resoluta a porta do quarto. Olhou para o espelho. E, calada, engoliu em seco.

Ele brilhava.

O ESPELHO ESTAVA PRONTO para acolhê-la. A luz iridescente sem dúvida brilhava ali acompanhada por um senso de realidade que não era nem ilusão nem desejo.

Kokoro lembrou o que todos haviam combinado antes.

Se acontecesse algo na escola, deveriam se refugiar na enfermaria.

Se não fosse possível na enfermaria, na biblioteca.

Se não fosse possível na biblioteca, na sala de música.

Se todos esses locais fossem inviáveis, a princípio, o jeito era fugir.

Fugir da escola para casa e, de lá voltar, ao castelo através do espelho. Foi o combinado.

Conforme acertado, o espelho a chamava.

♦

A MÃE E A professora Kitajima conversavam no térreo.

Kokoro não sabia quanto tempo duraria a conversa entre as duas. Ignorava se nesse ínterim a mãe a chamaria.

Se Kokoro não respondesse, elas desconfiariam e talvez viessem procurá-la. Porém, a vontade de atravessar o espelho era mais forte.

Desejava confirmar que não se tratava de sonho ou ilusão.

Ao pousar a mão sobre o espelho, a palma se ajustou perfeitamente, como se fosse absorvida na superfície, igual às vezes anteriores. Os dedos afundaram dentro da luz.

Todos estão lá, falava para si.

Estava sereno do outro lado do espelho.

De todos, apenas o seu estava iluminado.

Entendeu que não havia ninguém no castelo.

Estariam todos ainda na escola? Ou hoje não foram e permaneceram em casa? Ao olhar para o espelho de Masamune refletindo calmamente as escadarias do salão, foi tomada por uma sensação insuportável.

Venha, por favor!

Eu imploro: venha!

Ela foi à escola. Realmente foi se encontrar com Masamune. Ela não o traiu.

Kokoro se dirigiu à sala de jogos.

O castelo existia com certeza.

Ela tocou nas paredes. A sensação das pontas dos dedos dos pés afundando no tapete macio era real. Impossível ser uma ilusão.

Afinal, o que é este local?

Sentindo-se perdida, ela voltou a prescrutar o interior da sala.

A lareira sem uso. A cozinha e a sala de banho que também não podiam ser usadas. Apesar de todas as instalações, não se pode acender fogo e não há água corrente. É como os brinquedos com os quais brincava quando criança. Ali era um castelo de brinquedo onde crianças se reuniam.

Vagando sem rumo, acabou parando na sala de jantar.

Estendeu a mão para a lareira de tijolos no centro do cômodo. A sensação de frieza apenas confirmou que era real.

Lembrou-se de súbito da chave do desejo.

Dentro da lareira. Ocorreu a ela que, em uma das primeiras vindas ao castelo, descobrira ali a marca de um x. Teria ela algum sentido?

Pensando nisso, espiou dentro da lareira. Estava como antes. O x do tamanho da palma da mão desenhado ainda estava ali.

— Kokoro.

Ela se sobressaltou ao ouvir uma voz vindo de trás dela. Ao se virar, viu Rion de pé.

— Rion…

— Que susto! Seu espelho estava brilhando, mas não encontrei você na sala de jogos… Então, como foi? Conseguiu se encontrar com Masamune e os outros sem problema?

Rion parecia de bom humor. Kokoro olhou fixamente para o rosto dele.

Ele era real.

Rion era de carne e osso. Não era uma ilusão fabricada por sua mente. Estava diante de seus olhos, vivo, se movendo, falando.

— Não consegui — respondeu ela, sentindo a voz soar como a de um fantasma. Rion tinha uma expressão de surpresa esculpida no rosto. Kokoro não sabia explicar direito. — Não sei como, mas não pudemos nos encontrar. Eles não vieram. Mas não é só o fato de não terem vindo. Os professores falaram que na escola não tem alunos chamados Masamune e Ureshino.

— Hã? — Rion franziu o rosto. — O que isso significa? — Sua voz era leve e isso aliviou a tensão de Kokoro. — Que história é essa? Eles mentiram? Falaram que são da mesma escola.

— Não são.

Kokoro também havia pensado nisso. Porém, a explicação era insuficiente para explicar um monte de coisas. Primeiro, eles não tinham motivos para mentir.

— Não entendo — falou ela com a respiração entrecortada.

Ela não podia continuar ali muito mais tempo. A conversa entre a mãe e a professora Kitajima poderia terminar a qualquer momento e ela seria chamada.

Rion deve ter sentido o ar impaciente de Kokoro. Ele se manteve calado.

— Preciso ir — falou com relutância. — Minha mãe está em casa hoje. Se eu não voltar, ela vai achar estranho.

Ela olhou para Rion.

— Foi bom encontrar você. Eu me perguntava se tudo o que vivi aqui até agora não seria uma ilusão de minha mente. Fico feliz em ver que você é real.

— Do que você está falando, afinal? — Rion estava perplexo. A breve explicação de Kokoro não devia ter sido satisfatória para transmitir tudo por completo. Ela se lamentava por tê-lo deixado confuso. — O que é este lugar? O castelo, a senhorita Lobo. O que é tudo isso?

Apesar de precisar ir, sua voz demonstrava que relutava em partir. Na realidade, ela desejava chamar a senhorita Lobo de imediato e questioná-la. Queria que ela se explicasse.

— Também sinto que tudo é falso — falou Rion. Sua voz era baixa, como se murmurasse.

— É?

— A senhorita Lobo. Ela nos chama de Chapeuzinhos Vermelhos.

Kokoro não entendeu aonde Rion queria chegar. Ele ergueu o rosto.

— Também preciso ir — falou ele. — Dei uma fugidinha no intervalo do jogo de futebol. Sabia que hoje era um dia decisivo para todos. Vim só para ouvir um pouco sobre como havia sido o encontro fora do castelo.

— Que horas são agora no Havaí?

— Mais ou menos cinco e meia da tarde.

Apesar de Rion ter seus compromissos diários, ele se preocupou com Kokoro e os outros no Japão. Ao pensar nisso, Kokoro sentiu a tensão relaxar.

Ela precisava voltar.

Neste momento, sentiu uma vontade repentina de perguntar algo. Eram raras as oportunidades de conversarem só os dois. A vontade surgiu ao pensar que teria de retornar para o mundo do outro lado do espelho, onde ela não poderia encontrar com todos.

— Se fosse você, o que faria?

— Quê?

— Se você encontrasse a chave do desejo?

Ela não pensara profundamente na pergunta. Na realidade, apenas sentia certa inveja, pois achava que um garoto tão gente boa não deveria ter nenhum desejo urgente que quisesse realizar.

No entanto, nesse momento os olhos de Rion pareciam vidrados e distantes.

— O meu desejo é...

Kokoro não pretendia ouvir o teor do desejo. Porque, se Rion realizasse o desejo com a chave, isso significava que todos perderiam as memórias daquele lugar. Ela lembrou de Rion afirmando que, se fosse para perder a memória, ele preferiria não ter a chave.

Porém, Rion prosseguiu.

— "Por favor, traga minha irmã de volta para casa!"

— Quê?

Talvez, no fundo, ele não tivesse intenção de colocar seu desejo em palavras. Os dois se entreolharam. Rion mordeu os lábios, como se estivesse surpreso com a própria revelação.

Kokoro permaneceu em silêncio. Ela não sabia o que perguntar.

Rion parece ter percebido. Ele abriu um leve sorriso complacente.

— Minha irmã morreu no ano em que entrei na escola primária. Estava doente.

Kokoro permaneceu em silêncio. Lembrou que Rion havia mencionado tempos atrás que tinha uma irmã mais velha. Foi quando falaram um para o outro como suas famílias eram constituídas. Kokoro perguntou se ela morava no Havaí, e ele respondeu que ela estava no Japão.

Kokoro continuava a observar Rion sem falar uma palavra.

— Desculpe. Sei que é constrangedor ouvir esse tipo de coisa. Mas não falei esperando alguma palavra de conforto, não se preocupe.

— Uhum. — Kokoro meneou a cabeça. Com intensidade.

Não era algo que Rion precisasse se desculpar. Ao contrário, ela sim devia se sentir mal por não conseguir falar nada naquele momento, apenas meneando a cabeça. Ela não sabia se devia perguntar algo.

Não sabia se Rion desejava conversar sobre a morte da irmã ou não.

Apesar de não conseguir lhe transmitir esse seu estado de espírito, Rion abriu um sorriso discreto antes de prosseguir.

— Se existir mesmo a tal chave do desejo e minha irmã puder voltar de verdade para nossa casa, talvez eu a use. Isso se me falarem que qualquer desejo pode ser concedido.

— Entendo.

— Eu não falava sobre isso há tempos. Não é um assunto fácil de abordar e nunca cheguei a comentar com meus colegas da escola no Havaí.

Kokoro ficou paralisada ao ver como Rion ficou um pouco constrangido após ter feito a revelação.

Sentiu o peito apertado.

Que ser humano insignificante eu sou, pensou.

Diante do desejo de Rion, sua questão com Miori Sanada era irrelevante. *Que desejo completamente fútil eu tive até agora!*, pensou. Sentia como se seu coração murchasse e rangesse.

Se o desejo de Rion puder ser realizado, não me importo de abrir mão do meu. Se a irmã puder voltar para a família, eu desejo que o desejo dele se realize, pensou com sinceridade.

— Você vem amanhã? — perguntou Rion.

— Claro — respondeu Kokoro.

No momento, ela só conseguia pensar em se encontrar com todos no dia seguinte.

Mal podia esperar para confirmar se eles todos existiam de fato e se falariam com ela.

♦

Ela ficou impaciente o dia inteiro.

Amanhã todos estarão no castelo, com certeza. Ansiando por isso, Kokoro esperou.

No dia seguinte, atravessou o espelho para ir ao castelo onde todos já estavam reunidos. Exceto Masamune e Rion.

Apenas Rion com seus horários diferenciados não podia ficar todo o tempo no castelo. A ausência de Masamune, porém, era bastante significativa. Porque, desde o segundo período, todos estavam presentes com quase cem por cento dos dias.

— Kokoro...

Foi Aki quem primeiro se expressou ao ver Kokoro entrar na sala de jogos. Percebeu pela expressão que ela parecia meio zangada.

E era assim também com Ureshino, Fuka e Subaru.

Com ar de que já haviam conversado, eles observaram calados Kokoro entrar. Aki olhava para ela. Encarou-a. Por fim, perguntou.

— Por que você não veio?

Num átimo Kokoro fechou os olhos. Ela previa isso.

Sabia que a pergunta seria feita. Porém, o choque ao ouvir as palavras foi maior do que imaginara.

— Você está enganada! — gritou. Ela respondeu encarando Aki. — Eu fui. Conforme combinamos.

Nesse momento, uma dúvida de súbito lhe atravessou a mente.

E se todos eles tivessem se encontrado?

Com exceção dela, todos puderam se reunir na enfermaria sem problemas. Teria sido simplesmente isso? Se assim for, todos deviam considerá-la uma traidora.

Esse pensamento desagradável congelou seu coração.

Os olhos de Aki se estreitaram. Ela olhou para Fuka.

— Todos falam o mesmo, não? — declarou ela.

— Quê?

— Fuka e Subaru falaram a mesma coisa...

Kokoro engoliu em seco. Sem palavras, olhou para Fuka e Ureshino, que concordaram. Ureshino tinha o rosto enrubescido.

— Eu também fui.

Kokoro sentiu a tensão nos ombros relaxar.

Ureshino foi à escola, apesar de tudo o que acontecera entre ele e os colegas de turma no início do segundo período.

Apesar de tudo, ele não deixou de ir. Isso deve ter demandado uma imensa coragem de sua parte.

— Eu também.

— Eu também.

Com algum atraso, Fuka e Subaru acrescentaram.

— Mas não consegui me encontrar com vocês — declarou Fuka.

— Nossa — exclamou Kokoro sentindo vontade de fechar os olhos.

Então foi isso.

Todos passaram pela mesma situação.

Assim como Kokoro, com certeza eles foram no dia anterior à escola, mas, por algum motivo, não puderam se encontrar.

— Me informaram que no sétimo ano não tem nenhuma aluna chamada Kokoro — falou Ureshino.

Kokoro levou um susto. Ureshino olhava para ela como se visse um ser alienígena.

— Apesar de também estar no sétimo ano e ser um nome incomum... Perguntei a um professor que passava, mas ele me garantiu que não tem nenhuma aluna com esse nome.

— Eu também perguntei se não havia um aluno no sétimo ano chamado Haruka Ureshino.

Ureshino franziu o rosto.

— E você se lembrava de meu nome? — murmurou ele de mau humor, algo que não combinava com o clima.

Obviamente Kokoro não estava nem aí para isso naquele momento. Quando lhe falaram que não conheciam Ureshino, logicamente ela ficou chocada, mas ainda mais agora ao saber do absurdo de terem afirmado não haver nenhuma Kokoro na escola.

Era inacreditável, mas naquele momento ela até cogitava haver essa possibilidade. Afinal, ela experimentara isso na prática na véspera.

— Eu estou aqui!

— Eu também. Estou no sétimo ano da Escola Fundamental Yukishina nº 5 — replicou Kokoro a Ureshino.

Subaru, de braços cruzados, interveio.

— Eu idem. Fui até a minha sala do nono ano. Por mais que o tempo passasse, Masamune não aparecia. Fiquei preocupado. Fui até a turma seis do oitavo ano, a dele. Mas, ele não estava.

Ao ouvi-lo todos silenciaram.

— Que merda é essa? — perguntou Aki, sem se dirigir a um interlocutor específico. Ela passava os dedos pelos cabelos como se estivesse irritada. Kokoro finalmente percebeu que a cor dos cabelos de Aki haviam mudado.

Os cabelos castanhos-avermelhados voltaram à cor preta. Quer dizer, ela os pintou dessa cor.

Ela deve tê-lo feito dois dias antes, ao retornar à noite do castelo para ir à escola.

Aki não mentira. Assim como Kokoro, ela estava bastante determinada a ir à escola e o fez.

— Apesar de eu não querer me encontrar com as garotas do clube de vôlei...

Com o rosto franzido de frustação, Aki murmurou isso sem refletir muito, como num sussurro. Seu murmúrio doía no coração de quem a escutava.

Pela primeira vez Kokoro a ouvia falar sobre o clube de vôlei. Em mais de seis meses, ela não comentara absolutamente nada. Ouvir sua voz em um momento como aquele foi de cortar o coração.

Clube de vôlei? Miori Sanada era um membro.

Será que Aki já frequentava a escola quando Sanada entrou no clube? Aki, que estava tão próxima de Kokoro, podia até ser uma *senpai* de Sanada.

— Vamos perguntar à senhorita Lobo? — sugeriu Fuka. Seu tom de voz era moderado.

Todos os olhos se voltaram para ela.

— Eu não posso acreditar — ela prosseguiu. — Não podermos nos encontrar apesar de sermos todos da mesma escola? Ela poderia nos dar uma luz? Talvez não, já que ela é perversa e não costuma abrir o jogo.

— Tudo bem, mas antes disso precisamos conversar com Masamune, não? — perguntou Subaru.

Ele estava coberto de razão. Todos olharam espontaneamente para o console de videogame deixado por Masamune.

— Ele não veio hoje... Talvez não tenha podido se encontrar ontem com a gente. Não é?

Na realidade, eu gostaria de fazer uma consulta. Bem... será que vocês não podem vir apenas um dia no terceiro período da escola? Só um dia. Realmente, basta um dia.

A festa de Natal em dezembro.

Kokoro lembrava que Masamune os consultara num tom de voz tímido. Por mais orgulhoso que fosse, providenciou presentes de Natal e, pensando como ele deve ter se sentido ao transmitir isso a todos, Kokoro sentiu o coração apertar de novo.

Apesar de seu pedido sincero, ninguém apareceu.

Como Masamune se sentiu ao perceber que ninguém estava na escola?

— Ele deve ter entendido errado, não? — indagou Fuka. Seu olhar era tristonho. — Deve ter imaginado que nenhum de nós lhe prestou apoio.

— Também acho. E por isso não apareceu hoje. Eu me sinto mal com isso.

— Talvez tenha sido apenas coincidência ele não ter vindo! Quem sabe à tarde ele não aparece? — falou Subaru.

Ureshino meneou a cabeça.

— De repente, ele foi à escola, mas os outros alunos o chutaram e espancaram. Como fizeram comigo.

Era incrível como Ureshino conseguia falar dessa forma sobre seus ferimentos sem expressar rancor. Kokoro sentiu que o seu jeito alegre serviu para abrandar um pouco o ar pesado ao redor, mas todos mantinham a atenção fixada na porta de entrada.

Masamune não emergiria do espelho e apareceria vindo do salão das grandes escadarias a qualquer momento? Era o que esperavam.

Porém, não havia sinal dele.

Era doloroso pensar sua ausência como a expressão de sua raiva silenciosa.

Embora ninguém falasse, todos ansiavam pela vinda de Masamune.

Ao meio-dia todos voltaram para casa para o almoço e ida ao banheiro e depois retornaram para permanecer no castelo até próximo ao fechamento às cinco.

Ficaram no castelo à espera.

A certa altura, parecia que alguém estava vindo e, espantados, todos os rostos se ergueram, mas quem surgiu do outro lado do corredor foi Rion.

— Cadê Masamune? — perguntou ele casualmente. Foi aflitivo ouvir.

— Não veio — respondeu Subaru.

Não apenas Kokoro, mas todos explicaram a Rion o que acontecera no dia anterior.

— O que faremos se ele não vier mais? — perguntou Kokoro apreensiva ao final do dia.

— Não se preocupe — falou Subaru. — O cara vive em função dos videogames. Pelo menos ele voltará para pegar o console! — comentou olhando para o videogame colocado no centro da sala de jogos.

— Realmente. Deve ser assim mesmo — concordou Kokoro.

Porém, Masamune não apareceu.

Não apenas nesse dia, mas tampouco no dia seguinte. Nem no seguinte. Nem no seguinte ao seguinte. Por um longo tempo.

Fevereiro

Masamune não veio ao castelo durante o mês de janeiro. Quando todos achavam que o garoto não voltaria nunca mais, ele reapareceu no início de fevereiro.

♦

Ele cortara o cabelo tão curto que Kokoro, por um instante, imaginou que fosse um novo membro do grupo que vinha pela primeira vez.

Masamune chegou antes de todos, sentou-se no centro da sala de jogos e ficou jogando, como se nada tivesse acontecido.

— Masamune! — exclamou Kokoro ao vê-lo, paralisada.

— Oi — cumprimentou ele.

Sem desgrudar os olhos da TV, ele ocasionalmente murmurava um "Ah, me ferrei" ou "Vixe" voltado para o monitor que exibia um jogo de corrida.

Sem saber o que falar, Kokoro continuou de pé na porta da sala. Enquanto isso, os outros foram chegando um a um.

Subaru, Fuka, Aki, Ureshino e Rion permaneciam de pé olhando para Masamune.

— Masamune, faz tempo que queríamos conversar com você… — falou Ureshino.

Todos queriam lhe explicar que houve um mal-entendido.

— Nós não quebramos nossa promessa! — Ureshino começou a explicar.

— Óbvio que não. Por que você não foi? Nós cumprimos nossa parte no trato — falou Aki com a voz alterada.

O carro dirigido por Masamune no jogo se chocou desastrosamente na tela e a musiquinha de fundo de *game over* começou a tocar.

— Eu sei disso! — falou ele, enfim olhando para os demais.

Talvez por causa dos cabelos curtos, seu olhar parecia ainda mais penetrante.

— Eu entendi. Vocês foram naquele dia à escola, correto? No dia que eu havia pedido, dez de janeiro — disse.

Todos contiveram a respiração ao ouvi-lo.

— Nunca duvidei que vocês tivessem ido à escola. Vocês jamais fariam isso — continuou.

Kokoro entendia o motivo de ficaram sem palavras ao ouvi-lo. Ela também ficou profundamente emocionada com aquela declaração.

Ela ficou tão feliz, que quase chorou.

Masamune confiava neles.

Não havia necessidade de justificar o mal-entendido.

Talvez tivesse sido como ela naquele dia.

Na enfermaria da escola, ela não pensara nem por um segundo na possibilidade de terem quebrado a promessa. Mesmo achando estranho e duvidando se a própria existência do castelo não seria mera ilusão, ela não duvidou de ninguém.

— Então, por que você não deu mais as caras no castelo? — indagou Fuka.

Masamune desligou a TV. Ele prescrutou o rosto dos outros.

— Fiquei analisando do meu jeito durante janeiro. Embora não tivesse motivos para vocês me traírem, nós não pudemos nos encontrar. Por que isso aconteceu? Refleti muito, mas muito mesmo, sobre isso.

E então…

Depois uma breve pausa, Masamune falou:

— Cheguei a uma conclusão. Acho que vivemos em *parallel worlds*.

— *Parallel worlds*?

— Correto.

Kokoro arregalou os olhos.

Ela não entendia o significado daquelas palavras desconhecidas para ela. Os outros tinham compreendido? Olhando para os lados, todos fitavam perplexos Masamune.

— Ou seja, cada um de nós frequenta uma Escola Fundamental Yukishina nº 5 diferente. Nenhum de vocês está no meu mundo, assim como eu não pertenço ao mundo de nenhum de vocês. Nós sete aqui reunidos viemos de mundos diferentes — explicou ele.

♦

Mundos divergentes...

Kokoro não compreendeu de imediato o significado. Masamune falou em um tom um pouco irritado ao ver que todos se entreolharem visivelmente confusos.

— Pelo visto ninguém conhece nada de animês e ficção científica! Como estão atrasados! No mundo do *sci-fi*, o conceito de *parallel worlds* é algo básico.

— Não entendo bem... Você quer dizer que algo irreal está acontecendo, como em ficções científicas?

— Se formos falar de algo irreal, este castelo é por si só irreal. Bem ou mal, vamos nos acostumar com nossa situação atual que só pode ser explicada por fenômenos paranormais ou fantásticos!

Masamune respondeu irritado à dúvida ingênua de Kokoro.

— Veja bem — explicou se dirigindo a todos. — O mundo em que nós sete vivemos do outro lado dos espelhos do salão parece o mesmo, mas não é! Mesmo havendo a mesma Escola Fundamental Yukishina nº 5 na cidade de Minami, em Tóquio, Japão, há leves diferenças nos personagens e elementos que compõem aquele mundo. Cada um de nós vive em um universo individual.

— Em outras palavras... — falou Aki de braços cruzados e inclinando a cabeça para o lado. — O que isso significa? Que cada um de nós tem uma existência separada?

— Se pensarmos em um videogame, fica mais fácil para entender. — Masamune olhou o console de videogame largado no chão. — Cada um de nós é protagonista de um videogame intitulado *Escola Fundamental Yukishina nº 5 de Minami-Tóquio*. Há sete versões do jogo, não tendo a possibilidade de dois personagens principais coexistirem. Os meus dados são exclusivamente meus. Os de Subaru são só dele. O mesmo com Aki e assim por diante.

Masamune prescrutou o rosto dos outros, um a um.

— No mundo em que eu jogo, obviamente sou protagonista e sou único. Eu não apareço nos videogames de Subaru ou Aki. O mesmo no caso dos outros. Tem só um personagem principal para cada conjunto de dados. Na tela inicial do jogo, é preciso escolher um de nós na hora de jogar.

Masamune cruzou os braços.

— Como é o mesmo software, os mundos parecem similares, mas como o personagem principal é diferente, há um ajuste sutil acompanhando as ações e elementos minuciosos. Mesmo sendo o mesmo software que nos é atribuído, faz sentido pensar que trajetos diversos foram preparados para cada história contida nele.

— Hum. Ainda não consigo entender tudo. — Fuka balançou de leve a cabeça em dúvida. — Mas já ouvi sobre *mundos paralelos*. Em japonês se chamam *heiko sekai*, não?

Heiko sekai.

Kokoro repetia as palavras para si mesma. E aos poucos começou a visualizar algo.

O salão do castelo. Primeiro, lhe veio à mente os feixes de luz irradiando por trás dos espelhos alinhados em frente às escadaria. Para além dos espelhos, estendem-se sete mundos que jamais se interceptam. Isso não muda aonde quer que se vá.

Fuka continuou:

— Isso aparece em um mangá que li um tempo atrás. Nesse mangá, um dos protagonistas tinha a realidade de um mundo paralelo dependendo das escolhas que fez e seus vários *eus* dos diferentes mundos faziam tipo uma reunião de turma. Tinha um monte de *eus* em vários mundos, dependendo das escolhas que o personagem fez na vida: se ele se casou com a namorada, se ele foi em frente desistindo de seus sonhos ou se permaneceu fiel aos seus sentimentos da juventude.

— Exatamente! A essa quantidade de opções, eu chamo de divergências. Os pontos de divergência dos mundos.

Masamune assentiu com vigor.

O exemplo dado por Fuka foi bastante compreensível até para Kokoro.

Kokoro também pensava com frequência como teria sido a realidade em sua vida cotidiana se, em determinado momento, tivesse feito uma escolha diferente da que fez no passado. Caso não tivesse abandonado a escola. Se estivesse em uma turma diferente da de Miori Sanada. Se desde o início não fosse uma aluna da Yukishina nº 5...

A realidade imaginária era mais agradável do que a atual. Quanto mais pensava nessas realidades imaginárias, mais esses mundos pareciam existir de verdade.

— Então, o ponto de divergência entre nossos mundos paralelos seria nossa própria existência. Pensando no exemplo de Fuka, em que, por ter escolhido B ao invés de A, se naquele momento tivesse escolhido B haveria a possibilidade de estar em um mundo diferente. Tem um mundo preparado para cada um de nós: um no qual Fuka está presente, um outro de Ureshino, mais um onde Kokoro está... Pensei inúmeras vezes e acredito ser essa a explicação. Vivemos cada um em um mundo parecido, mas tem pequenas diferenças entre si.

— Mas, então, o que você nos diz da professora Kitajima? — perguntou Kokoro. — Aki não a conheceu, mas tanto Masamune quanto eu nos encontramos com a professor Kitajima do Instituto, não? Isso significa que pelo menos ela existe em todos os mundos, correto?

Ao mesmo tempo que falava, Kokoro se recordava.

Naquele dia, a única aluna que a professora Kitajima soube que viria à escola fora ela. A professora não parecia estar esperando pela presença de Masamune e Ureshino.

— Alguns personagens devem estar presentes em vários mundos, suponho.

Kokoro mordeu os lábios ao ouvi-lo usar a palavra *personagens*. Provavelmente ele a usou devido ao exemplo do videogame, mas para Kokoro, parecia que estava falando de um jardim em miniatura ou algo criado artificialmente.

— Por exemplo, Aki ou Subaru nunca ouviram sobre a existência de um Instituto, não? Logicamente, nunca se encontraram com a professora Kitajima.

— Uhum...

— Ah! — Masamune esperou os dois concordarem. — Por isso, no mundo de cada um dos dois provavelmente não tem um Instituto. Ele simplesmente não existe. É possível que a própria pessoa chamada professora Kitajima não exista em seus mundos ou, se existir, está trabalhando em um lugar diferente. Não seria isso?

Durante o tempo em que se ausentou do castelo em janeiro, Masamune analisou bastante e continuou sozinho a investigar. Talvez tenha pesquisado a fundo nos livros e de outras formas sobre os mundos paralelos.

— Eu sentia isso há algum tempo! Uma suspeita de que a localização da Yukishina nº 5 era um pouco vaga quando falávamos da geografia ao redor dela. Por exemplo: Kokoro, qual o maior local onde se pode fazer compras próximo de sua casa?

— Careo...

Kokoro estava certa de que seria o mesmo para todos. Porém, ao contrário do que imaginava, se espantou ao ver a reação dos outros. Fuka arregalou os olhos.

— Você não vai ao Careo, Fuka? — perguntou.

— Eu vou ao Arco. O shopping com salas de cinema.

— Quê?

Kokoro escutava esse nome pela primeira vez. Careo é um grande shopping center, mas não tem salas de cinemas.

Ao ouvir Fuka, Masamune também assentiu.

— Também vou ao Arco. Por isso, quando Kokoro falou antes sobre Careo, achei que ela tinha se confundido com Arco. Mas pelo visto não foi bem isso.

— Uhum... — assentiu Kokoro ainda perplexa.

Quando ela havia falado sobre Careo? Enquanto tentava lembrar, Aki franziu o rosto.

— Não conheço nem Arco nem Careo. Pensando bem, você me perguntou qual escola primária cursei. Achei estranho quando você falou "Ah, fica próximo do Careo, né?".

— Ah, não...

— E tem também o McDonald's — falou Fuka em voz baixa. — Eu vou muito ao McDonald's do Arco, mas tem algum em frente da estação? Aki e Subaru não falaram algo assim?

— Sim, em frente à estação. Imaginei que fosse algum recém-inaugurado.

Aki e Subaru se entreolharam com ar perplexo.

— Quando ouvi os dois comentarem, como parecia que apenas eu não conhecia, fui até lá conferir. Mas foi estranho não ter nenhum McDonald's. Você sabia, Kokoro?

— Só conheço o McDonald's do Careo.

Por ser um local com grande possibilidade de encontrar alunos da mesma escola, ela quase não ia lá.

— Então, o que me dizem do mercadinho ambulante? — perguntou Kokoro indecisa. — A caminhonete de frutas e verduras do senhor Mikawa não passa pela casa de vocês? Ele vem algumas vezes por semana ao parque perto de casa. Desde que eu era pequena.

Na cabeça de Kokoro uma música ecoou.

A canção "Pequeno Mundo", da atração *It's a Small World* da Disneylândia, a preferida de Kokoro, ressoava pelos grandes alto-falantes da caminhonete.

Ela se lembrava de como se sentia deprimida ao ouvir a música, trancada sozinha no quarto. Depois de começar a vir ao castelo, ela nunca mais a ouviu.

— Não faço ideia do que você está falando. Talvez ele não vá até onde eu moro.

— Mas, Fuka, você estudou na mesma escola primária que eu, correto? Na nº 1. Por isso, imagino que a caminhonete deva circular por aquela área.

Kokoro estava certa de que a casa de Fuka ficava nas redondezas. Apesar de não se encontrarem de fato, ela estava convencida disso.

— Ele passa lá em casa. Toca "Pequeno Mundo", né? — disse Aki.

— Isso mesmo! — falou Kokoro bem alto. — A caminhonete aparece tocando "Pequeno Mundo".

— Minha avó ia com frequência comprar. Para ela era bem prático.

— Ah, essa caminhonete? Acho que também passa perto de casa. Mas não tem música tocando. E não é uma caminhonete, né? Está mais para uma van. Vende verduras e legumes, né? — comentou Ureshino. — Muitas pessoas de idade não podem ir até o supermercado. Ele aparece sempre na minha região. Tem os horários certos, e minha mãe sempre compra lá. Ela não dirige, por isso não consegue ir ao supermercado de carro.

Parece que as características do mercadinho ambulante conhecido por Kokoro e Aki são diferentes do veículo descrito por Ureshino.

— E tem também a questão das datas — Masamune continuou diante de Kokoro e dos outros, que inclinavam as cabeças em dúvida.

— Ah! — Foi a vez de Ureshino intervir exclamando. — Sabe, Masamune. Fui à escola no dia dez de janeiro, conforme você pediu. Não era o dia da cerimônia de início das aulas!

Ele tem razão, pensou Kokoro.

A cerimônia de início das aulas havia terminado em seis de janeiro, uma semana antes. Não havia erro, pois Kokoro confirmou no informe recebido da escola. Na realidade, a cerimônia não foi realizada no dia dez de janeiro.

Enquanto Kokoro pensava nisso, Ureshino fez uma revelação surpreendente.

— Aquele dia foi um domingo, né?

Quê? A exclamação ficou presa na garganta de Kokoro. Com o semblante espantado, ela encarou Ureshino, que também estava atônito. Todos se olhavam confusos.

— Como eu não ia às aulas perdi a noção dos dias e acabei não me dando conta, mas... Quando falei pra minha mãe que iria à escola, ela riu de mim avisando que o dia seguinte era domingo. Achei que todos estivessem enganados, mas, assim mesmo, eu fui. Não pude entrar, mas esperei metade do dia na frente do portão.

— Mentira! — gritou Kokoro instintivamente.

— Estou falando a verdade! — Ureshino apenas revidou sem pensar.

Olhando seu rosto, mesmo Kokoro se convenceu.

Início do segundo período. Ureshino foi à escola e passou por uma situação desagradável. *Se ele passasse pelo mesmo no terceiro período, a ida dele à escola era um sinal de extrema bravura*, pensou Kokoro. Porém, tratando-se de um domingo, a situação era um pouco diferente.

Mas, após pensar nisso mais um pouco, ela se surpreendeu.

Mesmo estando em frente ao portão, devia haver alunos entrando e saindo devido a atividades dos clubes e, obviamente, devia precisar de coragem para ir até lá. Por isso, Kokoro se sentiu envergonhada de ter pensado daquela forma. No fundo, ela gostaria de se desculpar com Ureshino.

— Achando que Masamune tivesse errado em um dia, pensei se deveria ir também na segunda-feira, mas minha mãe avisou que o dia seguinte seria feriado do Dia da Maioridade. Era um feriadão de três dias. Aí mesmo é que não entendi nada.

— Calma lá. O Dia da Maioridade é dia quinze, não? Para mim não era feriado prolongado com um fim de semana. — Foi a vez de Subaru questionar.

— Os dias da semana estão um pouco fora do eixo para todos nós.

Todos piscaram. Masamune continuou:

— Provavelmente domingos e dias de semana são diferentes. Assim como a data da cerimônia de início das aulas e o Dia da Maioridade. No meu mundo, dez de janeiro era o dia da cerimônia, mas para outros não era?

— Seja qual for o dia da cerimônia de início das aulas, o Dia da Maioridade é o mesmo, né? — falou Aki olhando para todos buscando sua concordância.

Subaru puxou de leve o queixo assentindo antes de falar.

— No meu mundo, dez de janeiro foi o dia da cerimônia de início de aulas! O mesmo que Masamune.

Masamune e Subaru se entreolharam.

— Todos se espantaram ao me ver na escola depois de tanto tempo. Porém, ninguém puxou conversa comigo.

— Você aparece de repente com essa cor de cabelo. Cara, eles devem ter ficado apavorados, não?

— Fui até a turma seis do oitavo ano de Masamune, mas o pessoal me garantiu que não havia nenhum aluno com esse nome!

Masamune se surpreendeu com as palavras de Subaru.

— Obrigado — agradeceu ele depois de uma pausa. — Você realmente veio até a minha turma.

— Uhum.

— Valeu.

— Não por isso.

— Então... Com relação a isso... — Fuka levantou a mão relutante e timidamente. — Você afirmou que está na turma seis do oitavo ano, né? — perguntou ela. — Eu sou da turma três. Quando comentei que antes só tinha quatro turmas no oitavo ano, você se irritou, mas confirmei que de fato são apenas quatro!

Procurei por toda a escola a turma seis que você afirma estar, mas ela não existe.

— Até a quantidade de turmas é diferente? — Kokoro sussurrou, pasma.

Mundos paralelos. As palavras de Masamune se tornaram ainda mais críveis. Sem interpretar dessa forma não haveria uma explicação plausível.

— Então...

Uma voz se ergueu em meio ao burburinho de todos que discutiam acaloradamente diferenças aqui e ali.

Era a voz de Rion, que até aquele momento aguardara em silêncio. Qualquer que fosse o mapa da realidade de cada um deles vivendo em Minami-Tóquio no Japão, o mundo de Rion era em Honolulu, no Havaí. Nesse sentido, desde o começo, o mundo dele diferia do dos outros.

Inesperadamente ocorreu a Kokoro que, apesar de Rion e Ureshino terem frequentado a mesma escola primária, eles não tinham lembrança um do outro.

Aquilo foi bem esquisito. Ela deveria ter sentido ainda mais estranheza na época, mas não deu tanta importância, achando ser bem plausível já que se tratava de Rion e Ureshino. Ela concluiu que o mundo ao qual cada um deles pertencia era diferente.

Ao recordar, ela se decepcionou de novo. *Talvez por ter esse tipo de ideias, eu não consigo me enturmar com crianças normais*, pensou.

— Eu sou um cara simples — falou Rion. — Não entendo totalmente histórias complexas como a de mundos paralelos, mas, no fim das contas, isso significa que jamais poderemos nos encontrar fora do castelo?

Todos se espantaram ao ouvir. Calados, o rosto de cada um se enrijeceu. O choque era geral.

— Uhum — concordou Masamune um pouco depois.

O que Masamune estaria sentindo? Foi ele quem pensou durante o mês de janeiro sobre a possibilidade de mundos paralelos e chegou a essa conclusão.

Podemos nos ajudar.

Kokoro se lembrou das palavras dele quando pediu a todos com jeito choroso e olhos sérios para irem à escola.

— Significa que não podemos nos ajudar? — perguntou Rion.

Por um tempo, Masamune se manteve calado. Os olhos dos outros se concentravam sobre ele.

— Ah — respondeu. — É exatamente isso.

♦

Por um tempo, todos ficaram em silêncio.

Ureshino estava de olhos arregalados, como um gato assustado. Aki fazia um beicinho de mau humor, de olhos baixos.

— Então, por que fomos reunidos aqui? — perguntou Fuka, quebrando o silêncio. Todos a fitaram ainda calados.

Ela observava o vazio. Não parecia se direcionar a alguém específico, mas falava numa tentativa de colocar ordem nas ideias.

— Os alunos em evasão escolar da Yukishina nº 5 em mundos paralelos só podem se encontrar no castelo dentro do espelho. Seria essa a situação atual?

— Seria basicamente isso... — assentiu Masamune.

— Até aí eu posso entender. Custo a acreditar, mas como falou Masamune, algo fora do normal está acontecendo desde o momento em que pudemos vir ao castelo — prosseguiu Fuka.

— De fato. É convincente se pensar dessa forma! — falou Kokoro prescrutando o rosto de todos. — Quando soube que éramos todos alunos da Escola Fundamental Yukishina nº 5, realmente duvidei um pouco se teria em uma mesma escola tantos alunos em evasão como eu. Era algo realmente fora do padrão, mesmo em uma escola grande. Mas seria convincente se houvesse mundos divergentes. Se formos os únicos em evasão da escola.

— Não sei se somos os únicos — falou Masamune suspirando em desaprovação. Ele encarou Kokoro. — Escolas são um porre. Não me admiro que uma pá de gente desista de frequentar.

Por acaso calhou de serem muitos? Se em um ano não tiver ausência, em outros chega a ter dois em cada turma. Pode acontecer.

Masamune estreitou os olhos como se estivesse aborrecido.

— Quando há muitas ausências, os adultos desconfiam de problemas no ano ou na turma e logo procuram investigar, mas a questão é diferente quando são apenas dois alunos que não vão. Eu odeio essa tendência de se analisar evasão escolar e *bullying* de uma perspectiva geracional ou social.

— É, realmente, mesmo Masamune e eu estando na mesma turma, cada um teria com certeza os próprios motivos para deixar de frequentar a escola. Teríamos ficado sozinhos em casa pela mesma razão de agora e não porque tivesse algum problema na sala de aula ou outro — falou Subaru com voz gentil.

Ele sorriu para Kokoro que estava com os ombros contraídos sentindo que tinha enfurecido Masamune.

— Seja como for, está tudo bem. Se formos da mesma escola, representantes dos alunos em evasão de diferentes anos.

— O único local onde podemos nos reunir é neste castelo! A sensação é que o castelo fica bem no meio dos nossos sete mundos.

As palavras de Aki serviram para criar uma imagem na mente de Kokoro.

— Sendo assim, por que só podemos nos encontrar aqui? Qual é a finalidade disso? — questionou Aki.

O semblante de Masamune se transformou.

— Com relação a isso… — falou sério. — Em animês e ficções científicas com mundos paralelos, as cenas mais comuns são de desaparecimento de mundos ramificados.

— Desaparecimento?

— Talvez seja mais fácil de entender se imaginarmos uma árvore enorme. Na realidade, muitos mangás são ilustrados com esse tipo de imagens. Alguém tem alguma coisa para escrever?

Fuka tirou da bolsa caderno e lápis. Masamune agradeceu brevemente e começou a desenhar em uma folha em branco.

— Suponham que na origem o mundo fosse uma grande árvore.

Masamune traçou o contorno do tronco da grande árvore e escreveu nele a palavra "mundo".

— A partir do tronco, nossos mundos se dividiram. Por isso, estão agora ramificados. Aqui são os galhos.

Ele desenhou galhos se estendendo do tronco à esquerda e à direita. Sete, ao todo.

— Cada um dos ramos representa separadamente os mundos. No caso, meu mundo, o mundo do Rion, o mundo do Ureshino ou qualquer outro estejamos em Minami-Tóquio. Há casos em que esses mundos se proliferaram demais e é melhor que desapareçam.

— Por quê? — perguntaram Ureshino e Kokoro em uníssono. Os termos "desaparecer" e "desaparecimento" eram inquietantes.

— No caso de desaparecer, o que acontece com as pessoas que estão nesse mundo? Morrem?

— Talvez seja diferente de morrer, mas... Bem, elas somem. É como se nunca tivessem estado lá desde o início.

— Quem decide qual é melhor desaparecer? Quem julga isso?

— Depende do enredo do romance ou mangá, mas... Bem, na maioria dos casos seria por vontade do próprio mundo. Vontade de algum deus, talvez?

Masamune apontou para o grosso tronco da árvore no meio do desenho.

— Quando o tronco julga que os galhos se tornaram pesados demais, decide reduzi-los. Em geral, isso é caracterizado como uma "seleção natural". Significa que, entre os organismos vivos na natureza, restam apenas os essenciais, os mais bem adaptados ao ambiente, enquanto os demais se extinguem.

Masamune ergue o rosto.

— Seja como for, o mundo passa por essa seleção natural e a maioria dos mundos paralelos ficcionais são definidos por meio de seleção. É assim também no *Gate W*.

— *Gate W*?

— Hã? Vocês não conhecem? *GateWorld*. Um videogame do professor Nagahisa, que está vendendo agora que nem água. Pô, não tem como não conhecer!

— Nagahisa?

Masamune se irritou com a voz desconfiada de Subaru.

— Rokuren Nagahisa! O diretor genial da empresa de games Unison.

Conforme falava, suspirou desistindo ao constatar que ninguém parecia conhecê-lo.

— Caramba. Será que tenho de começar do zero? Vocês precisam que eu explique sobre os famosos mundos paralelos? É muita falta de conhecimentos básicos de vocês.

— Eu conheço. É um videogame que virou filme, né?

— Não virou, não. Cara, se você não conhece, é melhor ficar de bico fechado!

Masamune balançou a cabeça em desaprovação à manifestação de Ureshino.

— No caso do *Gate W*, os representantes de diversos mundos paralelos aparecem para lutar entre si. O objetivo do jogo é decidir qual mundo restará, com os mundos que perderem desaparecendo. O vencedor permanecerá como o único "tronco" do universo. Por isso, eles lutam com todas as forças para a continuação do próprio mundo. É esse tipo de videogame.

— Então, isso significa que seria o mesmo no nosso caso? — indagou Subaru.

Masamune deu de ombros.

— Existe essa possibilidade, no meu entender. Estarmos reunidos aqui é algo especial, não? Se formos os sete representantes de sete mundos, seria como uma Cúpula do G7. Deve ser por isso que esperam de nós, representantes, que façamos algo. E então me lembrei da busca pela chave.

Os demais se surpreenderam com as palavras de Masamune.

— Uma chave que torna um desejo realidade me parece sugestivo — continuou ele. — Somente o mundo da pessoa que a encontrar restará, e os demais desaparecerão. Não estaríamos aqui no cenário de um videogame parecido?

— Todos os mundos desaparecerão, com exceção de um?

Desaparecer. A palavra não transmitia a sensação de algo real, e Kokoro continuava com um pé atrás.

A casa de Kokoro que a espera para além do espelho. A mãe, o pai. A escola, embora Kokoro não tenha apreço por ela. A sala de aula real onde estão Miori Sanada e Tojo.

Imaginar que tudo pode desaparecer...

Isso a desagradava. Porém, para sua surpresa, uma sensação repentina brotou em seu coração.

Mas por que não?, pensou.

Se tudo desaparecesse? Talvez fosse uma boa ideia.

Afinal, ela não tinha intenção de voltar à escola. Tampouco conseguia se ver frequentando outra escola.

Sendo assim, talvez fosse bom que tudo sumisse de vez.

Até aquele dia de janeiro em que ela fora à escola, brilhava dentro de si a possibilidade de se encontrar com seus amigos no mundo fora do castelo. Ela agora reconhecia que a possibilidade, como uma luz tênue, iluminava e aquecia tudo o que ela fazia.

Ao compreender que o encontro no mundo exterior seria impossível e confrontada com a realidade de não poderem "se ajudar", ela não sabia mais para qual direção seguir. A existência de todos em algum lugar era como a luz de um farol iluminando os recantos escuros da sua alma.

Kokoro não sabia se os outros pensavam o mesmo que ela ao ouvirem sobre o desaparecimento de seus respectivos mundos. Porém, a perplexidade parecia o ponto em comum entre eles. Há tempos ela não pensava na chave do desejo cuja procura se mostrara infrutífera. Ao lembrar daquilo, a conversa de Masamune ganhou um ar muito mais verossímil.

Todos os mundos desapareceriam, exceto o daquele que encontrasse a chave...

— A senhorita Lobo afirmou que se o desejo for realizado com a chave, a memória de todos será apagada, não foi? Porém, se não encontrarmos a chave e o desejo não for atendido, as memórias continuarão e não esqueceremos o que vivemos no castelo mesmo após seu fechamento.

— Uhum.

— Então, não seria exatamente isso? O mundo de quem descobrir a chave do desejo continua, e os de todos os outros desaparecem em uma seleção natural, mas, se a chave não for encontrada, todos continuam. Os mundos dos setes permanecerão como estão. Ou todos desaparecem. É o que a senhorita Lobo vem repetindo até agora. Estamos aqui para a seleção natural de outros mundos que não sejam os nossos.

— Com certeza — assentiu Subaru.

Kokoro sentia o mesmo. As palavras da senhorita Lobo e as de Subaru pareciam se encaixar perfeitamente.

— Sendo assim, é preferível não encontrar a chave, não é mesmo? — questionou Fuka. — Se pensar que encontrando a chave e realizando o desejo todos desaparecem, com certeza é melhor não a encontrar. Além disso… — os olhos de Fuka levemente se entristeceram. — É melhor ainda que seja assim, já que não podemos nos encontrar lá "fora". Isso significa que, além daqui, nunca mais poderemos nos ver, correto?

Todos se surpreenderam quando ouviram esse sentimento colocado assim em palavras. Fuka baixou o olhar.

— Já estamos em fevereiro. Só vamos poder nos encontrar aqui até o fim do próximo mês. Menos de dois meses. Tudo o que nos restará serão as lembranças de nossos encontros aqui, não? Por isso, quero me recordar para sempre! — A voz de Fuka caiu bem no meio de um círculo de silêncio.

Mesmo Aki, que havia afirmado antes que "não se importava" caso as memórias desaparecessem, hoje permanecia quieta. Ao ser de novo confrontada pelas palavras, Kokoro sentiu vontade de chorar.

Apenas nos restarão estas lembranças.

Não poderemos nos ajudar…

— Tudo bem se os mundos permanecessem intactos, mas como Masamune falou há pouco, e se os mundos de todos desaparecerem? — questionou Subaru.

Kokoro se espantou. Fuka também. Todos pareciam engolir em seco.

— Caso ninguém consiga achar a chave, o mundo de todos desaparecerá. Se isso acontecer, não teremos para onde fugir! Nesse caso, é melhor encontrar a chave e pelo menos salvar o mundo de um de nós.

— Não está na hora de perguntar tudo isso diretamente? — interveio Rion.

— Quê? — Todos ergueram o rosto espantados.

— Você está nos ouvindo, não está? — gritou Rion para o teto. Em seguida, falou se dirigindo ao corredor deserto para além da sala. — Está ouvindo tudo, até essa nossa conversa, não? Apareça, senhorita Lobo!

— Ei. Precisa fazer todo esse escarcéu?

Como se o ar tivesse sido revolvido por uma força invisível, Kokoro sentiu roçar em suas faces uma rajada de vento semelhante a um pequeno redemoinho.

Do espaço retorcido nesse ar suave apareceu a menina com a máscara de lobo.

♦

O VESTIDO CHEIO DE babados era repetição do visual da última vez.

Embora a expressão na máscara de lobo continuasse igual, a sensação era de estava um pouco mais fria hoje. Sapatos de verniz vermelho reluziam como novos.

— Você estava ouvindo, não? Ouviu o discurso de Masamune.

— Bem, não posso afirmar que não estivesse escutando.

A senhorita Lobo falou com o costumeiro tom evasivo.

— É desse jeito, não? — falou Masamune com rispidez. — É como imaginei, certo? Fomos reunidos a partir de mundos paralelos para ser feita uma seleção natural dos mundos. E você é tipo uma supervisora.

Ouvindo isso, o rosto da senhorita Lobo se voltou para Masamune. Ela o observava fixamente, embora sua expressão fosse indecifrável por causa da máscara.

Era como se Masamune a tivesse encurralado. Todos esperavam ansiosos que, encostada contra a parede, ela revelasse a verdade.

— Você está redondamente enganado — a senhorita Lobo meneou a cabeça com tranquilidade.

A tensão percorrendo o rosto de Masamune se dissipou como por encanto. A senhorita Lobo afagou os cabelos, entediada.

— Estava ouvindo e pensando com meu botões como um garoto do oitavo ano pode ter uma imaginação tão fértil. Foi um grande esforço, pena que não passe de pura invencionice sua. Eu falei desde o começo, não? Aqui é o castelo no espelho. Um local onde vocês procurarão uma chave para ter um desejo realizado. Simples assim. Não existe mesmo esse negócio de mundo que permanecerá ou seleção natural.

— Mentirosa! Sendo assim, por que nós só podemos nos encontrar aqui? — Masamune se tornou ainda mais sério. — Tudo bem quanto à seleção natural! Pode até falar que estou enganado. Você só não quer admitir — esbravejou para a senhorita Lobo. — Mas a questão dos mundos paralelos está certa, não? Se não podemos nos encontrar no mundo lá "fora", onde nossas realidades são diferentes, qual seria a outra necessidade para nos reunir aqui? Qual é motivo, além da seleção natural dos mundos?

— "Não poder se encontrar lá fora." Não me lembro de ter falado isso — retrucou a senhorita Lobo distraidamente, com ar de que bocejaria a qualquer momento.

Isso deixou Kokoro e os outros atordoados.

— Então, podemos nos encontrar?

Foi Ureshino quem perguntou. A senhorita Lobo assentiu com um ar de indiferença, como se cumprisse uma mera formalidade.

— Ah, não é que vocês não possam se encontrar.

— Mentirosa! — berrou Masamune. Seu rosto estava visivelmente enfurecido. — Nós não pudemos nos encontrar! — prosseguiu com as faces e as orelhas agora avermelhadas. — Não teve como nos encontrarmos! Apesar de eu ter pedido, todos vieram, mas, mesmo assim, não pudemos nos ver. Como você explica isso?

Masamune franzia o rosto como se estivesse prestes a chorar. Kokoro sentiu vontade de fechar os olhos para não ver. Ela era incapaz de ver um menino chorando.

— Masamune! — exclamou Kokoro institivamente. *Já chega!* — Foi isso mesmo, senhorita Lobo. Nós não pudemos nos encontrar!

— Não é que vocês não possam se encontrar ou se ajudar. Deixem de histórias e prestem atenção. Pensem! Não assumam que eu vá lhes ensinar tudo. Desde o início dei várias pistas para a procura da chave. Muitas, até demais.

Todos se calaram ao ouvi-la. Masamune ainda ofegava, e Kokoro apenas olhava a senhorita Lobo como se tivessem lhe tirado as forças.

— O que você quer dizer com "dicas"? — perguntou Aki.

O rosto da senhorita Lobo se voltou para ela. Depois de ouvir a explicação de Masamune sobre a seleção natural dos mundos, o semblante da senhorita Lobo parecia mais carregado de força e tensão cada vez que ela o movia para olhar alguém.

— O que significa estar dando dicas? — continuou Aki.

— Literalmente o que falei. Há tempos venho dando pistas para vocês encontrarem a chave.

A voz da senhorita Lobo não estava atônita nem irritada. Apenas soava com a mesma indiferença habitual.

— Não entendi nada. Você sempre fala por meio de enigmas. De todos, parece ser quem menos sabe aqui. Fica nos chamando de Chapeuzinhos Vermelhos perdidos e usando essa máscara. Está nos fazendo de idiotas, é o que eu acho.

— Bem, é, na verdade eu os chamo de Chapeuzinhos Vermelhos, mas para mim, às vezes, vocês são iguais a lobos. É inacreditável não terem encontrado nada até agora.

A senhorita Lobo dava sinais de que procurava conter uma risada cínica sob a máscara.

— É exatamente isso. Essa sua maneira confusa de se expressar. É disso que estou falando.

— Vou repetir. Aqui é um castelo no espelho destinado à procura de uma chave para a realização de um desejo.

— Então, tenho uma pergunta.

Rion, com o rosto próximo ao de Kokoro, levantou timidamente o braço. Ele esperou que a senhorita Lobo olhasse para ele antes de prosseguir.

— Procurei com afinco a chave por um bom tempo. Descobri debaixo da cama no meu quarto a marca de um x. Qual o significado disso?

Todos se espantaram e olharam para Rion.

— De início estava crente que fosse sujeira, mas aquilo é nitidamente um x. Você falou que a chave não estaria escondida em um dos nossos quartos individuais, mas o que é aquilo afinal? — prosseguiu Rion.

— No seu quarto também tem, Rion?

Quem falou foi Fuka. Todos os olhares se voltaram desta vez para ela.

— Debaixo da escrivaninha no meu quarto também deve ter um. Pensei que fosse só impressão minha. Achei parecido com um x, mas talvez não fosse…

— Também tem um na sala de banho! — anunciou Subaru.

Ao ouvir isso, eles engoliram em seco.

— Na sala de banhos do espaço comum ao lado da sala de jantar. Achei estranho ter uma torneira, mas não sair água e, quando fui olhar, encontrei. Tem uma bacia na banheira e ao deslocá-la havia essa marca semelhante a um x. Até confundi com arranhões.

Kokoro se espantou.

— Agora que você falou, tem também dentro da lareira...

Kokoro encontrou dentro da lareira da sala de jantar uma marca que deveria ser igual à que os outros falavam. Ela a descobriu logo nos primeiros dias em que veio ao castelo e a confirmou recentemente.

Ela pensou a mesma coisa que Subaru. Achou estranho haver uma lareira em um castelo onde não se pode usar fogo e espiou o interior dela.

— Sala de jantar? Sendo assim... — prosseguiu Masamune com uma voz firme. — Também encontrei uma marca no verão. Fica na cozinha, não? Dentro de um armário.

— Ah, é?

— Ah.

Masamune assentiu com o rosto ainda rígido.

— Pensei que a chave poderia estar enfiada dentro e bati, arranhei, fiz um monte de coisas, mas nada de a chave sair. Por isso também imaginei que não passasse de um arranhão.

Todos se entreolharam. Depois, observaram calados o rosto da senhorita Lobo.

— Isso também é uma dica? — perguntou Aki.

— Deixo isso para vocês decidirem — replicou indiferente a senhorita Lobo. — É como eu falei. Já dei as dicas. O resto é com vocês. Incluindo se o desejo será ou não realizado. Vou prometer apenas uma coisa.

A senhorita Lobo respirou fundo e anunciou com calma.

— Caso algum de vocês realize o desejo, o mundo não vai desaparecer por causa disso. Como falei antes, no momento em que o desejo for atendido, tudo o que se passou no castelo sumirá da memória de vocês. No entanto, isso será apenas um retorno às suas respectivas realidades. Não existe possibilidade do mundo de vocês desaparecer — declarou a senhorita Lobo. — Nem para o bem, nem para o mal — acrescentou.

— Posso fazer mais uma pergunta? — pediu Rion.

A senhorita Lobo virou a ponta do focinho na direção dele. Ele esperou que até ela se virar por completo e perguntou olhando-a de frente.

— Qual é a sua história infantil favorita?

Foi uma pergunta inesperada.

A senhorita Lobo aparentemente não esperava por isso. Depois de um incomum silêncio de espanto, ela respondeu:

— E precisa perguntar? Basta ver este meu focinho para saber. É *Chapeuzinho Vermelho*.

— Entendi.

Kokoro não compreendeu o motivo de Rion ter feito a pergunta. Talvez ele só quisesse pegar a senhorita Lobo desprevenida.

— Mais alguma pergunta? — indagou ela a todos.

Kokoro sentiu que havia muitas coisas a serem questionadas. No entanto, não sabia o que e como perguntar. Mesmo com relação a poderem ou não se encontrar fora do castelo, ela não entendeu a resposta evasiva da senhorita Lobo.

— Espere um pouco! — falou Masamune, mesmo parecendo indeciso sobre o que perguntar. Ele a confrontara com sua hipótese, mas uma vez que ela visivelmente a rejeitou, ele estava sem chão.

— Quando vocês tiverem definido as perguntas, me chamem de novo — anunciou a senhorita Lobo, como se pretendesse abandoná-los. E, de fato, sumiu.

Deixados sozinhos, todos se entreolharam.

— Aquela garotinha falou agora "um retorno às suas respectivas realidades", né? — repetiu Subaru.

Hã? Todos olham para ele. Mas, devido ao seu jeito adulto e indiferente, não soou estranho ele ter chamado a senhorita Lobo de "aquela garotinha".

Subaru olhou para Masamune.

— Os mundos não desaparecerão e não terá uma seleção natural. Ela foi evasiva sobre os mundos paralelos, mas pelo menos ela usou a expressão "respectivas realidades" se referindo a nós...

Isso significa alguma coisa, eu acho. Ela falou algo como podermos nos encontrar, mas a questão real é que os mundos em que vivemos parecem ser diferentes.

A localização e o nome das lojas não coincidem. A data da cerimônia de início das aulas é diferente, assim como o número de turmas. Exatamente como Subaru falou. O mundo em que cada um deles vive é diferente.

— Pessoas de mundos diferentes não podem acessar o outro lado de cada espelho, não? Antes, Ureshino fracassou na tentativa de ir à casa de Kokoro-chan.

— Não traga de volta essa história. Quando foi isso? Não brinca! — Ureshino reagiu, mas Kokoro não viu naquilo nenhuma brincadeira.

Na época, ela chegou a imaginar que a senhorita Lobo criara uma barreira para impedir a passagem de outras pessoas pelos espelhos buscando respeitar a privacidade mútua, mas talvez, na realidade, fosse uma forma de impedir o deslocamento de um residente entre dois mundos. Tudo fazia sentido pensando dessa maneira.

— Ah, agora que você falou, foi realmente isso. Então, para mim, acho que é impossível fugir para um outro mundo — falou Aki, como se o declarasse para si mesma.

Ao ouvi-la, Kokoro também se sentiu um pouco desapontada. *Como seria bom se os outros membros do grupo estivessem todos no meu mundo*, pensou. *Levar alguém para minha escola através do espelho. Como seria bom se fosse possível...*

Por exemplo, às vezes eu sonho.

Em um desses sonhos, uma aluna nova ingressa na turma.

Essa garota é simpática e muito admirada.

É a primeira da turma, brilhante, gentil, atleta, inteligente. Todos querem fazer amizade com ela.

Porém, ao perceber minha presença entre os muitos colegas de classe, o rosto dela se ilumina como o sol e ela abre um sorriso terno. Aproxima-se de mim e me cumprimenta.

— Kokoro-chan, há quanto tempo!

As meninas ao redor ficam surpresas, seus olhares se concentram em mim.

— Vocês já se conheciam?

Éramos amigas e nenhuma delas sabia.

Não tenho nada de especial, não sou atlética ou inteligente. Realmente não tenho qualquer qualidade capaz de causar inveja aos outros.

Mas tive a oportunidade de conhecer essa garota antes de todos. Havia um vínculo entre nós, e ela me escolheu para ser sua melhor amiga.

Para irmos juntas ao banheiro, trocarmos de sala ou batermos papo durante o horário do recreio...

Graças a ela, não estou mais sozinha.

As meninas do grupo de Sanada a querem como amiga, mas ela escolhe a mim.

— Prefiro ficar com Kokoro-chan.

Sempre torci para um milagre assim acontecer.

Mas cá entre nós: milagres assim não existem.

Desta vez, um milagre também não aconteceu.

— Não seria o caso de pedir isso como desejo? — Fuka os assustou com a pergunta.

— Quê? — exclamaram juntas Aki e Kokoro.

— Sim, com a chave do desejo. Pedir para que nossos mundos sejam reunidos.

— Ah...

Todos ficaram perplexos. Depois de um tempo, a ideia começou a crescer dentro deles.

Ela tinha razão. Kokoro se lembrou de a senhorita Lobo ter falado: "Não é que vocês não possam se encontrar".

— Realmente... Talvez seja possível com a chave do desejo fazer com que todos os mundos se juntem...

— Uhum. E assim, poderemos nos encontrar no mundo exterior. Quando a senhorita Lobo falou: "Não é que vocês não possam se encontrar", não seria esse o significado?

— Mas, nesse caso, com o desejo realizado, perderemos a memória, né? Se não nos conhecermos, não fará sentido mesmo sendo um mundo único, correto?

— Uhum. Por isso, devemos desejar: "Por favor, faça com que nossos mundos se tornem um só, mantendo todas as lembranças". Não sei se é possível formular o desejo nesse formato, mas podemos perguntar da próxima vez que encontrarmos a senhorita Lobo.

Talvez a senhorita Lobo tenha usado a forma circunstancial de falar "Não é que vocês não possam se encontrar" por partir do princípio de que eles acabarão perdendo a memória. Tendo chegado a essa conclusão, ela se tornava cada vez mais convincente.

— No entanto, caso a própria chave não seja encontrada, é apenas de uma possibilidade.

Fuka olhou para Masamune. Ele, que até pouco antes explicava várias coisas animado, por ter seu pressuposto rejeitado pela senhorita Lobo, de repente parecia ter se retraído.

— Masamune! — chamou Ureshino.

Masamune ergueu lentamente o rosto.

— Que foi? — A voz se transformara num sussurro.

— Foi bom você ter voltado — declarou Ureshino.

Masamune piscou surpreso ao ouvir. Um piscar rápido, similar ao bater das asas de uma abelha. Ureshino abriu um sorriso.

— Pensei que você não viria nunca mais. E eu não gostaria que nos despedíssemos dessa forma. Por isso, foi ótimo ver você de volta — falou Ureshino rindo. — Sabe, me lembro do que aconteceu no início do segundo período. Mesmo me sentindo acabado, eu vim ao castelo. Na época, você me falou: "Você mandou bem" e pensei que, quando você voltasse, eu também gostaria de falar: "Masamune, você mandou bem!".

O rosto de Masamune se enrijeceu. Suas faces e orelhas se avermelharam e os olhos estavam bem abertos, parecendo reprimir algo. Era como se ele desejasse conter algo que escorreria de seus olhos no instante em que piscasse.

— E como foram as coisas? Foi difícil? — indagou Subaru. — Você vai precisar mesmo mudar de escola?

— A princípio, não deve ter problema durante o terceiro período. Afinal, eu fui à cerimônia de início das aulas — respondeu Masamune ainda com uma voz contida, baixando abruptamente o olhar. — Não consegui encontrar vocês e acabei trombando com colegas de classe que não desejava encontrar. Mas… foi sussa.

— Legal.

De novo, um longo silêncio se impôs.

Masamune ergueu a cabeça. As pupilas sob a franja do cabelo curto ainda estavam voltadas para baixo. Mantendo-as assim, ele falou.

— O pessoal me chama pelo apelido de Fanfamune.

— Como é?

— Fanfamune. *Fanfa*, de fanfarrão, e *mune*, de Masamune.

Kokoro não entendeu o motivo de Masamune falar isso tão de repente. Porém, vendo-o sério, de voz trêmula e cabisbaixo, ela foi incapaz de desviar os olhos. Ele continuou em um tom apressado, meio mal-humorado.

— Falei pra vocês que meu amigo desenvolveu este videogame, não? Foi mentira. Desculpe.

Seus olhos se fixaram nos videogames espalhados pelo chão. Kokoro não era capaz de distinguir para qual deles Masamune olhava. Era algo que ela não tinha prestado tanta atenção, e o mesmo devia acontecer com os outros.

No entanto, Kokoro compreendeu até certo ponto o sentimento que levou Masamune a abordar o assunto naquele momento. Embora fosse algo indiferente para Kokoro e os demais, era importante para ele. Dentro da "realidade de Masamune" essa mentira tinha um enorme peso.

Talvez a causa inicial de ele ter parado de ir à escola esteja ligada a essa mentira.

— Nós compreendemos! — falou Aki.

Embora ela costumasse ser contrária à opinião dos outros, transmitiu a Masamune palavras que representavam o sentimento de todos. A tensão nos olhos dele relaxou.

— Desculpe. — Voltou a se desculpar. — Realmente, me perdoem.

♦

Quando aceitaram que todos residem em mundos paralelos, mesmo sendo algo triste, tornou-se mais fácil passar o tempo juntos.

Porque todos acabaram desistindo.

No fim de março, no próximo mês, iriam se separar de verdade.

O peso do tempo sobre eles aumentou, e Kokoro também começou a pensar em passar os dias restantes no castelo da maneira mais valiosa possível.

Ninguém parecia mais interessado em procurar pela chave. Seguindo o que foi dito por Fuka, "Por favor, faça com que nossos mundos se tornem um só", um desejo realmente bom seria realizado, mas havia neles uma resistência em perderem a memória do que vivenciaram no castelo.

Como sempre, não havia nenhuma perspectiva de encontrarem a chave.

Apesar disso, não conseguiam esquecer que a chave "estava em algum lugar do castelo".

Era o último dia de fevereiro.

Quando todos estavam reunidos na sala de jogos, Aki voltou de seu quarto.

— Ah, falando nisso... — começou ela a falar. — A tal marca de x sobre a qual comentaram. Também encontrei um x no meu quarto. Dentro do guarda-roupa.

— Ah, é mesmo? — exclamou Kokoro. — Então você tem um guarda-roupa no seu quarto? — perguntou em seguida.

— Hã? No seu quarto não tem?

— Não. Tem só a escrivaninha, cama e estante.

— Ah, tem uma estante?

— Uhum. Cheia de livros em inglês e alemão. Como não tem nenhum em japonês, não posso ler nenhum.

— Alemão! Você consegue ler?

— Não consigo. Tem livros nesse idioma com contos dos irmãos Grimm.

Kokoro percebeu já ter dado essa explicação a Fuka. Na época, foi sobre os livros de Andersen.

No quarto de Fuka sem dúvida havia um piano. Talvez o conteúdo dos quartos combinasse com as características de cada um dos ocupantes, ela imaginou.

— Ter um guarda-roupa é chique, bem do seu jeito, Aki--chan, né? — falou Kokoro.

— Quê? — Aki respondeu de forma fria. Não parecia muito alegre. — O que será aquele x? Teria algum sentido? A senhorita Lobo falou que a chave não está escondida em nenhum quarto individual para não ser injusto, mas será que também tem o x nos outros quartos?

— Talvez apareçam outros se procurarmos, não? Quantos foram até agora? Dentro da lareira, debaixo da cama de Rion, dentro do guarda-roupa da Aki...

Com certeza eles falaram que havia também na cozinha e na sala de banho. Diante de Kokoro, que puxava os locais da memória, Aki falou:

— Sabe, não tem problema se o desejo for realizado, né? Quer dizer, se alguém encontrar a chave.

— Hã?

— A gente conversou bastante sobre não desejar que as lembranças se apaguem, mas se a chave for encontrada podemos analisar de novo nesse momento. Não tem problema em ter o desejo atendido, tem?

— Isso significa que você a encontrou?

Kokoro perguntou desconfiada. Aki teria encontrado a chave? Por isso a chave não aparecia? Enquanto pensava, Aki soltou uma risada e meneou a cabeça.

— Claro que não. É apenas uma suposição. Vai que... Mas se eu a encontrar, não tem problema eu usá-la, não? Talvez as memórias desapareçam da mente de todos, mas encontrar a chave é um direito de cada um de nós, correto? Ninguém vai se sentir traído, vai?

Eles permaneceram em silêncio. Depois de um suspiro exagerado, Aki continuou:

— Afinal, se não pudermos nos encontrar no mundo exterior, o que teremos depois de tudo terminar em março serão apenas lembranças. Não dá um vazio por dentro? As lembranças são inúteis. Portanto, não é melhor que um tenha seu desejo realizado?

— Eu não quero que minhas lembranças daqui se apaguem — falou Fuka.

Subitamente o sorriso desapareceu do rosto de Aki, como se tivesse sido enxugado com um pano.

— Que seja. É só uma suposição.

Kokoro não entendia por que motivo Aki teria trazido de volta esse assunto, depois de terem discutido tanto sobre aquilo.

— Se alguém encontrar outro x, avise — falou e foi direto para o quarto.

Todos permaneceram chocados vendo Aki partir.

— Até o fim, Aki-chan age como uma garota problemática... — falou Subaru assim que ela desapareceu.

Kokoro se arrepiou ao ouvir o tom seco de sua voz. Ela se sentiu mal.

— Você não deveria falar desse jeito — exclamou Kokoro de repente. Subaru a olhou espantado. — Não a chame de garota problemática! Não gosto disso.

A razão de Kokoro se sentir mal não era apenas a expressão em si. Foi o fato de Subaru dizer "até o fim". O momento em que não poderiam mais se encontrar ali se aproximava. Era duro para ela ser confrontada com a realidade. Incerta sobre a atitude a adotar, ela também se dirigiu em silêncio para o quarto. Quando vinha ao castelo, na maioria das vezes, encontrava o pessoal na sala de jogos e fazia tempos que não entrava no próprio quarto.

Ela se deitou na cama e observou o teto.

E começou a refletir sobre si própria.

Como Aki comentara, se ela encontrasse a chave agora, o que ela pediria? Até então ela sempre pensara em pedir para que Miori Sanada desaparecesse, mas apenas isso serviria para fazê-la retornar para sua realidade? Para uma época na qual ela ainda não sofria com aquela garota?

Toc, toc. Alguém bateu na porta do quarto.

— Ah… quem é?

— Sou eu.

Era a voz de Subaru. O coração de Kokoro disparou quando se lembrou da rispidez das palavras que dirigira a ele.

— O que foi? — perguntou em voz alta e, às pressas abriu, a porta e saiu para o corredor.

Subaru estava sozinho.

Alto e esguio, as raízes de seus cabelos tinham começado a ficar bem pretas. Ela voltou a pensar que, se não o conhecesse, com certeza não se aproximaria dele com aquela aparência de delinquente juvenil.

— Desculpe por agora há pouco. Eu não deveria ter chamado Aki de garota problemática! Esqueci o quanto eu me sentia mal quando era chamado assim no passado.

— Ah…

Ouvindo suas palavras sinceras, Kokoro se sentiu desanimar. Subaru continuou se desculpando.

— Me perdoe. Foi bom você ter me dado um toque, Kokoro-chan. Eu também me desculpei com Aki-chan!

— Hã? Mas você podia ter deixado pra lá. Ela não ouviu o que você falou…

— Uhum. Mas não muda o fato de eu ter falado.

Isso também era bem do jeitão de Subaru. Era sincero, mas um pouco metódico demais.

— E o que Aki falou?

— Ficou chocada, como você agora, Kokoro-chan. Ela falou que, como não tinha ouvido, eu não precisava ter dito nada, que esse tipo de comportamento só me prejudica e ela não queria ouvir.

— Pois é, bem ao seu estilo, Subaru.

Aki não deve ter se sentido mal ao receber as desculpas de Subaru. Sobretudo porque, apesar de Kokoro o haver repreendido, era inegável que Aki tinha um lado de "garota problemática". Ela própria devia estar consciente disso.

— Obrigado, Kokoro-chan. Fevereiro acaba hoje e não queria terminá-lo com uma sensação desagradável — falou Subaru de novo sorridente.

Metódico demais e com um tipo de comportamento que com certeza lhe prejudicaria. No entanto, Kokoro gostava desse lado dele.

Falta apenas um mês.

O mês da despedida começa.

Março

PRIMEIRO DE MARÇO.

Quando Kokoro chegou, Aki e Fuka já estavam no castelo. E algo raro acontecia, as duas jogavam usando o videogame de Masamune.

— Caramba, Fuka, você é boa mesmo, hein? Vai, dá uma chance pra mim!

— Se liga. Isso aqui é competição.

Depois das conversas do dia anterior sobre realizar ou não o desejo e se era um desperdício apenas as memórias permanecerem ou não, as duas, que deveriam estar chateadas uma com a outra, se entendiam às mil maravilhas.

— Fuka, sabe, sobre ontem… — Aki começou a falar.

Kokoro notou certa tensão no tom de voz de Aki, mas ela própria sentiu dificuldade em falar algo. As duas devem ter conversado e se reconciliado em algum momento do dia anterior? Talvez o fato de Subaru ter ingenuamente ido se desculpar tenha deixado Aki de bom humor.

O MÊS DAS DESPEDIDAS começou dessa forma.

EM BREVE O TERCEIRO período na escola terminaria e as férias da primavera teriam início.

Como haveria mudança de ano, o professor Ida veio até a casa de Kokoro entregar os chinelos e a almofada que ela deixara na escola.

Quando ele veio, os dois tiveram um breve encontro. Kokoro acabara de retornar do castelo.

A mãe ainda não havia voltado do trabalho.

Kokoro se sentia incomodada em encontrar o professor, mas foi bom ele ter vindo em um momento em que ela estava em casa e não no castelo. Ela não desejava ter de dar qualquer justificativa caso ele constatasse sua ausência.

Kokoro ainda estava aborrecida com a carta de Miori Sanada. A professora Kitajima com certeza lhe havia informado. Por isso, ela imaginou que ele fosse se desculpar, mas apenas falou "Oi" quando ela abriu a porta da frente.

Logo depois, ele assumiu a costumeira expressão do "bom professor".

— Você está bem, Kokoro? — perguntou.

Mais do que se irritar ou entristecer, ela ficou pasma. Ela apenas o cumprimentou com um aceno da cabeça.

Não era mera impressão de Kokoro um certo constrangimento por parte do professor Ida.

— Todos esperam sua volta à escola a partir de abril — falou colocando os chinelos e a almofada no chão.

Ela não sentia que o professor pensasse realmente daquela forma. Ele apenas veio à sua casa para mostrar que "visitou uma aluna em evasão" e talvez não se importasse com o que ela decidiria fazer. Se ela fosse à escola, talvez ele se alegrasse por ter um problema a menos entre seus alunos, mas se ela não o fizesse, seria indiferente para o professor. Ela sentia isso nele.

Seja como for, a turma seria outra. O professor Ida não seria mais o encarregado.

A partir da primavera, ela poderia pedir para repetir o ano não cursado. Porém, não desejava isso. Se o fizesse, ficaria em uma situação realmente delicada em relação aos colegas. Tanto os antigos quanto os novos. Temia só de imaginar como seria vista por todos.

Portanto, decidiu avançar para o ano seguinte, o mesmo de Sanada e Tojo.

— Então, Kokoro...

— Sim — assentiu ela com a cabeça.

O professor a olhava como se quisesse lhe falar algo. Ela também sentia que precisava falar algo... Mas, não sabia o quê.

Como ignorava o que o professor sentia ou pensava, o sentimento devia ser recíproco.

Foi nesse momento que ele perguntou:

— Se tiver vontade, não gostaria de escrever uma resposta?

— Como?

— À carta de Sanada.

No instante em que ouviu o nome, ela quase teve um troço. Além da decepção, pela primeira vez na vida, ela se sentia desiludida com alguém. Resistiu arduamente a seus impulsos. Sentia vontade de chorar e de se atirar enfurecida contra o professor. Imóvel, levou as mãos ao estômago procurando reprimir as emoções.

Muito irritada, decepcionada, se ele voltasse a abrir a boca, ela colocaria em palavras tudo o que sentia, por isso preferiu se manter calada. O professor suspirou. Exageradamente.

— Sanada me confidenciou que ela sente como se você a estivesse fazendo de idiota.

Kokoro inspirou brevemente e conteve a respiração. Ela encarava o professor como se vislumbrasse algo inacreditável.

— Do jeito dela, ela se esforçou bastante para escrever. Pense um pouco nisso, ok?

O professor concluiu e saiu. Ouvindo o ranger da porta se fechando, atordoada, Kokoro se manteve de pé no vestíbulo onde a luz externa desaparecera.

A falta de comunicação não estava relacionada ao fato de serem crianças ou adultos.

Lendo aquela carta, ela entendeu que Sanada nunca a compreenderia. Porém, isso não se restringia a ela. Apesar da professora Kitajima afirmar que "aquilo não era possível" e talvez ter reportado ao professor Ida, mesmo assim ele julgou tudo aquilo inadequado e tinha certeza de ter feito a coisa certa.

No mundo dele, a errada era Kokoro.

Quanto mais fraca a posição dela, as pessoas fortes mais se sentiam com a consciência limpa e claramente a culpabilizavam. Porque era impossível saber o que pensa alguém que não frequentava a escola e não expressava sua opinião diante dos professores, então nem valia a pena procurar entendê-la.

Ela sente como se você a estivesse fazendo de idiota. As palavras usadas por Miori Sanada giravam sem parar dentro de sua cabeça.

Lógico que Kokoro a considerava uma imbecil.

Uma garota que só pensa nos próprios namoricos só pode ser considerada uma idiota. É óbvio que será vista como fútil.

Apesar de querer chorar e sentir que isso a aliviaria, ela se irritava por ser influenciada pela lógica perversa da cabeça deles, e as lágrimas acabavam não saindo. De tão frustrada, socou repetidas vezes a parede. O punho cerrado ficou machucado.

Aquela garota roubou o meu tempo, pensou.

O tempo em que eu devia poder ir à escola. O tempo em que eu teria atividades nos clubes extracurriculares e estaria tendo aulas.

Kokoro deixou escapar um suspiro breve e cerrou os dentes. Quando pensava o porquê daquelas pessoas estarem sempre no centro da escola, agindo como se o mundo girasse ao seu redor, ela sentia vontade de arrancar os cabelos.

Por quanto tempo fora assim?

De repente, ela ouve um clique do outro lado da porta.

Ela se assusta com o ruído. O professor já havia partido, então não poderia ser ele. Kokoro não escuta o barulho da moto do carteiro. Provavelmente era Tojo. Talvez ela tivesse vindo entregar o último informe do terceiro período.

Mesmo ouvindo o som, Kokoro espera por alguns minutos. Ela não quer sair e dar de cara com Tojo. *Ah, já que o professor veio visitá-la, ele poderia ter trazido apenas hoje o informe sem precisar depender de Tojo*, pensou.

Ao sair, não havia ninguém diante do portão ou ao redor. Aliviada, Kokoro abre a caixa do correio. Misturado ao informe do ano e um comunicado impresso, há algo incomum dobrado em dois. Parece uma carta.

No destinatário consta: "Para Kokoro Anzai". No instante em que bate os olhos no envelope branco, se prepara para o pior. Isso porque tem o aspecto um pouco parecido com o da carta de Miori Sanada.

Porém, não era dela. No verso constava Moe Tojo como remetente.

Segurando a carta, Kokoro instintivamente ergue o rosto. Num instante ela olha na direção da casa de Tojo, duas mais adiante, mas estava tudo tranquilo, e não dava para saber se havia alguém ali.

Kokoro volta para dentro de casa e, com a porta já fechada, abre o envelope. Suas mãos se impacientam.

Consta na carta um texto bem curto:

Para Kokoro-chan,
Me perdoe.
De Moe

Apenas isso.

Seus olhos leem e releem o conteúdo. Mais do que o *Me perdoe*, ela se atenta à forma como Tojo a chamou.

"*Para Kokoro-chan*"

Lembranças ecoaram de abril, quando as duas haviam acabado de se tornar amigas e Tojo a chamou dessa forma. *Kokoro-chan*. Tinha uma ressonância nostálgica.

Do que Tojo se desculpava? Com que intenção ela escreveu a carta? Kokoro não sabe. Porém, ninguém parecia ter lhe pedido para redigi-la, então deve ter feito de forma espontânea. Aquela frase transmitia isso.

Kokoro recoloca a carta no envelope. Mordendo os lábios, fecha os olhos.

♦

— Sabe, pessoal...

Ao ir ao castelo no dia seguinte, Masamune foi logo falando. Todos o observaram.

— Vou mudar de escola — anunciou de mau humor.

Os demais se calaram, continuando de olhos pregados nele.

— Fui visitar a escola — prosseguiu. — É particular, quase uma hora de casa, mas os filhos de conhecidos dos meus pais estudam lá. Fiz um exame de admissão e ontem saiu o resultado. Fui aprovado.

— É mesmo?

Os outros comentaram num tom indiferente, mas pairava no ar uma sensação de tensão. O ano letivo começaria em abril, já no mês seguinte.

Legal que Masamune tenha decidido voltar para a escola em um ambiente novo, pensou Kokoro.

No entanto, basta ela imaginar alguém começando algo novo para seu coração ser tomado por uma irremediável ansiedade. Não é culpa de Masamune, mas ela fica ansiosa.

— E está bem para você? — perguntou Subaru.

Masamune olhou lentamente e um pouco mal-humorado para Subaru.

— Antes você não tinha vontade de mudar de escola, tinha? Agora mudou de ideia?

— É. Visitei a escola, fiz o exame e tive longas conversas com os professores. Essa nova escola não me pareceu ruim. E como começo em abril, e não a partir do terceiro período, será mais fácil.

— Realmente.

— Na verdade, talvez eu também mude de escola — falou Ureshino.

O olhar dos demais se deslocou para ele.

— Conversei com minha mãe — continuou. — Ela deu a ideia de eu estudar no exterior. Iríamos eu e ela. Meu pai continuaria aqui por causa do trabalho... Não seria para agora, mas ela ficou de pesquisar o assunto.

Ureshino olhou timidamente para Rion.

— Contei sobre o garoto da minha idade que estuda no exterior. Eles ficariam preocupados de me deixar ir sozinho como no seu caso, Rion, mas mamãe falou que se fôssemos os dois não seria má ideia eu estudar fora.

A família de Ureshino devia ter muita grana para logo decidirem algo do tipo.

Kokoro se espantou com a ideia. Estudar fora seria realmente uma mudança drástica de ambiente.

— Quando imaginei que poderia fazer isso, voltei a pensar em como é incrível que você, Rion, more sozinho tendo a mesma idade que eu. Mamãe comentou que foi uma decisão corajosa dos seus pais, que eles próprios não teriam sido capazes de tomar.

— A decisão dos meus velhos não me parece assim tão extraordinária... — retrucou Rion com um sorriso amargo. — Porém, fico feliz por você. Você virá ao Havaí? Ou algum outro lugar? Um país da Europa talvez? Adoraria que você viesse para o Havaí, mas, bem, no fim das contas não poderíamos nos divertir juntos.

— Uhum. Por um instante pensei que eu poderia encontrar você lá. Mas não seria possível, né?

— Realmente. Mas também, sobre o Havaí... — começou a falar Rion.

— O quê? — perguntou Ureshino.

Rion inspirou como se pensasse um pouco e depois balançou com vagar a cabeça.

— Esquece. Ureshino, se você for realmente para o exterior, é melhor aprender bem inglês ou o idioma do lugar! — falou voltando a sorrir amargamente. — Eu me preparei mal e sofri para caramba no início.

— Entendi. Adoraria estudar na sua escola, se você estivesse lá. Se bem que eu não jogo tão bem futebol... Mas o ano letivo na maioria das escolas no exterior começa em setembro, não? Apesar de ser esse o padrão internacional, o Japão está atrasado em relação ao restante do mundo nesse quesito.

Para Kokoro, o jeito descontente de Ureshino se assemelhava com o de Masamune.

— Talvez seja assim, mas não tem o que fazer — replicou Masamune.

— Seja qual for o padrão internacional, nossa realidade é a do Japão, onde devemos estar.

— É... com certeza.

Enquanto Kokoro observava a conversa entre os meninos, alguém a segurou por trás pelos ombros.

— Oh... Que legal ter uma família em que os pais se preocupam tanto. Bem diferente dos nossos pais, né, Kokoro? — falou Aki de súbito, pegando Kokoro desprevenida.

Kokoro ainda não havia conversado seriamente com os pais sobre o que faria a partir de abril. No entanto, o fato de Aki desejar dela uma concordância a deixou desconfortável.

Não é que a mãe de Kokoro não estivesse pensando em nada. Depois de conversar com a professora Kitajima, ela perguntou se Kokoro queria mudar de escola. Ela com certeza não tocou no assunto de imediato em respeito ao sentimento da filha.

No entanto, Kokoro não sabia da situação na casa de Aki e receou lhe contar tudo isso.

Aki e Subaru estavam no nono ano.

Kokoro se perguntava se os dois teriam feito exame de admissão ao ensino médio. Ela não conseguira perguntar a nenhum dos dois.

Não obtendo nenhuma concordância da parte de Kokoro, Aki a encarou mal-humorada.

— Kokoro?

Como mesmo assim Kokoro não se manifestasse, Aki deixou vazar um suspiro exagerado.

— Nós dois vamos repetir o ano a partir de abril, não? — falou então para Subaru.

Kokoro se espantou com essas palavras.

— Vão repetir o ano?

— Uhum. Eu podia ter me formado, mas uma estranha senhora conhecida de minha avó insistiu que eu devia estudar mais um ano e conversou com o pessoal da escola. Para mim era indiferente, mas, bem, eu também não estava pensando sobre o ensino médio e acabei aceitando.

— Você vai repetir o ano na mesma escola? Nada de se transferir para uma escola perto ou algo assim?

A mãe perguntara também a Kokoro se ela desejava trocar de escola. Se Aki repetisse o ano na mesma escola, todos saberiam das circunstâncias. Para Kokoro era uma situação desagradável e impensável. Continuar por mais um ano seria reprisar a situação por que passara.

— Você quer dizer ingressar na Yukishina nº 4? Seria absolutamente impossível, não? Vou continuar na mesma escola!

Enquanto Kokoro refletia sobre a possibilidade, alguém falou:

— A propósito, vou ir para o ensino médio.

Era a voz de Subaru.

Aki, Kokoro, enfim, os demais o olharam em silêncio. Com cara de espanto. Ele falou do jeito de sempre.

— Eu não tinha contado? — perguntou. — Prestei exame de admissão no mês passado. Passei para a Escola de Ensino Médio Industrial de Minami-Tóquio no período parcial.

Era o nome de uma escola de ensino médio industrial pública localizada na cidade. Kokoro ouvira falar sobre o sistema de período parcial. Escolas nesse sistema tinham aulas no turno da noite para pessoas que trabalham durante o dia ou devido a alguma outra circunstância. Algumas escolas têm turnos diurnos e noturnos. Todavia, Kokoro não sabia que a escola de ensino médio de Minami-Tóquio das redondezas tinha esse sistema.

Ela ficou admirada. Nunca sentiu que Subaru estivesse estudando para prestar exames.

— Tem certeza de que nos contou sobre isso?

— Será que não contei?

— Então, você estudou para se preparar?

— Estudei do meu jeito um pouco de antes de prestar o exame. Quando fui a Akihabara conheci um senhor em uma loja de reparo de produtos eletrônicos. Ele me falou que se eu tivesse interesse pelo trabalho, as aulas em uma escola de ensino médio industrial eram quase todas desse tipo.

Subaru olhou para Aki. O rosto dela estava visivelmente vermelho.

Kokoro entendeu perfeitamente como ela se sentia.

Subaru não tinha culpa. Porém, Kokoro compreendeu. Aki estava impaciente e tinha medo. Apesar de não saber como será seu futuro e até quando continuará na situação atual, apenas de ver alguém avançando, o peito ficava apertado.

Mesmo Kokoro, que contemplava ao lado, entendeu as palavras de Subaru como uma traição. Se ele estava estudando, por que não avisou Aki? Ambos estão no nono ano e com certeza era o momento mais delicado em relação ao seu futuro.

Ele nunca demonstrou que estaria estudando dentro do castelo, o que significa que ele fazia em casa? Estava tentando levar vantagem sobre Aki?

Kokoro imaginou que Aki revidaria com palavras duras.

— É mesmo? — falou ela. Sua voz estava inusitadamente calma e as emoções não afloraram.

— Será que poderemos nos encontrar todos no último dia? — perguntou Fuka. — Dia trinta de março. Não é dia 31, mas trinta, não? O último dia é de manutenção do castelo. Foi o que a senhorita Lobo falou, não foi?

— Isso mesmo.

Esse momento estava chegando sem que eles tivessem encontrado a chave e sem qualquer sinal sequer de realização de um desejo.

Porém, Kokoro não se importava caso nenhum desejo fosse atendido.

Os dias em que se ausentou da escola desde maio teriam sido insuportáveis se não fosse pela existência do castelo. Foi ótimo poder conhecer os outros.

Ela levaria consigo apenas as memórias.

A vida de quase um ano no castelo. Os amigos que conseguira e que continuarão apoiando-a. Ela tinha amigos. Mesmo se não pudesse criar novas amizades durante o resto da vida, se lembraria dos companheiros do castelo. Pensar neles seria um estímulo para continuar vivendo.

Isso lhe daria uma imensurável confiança.

— Que tal fazermos uma festa no último dia? — sugeriu Fuka. — Do mesmo jeito que fizemos no Natal. Vamos trocar mensagens. Cada um traz um caderno e nós as escrevemos. Mesmo voltando ao nosso mundo original, a senhorita Lobo deve nos permitir mantê-las.

— Tô dentro — falou Kokoro.

Se a prova de que estiveram ali permanecesse em algum lugar, com certeza isso lhes daria coragem de seguir em frente. Mesmo com um futuro incerto, era preciso guardar uma lembrança do que acontecera.

♦

KOKORO PASSARIA AUTOMATICAMENTE PARA O oitavo ano.

Não que isso a desagrade. Afinal, mesmo que repetisse o sétimo ano, ela se destacaria diante dos olhares por ser a única um ano mais velha. Sendo assim, era melhor passar para o ano seguinte.

— Kokoro, queria conversar com você.

No início de março a mãe falou com ela.

Pronto, lá vamos nós, pensou.

Ela, de certa forma, esperava por essa conversa. Assim como a resistência que sentiu quando Aki deixou escapar o "Bem diferente de nossos pais, né, Kokoro?", ela sabia que a mãe planejava algo tendo abril como linha divisória.

Para discutirem sobre o futuro escolar da filha, a mãe convidou a professora Kitajima.

— Na realidade, o professor Ida também desejava se juntar a nós nesta conversa, mas quando Kokoro desejar, vocês podem eventualmente se encontrar.

A professora Kitajima começou a explicar a situação de maneira bem educada.

Ela explicou que seria possível, a partir de abril, escolher se transferir para uma escola do distrito vizinho, a Escola Fundamental Yukishina nº 1 ou nº 3.

Isso foi possível em caráter excepcional após uma consulta ao pessoal da prefeitura.

Logicamente, Kokoro poderia continuar na Yukishina nº 5, onde estava matriculada. Nesse caso, após inúmeras discussões com a diretoria da escola, ficara decidido que Kokoro e Miori Sanada estudariam em turmas separadas.

Ao ouvir isso, Kokoro se espantou.

— Faremos tudo para que essa promessa seja cumprida — falou a professora Kitajima com o semblante sério. — Colocar vocês duas em turmas separadas no próximo ano é a prioridade absoluta! Os professores prometeram se empenhar na medida do possível, mas prometo que farei tudo ao meu alcance para que cumpram o prometido.

A voz da professora Kitajima soava forte e segura. Inspirava confiança. Kokoro sentiu vontade de falar. Ela sentia a costumeira apreensão de quando estava na sala de aula.

— As amigas de Sanada também irão para outra turma?

— Isso é justamente algo que estou vendo com a escola para providenciar na medida do possível. Você se refere a Toyosaka, Maeda e Nakayama, da mesma turma, não? E também Okayama e Yoshimoto, do mesmo clube de vôlei de Sanada.

A professora Kitajima listou os nomes sem que Kokoro os citasse. Essa precisão a deixou comovida. A professora havia pesquisado e tinha todas as informações.

Kokoro assentiu calada. Depois perguntou.

E não o fez porque lhe desagradasse, mas por estar preocupada.

— E Moe Tojo?

Kokoro não sabia se a odiava ou se podia acreditar em Tojo. Não se importava de tê-la na mesma turma. Ela podia acreditar muito mais em Tojo do que nas meninas cujos nomes foram citados. Ainda mais se fosse verdade, conforme a professora Kitajima falara, que foi Tojo quem relatou a ela o ocorrido entre Kokoro e Sanada.

A imagem da carta recente surgiu em um canto da mente de Kokoro.

Aquela em que Tojo escreveu suscintamente: *Me perdoe.*

— No caso de Tojo… — respondeu a professora em uma voz que soava fria ou ríspida. — Ela vai mudar de escola de novo. Desta vez vai para Nagoia.

— Como?

— O pai dela é professor universitário, sabia?

Kokoro não conseguiu assentir nem piscar.

Na realidade, ela sabia. Em abril passado, quando ambas voltavam juntas da escola, Tojo a convidara para ir à sua casa diversas vezes. Havia muitos livros ilustrados. Na época, Tojo lhe mostrou muitas obras raras importadas. Chegou até a propor que ela levasse alguns emprestado.

— O pai foi transferido a partir de abril para uma universidade em Nagoia. Por isso, Tojo também vai frequentar o oitavo ano em uma escola de lá.

— Mesmo só estando há um ano aqui?

— Uhum. Parece que ela já mudou de escola outras vezes.

Kokoro não sabia o que pensar. A única garota com quem se importava iria se mudar de cidade a partir do mês seguinte. Ela não estaria mais morando a duas casas da sua. Não lhe traria mais os informes e materiais impressos da escola.

Ressurgiu em sua mente o "*Me perdoe*". Quando colocou a carta na caixa-postal, Tojo talvez já soubesse da transferência. O que ela estava sentindo ao escrever aquelas palavras?

— Se quiser visitar a Yukishina nº 1 ou nº 3, é só me falar. Você tem todo o mês de março para pensar! Se tiver interesse podemos ir até lá durante as férias de primavera.

A professora Kitajima sugeriu, apesar do que Kokoro sentia. Seu rosto de repente voltou a ficar sério.

— Gostaria que você soubesse de uma coisa.

— O quê?

— Nem eu nem sua mãe desejamos forçá-la de forma alguma a voltar à escola.

Os olhos de Kokoro se arregalaram. A professora Kitajima prosseguiu.

— A escola não é um lugar para onde se tenha a obrigação absoluta de ir. Mesmo na Yukishina nº 5 ou na escola fundamental vizinha, se você não sentir que quer ir podemos pensar juntas em outras alternativas. Podemos analisar sua vinda para a Sala de Aula do Coração ou ficar em *homeschooling*, educação domiciliar. Há uma ampla gama de escolhas diante de você.

Kokoro olhou para a mãe, que escutava calada ao lado da professora. Talvez as duas já tivessem discutido essas alternativas. Quando seus olhos se encontraram, a mãe assentiu calada com a cabeça.

Ao ver o rosto da mãe, Kokoro sentiu um nó na garganta.

Seu peito apertou, ela mordeu os lábios.

Sempre achara que a mãe se impacientava por ela não frequentar a escola. A mãe segurou sua mão. Ela a apertou forte.

— Vamos pensar nós duas juntas! — falou.

— Obrigada.

Kokoro agradeceu, lutando para conter as lágrimas.

Apesar de alegre, ainda havia algo que a incomodava um pouco.

A mãe e a professora Kitajima estavam preocupadas com o futuro dela. Mas e Aki e Fuka?

— Professora.

— Sim.

— Caso eu continue na Yukishina nº 5, é possível pedir para que o professor Ida deixe de ser o encarregado da minha turma?

Não seria justo ela odiar ou não gostar do professor. Ele era uma pessoa correta.

Mesmo havendo uma diferença de posicionamento entre a escola e o Instituto, talvez a professora Kitajima franzisse a cara ao pedido de Kokoro.

No entanto...

— O professor Ida me pediu para escrever uma resposta à carta de Sanada, que teria dito a ele sentir que eu a estou fazendo de idiota por não responder e isso a estaria incomodando. Mas estou me lixando. Não é minha culpa.

Kokoro não conseguia parar de falar. Sua voz tremia, e ela ignorava se seria de raiva ou tristeza, mas se sentia um trapo. A professora Kitajima olhou para ela.

— Sanada tem seu jeito peculiar de pensar e sentir. Talvez seja verdade que, vendo como você é diferente dela, tenha se sentido incomodada achando que você a julgava uma idiota.

— Mas...

— Mas isso não é algo que você precise compreender agora, Kokoro-chan. A dor de Sanada deve ser resolvida entre ela e as pessoas ao redor dela. Você não precisa fazer absolutamente nada em relação a ela.

A professora e a mãe se entreolharam. Depois disso, ambas voltaram a olhar para Kokoro e assentiram.

— Conversei com o professor Ida — falou ela. — Já pedi a ele para não ser designado como professor encarregado de sua turma a partir do próximo ano.

Kokoro pôde ouvir ressoando, sobrepostas à voz da professora, as palavras que um dia ela pronunciara: "*Você não precisa mais lutar!*".

No momento em que sentiu isso, como se tivesse levado um choque elétrico, de repente teve vontade de falar algo à professora Kitajima.

Professora, ajude meus amigos também, mesmo eles estando em um mundo diferente do nosso.

Seja também aliada de Aki, Fuka, Ureshino, mesmo cada um em seu mundo, para fortalecê-los.

Ela estava ciente de que seria inútil fazer semelhante pedido agora à professora neste mundo. Todavia, desejava isso ardentemente.

A dor de Sanada deve ser resolvida entre ela e as pessoas ao redor dela. As palavras da professora ecoaram fundo no coração de Kokoro. A professora Kitajima provavelmente se tornará alguém "ao redor de Sanada" caso ela busque ajuda, mesmo tendo agido daquela forma horrível com Kokoro. E com certeza ajudará a aliviar o "sofrimento de Sanada" de uma forma impensável para Kokoro. Só de pensar em como era irracional, ela sentia raiva, mas essa era a professora Kitajima e justamente por isso sentia que podia confiar nela.

Ela esperava que todos pudessem ter alguém confiável como a professora ao seu lado. Desejava que essa pessoa se tornasse uma força para seus amigos do castelo. Kokoro poderia se transferir de Yukishina nº 5, mas Aki comentara ser impossível no caso dela. Ao redor dela não havia ninguém que pensasse na possibilidade de ela se transferir para Yukishina nº 1 ou nº 3. O que será de Aki? O que acontecerá com todos eles?

Ela voltou a pensar nisso.

Não poderia saber o que aconteceria com eles.

Com o fechamento do castelo ao final de março, cada um voltaria a seu respectivo mundo e era impossível saber o que aconteceria. De nada adiantaria se preocupar, pois era tudo seria desconhecido para Kokoro.

Ela sentia uma pressão no peito.

Desejava que todos ficassem bem.

Torcia pela felicidade de todos.

♦

A festa de despedida foi marcada para 29 de março, véspera do fechamento.

Até esse dia, Kokoro terminou de visitar as duas escolas fundamentais.

Tanto a Yukishina nº 1 quanto a nº 3 eram menores do que a nº 5, onde ela estava matriculada. O professor que a conduziu repetia termos como "ambiente familiar" ou "pequena dimensão" para caracterizá-las.

Enquanto ouvia, Kokoro teve a sensação um pouco complexa de que os professores acreditavam que "ela não conseguira se adaptar a uma escola tão grande".

Nos corredores que já estavam sem os aquecedores ligados por ser março, mesmo durante as férias de primavera, chegava até ela o som do ensaio da banda de um clube extracurricular e os gritos do pessoal de atletismo correndo pela pista. De vez em quando, se espantava ao ouvir as vozes alegres de conversas e os risos de jovens da mesma idade que ela. Por mais absurdo que parecesse, imaginou se não estariam rindo dela.

As pontas dos dedos dentro dos chinelos, que não calçava fazia tempo, estavam frias. Ainda era incapaz de imaginar que um dia pudesse frequentar aquela escola.

Ela continuava indecisa.

Ainda resistia à ideia de deixar a Yukishina nº 5. Sentia raiva por ter de fazê-lo devido ao ocorrido e tinha uma forte apreensão ao imaginar que não poderia se adaptar à nova escola ou que todos saberiam o que tinha acontecido na escola anterior.

Você tem todo o mês de março para pensar! Apenas isso que a professora Kitajima lhe falara, servia de consolo. Ainda lhe restava algum tempo.

Kokoro ansiava por poder ter algo para anunciar no dia trinta, último dia para se encontrar com o restante do pessoal.

Kokoro decidiu ir ao Careo no dia 28.

Queria comprar doces para a festa do dia seguinte. Não seria má ideia levar bonitos guardanapos de papel como aquele que Aki lhe presenteou certa vez. Agora eram férias de primavera. Ela não precisava se preocupar com o olhar crítico dos adultos mesmo andando na rua. Se não conseguisse chegar ao Careo, seria suficiente ir até a loja de conveniência mais próxima.

Na medida do possível, queria ir também ao castelo. Ela decidira se encontrar com a turma depois de voltar do shopping. Tinha a sensação de que todos teriam o forte desejo de ir ao castelo se pudessem.

Daqui a dois dias não seria mais possível ir.

O fato de não poder mais visitá-lo era inacreditável.

Pensando nisso, ela sorriu amargurada. De início, a existência de algo como o castelo era para ela inconcebível, mas sua forma de pensar mudou radicalmente.

Com a aproximação do último dia, ponderou.

Sem dúvida, Miori Sanada e sua gangue me roubaram o tempo na escola, mas...

Ela imaginava que talvez todas as crianças em evasão escolar neste mundo estivessem sendo convidadas àquele castelo, assim como ela.

Kokoro era uma aluna da escola fundamental, mas, mesmo alunos da escola primária que não frequentam a escola, teriam passado um tempo no castelo com a senhorita Lobo. E se ninguém sabia disso, é porque todos devem ter encontrado a chave e a sala do desejo e puderam ter o desejo atendido, então, acabaram perdendo as lembranças.

Por isso, esse tempo e espaço são preparados para as crianças que não vão à escola.

Desse modo, passar aquele local para as próximas crianças talvez seja algo bastante óbvio. Vendo da perspectiva da senhorita Lobo, o grupo dela seria considerado um fracasso por não ter descoberto a chave, mas, graças a isso, poderiam se lembrar do castelo. Um dia talvez pudessem compartilhar com outras crianças que foram até o castelo e a existência daquele lugar.

Kokoro não pôde ir direto ao Careo. Porque, justo naquele dia, a mãe lhe pediu para receber uma encomenda a ser entregue em casa.

— Por favor, receba a nova planta decorativa que vão trazer hoje pela manhã.

Ao receber o pedido, ela se aborreceu, mas não replicou.

Ficar presa a manhã inteira em casa significava também não poder ir ao castelo. Faltavam apenas dois dias. E ela desejava ir ao shopping.

— Eles devem entregá-la bem cedo pela manhã.

— Entendi.

Kokoro concordou apenas porque não queria que a mãe suspeitasse.

Todavia, a tal planta não foi entregue cedo como previsto. Três minutos para o meio-dia, bem perto da manhã terminar, o rapaz da transportadora apareceu carregando a encomenda e pedindo desculpas pela demora.

Kokoro estava cansada de esperar e, mais do que tudo, de péssimo humor. Praticamente calada assinou pela entrega e considerou que de nada adiantaria mostrar sua irritação ao mensageiro.

Tão logo recebeu a planta, saiu voando com o dinheiro da mesada em uma das mãos, pegou a bicicleta e se dirigiu rápido para o Careo. Até ela voltar, não era certo se daria tempo de ir naquele dia ao castelo ou não.

Cada vez que avistava alguém pelo caminho com aparência de estudante fundamental, ela encolhia o corpo e colocava força nas mãos segurando o guidão.

Devia ter colocado luvas, pensou.

Havia esquecido como o ar de março ainda é gelado.

Mesmo chegando ao Careo, estava confusa sobre fazer compras sozinha. Não sabia direito em que loja comprar os doces e os guardanapos. Quando terminou tudo o que precisava e saiu do shopping, já era por volta das três da tarde.

Na entrada do shopping, não conseguiu olhar diretamente para as placas onde se lia "PREPARATÓRIO PARA ADMISSÃO ESCOLAR" e "INTRODUTÓRIO PARA O NOVO ANO LETIVO". Quando ela veio da vez anterior, estava esperançosa de poder trombar por acaso com Aki, Masamune ou alguém do grupo, mas agora sabia que não poderia se encontrar com eles neste mundo e que, a partir do dia seguinte, poderia nunca mais vê-los.

Bastava olhar ou ouvir algo com uma data de abril para essa sensação aumentar dentro de si. Até mesmo a data de validade no iogurte diário no café da manhã fazia seu peito apertar ao pensar que, naquela data, ela precisava já ter decidido algo e que o castelo não existiria mais.

Na volta, ela pedalou a bicicleta com toda velocidade até chegar em casa. Ao descer dela, justo quando estava entrando na residência...

— Ah!

Seus ouvidos pareceram captar um gritinho e ela ergueu o rosto casualmente, muito casualmente. E foi sua vez de soltar uma exclamação.

— Ah!

Tojo estava ali.

Ela olhava na direção de Kokoro de um local um pouco afastado na calçada em frente à casa.

Nenhuma das duas vestia o uniforme ou a jaqueta da escola. Ao redor não havia colegas de turma e ambas estavam próximas de suas casas.

Tojo estava muito elegante com um sobretudo e um cachecol xadrez enrolado ao pescoço, parecendo muito mais graciosa do que de uniforme. Ela segurava uma pequena sacola de uma loja de conveniência. Talvez também estivesse voltando das compras.

— Tojo...

De súbito Kokoro a chamou. Depois pensou se não seria ignorada. Porém, ao ouvi-la Tojo replicou.

— Kokoro-chan...

Quando ouviu ser chamada, Kokoro se emocionou. Há tempos não ouvia a voz de Tojo. Talvez fosse apenas um capricho dela. Kokoro não sabia se logo Tojo voltaria a agir com frieza, ignorando-a.

— Obrigada pela carta — falou com pressa.

Ela continuou torcendo para que Tojo não afirmasse que a carta fora um erro.

— É verdade que você vai mudar de escola?

— Uhum — assentiu Tojo encarando Kokoro. Seu rosto se tornou sorridente. — O que acha de vir até em casa?

Era inacreditável. Tojo levantou um pouco a sacola que carregava diante de uma Kokoro completamente atônita.

— Comprei sorvete e será um desperdício se derreter. Que tal tomarmos juntas lá em casa?

Fazia quase um ano que Kokoro não entrava na casa de Tojo.

Assim como da última vez, ela teve a impressão de que a repartição dos cômodos da casa era parecida com a da sua. Apesar das paredes, o material das colunas e até o pé-direito serem iguais, os objetos sobre a prateleira da entrada, os quadros decorativos, os lustres e as cores dos tapetes eram todos diferentes. Como a construção em si era a mesma, essa diferença ficava ainda mais aparente.

A impressão de elegância que sentira nos primeiros tempos permanecia, mas o que mudara eram as inúmeras caixas de papelão espalhadas pelo chão. Vendo-as, brancas com a inscrição "Centro de Mudanças", Kokoro sentiu que Tojo realmente iria embora.

Próximo à entrada havia as várias gravuras de contos de fada colecionadas pelo pai de Tojo. Elas ainda não haviam sido encaixotadas.

Eram antigas gravuras originais compradas pelo pai na Europa. Ilustrações com cenas de *Chapeuzinho Vermelho, A bela adormecida, A pequena sereia, O lobo e os sete cabritinhos, João e Maria.*

Quando viera antes, Kokoro as vira distraidamente, mas, desta vez, seu olhar foi atraído para a gravura de *Chapeuzinho Vermelho.* Descrevia a cena em que o caçador aparece quando o lobo está deitado de barriga cheia após engolir a Chapeuzinho e a avó.

Logicamente, ela se lembrou da senhorita Lobo do castelo no espelho.

— Ah, esse desenho — falou Tojo ao perceber o interesse de Kokoro pelo quadro. — Apesar de ser um quadro de *Chapeuzinho Vermelho*, ela não aparece na cena! Falei pro meu pai que era estranho pendurar um quadro com uma cena sem a personagem principal, mas foi o único que ele pôde comprar, não teve jeito. Ele explicou que gravuras com *Chapeuzinho Vermelho* são muitíssimo mais caras e difíceis de adquirir.

— Realmente, olhando apenas a gravura não dá para saber que é da *Chapeuzinho Vermelho*, né? Eu só sei porque você havia me falado, Moe-chan.

A única pista de que se tratava da história da Chapeuzinho Vermelho era a barriga cheia do lobo e a cesta com uma garrafa de vinho virada.

Kokoro percebeu que durante a conversa havia chamado Tojo de "Moe-chan", uma forma mais familiar, mas Tojo não pareceu ver nisso algum tipo de problema. Kokoro se alegrou ao vê-la concordar e sorrir.

— Venha por aqui.

Tojo a levou até a sala de estar. Retirou da sacola da loja de conveniência dois copinhos de sorvete.

— Qual deles você prefere? — Ela deixou Kokoro escolher.

Kokoro preferiu o de morango e Tojo o de macadâmia. Tomaram os sorvetes olhando uma para a outra.

Enquanto o faziam, de súbito Tojo falou:

— Me desculpe, por favor.

Kokoro sentiu que ela reduzira de propósito o tom da voz para que soasse como algo leve. Tojo enfiava a colher várias vezes no mesmo lugar no sorvete. Kokoro sentiu que ela procurava o momento certo para levar o sorvete à boca.

Kokoro permanecia calada, contraindo os lábios. Na realidade, estava muito emocionada.

— Sem problema! — falou acompanhando o tom casual de Tojo.

Kokoro acreditava saber a razão de Tojo se desculpar. Enquanto enfiava a colher rudemente no sorvete, Tojo falou sem a encarar.

— No início do terceiro período, quando nos vimos perto do armário de sapatos, na realidade, eu queria ter falado algo, mas não consegui. Me perdoe. Porque naquele momento as coisas ainda estavam delicadas.

— Delicadas?

Tojo queria afirmar com isso que sentia uma delicada antipatia por Kokoro? Como se preparasse para ser machucada, Kokoro traçou uma linha defensiva no coração, mas de súbito Tojo olhou para ela.

— Uma situação delicada entre mim e o grupo de Miori.

Uma exclamação de espanto parou no meio da garganta de Kokoro.

Bastaram essas palavras para ela conseguir imaginar.

Diante da expressão atônita de Kokoro, Tojo sorriu amargurada.

— Na época, Miori e as meninas começaram a me ignorar e me isolar do grupo de vez. Por isso, se elas soubessem que você estava conversando comigo, mesmo voltando para a sala de aula, talvez você também sofreria *bullying* da gangue de Sanada.

— Por quê?

Afinal, por que as coisas aconteceram daquele jeito? No início do primeiro período, Tojo veio transferida de outra escola, era alegre e amiga de todas e muito popular na sala de aula.

Após pensar um pouco, Kokoro empalideceu.

— Foi por minha culpa? — Ela sentiu o sangue se esvaindo do rosto. — Por que você comentou com a professora Kitajima sobre o que aconteceu entre mim e Sanada? Foi por causa disso?

Por que Kokoro não pensara nisso? O professor Ida também estava ciente do que Sanada fizera, independentemente de sua interpretação do caso ser ou não correta. Com certeza Miori Sanada desejava saber quem teria contado a ele. Era fácil imaginar, pensando um pouco, no que Sanada faria com alguém que a traiu.

— Não é isso! — falou Tojo voltando a espetar o sorvete.

Talvez tivesse dito aquilo para não inquietar Kokoro.

Tojo ergueu o rosto e abriu um ligeiro sorriso. Meneou a cabeça.

— Talvez seja uma parcela da culpa, mas acredito que tenha um motivo bem diferente. Pelo que entendi, elas não iam com minha cara por me achar arrogante, como se as estivesse fazendo de idiotas.

— Fazendo de idiotas…

Era algo que Kokoro ouvira recentemente. Ser feita de idiota, fazer alguém de idiota.

— Não faz muito tempo elas me acusaram de flertar com o namorado de Nakayama, uma das meninas do grupo, e começaram a me chamar até de "vadia". Mas decidi deixar pra lá. Meu pai já tinha me falado que talvez mudasse de universidade a partir de abril e já que eu não ia estar mais aqui mesmo, pensei *Que se danem*. Desisti de tentar reagir e dar justificativas.

Desisti. A palavra foi pronunciada com leveza, mas, ao mesmo tempo, ressoou com uma ponta de tristeza. Tojo levou uma colherada do sorvete à boca. Ao mesmo tempo, Kokoro também tomou um bocado. A doçura derreteu com lentidão dentro da boca.

— Talvez seja verdade que eu as considere idiotas.

— Uhum.

Kokoro compreendia bem esse sentimento. Era o mesmo que ela própria nutria por Miori Sanada. Por que não? Ela não a perdoou até hoje. Depois de confirmar que Kokoro concordava, Tojo voltou a rir.

— O problema é que os professores não devem considerar isso algo legal, né? O professor Ida me chamou para falar isso. *Tojo, você já é bem madura e deve ter ocasiões em que menospreza outros colegas, mas todos estão se esforçando para se tornarem seus amigos*. E blá-blá-blá… blá-blá-blá…

— Blá-blá-blá?

Assim que Kokoro perguntou admirada, os olhos de Tojo brilharam como os de uma criança levada.

— Eu estava me lixando para o que ele falava.

Sem dúvida, Tojo estava muito mais assertiva do que da última vez em que as duas conversaram. Isso a tornava charmosa.

— É óbvio que eu as menosprezo. Elas só querem saber de falar de namoros e apenas enxergam o que está a um palmo do nariz. Elas podem ser o centro de tudo na sala, mas suas notas são ruins e com certeza vão ficar perdidas no futuro! Daqui a dez anos, quem estará no topo, afinal?

O linguajar de Tojo era severo e cáustico. Kokoro se espantou. Ela não poderia imaginar que ambas duas compartilhassem o mesmo desprezo por Miori Sanada.

— Incrível…

— O quê?

— Pela primeira vez ouço você falar desse jeito, Moe-chan.

— Porque é verdade. — Tojo deixou escapar um suspiro e desabou sobre o sofá. — Ficou espantada?

Os olhos de Tojo sobre Kokoro estavam apreensivos. Kokoro meneou a cabeça.

— Não, nem um pouco. Também pensei o mesmo. Eu nunca conseguiria ser amiga delas.

— E o jeito como o professor Ida falou "*Você já é bem madura*", como se estivesse me analisando, me deixou muito emputecida! Ele está errado! A questão não é eu ser madura, aquelas garotas é que são infantis demais! Mas não também retruquei. Por isso, se você tivesse voltado à escola, Sanada e o grupo com certeza teriam se tornado suas amigas!

— É? Por quê? Apesar de terem me tratado daquela forma no primeiro período?

— Não tem relação! Sou eu quem elas querem sacanear agora. — Tojo falou sem papas na língua. — Apesar de me terem excluído, se você viesse à escola você voltaria a se relacionar comigo. Por isso, elas ficariam suas amigas só para me isolar!

— Mas isso é…

Kokoro não conseguiu terminar a frase.

Ela se lembrou da carta colocada naquele dia dentro de seu espaço na sapateira. A carta de Miori Sanada não era de alguma forma lisonjeira para Kokoro? Não seria uma artimanha para impedir que Tojo e Kokoro voltassem a ser amigas?

Apesar de me angustiar no primeiro período a ponto de sentir que acabaria sendo morta, aquelas meninas me perdoariam por esse motivo?

Ela estremeceu ao pensar nisso.

"Perdoar." O que será isso afinal?

Não fiz nada de errado. Era espantoso eu pensar tanto em não as perdoar e ainda assim, inconscientemente, esperar pelo "perdão" delas.

— Pois é isso. É pura idiotice! — falou Tojo e olhou para Kokoro — A escola é uma idiotice.

— A escola?

— Uhum.

Kokoro recebeu essas palavras com total surpresa. Nunca pensara dessa forma.

A escola era tudo para ela, e o fato de não poder ir lhe causava enorme sofrimento. Ela não via a escola como "idiotice".

Tojo se irritara porque o professor Ida a chamou de "madura", mas ela era um pouco diferente das crianças comuns. Talvez fosse consequência das várias transferências de escola que passara até então. Faltava a ela a sensação de pertencimento.

— Falando com sinceridade, no terceiro período eu esperava que você voltasse à escola mais cedo ou mais tarde! Mas você só retornou naquele único dia, não é mesmo?

— Como?

— Eu vou me transferir de escola e estou cansada de continuar me relacionando com a gangue da Miori, mas, mesmo assim, eu queria ter alguém comigo quando eu trocava de sala sozinha ou falavam mal de mim abertamente.

Tojo encarou Kokoro.

E de novo falou: "Me perdoe". Eram as mesmas palavras da carta.

— Fui egoísta por não ter ajudado você no primeiro período. Me perdoe.

— Está tudo bem.

Kokoro abandonou a escola por não poder suportar Miori Sanada e suas amigas. Todavia, Tojo permanecera e isso era, na visão de Kokoro, algo louvável.

Além do mais, ela podia entender. Era a sensação de buscar um amigo como quando se espera ansiosamente pela presença de um novo aluno desconhecido. Ela compreendia bem. Se Tojo tivesse pensado nela naqueles momentos, era motivo de alegria para Kokoro. Era claro que ela se alegrava também pela carta recebida.

— Moe-chan, você vai mesmo mudar de escola?

— Uhum.

— Como é uma transferência? Você fica apreensiva?

— Um pouco, mas depois de tudo o que aconteceu, a sensação de libertação e as expectativas talvez sejam maiores. Fico feliz em poder recomeçar e fazer novos amigos.

— Entendo...

Kokoro foi incapaz de informar a ela que estava em dúvida se deveria se transferir para uma escola ginasial do distrito escolar vizinho. No entanto, Tojo talvez tenha pressentido algo. Ela falou:

— Se daqui para a frente você mudar para alguma outra escola, Kokoro-chan, não tenha receio de chorar, caso no primeiro dia ninguém puxe conversa com você!

— Chorar?

— Hum. Na frente de todos. Com isso alguns virão falar algo como: "está tudo bem?" ou "vamos, não chore!", e você se torne amiga deles. Ao chorar você apenas faz os outros te notarem.

— É... talvez seja assim. Mas, esse método só deve funcionar com você, Moe-chan. É preciso ser graciosa para ter efeito.

— Será?

Tojo hoje estava sendo bem sincera. Mesmo sendo chamada de "graciosa", ela não se deu ao trabalho de negar. Mais do que tudo, Kokoro não podia imaginar que ela lhe ensinaria essa malandragem de chorar deliberadamente.

— Mas você não usou esse artifício de chorar quando veio para nossa escola, não?

— Uhum. Não foi preciso porque todos eram gentis.

— Chorar não é algo infantil? Você não está se referindo a algo dos tempos da escola primária? No fundamental, chorar não é uma forma negativa de chamar atenção?

Quando instintivamente Kokoro falou, Tojo franziu o rosto.

— É? — Ela ergueu a voz e logo depois ficou pensativa — Hum, talvez você tenha razão. Na minha primeira transferência de escola primária funcionou bem e continuei a usar essa artimanha, mas talvez esteja na hora de parar.

— Uhum. Você não precisa mais disso. Com certeza muitos colegas vão querer fazer amizade com você!

— Será mesmo?

Era doce ver que, mesmo uma garota inteligente como Moe-chan, sussurrasse algo do tipo demonstrando o quanto estava apreensiva. Quando Kokoro pensava que Miori Sanada e suas amigas nunca ouviram a sinceridade de Tojo, brotava nela uma alegria misturada com orgulho.

Kokoro e Tojo continuaram tomando o sorvete. Compartilharam com sinceridade todas as maledicências sobre Miori Sanada e seu grupo.

Nesse interim, a conversa mudou para novelas de TV e artistas, além de outras coisas de que gostavam.

— Também gosto daquela música que tem na letra a estrofe "*Aqui somos imbatíveis*". Ela gruda que nem chiclete!

— Ah, eu vi a novela que toca essa música.

Em meio a essa conversa, quando o sorvete acabou, o semblante de Tojo se tornou subitamente sério.

— Não se deixe abater! — falou. Sua voz estava um pouco tensa. — Não precisamos chegar ao ponto de brigar com garotas como elas, mas se virmos alguém sofrendo *bullying*, vamos ajudar! Garotas assim estão por toda parte, nunca deixarão de existir.

A partir de determinado momento, a voz de Tojo deixou de ser dirigida a Kokoro, como se falasse para si própria.

Era possível sentir nela um tom de arrependimento.

A sua voz transparecia a emoção indescritível que sentia por Miori Sanada e Kokoro, e esse momento em que estava deixando a Escola Fundamental Yukishina nº 5.

Garotas assim estão por toda parte. Kokoro sentiu que Tojo falava por experiência própria. *Elas não deixarão de existir.* Não apenas Miori Sanada, sem dúvida outras, por toda parte.

— Uhum — assentiu Kokoro.

Ela ainda não definira o que faria a partir de abril.

Já era 29 de março.

O castelo fecharia no dia seguinte.

Kokoro desconhecia como seria seu futuro, mas queria prometer algo a Tojo.

— Eu não me deixarei abater!— assegurou.

♦

— Foi bom podermos conversar — falou Tojo ao se despedir de Kokoro. — Sabe… A professora Kitajima me sugeriu encontrar com você para conversarmos, porque moramos perto e as férias de primavera estavam prestes a começar. Eu não tinha coragem de visitar você, mas prometi a mim mesma puxar conversa na próxima vez que eu a visse.

O rosto de Tojo estava mais alegre e descontraído do que antes de conversarem. Kokoro também sentiu ter o semblante mais sereno.

— Uhum — assentiu ela. — Também gostei muito de termos conversado.

Faltava pouco para Tojo se mudar, mas Kokoro pensou em antes disso comprar sorvete e convidá-la para ir até sua casa. Prometendo a si mesma que o faria, despediu-se de Tojo com um "até breve".

Quando voltava para casa algo estranho aconteceu.

A casa de Kokoro é duas casas de distância da de Tojo. Ela olha distraidamente para a janela de seu quarto no andar de cima. Como havia voltado tarde, não poderia ir ao castelo.

Já passava das cinco da tarde.

Porém, no dia seguinte será a festa de despedida e todos virão. Ela acelera o passo e respira bem fundo.

A janela do quarto brilhava.

É um pouco diferente do brilho iridescente de sempre. Muito branco, quase violento, como um globo incandescente aumentando de volume. De tão intenso não se distingue a cortina.

Kokoro para, imaginando o que seria. Nesse momento, ressoa em seus ouvidos um som pavoroso.

CABUM!

O som parecido ao de uma explosão.

ELA VIRA UMA CENA em alguma novela em que vidros se estilhaçavam devido ao calor intenso em um incêndio. Era o som parecido ao de vidros voando pelos ares.

Quando Kokoro dá por si, está correndo. Como se o som fosse um sinal, a bola de luz ofuscante de súbito desaparece de seu campo de visão. Ela acelera pela rua do bairro residencial envolto na penumbra de depois das cinco horas. Era uma cena surreal, como num sonho instantâneo. A imagem daquela luz continuava gravada no fundo dos seus olhos.

Ela abre impaciente a porta e se atira para dentro de casa. Sobe as escadas em direção ao seu quarto.

Sem fôlego, se lança para dentro do cômodo. Um grito lancinante sai de dentro de sua boca. Tão forte que ela própria custa a acreditar.

O espelho estava partido.

Havia uma grande fissura bem no meio do objeto que sempre a ligava ao castelo, e o vidro ao seu redor estava fragmentado. O espelho, que refletia de forma tão maravilhosa Kokoro e o interior do quarto, tinha o vidro em pedaços e de repente ficou parecido a algo barato como uma fina folha de papel-alumínio.

— Por quê? — grita Kokoro.

Ela segura o espelho. Nem pensa que poderia se ferir. Daquele jeito, não poderia ir para o outro lado. No dia seguinte, último dia, não poderia se encontrar com todos. As lágrimas brotam.

Já que não poderiam estar juntos, pensava em pelo menos se despedir dos outros.

— Por quê? Por quê? Senhorita Lobo, responda!! Senhorita Lobo!!

Ao balançar violentamente o espelho, seu rosto se reflete nos vários pedaços de vidro. Cada um mostra um rosto choroso e desesperado.

— Senhorita Lobo!! — grita com todas as suas forças.

Neste momento…

Kokoro percebe uma luz opaca dentro do espelho que segurava.

Não era a costumeira luz iridescente que a ligava ao castelo nem a luminosidade de uma tarde estival como a que contemplara pouco antes, mas uma luz opaca. Como o padrão do corpo de uma grande cobra.

O padrão de manchas cinza-escuras e preto emite uma luz semelhante às escamas de uma cobra se contorcendo.

Como óleo se espalhando quando cai em uma poça d'água. A luz opaca se move como um animal vivo parecendo se misturar à superfície do espelho.

— Kokoro!

Uma voz ecoa.

Ela ouve uma voz muito fraca vindo do outro lado do espelho.

Dentro de seu quarto escuro à noite, apura os ouvidos. Fixa os olhos dentro da luz além do espelho. Procura a figura da senhorita Lobo.

Foi então que vê um rosto.

Dentro de um pequeno fragmento ela distingue o rosto de Rion.

— Rion!

— Kokoro!

Por que ela via o rosto dele? Os olhos confusos de Kokoro viram algo mais se movendo em outros fragmentos de vidro.

Os rostos de Masamune e Fuka.

— Kokoro!

— Pessoal!

Ela ouviu a voz de ambos. Eles a chamavam. Dentro de outro fragmento foi a vez de ver os rostos de Subaru e Ureshino. Todos estavam ali.

Os rostos de todos estavam distorcidos, como se quisessem abrir caminho por entre a névoa da luz opaca.

Kokoro está em pânico. Todos teriam ido ao castelo naquele dia? O espelho na casa de cada um deles estava na mesma condição que o seu?

Neste momento, uma voz se ouve.

— Kokoro, nos ajude!

A voz era ouvida com mais firmeza do que antes. Era possível ouvi-la com nitidez, como se todos estivessem, na verdade, falando a partir do fundo do espelho.

— O que aconteceu? Afinal, o que…

— Aki infringiu as regras.

É a voz de Rion.

Kokoro contém a respiração. Rion continua.

— Ela ficou no castelo apesar de ter passado das cinco horas. Ela foi devorada pelo lobo.

Enquanto continua a segurar a moldura do espelho com a mão direita, Kokoro tampa a boca com a outra mão. De olhos arregalados, ela não consegue sequer piscar. Rion continua a falar.

Em meio aos rostos refletidos dentro do espelho partido não se vê o de Aki.

— Talvez a gente também seja devorado em breve — explica Subaru.

Antes mesmo que Kokoro pudesse perguntar o motivo, Masamune se adianta.

— Responsabilidade solidária.

Seu rosto se distorceu dentro do espelho.

— Todos os que estavam no castelo no dia serão castigados.

— Apesar de termos voltado para casa fomos tragados de volta para dentro do espelho. Parece que Aki estava escondida dentro do castelo até o horário chegar…

Fuka chora. Do outro lado do espelho, ela vê Kokoro.

— Agora estamos fugindo, mas… mas… a voz… — falou Ureshino.

Neste instante…

Auuuuuuuuu.

Auuuuuuuuu.

Kokoro sente um impacto terrível chegar até o seu lado, mesmo apartada do espelho. Como se recebesse uma violenta rajada de vento vindo de dentro dele, o rugido faz seu coração encolher.

— Ele está aqui! — ouviu-se o grito de Fuka.

Todos colocam a mão na cabeça, tampam os ouvidos, fecham os olhos.

Ela podia imaginar os outros tentando escapar dentro do castelo às escuras, lutando para se salvar, chegando às escadarias do grande salão e olhando para dentro do espelho que conduz à casa de Kokoro.

Kokoro, por favor!

As vozes ficam mais distantes. Não é possível discernir quem falara. Devido ao pavor e ao impacto, Kokoro não percebe que lágrimas escorrem de seus olhos.

— Pessoal! — ela grita. — Pessoal!

A chave do desejo...

As vozes de todos se misturam.

Encontre, e o desejo...

De salvar Aki...

Por último ela ouve a voz de Rion.

A senhorita Lobo... não é a Chapeuzinho Vermelho.

— Pessoal! — grita Kokoro.

Ela grita a plenos pulmões sacudindo o espelho.

— Pessoal, por favor. Respondam...

Auuuuuuuuu.

Auuuuuuuuu.

Apenas o uivo terrível vem como resposta.

Os rostos do outro lado do espelho se apagam.

Algo passa diante do espelho que Kokoro segura. Um tipo de rabo enorme.

Kokoro continua a segurar a moldura do espelho e, gritando, recua. Quando em seguida olha para o outro lado, não há mais nenhum reflexo.

Ela não vê os rostos dos demais nem o rabo da fera.

Apenas a escuridão opaca permanece contorcendo-se na superfície do espelho como única prova de que ele e o castelo estavam conectados.

♦

Não havia tempo a perder.

Seu corpo treme. As pontas dos dedos estão insensíveis de tanto tremerem. Afastando-se do espelho, incapaz de permanecer de pé, Kokoro cai no chão. Sente uma dor repentina e, ao olhar sua mão direita, há um corte na palma e sangue. Ao ver a cor do sangue seu corpo paralisa, como se se recordasse de algo.

Apesar disso, ela mantém uma espantosa lucidez.

Eu preciso me mover, decide sem tempo para hesitações.

Tenta enfiar a mão no espaço mais amplo da metade inferior do espelho partido onde há a fissura. Como se balançasse, a penumbra opaca esquiva-se de sua mão e seu braço é sugado para o outro lado.

Kokoro ainda está conectada com o castelo.

Ela olha o relógio do quarto. Eram 17h20.

A mãe sempre volta para casa entre 18h30 e 19 horas. Ela precisa agir nesse intervalo de tempo. Ao voltar, a mãe supostamente fará algo com o espelho quebrado. Essa é a última chance que ela tem para ir ao castelo.

Ela precisa devolver todos às suas casas.

Vamos, pense, pense, pense.

Uma voz soa em sua mente. Paralelamente, os pensamentos giram em sua cabeça.

Aki foi devorada.

Até o fim, Aki-chan age como uma garota problemática.

As palavras pronunciadas certo dia por Subaru lhe vêem à mente.

O choque e a confusão eram ainda tão fortes que ela se questionava o porquê de tudo. Por que Aki permanecera no castelo? Isso equivalia a se suicidar.

Nem adiantava pensar, pois o motivo era óbvio. Kokoro sentiu vontade de chorar. Entendia o sentimento de Aki. A amiga não desejava voltar para casa. Era esse o motivo.

Se era para retornar à sua realidade do lado de fora, ela preferiria permanecer no castelo.

Mesmo que isso represente um ato suicida. Mesmo que isso envolva os companheiros.

É uma decisão egoísta com certeza. Porém, Kokoro entendia. Porque ela também se sentia dessa forma.

Que legal ter uma família em que os pais se preocupam tanto. Bem diferente dos nossos pais, né, Kokoro?

Quando declarou isso aparentando firmeza, que decisão Aki já teria tomado? Qual teria sido sua realidade a ponto de sentir ser melhor pôr fim a tudo sendo devorada por um lobo?

Neste momento, Kokoro foi tomada por uma sensação de impotência e uma raiva intensa.

Se Aki pelo menos tivesse se aberto comigo. Ela é uma idiota por ter decidido sozinha terminar com tudo. Se ela estivesse triste com Subaru indo para o ensino médio e Masamune mudando de escola, bastaria falar. Se não quisesse se separar de todos, deveria transmitir isso em palavras.

Kokoro, por favor!

A chave do desejo...

Encontre, e o desejo...

De salvar Aki...

Kokoro compreendeu o que todos esperavam dela.

Sentiu-se esmagada pelo peso da responsabilidade. Será que iria conseguir?

Ela entraria no castelo e procuraria a chave do desejo.

Procuraria durante uma hora a chave que todos tentaram encontrar em vão durante quase um ano.

E ela expressaria seu desejo.

Por favor salve Aki, salve todos.

Por favor, faça de conta que Aki não infringiu as regras. Por favor, devolva Aki para nós.

Essa era a única possibilidade.

♦

Ding-dong. Neste momento, Kokoro ouve o som de uma campainha destoando serena da situação.

Ela se espanta e da janela do quarto olha para a porta da frente. Por um instante se desespera acreditando que a mãe teria voltado, mas foi engano.

De pé, diante do portão, está Tojo, de quem ela se separara pouco antes. Com ar preocupado, Tojo olha para cima, para a janela do quarto de Kokoro. Com medo de ser vista, Kokoro recua rápido.

Apesar de estar apressada para ir ao castelo, Kokoro desce ao térreo. Abre a porta e vai ao encontro de Tojo.

— Ah, que ótimo, Kokoro-chan.

— O que aconteceu? Quer alguma coisa?

— Ouvi um som terrível e me espantei. Imaginei que viesse de sua casa.

— Ah, não aconteceu nada de especial…

No momento em que respondeu de forma evasiva, Kokoro nota que Tojo segura algo. Um telefone celular.

— Ah, isso…

Percebendo o olhar de Kokoro, Tojo esconde o objeto, envergonhada.

— É da minha mãe. Em geral, ela deixa em casa. Trouxe imaginando que, se Miori e suas amigas aparecessem, eu poderia ligar para a escola e pedir que os professores viessem ajudar.

Kokoro se emociona ao ouvir isso.

Tojo veio por estar preocupada com ela.

Kokoro sente o peito apertar de felicidade, apesar do momento por que passava.

— Obrigada — agradeceu em voz rouca. — Obrigada de coração. Mas não aconteceu nada. Foi só espelho de casa que caiu e se espatifou.

— Nossa. Sério? E está tudo bem?

O olhar de Tojo se fixa no ferimento na mão direita de Kokoro.

— Você se feriu! — Ela solta um gritinho.

— Uhum. Mas está tudo bem.

Na realidade não estava nada bem. Ela ainda sentia a mão latejando de dor.

Seu coração ainda está acelerado ao responder. Em breve, iria sozinha ao castelo. Até que ponto se aplicava o castigo da senhorita Lobo? Ela ouvira que todos seriam devorados, mas Kokoro, ausente naquele dia, estaria fora do escopo da "responsabilidade solidária"? Conseguiria escapar ilesa, sem ser devorada? Em meio a essa tensão, ela se imagina procurando às cegas pela chave do desejo.

Nesse momento, as últimas palavras pronunciadas por Rion do outro lado do espelho ecoaram em seus ouvidos.

A SENHORITA LOBO... não é a Chapeuzinho Vermelho.

Num piscar de olhos, tudo se esclarece.

Mais que depressa, Kokoro ergue o rosto. Encara Tojo.

— Moe-chan, quero te pedir um favor.

— Hã? O quê?

— Pode me mostrar um quadro que tem na sua casa? Está pendurado no corredor.

— Ah, a gravura original da *Chapeuzinho Vermelho*?

— Não, não é essa.

Kokoro meneia a cabeça. *Como não pensei nisso antes?*, se questiona.

DESDE O INÍCIO DEI várias pistas para a procura da chave.

Na verdade eu os chamo de Chapeuzinhos Vermelhos, mas para mim, às vezes, vocês são iguais a lobos. É inacreditável não terem encontrado nada até agora.

Porém, como num conto de fadas, nada de chamar suas mãezinhas para cortar a barriga do lobo, tirar vocês e, em seu lugar, enchê--la, de pedras. Tomem bastante cuidado.

Eu também sinto que *tudo é falso.*

A senhorita Lobo. Ela nos chama de Chapeuzinhos Vermelhos.

Rion percebeu.

Por isso ele perguntou qual era o conto de fadas predileto dela.

Somos sete ao todo.

Ele falou que são sete universos, sete mundos paralelos.

Não é apenas no conto da Chapeuzinho Vermelho que o lobo aparece. Realmente a senhorita Lobo cansou de nos dar dicas.

Kokoro finalmente falou:

— A gravura de *O lobo e os sete cabritinhos*. Pode me mostrar?

Por um instante, a expressão no rosto de Tojo mostra que ela fora pega desprevenida pelo pedido repentino de Kokoro. Era natural. Se Kokoro estivesse conversando normalmente até pouco antes com alguém que feriu a mão e fizesse um pedido semelhante do nada, ela também hesitaria. Com certeza encheria a pessoa de perguntas.

Porém, Tojo logo fecha a boca semiaberta.

— Claro! — respondeu.

Sem pedir explicações, ela acompanha Kokoro até em casa.

Com o quadro diante de si, Kokoro relaxa todo o corpo e respira fundo.

— Tenho o livro ilustrado — falou Tojo, e o trouxe. — Só que é do meu pai.

Kokoro olha para a capa do livro que recebeu e seu queixo volta a cair. Na estante no quarto preparado para ela no castelo havia o mesmo livro em alemão: *Der Wolf und die sieben jungen Geißlein, O lobo e os sete cabritinhos.*

Essa também foi uma pista deixada pela senhorita Lobo. Ela se arrependia de não ter sequer tentado abri-lo.

— Obrigada.

— Pode levá-lo emprestado pelo tempo que desejar! Tem a mesma ilustração da gravura que está na parede.

— Uhum.

Kokoro sentiu um sincero respeito pela atitude de Tojo em não demandar explicações. Ela gostaria que tivessem se tornado amigas mais cedo. Sentia fortemente o quanto gostava de Tojo.

— E tem isto também.

Tojo segurava um esparadrapo. Ela o entregou a Kokoro.

— Quando sua mãe voltar, não é melhor pedir a ela para fazer um bom curativo? Enquanto isso, coloque-o como uma medida de emergência!

— Uhum.

Seu peito se apertou de repente ao receber o esparadrapo. O mundo fantástico no castelo e o mundo cotidiano com a mãe e Tojo. Ela era grata por esses dois universos existirem naquele momento. Pensou em como desejava voltar, apesar de se sentir impotente.

— Quando você vai se mudar?

— Dia primeiro de abril.

— Está bem perto...

— Não tem jeito! Meus pais queriam mudar até final de março, mas, neste ano, primeiro de abril cai em um sábado, dia de folga.

— Moe-chan, obrigada.

Com o livro que pegara emprestado apertado contra o peito, Kokoro curva-se ligeiramente em agradecimento. Ela adoraria continuar conversando, mas não há tempo.

— Fico muito feliz por termos ficado amigas.

— Menos, menos. Falando desse jeito você me deixa encabulada — fala Tojo, rindo.

Kokoro se lembrou do que Tojo falou sobre recomeçar relacionamentos pessoais partindo do zero. E de como ela estava ansiosa por poder fazê-lo na nova escola.

Ela evitou falar algo que sentia para não deixar Tojo envergonhada.

Apenas murmurou para si mesma: "Só não se esqueça de nossa amizade!".

Você pode até se esquecer de mim, pensou Kokoro. *Mas vou me lembrar que hoje, eu e Moe-chan éramos amigas.*

♦

Resoluta, Kokoro enfia a mão dentro do espelho.

Lentamente, como se misturasse uma água opaca.

A parte inferior do espelho quebrado tem um espaço grande o suficiente para passar o corpo se curvando. Tomando cuidado para não se ferir ou rasgar a roupa nos cacos, ela atravessa o espelho. E o faz pensando que aquela talvez seja a última vez.

No estado em que o espelho está, os pais com certeza o jogarão fora no dia seguinte. Ela aperta com força contra si o livro recebido de Tojo e deseja que enquanto estiver no castelo, os fragmentos do espelho não piorem e que ela possa retornar sã e salva para casa.

Ao sair do outro lado, ela se espanta.

Ao contrário do habitual, está escuro como breu. Por isso, as paredes e o chão parecem ser de um local bem diferente do que ela se acostumara. A luz opaca que ela vislumbra erodiu a realidade para fora do espelho. Dava a impressão de que o castelo perdera seus contornos e tudo estava distorcido.

O espelho de onde ela saíra estava quebrado. Exatamente da mesma maneira que aquele existente no seu quarto.

Ela imaginava que sairia como sempre no grande salão com as escadarias, mas não foi bem assim. O que teria acontecido? Os espelhos estavam caídos para todo lado. Todos partidos. Os quadros, enfeites e vasos estavam revirados como se tivessem enfrentado uma violenta rajada de vento.

Leva algum tempo até Kokoro perceber que saíra na sala de jantar.

A sala escura e devastada não dava sinais do estilo original de uma mansão. Ela lentamente prende a respiração. Aperta o livro com força ao peito e procura se manter escondida para o caso de o lobo ainda estar por perto.

O uivo do animal ainda ressoa no fundo de seus ouvidos, mas talvez fosse apenas fruto de sua imaginação. Ela se curva e se movimenta bem devagar, dissimulada pela sombra da mesa de jantar virada de lado. Chegando à cozinha, seu olhar de imediato recai sobre o armário.

O armário estava perto. A porta escancarada. Masamune contara ter descoberto um x dentro dele. Kokoro confirmou que o x continuava ali.

O QUARTO CABRITINHO ESTAVA dentro do armário da cozinha.

ELA TOCA NO X. Nesse exato momento, ela recebe um impacto terrível no meio da testa.

— FANFAMUNE!

A VOZ BATE NA sua cabeça como se fosse uma arma contundente. Ela desmaia.

KOKORO ESTÁ SENTADA DIANTE de uma carteira na escola.

Ela olha fixamente o que está escrito sobre a carteira.

Fanfamune é um mentiroso.

Sua especialidade é inventar histórias dos amigos e conhecidos. Meu amigo fez isso, meu conhecido fez aquilo...

Quero que ele morra!

AS PALAVRAS SE DEFORMAM. A cena se transforma. Pode-se ver o rosto de um rapaz desconhecido.

— Eu detestei, fique sabendo!

Apesar do tom de repreensão, por algum motivo ele parece prestes a chorar, e Kokoro sente até mesmo o peito doer ao vê-lo. Então percebe...

Ah, essas são as memórias de Masamune. As lembranças daquilo que o traumatizou.

— Para você não passou de uma mentirinha inocente, mas eu me senti traído. Logo por você, que eu admirava e respeitava.

Não é verdade. Seu peito dói ainda mais. Masamune era incapaz de falar e sua emoção fluía para dentro de Kokoro.

Porém, era verdade. Mais do que ninguém, ele sabia que havia mentido. Por isso, não tinha como se justificar.

Não é assim, eu não tinha intenção de magoar vocês, era o que ele desejava falar. Porém, nem ele próprio estava consciente disso.

— Ele não precisa mais ir, não? Falei desde o começo que uma escola pública não seria adequada para ele.

Era possível ouvir o pai no quarto falando enquanto ajeitava o nó da gravata. Masamune escutava sentado na escada.

— Perguntei aos colegas da TV com quem trabalho e todos afirmaram que os professores da rede pública têm um nível baixíssimo.

Mas...

A voz fez o peito de Masamune doer.

Mas também há bons professores.

Talvez a culpa seja minha de inventar desculpas para o meu fracasso.

Masamune teve de engolir tudo o que ouviu. Sem falar nada.

Em vez disso, ele murmurou para si.

— Tem razão, pai.

Os errados são os professores.

Todos eles.

Ele retorna para o quarto exausto. O cômodo é espaçoso com um monte de brinquedos e livros. Há também uma quantidade imensa de videogames.

Dentro do quarto, um espelho. Ele brilha.

Como se estivesse enfeitiçado, Masamune se coloca diante dessa luz iridescente. Pousa a mão sobre a superfície. Seu corpo é sugado para dentro da luz.

— Olá.

Do outro lado do espelho a senhorita Lobo está de pé.

— Uau! — exclama espantado Masamune.

— Paraaabéééns, Earth Masamune-kun. Você teve a honra de ser convidado para este castelo!!

Em seguida, Kokoro vê a enfermaria no inverno.

Ela conhece o local na Escola Fundamental Yukishina nº 5. Sente o calor do aquecedor.

— Não tem como eles não terem vindo.

Masamune está sentado na enfermaria.

Alguém acaricia suas costas. Seus ombros tremem bastante, como se ele tivesse chorado muito. Soluça muito e está ofegante. Alguém continua a afagar suas costas para consolá-lo.

— Eles com certeza vieram.

Ele não falava com alguém, mas tentava convencer a si mesmo. Sua voz chorosa se misturava.

— Claro — fala a pessoa que passava a mão pelas suas costas. — Com certeza houve algum imprevisto para não virem.

Kokoro vê o rosto da pessoa de pé ao lado de Masamune.

É a professora Kitajima.

Ver o rosto da professora foi um novo choque.

Ao erguer a face devido à dor lancinante, Kokoro ainda está diante do armário na cozinha às escuras. Ela continua tocando a marca do x.

Embaixo do armário, aos seus pés, percebe um par de óculos caído. Ela o recolhe com a mão trêmula. Óculos. Havia uma rachadura na parte inferior da lente direita e a armação estava torcida. Eram de Masamune. Ao confirmar, ela estremece. Ela teme ao pensar o que teria acontecido.

Ser devorado é no sentido literal da palavra?

Isso mesmo. Engolido inteiro pela cabeça.

Um lobo gigante vai aparecer de verdade. Uma força poderosa vai punir vocês. Depois que começar, ninguém poderá fazer nada. Nem eu.

No dia do primeiro encontro, a senhorita Lobo explicou dessa forma as regras. Nesse momento, Kokoro não deu muita importância.

Kokoro respira com dificuldade. Balança a cabeça como se quisesse afastar o pavor e deposita os óculos. Ela procurava a todo custo forçar sua consciência a não colapsar.

Ela olha o x gravado dentro do armário. Talvez o que vivenciara eram as memórias de Masamune.

Ela o vira de fato. Masamune certamente escapara da senhorita Lobo e se escondera ali. Kokoro não sabia se fora intencional ou não, mas antes de serem devorados todos devem ter se escondido em um *local semelhante.*

Kokoro abre o livro emprestado de Tojo.

Ela verifica os locais. Cada um deles.

Toc, toc, toc. Abram, queridinhos. É a mamãe!

Os cabritinhos se esconderam do lobo que entrou. Como Rion mencionou, a senhorita Lobo estava despistando-os quando os chamava de Chapeuzinhos Vermelhos.

O primeiro cabritinho, debaixo da mesa.

(Debaixo da escrivaninha no meu quarto também deve ter um.)

O segundo, debaixo da cama.

(Descobri debaixo da cama no meu quarto a marca de um x. Qual o significado disso?)

O terceiro, dentro da lareira que não podia ser acesa.

(O que será isso? Kokoro descobriu...)

O quarto, dentro do armário da cozinha.

(Sendo assim... Também encontrei uma marca no verão. Fica na cozinha, não? Dentro de um armário.)

O quinto, dentro do guarda-roupa.

(A tal marca de x sobre a qual vocês comentaram. Também encontrei um x no meu quarto. Dentro do guarda-roupa.)

O sexto, dentro da bacia de lavar rosto.

(Também tem um na sala de banho. Tem uma bacia na banheira e ao deslocá-la havia essa marca semelhante a um x.)

Todas as marcas de x estavam assinaladas nos locais de esconderijos das vítimas devoradas pelo lobo do conto. Os cabritinhos do livro correram para esses locais assim que o lobo apareceu.

Kokoro sentiu que estava com os olhos vendados esse tempo todo.

Ela foi sugestionada a acreditar que jamais encontraria a chave.

Recordou-se da voz da senhorita Lobo.

Eu os chamo de Chapeuzinhos Vermelhos, mas para mim, às vezes, vocês são iguais a lobos. É inacreditável não terem encontrado nada até agora.

No conto *O lobo e os sete cabritinhos*, há um local que o lobo jamais verifica. É impossível ser encontrado ali. É justamente porque o sétimo cabritinho, o caçula, se escondeu lá até o final, não foi devorado e conseguiu se salvar.

No conto só existe um "lugar onde jamais se pode ser encontrado".

O sétimo cabritinho se escondeu dentro do grande relógio.

A chave do desejo está dentro do grande relógio no salão.

É o primeiro lugar que se avista ao atravessar o espelho.

Apesar disso, por estarem todos sugestionados, ninguém pensou em verificar ali.

♦

Auuuuuuuuuu.

Ouviu-se um uivo semelhante a um grito de guerra.

Ao mesmo tempo, Kokoro sente como se o ar e o solo tremessem e todos os seus pelos se arrepiassem. Com o choque, ela se estira no chão. O rosto está colado ao tapete e, com a boca aberta de pavor, solta um leve gemido.

Ela se curva no chão onde havia xícaras e pratos quebrados espalhados, procurando se esquivar dos fragmentos. A sala de jantar era o cômodo mais distante do salão. Ela não tem certeza se conseguiria chegar até o relógio.

Ela se arrepia ao constatar que o estado da sala de jantar é semelhante, causado pela devastação de um monstro. Apesar disso, apenas a janela de vidro ao longo do jardim interno continuava incrivelmente intacta.

Seu coração batia disparado, quase dolorido.

Que medo, que medo, que medo.

Ela fecha os olhos com força e se ergue resoluta.

Auuuuuuuuu.

Um novo uivo se fez ouvir.

Ela solta um gritinho. A vibração do som do uivo a paralisa e ela cai sentada. Procura um lugar para se esconder e, de imediato, a lareira da sala de jantar chama a atenção. Lá dentro. Ali talvez...

Ela viu dentro da lareira a marca x. Foi o local descoberto por ela.

Sem pensar muito, sua mão tocou o x.

Simultaneamente, ela voltou a receber um impacto na testa. Sua cabeça ficou quente.

As memórias de Ureshino tomaram conta dela.

O que de imediato golpeou bem no meio de sua testa foram as memórias do dia em janeiro em que Ureshino ficou esperando em vão por todos.

Ele está de pé esperando por Masamune e os demais. Como sentiu fome, retirou o papel-alumínio do bolinho de arroz *onigiri* preparado pela mãe e o comeu com gosto.

— Ah, olha o cara aí, galera.

— Fala sério. Por que esse mané deu as caras por aqui? Chega a ser cômico.

— Tá traçando um rango. Que folgado!

Alguém fala coisas horríveis. Os meninos que vieram participar de atividades extracurriculares olhavam Ureshino, que viera intencionalmente à escola em pleno domingo, como uma estranha criatura.

Ureshino sente que os garotos falam mal dele. Kokoro também pode ouvir. Porém, Ureshino apenas se concentra em comer seu *onigiri*.

Um grande pássaro atravessa voando o céu límpido.

— Será uma ave migratória? Ela estará indo à procura de seus amigos? — murmura ele. Era um solilóquio falado de forma que ninguém o ouvisse.

Era sua forma de buscar coragem para não se sentir só.

— Como Masamune e os outros demoram! — murmura olhando de relance na direção do portão da escola.

Nesse momento, um quentinho se espalha pelo seu peito.

O calor e a força o fazem ver com clareza e sem dúvidas: naquele momento, ele estava feliz.

Se Masamune e os outros viriam ou não, não fazia diferença.

O *onigiri* estava gostoso, o céu invernal lindo e ele pôde ver um pássaro.

Ureshino sente que aquele era um dia muito feliz. Mesmo esperando em vão, pensa em contar a todos no dia seguinte, no castelo, a sensação que experimentara.

— Haruka-chan!

É quando uma voz o chama.

— Mamãe.

Ureshino ergue a cabeça.

Kokoro também pôde ver o rosto da pessoa que aparece. A mãe de Ureshino é uma senhora de rosto redondo gentil. É diferente da pessoa que Kokoro vagamente imaginara. Está sem maquiagem e há muitas bolinhas de lã por todo o casaco usado que vestia sobre o avental. Apesar da aparência frágil, o rosto é sorridente e acolhedor.

Ela é a mulher que declarara que acompanharia o filho caso ele fosse estudar no exterior.

A mãe de Ureshino não está sozinha. Ureshino abre um sorriso de felicidade ao reconhecer quem acompanhava a mãe.

— Ah, professora Kitajima, você veio — fala radiante.

Assim como naquele dia que Kokoro a encontrou na enfermaria e a viu confortar Masamune lhe afagando as costas, ela viera por causa de Ureshino.

— Tinha um pássaro. Deve ser uma ave migratória — fala ele apontando para o céu.

A CENA MUDA.

— Aki-chan! — grita Ureshino. — Aki-chan. Cadê você? Está na hora de voltar para casa! Ouviu o uivo?

— Esqueça, Ureshino. Não tem nada que a gente possa fazer — fala Fuka.

Seu rosto está pálido como cera. Todos estavam reunidos no salão de frente para os sete espelhos alinhados. Apenas o de Kokoro não brilhava.

O espelho de Aki brilhava, e só ela não estava ali. A agitação crescia entre os outros.

— É melhor voltarmos. Se não cumprirmos o horário...

O rugido da senhorita Lobo se torna mais assustador.

— Vamos! — Fuka puxa Ureshino pelos ombros à força.

— Mas, Aki-chan...

O corpo de Ureshino mergulha para o outro lado do espelho. Mas em determinado momento é puxado para trás.

— AAAAAAHHH!

Ouve-se um grito.

Ao perceber, Ureshino está de volta ao salão. Juntamente com todos os outros.

Foi Aki quem gritou.

Os cinco restantes trocam olhares. Neste momento, uma luz violenta começa a iluminar o ambiente. Uma luz branca, que nem um globo incandescente, começa a se avolumar. O som de espelhos se quebrando ressoa por todo o espaço.

Cega pela luminosidade, Kokoro recobra a consciência.

A calma volta a reinar dentro do castelo às escuras. Lágrimas escorrem de seus olhos. Ela não entende a razão. Ela as enxuga, preocupada com todos.

Ao mesmo tempo, reflete sobre tudo o que vira.

Pensa e pensa.

Havia pontos que precisava confirmar a todo custo.

Se eram as memórias de Ureshino que fluíram quando ela tocou no x dentro da lareira. Se eram as memórias de Masamune que ela visualizara pouco antes, dentro do armário da cozinha.

Se era possível rastrear as memórias deles até o momento em que foram devorados.

Não que ela quisesse bisbilhotar a vida pessoal dos outros, mas desejava confirmar. Ela se levanta lentamente e se vira para a frente.

Lembra-se de ter conversado pouco antes com Tojo. Do outro lado do castelo havia com certeza sua realidade pessoal.

Moe-chan comentou sobre a mudança em abril, e Kokoro lamentou por estar bem perto, ao que ela respondeu.

Não tem jeito! Meus pais queriam mudar até final de março, mas, neste ano, primeiro de abril cai em um sábado, dia de folga.

Moe-chan disse "neste ano".

Kokoro apertou forte o livro contra o peito.

Eu vou voltar, pensa. *Para devolver este livro e me despedir direito dela.*

O rugido que ela ouvira pouco antes viera da sala do grande relógio.

Sendo assim, ainda deveria evitar ir até lá.

Ela se põe a correr na direção oposta, visando a sala de banho.

Realmente, a senhorita Lobo havia lhes dado as dicas necessárias. O coração de Kokoro dispara a ponto de quase explodir, mas não é de pavor como pouco antes.

NÃO É QUE VOCÊS não possam se encontrar ou se ajudar. Deixem de histórias e prestem atenção. Pensem! Não assumam que eu vá lhes ensinar tudo. Desde o início dei várias pistas para a procura da chave. Muitas, até demais.

NAQUELE DIA, A BACIA também estava dentro da banheira.

O fato de estar sempre ali não importa quando a vissem, devia ser para enfatizar que a marca desenhada não estava na banheira, mas "sob a bacia".

ELA A DESLOCA E toca no X.

Sente na cabeça o ar quente de um secador de cabelos. Está em uma sala de banho. O espelho dentro dela reflete Subaru com seus cabelos de cor clara.

Do lado há um frasco de água oxigenada. Subaru a usa para descolorir os cabelos.

Vou falar para o pessoal que meu irmão mais velho me obrigou a fazer, pensa ele.

Na verdade, meu irmão não dá as caras em casa tem dias e ele me acha um chato, mas quando falar com o pessoal vou jogar a culpa nele.

— Suba-chan, até quando vai ficar trancado na sala de banho? O café da manhã está pronto!

— Subaru, anda logo com isso. Que idiota toma banho tão cedo de manhã?

— Tô indo!

Obedecendo a voz monótona da avó e a voz severa do avô, ele desliga o secador de cabelos.

A casa, construída em madeira, era antiga, e os vidros da sala de banhos, frágeis. Ele pega uma toalha fina com o nome de uma firma de construção impresso. Ela está um pouco suja.

— Parece sangue — murmura Subaru.

Ele sorri ao se lembrar de um amigo da namorada do irmão contando que "as meninas sangram quando fazem sexo pela primeira vez!". O fato de a menina não ter sangrado significa que já perdera a virgindade.

— Que cor é essa no seu cabelo?

Vendo Subaru que acaba de sair da sala de banho, o avô, de camiseta e ceroulas, franze o rosto. Subaru não leva uma bronca mais severa porque o irmão tem os cabelos loiros e arrepiados já faz tempo. E com relação à moto que o irmão dirige, segundo ele "emprestada de um amigo mais velho", o avô apenas se irritou e falou que "é muito barulhenta", enquanto Subaru se preocupava se ela não teria sido roubada de alguém. Até o bordado no uniforme escolar do irmão parecia bem caro. Como o irmão conseguia tanto dinheiro?

— Não estuda, não trabalha. Você não tem jeito mesmo. É que nem seu pai.

— Desculpe, desculpe, vô!

— Hoje em dia quem não se forma no ensino médio em geral acaba sofrendo bastante, você sabe.

— Sim, sim, ele sabe. Agora deixa Suba-chan comer.

O dia começa cedo na casa de Subaru. Diariamente, logo cedo, ele tem de aguentar as reclamações do avô até o velho sair para jogar *go* com os amigos ou trabalhar na roça. Com um sorriso ambíguo, Subaru come em silêncio a comida preparada pela avó e depois, no mesmo cômodo, abre os livros da escola. Ele estuda até o horário de abertura do castelo ouvindo as músicas preferidas no walkman recebido de presente do pai.

Subaru mentiu alegando que, por ser estudioso e tirar boas notas, havia sido dispensado de ir à escola. A avó acreditava nessa mentira, mas o avô insistia que "na realidade era importante ir mesmo assim". Porém, o avô nunca se deu ao trabalho de conversar com os professores. Apenas reclamava com Subaru.

Os professores pareciam contatar somente o pai, que morava longe demais para tentar fazer o filho ir à escola. Tanto o pai quanto a mãe desistiram dele e do irmão, tratando-os como "crianças problemáticas". Tinham cada qual a vida própria e acabavam se irritando com os filhos falando coisas como: "Assumam suas responsabilidades" ou "Ajam corretamente". Em outras palavras, Subaru sentia não haver ninguém que se importasse com ele.

Isso por um lado facilita as coisas, mas por outro é entediante, pensava.

O walkman que ele ouvia fez clique e parou. O lado A da fita de sessenta minutos terminara. Subaru pousa o lápis e vira o cassete no lado B. Em geral, gosta de ouvir rádio, mas, desse jeito, não consegue se concentrar nos estudos.

O presente do pai que ele mais adora é seu próprio nome.

Kokoro comentara que era o nome de uma constelação e o associava a um mundo de fantasia. Muitas pessoas ao redor afirmavam ser o nome de uma canção popular. *Bem, o nome da canção foi inspirado nas estrelas, então não me importo,* pensava. Subaru: Constelação das Plêiades. Também conhecida como Sete Irmãs.

O segundo presente do pai de que ele mais gosta é o walkman.

Neste ano lançaram um modelo novo e o pai lhe passou o antigo que deixou de usar.

Ele acha que andar pelas ruas ouvindo música é algo bem estiloso para um aluno do fundamental, e também o faz em frente ao pessoal do castelo. Embora ninguém no castelo pareça impressionado, na rua os adultos o olham com curiosidade.

Subaru gosta mais de descobrir como funcionavam esses novos aparelhos do que estudar na escola. Ele pensa em, pelo menos, prestar exame para o ensino médio, já que o pai prometeu bancar seus estudos, mas por ele, se pudesse, preferiria se dedicar ao estudo de coisas que lhe despertassem interesse na vida real.

Ele se pergunta o que os outros fariam.

Deseja conversar sobre isso, mas a atmosfera do castelo parecia transformar esse tipo de conversa em algo proibido.

— Querido, hoje vou também trabalhar na Associação Feminina.

— Ok.

Depois da avó sair, o espelho brilhou.

Todos parecem ter espelhos em seus quartos, mas eu tenho de me contentar com o da penteadeira no quarto da minha avó, pensa. Ele coloca a mão no velho espelho coberto com um pano roxo.

Ele vai ao castelo.

Todos estarão lá.

Entre eles, Subaru sorri.

Em seu cotidiano não havia Instituto nem professora Kitajima.

Todos têm o próprio quarto, pais em casa, e parecem felizes, pensou. *Na vida, eles têm pessoas que se importam com eles.*

Ele não sentia desprezo, inveja ou escárnio, apenas constatava essa realidade. *Os outros não têm nada de que se queixar.*

No fundo, não me importo com o que acontecerá comigo, pensa. *Hoje, por acaso, vim ao castelo, mas amanhã talvez seja melhor me encontrar com os amigos do meu irmão, embora para mim seja indiferente. Meu irmão quer que eu vá porque um dos amigos pegou emprestado um mangá, não devolveu e ele vai dar uma lição ao sujeito para ele não se fazer de besta e por isso me chamou.*

Bem, tanto faz.

Afinal, talvez daqui a uns dez anos o mundo não exista mais.

DIA DESSES, ELE TENTOU usar o cartão que Masamune lhe deu de presente de Natal para ligar para o pai, mas não funcionou.

Apesar de nunca ter sido utilizado e ter uma recarga de cinquenta ligações, quando o colocou na máquina foi rejeitado de imediato. Ele achou estranho que no cartão estivesse escrito QUO.[7] *Que merda é essa?*, pensou observando o cartão. A luz se infiltrando pelo vidro na cabine telefônica acariciava a superfície do cartão. Subaru desconhecia os personagens de mangá na ilustração. Teria Masamune lhe presenteado um cartão de brinquedo?

---

[7] O QUO é um cartão pré-pago que pode ser utilizado em lojas, restaurantes, livrarias, hotéis etc. [N. E.]

Ele acabara esquecendo de reclamar com Masamune.

Da próxima vez que nos encontrarmos, eu falo.

Antes da despedida no fim de março.

Era o que ele pensava.

Ouviu-se o rugido da senhorita Lobo.

— Aki-chan. Cadê você? Está na hora de voltar para casa! Ouviu o uivo?

— Esqueça, Ureshino. Não tem nada que a gente possa fazer.

— É melhor voltarmos. Se não cumprirmos o horário...

Quando atravessava o espelho para voltar para casa, ele pensou em Aki.

Ela queria encontrar a chave, não?, pensou.

Tinha um desejo que ela queria realizar.

Mas como não conseguirá, escolheu não voltar para a realidade fora do castelo. É incrível sua coragem. Eu mesmo não conseguiria.

No entanto, assim que voltou para casa, vindo do outro lado do espelho, de imediato foi levado de volta para o castelo.

Era possível ouvir o grito de Aki e o rugido da senhorita Lobo.

— Subaru, estou aqui. Chame Kokoro! — gritou Rion.

Subaru também assentiu.

— Somente Kokoro-chan não veio hoje. Ela não foi mandada de volta para cá e devorada. Peça a ela para nos salvar...

Vendo as costas de todos fugindo, uma sensação se apossou dele pela primeira vez.

Eu não quero morrer.

Não quero morrer ainda.

Ele, que não se importava com nada, se deu conta de que ainda não havia feito nada na vida. Percebeu que queria fazer algo.

O lobo rugiu de novo.

— Ahhhh! — gritou Fuka de olhos fechados.

— Fuka-chan!

Enquanto Subaru chamava por ela, ele percebeu.

Eu não quero morrer ainda.

Não quero que vocês morram.

♦

O CHOQUE QUE A atingiu na testa desapareceu.

Kokoro chora de novo. Enxuga as lágrimas.

Preciso salvá-los, pensa.

Vou salvar todos eles.

A paz voltou a reinar dentro do castelo.

Kokoro pensa qual caminho deveria escolher.

O salão fica ao fim do longo corredor com os quartos individuais.

Apesar de sempre andar tranquilamente pelo corredor, naquele dia ele parecia muito mais longo.

Mas não havia outro jeito: ela precisa ir.

Recupera o fôlego e se põe a correr.

Só eu posso fazer isso.

O que eu faço se o lobo ouvir o som dos meus passos?

Choramingando, primeiro ela se dirige à sala de jogos. Espanta-se com a cena que se descortina à sua frente.

A sala está completamente arruinada.

O console de Masamune sumira sabe-se lá para onde, e sofá, mesa, enfeites, vasos de flores, tudo está destruído.

Ela vira o rosto procurando desviar o olhar da cena dolorosa e, justo quando espia na direção dos quartos individuais, escuta o uivo.

Auuuuuuuuu.

Pare com isso!, pensa.

Tamanha era a intensidade do uivo que se tornava impossível saber de que direção partira. Para não ser mandada pelos ares pelo impacto, ela se agarra à maçaneta do quarto mais próximo. O impacto da voz bate em seu rosto como uma forte rajada de vento.

Ela se refugia no quarto e enfim deixa de sentir o eco do uivo com o vento desaparecendo.

Ela olha o interior do quarto escuro.

Assim como no espaço comum, o interior de cada quarto está de cabeça para baixo.

No cômodo, há um piano com a tampa totalmente aberta. Está destruído em alguns partes e o teclado numa condição horrível, como uma boca desdentada.

Kokoro percebe que é o quarto de Fuka.

Pela primeira vez, Kokoro entrou ali. Era menor do que o seu quarto no castelo. Apesar de ter um piano, não tem cama e estante como no seu.

Ela vê bem perto a escrivaninha destruída. Sobre a escrivaninha há livros escolares, material de referência e itens de papelaria supostamente usados por Fuka nos estudos.

(Debaixo da escrivaninha do meu quarto também deve ter um.)

A marca do x.

Ao estender a mão, Kokoro sentiu-se culpada. Porém, resoluta, ela toca o x.

Ela queria confirmar.

Desejava saber, mesmo que por meio das memórias de todos.

Fuka estava tocando piano.

No cômodo do piano em sua casa.

Ela gosta de passar o tempo sozinha e tranquila.

Há um calendário na parede. Está marcado em vermelho o feriado de 23 de dezembro e ao lado está escrito concurso.

Faltavam poucos dias para o próximo concurso.

— Senhora, sua filha é um gênio ao piano.

A professora de piano disse à mãe de Fuka.

Fuka ainda estava no maternal.

A mãe, sempre ocupada no trabalho, ouviu isso após a terceira lição experimental gratuita em uma escolinha de piano, que foi indicada pela mãe de Mima-chan, moradora das redondezas.

— Ela tem talento — acrescentou.

A mãe arregalou os olhos admirada. Seu rosto se iluminou.

— Sério? Nossa Fuka? — perguntou a mãe.

— Sua facilidade para aprender é bem diferente da de outras crianças. Eu dou aulas de piano há anos e me espantei. Recomendo que pensem bem no futuro dela, incluindo a possibilidade de estudar fora.

Fuka ouvia a tudo do lado da mãe. Parecia que estavam falando dela.

— Você não está afirmando isso porque as aulas experimentais gratuitas terminaram hoje e quer que ela continue cursando, né?

A mãe perguntou desconfiada. Sentiu o celular vibrando dentro da bolsa de trabalho, com a alça gasta. Ela não o atendeu, algo que raramente acontecia.

— De jeito algum. Eu também me espantei. Não é algo que eu diga para todas as crianças.

Foram exatamente essas as palavras da professora.

Realmente, a professora não falara algo parecido para Mima-chan e sua mãe, que estavam junto.

Sou talentosa, sou talentosa, sou talentosa.

Sou diferente das outras crianças.

Fuka observava a aula de educação física.

Todos formaram um círculo e treinavam.

Ela está sentada com os joelhos contra o peito e com as costas contra um canto da parede observando. Mima-chan e suas colegas de turma aparecem.

— Não vai jogar?

— Ah... Não.

Fuka nunca fazia aulas de educação física. Seria um desastre se machucasse os dedos jogando vôlei.

Quando estava ainda no primeiro ano do primário, ela caiu de mau jeito em um salto e torceu o tornozelo. A mãe veio à escola e fez um escarcéu. *Minha filha vai participar de um concurso importante! Dessa vez foi o pé, mas e se fosse a mão?*

Diante da resposta de Fuka, Mima-chan e as amigas se entreolham.

— Olha só. É porque Fuka-chan toca piano!

— Ah...

As meninas se afastam. Ao irem embora, deixam escapar risadinhas.

— *Meus dedinhos são muito preciosos. E se eu me machucar?*

— *Eu preciso tocar piano.*

Elas falam alto de forma que Fuka as escute.

Piano, piano, piano.

A vida diária de Fuka na escola primária era dividida claramente em duas camadas: a escola e o piano. No modo como ela passava o tempo, o piano foi tomando o lugar da escola, e ela própria gostava disso.

Fora aconselhada a dar uma pausa na escola para ter lições de piano com uma famosa professora residente em Kyoto. Por isso, ela se mudou para a casa da avó nessa cidade.

Os adultos sempre a incentivam a praticar piano, mas nem uma vez a estudar.

— O professor fala sobre frequência, mas deveria dar uma olhada nos resultados dos concursos de Fuka. Não deveriam ser considerados equivalentes aos estudos na escola? — falou a mãe ao professor.

Desde os tempos do primário, ela quase não ia à escola. E Fuka achava isso ótimo.

Até o último concurso da escola primária para o qual se empenhou almejando vencer, mas terminou na 19ª posição.

Não foi por ela estar se sentindo mal física ou psicologicamente.

Como sempre, ela avaliou ter realizado uma boa execução sem cometer falhas relevantes.

No entanto, acabou em 19º lugar.

Por ser um concurso de nível nacional, é incrível de qualquer forma, a avó a consolou, mas via-se no semblante da mãe o choque recebido. Pelas notas que lhe mostraram posteriormente, havia uma grande diferença entre a filha e as dez primeiras colocadas.

— A situação não é fácil. — Ela ouviu o avô conversando com a avó. — Então, até quando ela vai insistir nisso?

Fuka é órfã de pai.

Os avós falavam para a mãe que, justamente devido a essa condição, ela não devia pressionar tanto a filha.

— Não é pressão. Realmente não é — protestava a mãe entre dentes.

Fuka continuava no Japão enquanto não se decidia em qual país, qual conservatório de música e sob a orientação de qual professor ela estudaria.

Ela se questionava se as coisas não avançavam por falta de dinheiro. A mãe trabalhava arduamente todos os dias e nunca estava quando a filha retornava para casa das aulas de piano. Certo dia, quando ao cair da noite ela ia esquentar o *onigiri* frio que a mãe deixara em seu quarto, percebeu que a energia fora cortada.

A professora do primário em uma visita de rotina se admirou por haver, no pequeno apartamento, apenas um magnífico piano e equipamentos de isolamento acústico. No refrigerador somente comida de consumo imediato, como marmitas e pães trazidos pela mãe do local onde trabalhava meio período. Fuka raramente vira a mãe cozinhando ou limpando a casa. A mãe trabalhava demais. Estava sempre muito ocupada.

O gás também fora cortado. Ela se espantou ao curiosamente ver o gás, eletricidade e água tendo sido desligados na ordem de sua relevância para a vida diária. O telefone celular que a mãe lhe dera em caso de necessidade porque "é perigoso quando você vai e volta sozinha da aula de piano" não funcionou quando certo dia ela tentou ligar para a mãe.

Ela ia percebendo essas coisas aos poucos enquanto aprendia piano.

Eu não estaria fazendo algo além de nossas possibilidades?

Não só no aspecto financeiro.

Também em termos de talento. Haveria outro motivo para eu não poder ir estudar no exterior, além do dinheiro?

Na realidade, talvez um conservatório no exterior não recebesse uma aluna com a capacidade limitada dela. Se ela não tivesse bons resultados em concursos de piano, estudar no exterior não passaria de um sonho.

Até quando ela vai insistir nisso?

Quando ouviu o que o avô falara, Fuka se deu conta de algumas coisas.

Que não conseguiria acompanhar nada dos estudos na escola.

Que provavelmente o tempo para os estudos seria insuficiente por ela se dedicar tão assiduamente ao piano como o fazia no momento.

— Não posso acreditar! — A mãe chorou muito ao ouvir essas palavras pronunciadas pelo avô. — Pai, por que você fala assim? Vou levar Fuka e não vamos mais pôr os pés nesta casa. Não deixarei mais você vê-la.

Ela vociferava aos prantos enquanto a avó a consolava tentando apaziguar as coisas entre os dois.

A mãe havia recusado várias vezes a proposta dos pais de acolhê-las em sua casa em Kyoto.

— Trabalho com carteira assinada e, se me demitir, vai ser difícil arranjar outra colocação igual. Como eu e Fuka viveríamos? Ela seria obrigada a abandonar as aulas de piano.

Ao ingressar na escola fundamental, a mãe incentivou ainda mais os estudos de piano da filha.

Fuka adorava a mãe.

Aos cinco anos, ela perdera o pai em um acidente de trânsito e a mãe a criou com um carinho ainda maior para compensar a falta da presença paterna. Ela trabalhava em um escritório de entregas por correio expresso e à noite, em meio período, preparando marmitas.

— Eu nunca tive nenhum talento em especial. Se você tem esse dom, farei tudo que estiver ao meu alcance para cultivá-lo.

No entanto, o semblante da mãe se tornava cada vez mais exausto. Na realidade, não foram raras as vezes em que Fuka pensou se não seria melhor ajudar a mãe do que tocar piano.

No lugar das aulas, quero preparar para mamãe uma comida caseira, um missoshiro *bem quentinho. Quero fazer mamãe comer algo diferente das marmitas que traz do trabalho.*

Fuka ainda não tinha idade para fazer bicos e lamentava por não poder trabalhar e ganhar algum dinheiro para ajudar nas despesas da casa.

Ela se amargurava por não conseguir melhorar seus resultados no piano.

Mas pensou que desistir naquele momento representaria um total desperdício.

Todo o tempo e dinheiro investidos nas aulas de piano teriam sido inúteis.

Desde que ingressara na escola fundamental, ela ia cada vez menos à escola. Mesmo quando ia, não tinha assuntos em comum para conversar com os colegas. Não participava das aulas de educação física, de nenhum clube de atividades extracurriculares, e estava sempre isolada de todos.

Ela achava isso normal. Considerava natural não ter amigos.

Porém, certo dia, quando tocava piano, o espelho do corredor da entrada começou a brilhar.

Ela veio até o castelo e conheceu todo o pessoal…

Recebeu um quarto só seu onde havia um piano. Tocou algumas notas para testá-lo, mas no instante seguinte bateu violentamente com ambas as mãos sobre o teclado.

Plaft!

Mas até aqui tem um piano. Não preciso dele, pensou.

— *Com sua idade você já vive no exterior, Rion? Algum olheiro da escola recrutou você? É isso?*

— *Não, o treinador de meu time no Japão escreveu uma carta de recomendação. Bastou isso! Meus pais só tiveram de decidir a escola.*

Quando soube que um aluno do fundamental como ela estudava fora, sentiu um grande aperto no coração.

Eu me acho diferente das outras pessoas, especial, mas talvez esteja enganada.

— *Tenho um curso de verão e ficarei um tempo sem vir a partir de hoje.*

Ela havia informado isso a todos, mas, na realidade, fora estudar com uma professora de piano em Kyoto. Ela se preparava para um concurso no verão.

Quando ouviu a execução do aluno que se apresentou antes dela, achou tão bom, que desejou tampar os ouvidos. Exercitara tanto que não sabia mais se era boa ou não.

No concurso de verão, ela terminou na categoria "não qualificada".

Era o resultado atribuído às crianças posicionadas acima do trigésimo lugar.

Apesar de comentarem tratar-se de um concurso bem menos prestigioso do que aquele no final da escola primária, ela não se saiu bem.

Vendo o quadro de resultados colocado no corredor, suas pernas bambearam. Sentiu como se o corpo frio afundasse no mar juntamente com o piano.

Terminado o concurso de verão e de volta para sua casa em Tóquio, no dia em que foi ao castelo, Kokoro lhe presenteou com uma caixa de chocolates.

— Presente de aniversário — anunciou ela.

Era raro na casa de Fuka se comer toda uma caixa de chocolates. Ela comeu um por um, apreciando realmente o sabor.

Também, antes do concurso, Aki lhe oferecera um presente de aniversário.

Ureshino confessou que gostava dela.

Todos criticaram o fato de Ureshino se apaixonar por todas as meninas, uma por vez, mas ao contrário de Aki e Kokoro, que também foram seus alvos, ao mesmo tempo em que me espantei quando ele declarou que gostava de mim, eu também me alegrei.

Masamune a deixou jogar videogame.

Apesar de ela achar que os meninos só gostassem de compartilhar seus hobbies com meninas bonitas.

Subaru a chamou carinhosamente pelo diminutivo Fuka-chan.

Subaru é um gentleman, *gosto dele.*

Até Rion, um dos meninos que mais se destacam, me chama de "Fuka", como se eu fosse uma amiga.

Cada vez que ele me chamava assim, eu adorava ser simplesmente "Fuka".

Se tenho talento ou não, não importa. Sei que todos eles gostam de conversar comigo.

— Olá. Bom dia. É a primeira vez que nos encontramos, não é? Muito prazer.

— Bom dia...

Enquanto a cumprimentava, Fuka imaginou que ela deveria ser a professora Kitajima. Finalmente ela pôde conhecê-la.

Todos os outros foram ao Instituto acompanhados de suas mães. Apenas Fuka foi sozinha à Sala de Aula do Coração, em segredo da mãe.

A professora Kitajima, em quem todos confiavam. Ela ouvira inúmeros comentários de Kokoro e Ureshino sobre ela e queria muito encontrá-la.

A professora frequentava bastante a Escola Fundamental Yukishina nº 5 e sabia que Fuka, aluna do oitavo ano, tinha um grande número de faltas.

— Estou feliz por você ter vindo — afirmou a professora.

Pouco a pouco, Fuka começou a falar, embora divagasse um pouco.

A não classificação no concurso havia abalado um pouco a mãe. Ela deixara de insistir para que a filha praticasse como antes. Parecia não se importar mais se Fuka ia à aula de piano ou à escola. Fingindo ir ao colégio, Fuka começou a frequentar a Sala de Aula do Coração e o castelo.

Não podia voltar para a escola. Ela se perguntava o que a mãe esperava dela.

Até quando ela vai insistir nisso?

As palavras do avô ressoavam bem fundo dentro de si, como um feitiço.

Conforme conversava com a professora Kitajima, entendeu como era gigantesca a estranha angústia que sentia.

Fuka falou que não podia mais voltar.

Que ela não conseguiria acompanhar os estudos.

Não sabia se devia continuar as lições de piano.

— Bem, que acha então de estudar? — sugeriu a professora Kitajima. — Eu a ajudo — complementou com espontaneidade. — Você parece estar consciente de que estava fazendo algo de alto risco, não?

— Alto risco?

— Sinto que está em dúvida sobre o que acontecerá com você se não conseguir ser bem-sucedida, se não se tornar pianista, uma vez que esteve todo o tempo concentrada em uma única coisa. Nesse sentido, os estudos escolares são os que envolvem os menores riscos. Se você se esforçar, obterá resultados e, sem dúvida, serão úteis em tudo o que vier a fazer daqui em diante.

Sorrindo, a professora afirmou que Fuka poderia fazer ambos.

— Entendo bem o quanto o piano é importante para você, Fuka-chan. Porém, que tal estudarmos? Isso servirá para melhorar a sensação de angústia em relação ao piano.

— A senhora me ensinaria?

— Uhum. — A professora Kitajima inclinou a cabeça. Seus olhos irradiavam felicidade. — Lógico! Somos o Instituto. Nós ensinamos também.

Trancada em seu quarto no castelo, Fuka abriu o livro didático. Ela tinha um dever de casa que a professora Kitajima passara, com conteúdo para alunos do sétimo ano. Em breve ela poderia recuperar o atraso e alcançar o nível do oitavo ano.

Ela pôde estudar com calma e concentrada, porque não havia naquele ambiente nem a mãe nem outras pessoas.

Em dezembro, haveria um concurso de inverno, mas ela não ficou tão estressada quanto na época do verão.

Ela nunca tocou piano no seu quarto do castelo.

Até fevereiro, naquele último dia.

O ÚLTIMO DIA DE fevereiro.

Ela viera, mas não havia ninguém.

Apenas o seu espelho brilhava e Fuka, por um instante, ficou em dúvida se o castelo não teria fechado para sempre. Teria ela se enganado e seria final de fevereiro e não de março?

— Senhorita Lobo!

Fuka a chamou ansiosa, mas ela não apareceu. Isso ocorria pela primeira vez.

Foi até seu quarto e, de repente, sentiu vontade de tocar piano.

Abriu a tampa e pousou os dedos sobre as teclas. O som dos acordes mostrava que o piano estava bem afinado.

A *Arabesque*, de Debussy, e a *Clair de Lune*, de Beethoven.

Uma vez tendo movido os dedos, ela se entusiasmou.

Ela pôde se concentrar.

O ambiente sereno era agradável. *Que boa sensação*, pensou.

Por isso, até terminar de tocar, não percebeu alguém ali de pé a ouvindo.

Ao terminar, ergueu o rosto. A porta que dava para o corredor estava aberta. Aki estava de pé.

— Que susto!

Aki tinha os olhos arregalados.

— Desculpe ter aberto a porta sem bater. Mas, Fuka, você é incrível… Então você sabe tocar piano? Ou melhor, você é uma pianista!

— Ah, hum, bem…

— Você é um gênio.

— Gênio… deixa disso!

Apesar de ser uma palavra que despertava lembranças dolorosas, ao ouvir Aki pronunciá-la, Fuka pôde replicar de forma natural e com um sorriso sem graça.

— Uau! — exclamou Aki. — E o que temos aqui? Livros escolares? Percebi que você passa muito tempo no quarto, mas não imaginava que você estudasse até mesmo aqui.

— Ah…

Fuka olhou para o material de estudos em cima da mesa.

— Estudar é a atividade de mais baixo risco.

— Como?

— Em vez de apostar tudo em algo sem saber se se tem ou não talento, estudar talvez seja o método mais seguro para crescer, apesar de bastante lento.

Fuka falou para Aki, esperando que ela não a odiasse por isso.

— Alguém me ensinou que estudar nunca será algo inútil.

Apesar de até aquele momento ter tido dificuldade para conversar com Aki por conta de seu jeito displicente, estando apenas as duas no castelo naquele dia, Fuka estranhamente se sentiu descontraída para falar.

Contou sobre os concursos, a escola, os estudos, a mãe e a professora Kitajima. E também de como tudo isso fez com que ela tomasse a decisão de voltar a estudar.

— Talvez eu pudesse estudar também… — declarou Aki ao terminar de ouvir.

— Uhum — assentiu Fuka. — Faça isso. Vamos estudar juntas.

Fuka não queria esquecer o castelo.

Das coisas que vivenciou ali com todos.

Ao decidir, sentiu-se menos angustiada.

Ela estava feliz por conhecer os outros: Kokoro, Aki, Subaru, Ureshino, Masamune e Rion.

— Aki!

Fuka gritou diante do espelho que continuava a brilhar. Ela berrava chamando por Aki.

— Vamos voltar, Aki!

Aki não volta.

Depois de retornar à força ao castelo após ter passado para o outro lado do espelho, Fuka pediu diante do espelho que se conectava com a casa de Kokoro. *Não quero esquecer. Se o desejo se realizar, acabarei esquecendo.*

Fuka não conseguia expressar em palavras a raiva que sentia pelo egoísmo de Aki.

Porém…

— Kokoro, o desejo…

Ela não queria aceitar que a menina com quem convivera desaparecesse daquele jeito.

Nós combinamos estudar juntas.

Realize o desejo.

Encontre a chave.

Peço de todo coração.

Kokoro percebe outra vez diminuir o impacto que sentira na testa. Calada, enxuga as lágrimas. Pousa a mão sobre o teclado do piano do quarto de Fuka.

Espere, fala, dirigindo-se à escrivaninha.

Eu vou salvá-la.

E depois, vou falar o quanto também adorei conhecer você.

O quarto de Rion fica ao lado do de Fuka.

Kokoro hesita de novo. Mesmo assim, após vacilar um pouco, ela abre a porta do quarto.

O quarto de Rion é bem típico de um menino. Uma sacola de juta e uma bola de futebol, certamente trazidas por ele às escondidas, estavam jogadas no chão. Assim como os outros quartos, o dele também havia sido devastado pelo lobo, mas, mesmo assim, ainda conservava traços de ser o quarto de Rion.

Como ele contara, debaixo da cama havia a marca do x. Kokoro toca nela.

Toca com muito cuidado.

Rion havia percebido.

A senhorita Lobo não era o lobo do conto da Chapeuzinho Vermelho, *mas do* Lobo e os sete cabritinhos.

Como ele teria notado? E por que não falou nada com ninguém?

Enquanto pensa, Kokoro ouve uma voz graciosa.

— *Toc, toc, toc. É a mamãe!...*

— *Mentira! Você é o lobo.*

Uma menina, que deveria ser aluna da escola primária, lê um livro ilustrado.

É Mio-chan, irmã mais velha de Rion.

Veste uma camisola e uma touca hospitalares. Kokoro percebe que ela está careca.

Rion ainda tem cinco anos. Ele adora visitar a irmã no hospital.

Embora a irmã tivesse perdido os cabelos, ela é linda com grandes olhos e pele alva. Sempre que, no jardim de infância, perguntavam a Rion com quem desejava se casar, ele respondia: "Com minha irmã!".

O livro que a irmã lê é interessante e os dois gargalham. Seu jeito de ler é fantástico, e ela repete várias vezes os diálogos com expressividade. "É a mamãe!" "Mentira! Você é o lobo".

A certa altura, ela pergunta a Rion:

— Bem... Quem você acha que é? A mãe? O lobo?

Rion afirma categórico:

— É o lobo! — Animado, como se participasse da história.

— Hum... Então, será mesmo?

Virando languidamente a página, a irmã é gentil e, por mais que tivesse lido inúmeras vezes o livro, Rion sempre pedia insistentemente para que ela lesse mais uma vez.

Naquele dia foi a leitura de um conto de fadas, mas a irmã de Rion também era muito hábil em criar e contar as próprias histórias. Elas eram tão interessantes que Rion imaginava que, quando crescesse, a irmã desenharia os próprios livros de histórias. Aventuras futurísticas de robôs, espiões em busca de criminosos em uma mansão abandonada. Ele imaginava as histórias inventadas pela irmã sendo muito mais interessantes do que as dos livros vendidos nas livrarias.

— Bem, Rion, tá na hora de voltar pra casa. Amanhã vocês continuam.

A voz da mãe os interrompe.

Tanto Rion quanto a irmã assentem relutantes.

Segurando a mão do pai e a da mãe, Rion deixa o quarto de hospital e seu leve odor de desinfetante.

— Até, Rion! — A irmã acena para ele.

— Voltamos amanhã, Mio — fala o pai.

No caminho de volta, em uma alameda ladeada por árvores com as folhas tingidas de vermelho pelo outono, a mãe de súbito fala para Rion.

— Filho, não acho legal pedir para sua irmã ler aquela história.

— Por que não?

Como a irmã se divertia lendo, ele não entendeu a razão. A mão da mãe segurando a de Rion tremia.

— Mio devia encenar com os amiguinhos a peça *O lobo e os sete cabritinhos* no jardim da infância, mas acabou não podendo. Isso deve trazer lembranças a ela — responde a mãe impaciente.

— Pare com isso — fala o pai. — Mio não vai se lembrar dessas coisas. Ela parece gostar daquele livro ilustrado e os dois estavam alegres.

— Cala a boca! — esbraveja a mãe. E logo depois desaba no chão. — Por quê? — Deixa escapar um sussurro entre os lábios. — Por que tinha de ser a Mio? Por que essa desgraça logo com ela?

Rion olha espantado para sua mão, que a mãe soltara. O pai acaricia as costas da mãe. Ele a ajuda a se levantar.

Rion observa aflito os pais.

— Sinto muito.

Rion se desculpa, imaginando que os pais estivessem zangados com ele. A mãe, porém, não responde. Ela continua calada mordendo os lábios.

— Está tudo bem — fala o pai no lugar da mãe, afagando a cabeça de Rion.

— Ei, Rion. — A irmã começa a conversar com ele no seu quarto de hospital em outra ocasião. — Prometa que vai estar sempre com boa saúde e ao lado do papai e da mamãe.

— Ah, uhum.

Rion assente sem entender bem o significado. Mio ri.

Um brinquedo novo fora trazido para o quarto naquele dia. Algo como uma guirlanda natalina fora colocada ao lado da janela. Rion se deu conta de que era Natal.

Sobre a cama havia uma magnífica casa de bonecas. Um fio saía dela até a tomada e a casa era iluminada por miniaturas de lâmpadas. O enorme brinquedo era importado. Perto dele havia um folheto explicativo em inglês.

— Quando eu não estiver mais aqui… — falou Mio. — Vou pedir a Deus para dar a você, Rion, um desejo. Desculpe por ter desistido de tantas coisas por minha causa. Você não pôde viajar e mamãe não pôde ir à sua apresentação de dança, não?

Atônito, Rion não sabe o que a irmã quer dizer com aquilo. Ela não estava indo a lugar algum e para ele era natural que não viajassem ou que a mãe não participasse de algum evento relacionado a ele. Rion tentava entender o porquê da irmã se expressar de forma tão estranha.

— Vou pedir a Deus, ok? — repetiu a irmã.

— Então, meu desejo é podermos ir juntos à escola.

Em breve, Rion ingressaria no primário. Queria acompanhá-la até a escola. Queria estudar e brincar com a irmã.

Ao ouvi-lo, a irmã se cala. Rion fica intrigado com o súbito silêncio.

Pouco depois, ela ergue o rosto e meneia a cabeça.

— Quando você entrar na escola no ano que vem, vou entrar na escola fundamental! Vamos para escolas diferentes. Mas, de qualquer forma, obrigada — agradeceu a irmã. — Eu também, se pudesse, queria ir com você para a escola. Queria que a gente pudesse brincar juntos!

O uniforme da escola fundamental da irmã estava pendurado na parede.

Rion tinha certeza de que a irmã não partiria, mas ela se foi.

A última vez que Rion falou com a irmã foi algumas horas antes de ela morrer.

Ela estendeu a mão na direção do irmão e parecia delirar.

— Rion, me perdoe por ter assustado você. Mas foi divertido.

Rion pensou que até no momento da morte, ela era gentil e se preocupava com as pessoas.

Como a irmã falara, Rion se sentia assustado ao vê-la sofrendo. Amedrontado e sem querer se separar dela, ele não parava de chorar.

O funeral foi realizado sob uma chuva primaveril no início de abril. Rion estava sentado ao lado do pai. O rosto da mãe estava lívido, como se ela tivesse perdido a alma. A quem viesse lhe dar condolências, ela apenas concordava com o olhar vago.

Prometa que vai estar sempre com boa saúde e ao lado do papai e da mamãe.

Ah, esse era o significado do que Mio falou, Rion finalmente entendeu as palavras da irmã.

O uniforme da escola fundamental ficou pendurado no quarto de hospital da irmã por um ano. Os pais o deixaram ali na esperança de que, um dia, ela poderia ir à escola, mas ela acabou nunca tendo a oportunidade de usá-lo.

— Que bom ver você saudável!

A mãe afirmou isso pela primeira vez quando Rion estava na primeira série do primário, por volta do mesmo ano em que a irmã, Mio, foi internada.

Ele começara a aprender futebol em um time das redondezas e aos poucos ia pegando gosto pelo esporte. Certo dia, quando estava prestes a sair para o treino segurando a bola de futebol, a mãe lhe falou:

— Seria bom se sua irmã tivesse metade da sua energia excessiva...

Rion ficou sem reação.

Sem saber o que falar, replicou apenas com um:

— Ah, uhum.

— Você diz apenas "uhum"? — questionou a mãe. Resignada, baixou os olhos.

A doença da irmã foi diagnosticada quando a mãe estava grávida de Rion. Foram vários anos difíceis lidando ao mesmo tempo com o tratamento da filha e os cuidados do Rion ainda bebê. Ele sabia o quanto a mãe parecia se arrepender.

A doença foi descoberta pouco antes de a irmã entrar no primário. No final, ela acabou não podendo ir uma vez sequer às aulas.

No fundo da sala de estar, estavam expostas as fotos de Mio.

Fotos tiradas no recital de piano antes da internação e outra com toda a família reunida no quarto de hospital pouco antes de Mio morrer. Perto da janela havia também a casa de bonecas que os pais lhe presentearam.

Mesmo eu estando sempre saudável...

A certa altura, Rion compreendeu que isso não serviria de consolo para os pais.

Ele tinha qualidades atléticas superiores à média. Isso também era algo incompreensível para a mãe. *Por que, mesmo sendo irmãos, você é tão forte? Como seria bom que Mio também tivesse essa vitalidade.*

— Nossa, Rion é mesmo fantástico, não? Ouvi que o olheiro de um time veio vê-lo jogar! — comentou a mãe de um colega de turma com a mãe de Rion.

— Não é tanto assim — respondeu a mãe meneando a cabeça. — Ele gosta de futebol, mas, como pais, não temos nenhuma ambição em particular.

Rion pensava em continuar jogando no mesmo time dos amigos e ir para a mesma escola fundamental que eles.

Porém, quando ele entrou no sexto ano da escola primária, a mãe lhe mostrou um panfleto.

Era de uma escola no Havaí.

Seu coração congelou quando viu que aquele era um colégio interno. Sua primeira sensação foi de medo.

Ele não queria ir.

Não voltaria todo dia para casa, como sempre fazia. Viveria anos em um local desconhecido, onde talvez nem compreendesse o idioma que as pessoas falavam. Longe de amigos, professores e pais.

Ele sempre pensou que se formaria com os colegas de série e todos iriam estudar na mesma escola fundamental, mas foi informado de que, no outono, ingressaria na escola no Havaí.

Ele não pôde sequer participar da cerimônia de formatura junto com os colegas de turma.

— Você poderá desenvolver seu potencial — argumentou a mãe.

Ao vê-la encarando-o com seriedade, Rion enfim entendeu. A mãe queria mandá-lo para bem longe.

— Da hora. Escola no Havaí?

— Não é uma escola que formou vários jogadores profissionais?

— Rion é mesmo fantástico.

Quanto mais os amigos falavam coisas assim, mais difícil se tornava para ele recusar. Ele próprio começou a se convencer de que a ideia não era tão ruim.

— Acredito ser uma excelente escola, mas o que Rion acha disso?

— Ele falou que quer ir.

Certa noite, Rion ouviu a conversa dos pais.

— Sério? — perguntou o pai, que acabara de chegar do trabalho. — Na idade dele é natural concordar com os pais. Ele realmente falou isso?

— Com certeza! Com todas as letras.

Isso não é verdade!, pensou Rion ao ouvir as palavras do pai. *As coisas não são bem assim.*

Mesmo um aluno da escola primária tem vontade própria.

Até eu consigo entender que continuar vivendo aqui só causa sofrimento para vocês.

Eu também quero manter distância.

O QUE POSSO FAZER? Desculpe, Mio.

Mesmo estando saudável, sou um estorvo para nossos pais.

NO FIM DO SÉTIMO ano, Rion ainda morava no Havaí.

A mãe veio visitá-lo no Natal, assou um bolo e voltou para casa.

Ela não sugeriu voltarem juntos para passarem o Ano-Novo em casa.

Rion contemplava ansioso o espelho, esperando que ele brilhasse. Era de tarde e ele estava no quarto do dormitório.

— Vamos, bebê, brilhe! — falava ele, acariciando o espelho.

Quando finalmente uma luz iridescente começou a reluzir, ele abriu um sorriso. Colocou o relógio de pulso e, com cuidado, enfiou a mão para dentro do espelho.

AUUUUUUU.

— Aki-chan. Cadê você? Está na hora de voltar para casa! Ouviu o uivo?

— Esqueça, Ureshino. Não tem nada que a gente possa fazer.

— É melhor voltarmos. Se não cumprirmos o horário...

Assim que retornou para casa, Rion foi tragado de volta para o castelo.

No instante em que se deu conta de que algo irremediável ocorrera, ele gritou:

— Subaru, estou aqui. Chame Kokoro!

Ele berrou na direção do espelho conectado ao quarto de Kokoro.

— Kokoro, eu lhe peço! Encontre a chave do desejo!

Rion percebera a verdade.

Ele já suspeitava que era falso a senhorita Lobo ter enfatizado a *Chapeuzinho Vermelho*.

Todos eles, os sete.

— Não é *Chapeuzinho Vermelho*. A senhorita Lobo deve ser o lobo em *O lobo e os sete cabritinhos*.

A chave certamente está dentro do grande relógio.

Querendo que o próprio desejo fosse realizado, Rion guardou o segredo para si.

A testa de Kokoro doía.

Um grande choque se estendeu por todo o rosto.

Como quando era pequena e, ao se exercitar errado em uma barra de ferro, batera com o rosto de frente nela.

Nesse momento, a imagem de Rion desapareceu.

Ela ouvia uma voz.

— Qual é o seu desejo?

Impossível discernir quem perguntava. Ela não sabia se realmente escutava a voz ou se eram apenas os seus tímpanos que vibravam. Uma outra voz respondeu. Era a de uma criança. Uma menina.

— *Eu!*

— *Eu estou bem. Queria voltar com ela...*

— Você consegue ver?

Kokoro podia ouvir a voz como se invadisse a cena na memória de alguém que ela vislumbrava.

Ela arregala os olhos de espanto com a voz. Puxa a mão de debaixo da cama e se vira. Solta um grito forte.

— Senhorita Lobo!

A porta está aberta e a senhorita Lobo, de pé no corredor.

Como sempre.

O mesmo vestido rendado em estilo de bata e a máscara de lobo.

Porém, envolta pela estranha força que emanava do castelo e pela penumbra, a impressão é muito diferente da usual. Kokoro faz menção de fugir de imediato. No entanto, não havia para onde escapar dentro do pequeno quarto. A senhorita Lobo estava do outro lado da porta, impedindo a passagem.

Mesmo assim, Kokoro se levanta e tenta escapar.

— Espere! — A voz da senhorita Lobo a faz parar. Ela solta um suspiro. — É a segunda vez que você tenta fugir de mim. Lembra do primeiro dia?

— Mas...

Um grande lobo devorou todo mundo.

Kokoro imagina que o lobo nada mais é do que a metamorfose da senhorita Lobo que está diante de seus olhos. Seu instinto lhe manda se esconder, tentando não fazer ruído de passos.

Ela não imaginava que as duas poderiam conversar.

Apesar de até pouco antes estar apavorada com os uivos, não acreditava que pudesse dialogar de forma tão serena.

Tudo devia se tratar de um engano, imaginara, mas ao olhar para a barra do vestido da senhorita Lobo, mudou de ideia. Assim como o interior do castelo, ela estava arruinada... A renda estava rasgada e puída. Tanto a roupa quanto a máscara estavam imundas.

— Não houve nada que eu pudesse fazer. Uma vez infringidas as regras, não há como fazê-lo parar — falou a senhorita Lobo. — Essa é uma das condições no momento que o castelo é criado. Tudo tem seu preço.

A senhorita Lobo aponta o nariz da máscara para Kokoro.

— Você não será devorada. Não é alvo do castigo. Você está salva.

— E os outros?

— Foram todos enterrados. Você deve ter visto debaixo das marcas de x.

Kokoro fechou os olhos.

Então, as marcas de x equivalem às lápides de túmulos.

— Percebeu? — pergunta a senhorita Lobo.

Sobre o que ela estaria perguntando? Acreditando saber, Kokoro assente.

— Acho que sim.

— É mesmo?

— Me diga uma coisa, senhorita Lobo.

— O quê?

— Nós "podemos nos encontrar", não?

A senhorita Lobo permanece um momento em silêncio ao ouvir a pergunta.

Por conta da máscara, Kokoro não pode ver a expressão dela, mas talvez a senhorita Lobo nem tivesse um rosto, no fim das contas. Ela era a guardiã do castelo do espelho. Desde o início, o rosto do tal lobo era talvez o rosto daquela menina.

Kokoro não discernia se a senhorita Lobo era uma aliada ou inimiga.

Pressionando um pouco mais, faz outra pergunta:

— Não digo agora, de imediato, mas em algum momento talvez seja possível encontrá-los, não?

— Isso se você conseguir sair hoje daqui sã e salva — respondeu a senhorita Lobo.

Kokoro interpreta o jeito de falar da senhorita Lobo como um sim.

Então é isso, ela rumina as palavras.

— A intenção não era ver vocês todos devorados.

Mal-humorada, a senhorita Lobo vira a ponta do nariz da máscara para o teto.

E olha para Kokoro.

— O resto depende de você. Aki está na sala do desejo — disparou a senhorita Lobo e, sem esperar uma resposta, desapareceu.

Você está salva.

Ela ouve em sua mente as palavras da senhorita Lobo.

♦

O QUARTO DE AKI fica no fim do longo corredor mais próximo do salão com as escadarias.

Kokoro respira profundamente.

Ela tinha decidido que não hesitaria mais.

Ela vai salvar Aki.

Ela vai trazer de volta aquela menina egoísta.

Permanecer no castelo após o fechamento era um ato suicida. Mesmo assim, Aki decidiu ficar.

A BOCA DE AKI era sempre ferina.

Então, para mim, acho que é impossível fugir para um outro mundo.

Sabe, não tem problema se o desejo for realizado, né? Quer dizer, se alguém encontrar a chave.

Afinal, se não pudermos nos encontrar no mundo exterior, o que teremos depois de tudo terminar em março serão apenas lembranças. Não dá um vazio por dentro?

Que legal ter uma família em que os pais se preocupam tanto. Bem diferente dos nossos pais, né, Kokoro?

Kokoro abre a porta do quarto de Aki.

A porta do grande guarda-roupa está escancarada. Ela logo encontra a marca do x dentro dele.

Coloca a mão sobre a marca.

As memórias de Aki fluem para dentro de Kokoro.

Um aroma de incenso invade os sentidos.

Aki está sentada diante do retrato mortuário da avó.

Ela veste o uniforme escolar e, ao seu lado, estão a mãe e os primos.

Seu pai ocupa um lugar ao lado da mãe. Na realidade, ele é o padrasto, marido do segundo casamento da mãe, e não tem vínculos sanguíneos com Aki.

A mãe costumava chamar o pai, de quem se separara quando a filha era pequena, de "egocêntrico".

— Se eu não tivesse engravidado de você, provavelmente não teria casado. Nunca imaginei que um dia fôssemos nos separar.

Ela não cansava de repetir isso para a filha.

O que não a impedia de repetir aos quatro ventos nas reuniões familiares que seu ex-marido administrava uma loja de artigos esportivos em Chiba e que fornecia os suprimentos para todos os atletas das escolas de ensino médio local que participavam das competições de beisebol no estádio Koshien.

Vovó...

No retrato, o rosto da avó é bem mais jovem do que quando falecera. Seus tios reclamaram que fazia tempos que ela tirara fotos pela última vez e só restavam as antigas.

A avó soltou um grito de espanto quando Aki tingiu os cabelos.

Aki imaginou que a avó fosse ficar zangada, mas ela se limitou a exclamar:

— Que cor linda!

Aki ficou ao mesmo tempo desapontada e alegre.

A avó era engraçada e brincalhona, completamente diferente da filha, a mãe de Aki. A ponto de as pessoas se questionarem como uma filha assim teria nascido de uma mãe como ela.

A avó sempre lhe dava dinheiro para pequenos gastos.

— Não deixe sua mãe descobrir. Se ela souber, vai querer pegar para ela. Esse é um segredinho entre nós duas, Akiko — pedia a avó, dando uma piscadela desajeitada.

Quando ela apresentou Atsushi à avó, o estudante universitário que conheceu por meio de um *telekura*, clube telefônico de encontros, a avó o recebeu empolgada e logo lhe ofereceu biscoitos, chá e picles. Aki ficou envergonhada com esse jeito antiquado de recepcionar alguém, mas Atsushi comeu de bom grado.

— Não imaginei que você me apresentasse tão cedo à sua família — falou ele.

— Desculpe. Foi difícil para você? — perguntou ela.

— Que isso? Estou feliz! — revidou ele.

Atsushi tinha vinte e três anos e nunca namorara.

— Você é a primeira e quero tratá-la com muito carinho. Não tenho muita grana, mas um dia quero me casar com você — afirmava ele.

Atsushi não compareceu ao funeral da avó de Aki.

Nos últimos tempos, eles não estavam conversando muito. Mesmo quando ela deixava uma mensagem no *pager* dele, não havia retorno.

E era justamente Atsushi quem ela mais gostaria de ter a seu lado naquele momento.

— Coitada dessa menina — falou uma senhora, amiga da avó, ao ver Aki. — A culpa é sua de não cuidar bem dela — acrescentou, olhando para a mãe de Aki de rosto franzido.

Aki pensou que a senhora se intrometia onde não era chamada.

Mesmo assim, não me resta alternativa a não ser viver sob o mesmo teto que minha mãe, pensou ela.

— Maiko, Maiko, cadê você?

Ao retornar do funeral, quando estava sozinha no quarto, ela ouviu a voz do sujeito.

Ele procurava pela mãe de Aki. Apesar de ela ter lhe avisado que chegaria tarde, pois tinha muitas coisas para resolver naquele dia.

Apesar de Aki desejar que ele desistisse e fosse logo embora, ele não parava de chamar "Maiko! Maiko!" com voz cada vez mais forte.

— Ei, Maiko!

— Ela não está! — respondeu Aki chateada, em voz alta, quando ele abriu de repente a porta de seu quarto.

— Ah, Akiko, você estava em casa.

Depois de abrir com violência a porta de correr do quarto ao estilo oriental, o padrasto olhou para Aki. A camisa estava desabotoada sob a gravata frouxa e desleixada.

Seu rosto estava vermelho. Fedia a álcool. Esse odor paralisou Aki.

Tô ferrada, pensou. Ela sempre se escondia no guarda-roupa da mãe contendo a respiração enquanto o sujeito estivesse por ali, mas naquele dia ela se distraiu.

Igual à última vez, ela percebeu. De imediato, fez menção de fugir.

— Ei, pera aí!

A voz do sujeito vindo atrás dela de súbito se tornou espantosamente açucarada. Suas mãos suadas agarraram o braço de Aki, provocando um arrepio por todo seu corpo. Suas pernas tremiam debaixo da saia do uniforme.

— Não — gritou ela.

Sem uma palavra, ele puxou com mais força o braço dela e a imobilizou.

— Atsushi! Atsushi! Atsushi!

Aki gritava. Uma das mãos do sujeito penetrou dentro do uniforme. Com a outra ele tampava a boca de Aki.

Socorro!

Ela gritava, mesmo com a boca coberta pela mão.

Ele disse que me ajudaria, que me protegeria!

— Aiiiii!

O pé que Aki levantou ao acaso atingiu bem entre as pernas do padrasto. Ela correu. Fugiu para a sala de estar e, com o cabo de uma vassoura, bloqueou a porta de correr. *Atsushi, Atsushi, Atsushi, Atsushi.* Em gestos frenéticos, pegou o telefone no canto do cômodo. No impulso, atirou longe a caderneta de anotações, o calendário e o porta-canetas colocados ao lado do aparelho. Ela pensou. Para deixar uma mensagem no *pager*, precisava converter as letras em números e se atrapalhava durante o processo. *O que devo digitar? O que devo falar?*

Os números flutuavam em sua mente como uma fórmula mágica.

41... 33... 24... 44

Me... A... Ju... De.

Quando ela começou a digitar: "Venha urgente", a porta de correr foi sacudida pelo padrasto.

— Akiko! Akiko!

A porta estava prestes a vir abaixo devido à força anormal do homem.

Ela largou o fone e se preparou para fugir.

Nesse momento, o espelho brilhou.

Em geral, era o espelho do seu quarto que reluzia, mas, naquele dia, foi o pequeno espelho de mão da mãe. A senhorita Lobo comentara que não faria um espelho brilhar quando um adulto estivesse presente.

— Akiko!

A voz violenta atrás dela se tornou ainda mais ameaçadora. Não havia tempo para hesitações. Ela pousou a mão sobre o pequeno espelho brilhante. Seu corpo deslizou para o outro lado.

Apesar de ser um espelho pequeno, Aki conseguiu atravessá-lo com estranha facilidade.

Quando percebeu, estava no salão do castelo.

Seu coração ainda batia forte como se o peito fosse explodir. Seus braços e pernas continuavam arrepiados. O lenço do uniforme de pescoço estava entortado e alguns botões abertos em desordem.

A senhorita Lobo estava bem perto.

Ela segurava um pequeno espelho de tamanho idêntico àquele que Aki acabara de atravessar. E ele brilhava, iridescente.

— Senhorita Lobo…

Aki ainda respirava com dificuldade. Por que a senhorita Lobo teria feito o espelho da mãe brilhar? Por que ela permitiu que Aki fugisse para o castelo mesmo tendo um adulto por perto?

Como se lesse seu pensamento, a senhorita Lobo respondeu:

— Porque você estava em apuros…

Bastaram essas palavras para Aki entender que a senhorita Lobo observara tudo. A senhorita Lobo inclinou o pescocinho de lado. Seu jeito de falar não tinha o costumeiro tom soberbo, mas realmente o de uma menina como ela, de fato, era.

— Teria sido melhor não a ajudar?

— Claro que não. — Aki balançou resolutamente a cabeça. — De jeito algum. Muito obrigada.

Ao falar, lágrimas brotaram. E, como se recordasse, seu corpo tremia. Ela segurou a mão da senhorita Lobo, que não recusou o gesto.

A senhorita Lobo não perguntou mais nada. Suas mãos quentes e lisas eram bonitas. Aki imaginou que até ela se tornaria linda ao tocá-las.

— Será que não posso morar aqui? — perguntou Aki, com as lágrimas escorrendo pelo rosto.

O rosto de sua avó aparecia como uma névoa à distância. Ela não desejava voltar para casa. Percebeu não existir lugar algum para onde pudesse ir.

— Impossível.

A senhorita Lobo retomou seu tom ríspido original. Aki sabia que seria essa a resposta. No entanto, cerrou os dentes.

— Não quero voltarrrrrrr!

Ela detestava ter de ficar alerta, preocupada o tempo todo em fugir do sujeito quando estavam os dois a sós, mas também a escola, os amigos, enfim, tudo.

Eu era a melhor jogadora no clube de vôlei e me irritava ver as outras meninas paradas. "Vamos, vamos, suas molengas!" Talvez minhas palavras fossem muito severas. Eu convocava as mais jovens para uma "reunião de conscientização" e, cercadas por nós, veteranas, as pressionava a expor claramente o que estava indo mal.

Isso era algo comum em qualquer clube, e não era exclusividade minha fazê-lo, mas, ao perceber, as meninas me censuravam. "Deixe de ser tão mandona", elas se queixavam.

Minha presença estava estragando o time de vôlei.

Elas afirmavam que eu praticava bullying.

Sem que isso fosse minha intenção, acabei me tornando a única de que todas queriam distância. Não tive outro jeito a não ser me desligar do clube.

— Impossível — falou a senhorita Lobo.

Soava como se ela própria resistisse ao teor de suas palavras. Ela segurava a mão de Aki. Isso deixava Aki muito feliz.

SEMPRE DE UNIFORME E sem vontade de voltar para casa, Aki permaneceu encolhida na sala de jogos.

Foi quando Kokoro apareceu. Ela olhou para Aki, como se visse algo inacreditável. Por causa do uniforme da escola.

— Aki-chan, você estuda na Escola Fundamental Yukishina nº 5?

Aki lentamente olhou para o próprio uniforme acompanhando o olhar de Kokoro.

— Ah, sim — ela assentiu. — Yukishina nº 5.

Kokoro arregalou os olhos. Depois disso, Masamune e Subaru chegaram.

— É o mesmo uniforme das meninas da minha escola.

Somos todos da mesma escola.

Por isso...

— Podemos nos ajudar.

Aki compreendia bem o significado das palavras de Masamune.

Porque sou eu quem mais precisa de ajuda, falou para si.

Naquele dia, Atsushi não respondeu à mensagem deixada por ela.

Ele não se importou com o meu pedido de ajuda desesperado. Graças a isso, Aki se deu conta pela primeira vez de que, apesar de saber o número do *pager*, ele nunca lhe passara o número de telefone.

Ela tinha contado tudo sobre o padrasto para ele.

Não deixarei ele fazer isso com você nunca mais. Eu a protegerei, prometeu ele.

Mas...

O pessoal do castelo talvez possa me ajudar.

Quem sabe eles podem me apoiar?

Porém, certo dia de janeiro.

Desejando ajudar Masamune, com essa vontade clara dentro de si, ela foi até a enfermaria, mas ninguém apareceu.

Fazia muito frio naquele dia.

Enquanto vislumbrava pela janela da enfermaria o céu claro, Aki imaginava que fora traída.

— Ei, professora, é verdade que Aki está agora na escola?

Ela ouvia a voz de Misuzu, do clube de vôlei, do lado de fora da enfermaria.

Isso fez brotar nela uma vontade de fugir.

— Que frio, não?

A enfermeira da escola falou esquentando as mãos no aquecedor. Aki a abraçou chorando.

— Fale que não estou, por favor. Mesmo que todos venham, não conte para ninguém.

Ela se jogou no leito da enfermaria, puxou a coberta sobre si e ficou ali tremendo.

Aki sabia.

Não era uma garota popular.

Ligava com as amigas para o telefone do *telekura*, o clube de encontros, para zoar os adultos do outro lado da linha. Mas nenhuma delas, além de Aki, fazia isso quando estava sozinha.

Eu não sou mais como Misuzu e as outras meninas da escola.

Mesmo quando soube que não fora traída pelos companheiros do castelo, a situação não melhorou.

Eles não poderiam se encontrar.

— *Eu sou um cara simples* — *falou Rion.* — *Não entendo totalmente histórias complexas como a de mundos paralelos, mas, no fim das contas, isso significa que jamais poderemos nos encontrar fora do castelo?*

— *Uhum* — *concordou Masamune um pouco depois.*

— *Significa que não podemos nos ajudar?*

— *Ah. É exatamente isso.*

Março terminou.

Faça com que minha vida fique um pouco mais aceitável.

Faça com que minha mãe seja mais firme.

Mate aquele sujeito.

Me faça voltar à época em que eu não era odiada pelas meninas do clube de vôlei.

Se esses desejos não se realizarem, pretendo permanecer para sempre no castelo.

Aki decidiu na véspera do último dia.

Ela se escondeu dentro do guarda-roupa no seu quarto e esperou passar das cinco horas.

— Aki-chan, Aki-chan, cadê você?

Ela ouviu a voz de Ureshino procurando-a com afinco.

Me perdoe, Ureshino.

Todos vocês, me perdoem.

Eu não consigo viver sozinha.

Desculpe por envolvê-los nisso.

Não quero voltar para casa.

Não quero mais viver.

Não suporto mais esta vida.

Auuuuuuu.

Auuuuuu.

Ela ouviu os uivos.

Uma luz espantosa se estendia por todo o castelo.

A porta do guarda-roupa estava sendo aberta.

Ali havia o rosto do lobo com sua boca enorme.

— Não fuja!

— Venha cá!

— Estenda a mão!

— Vamos, Aki, por favor!

— Aki, respire!

— Aki, está tudo bem!

— Aki!

— Aki!

— Aki!

— Aki!

— Aki!

Quando dei por mim, a porta de onde eu me escondia estava fechada.

Do outro lado, alguém batia nela desesperadamente. Muitas e muitas vezes. Alguém me chamava.

Era a voz de Kokoro.

— Está tudo bem, Aki! Aki-chan! Nós podemos nos ajudar!

— Podemos nos encontrar!

— Podemos nos encontrar! Por isso, você precisa viver. Cresça, vire adulta!

— Aki, por favor. Eu... estou no futuro. Estou onde você viveu e se tornou adulta!

A voz aos poucos se aproxima.

Em meio à sua mente confusa, Aki se espanta. Kokoro está chorando. Ela bate na porta em lágrimas.

— Nós vivemos em tempos diferentes! — falou Kokoro. — Não eram mundos paralelos. Cada um de nós estudou na Escola Fundamental Yukishina nº 5 em uma época diferente! Todos estamos no mesmo mundo!

♦

Tudo começou com algo que Tojo falara.

— *Quando você vai se mudar?*

— *Dia primeiro de abril.*

— *Está bem perto...*

— *Não tem jeito! Meus pais queriam mudar até final de março, mas, neste ano, primeiro de abril cai em um sábado, dia de folga.*

Este ano.

Kokoro sentiu certa estranheza ao ouvir isso.

Foi então que ela refletiu e chegou a uma conclusão.

Na realidade de Kokoro, os dias da semana diferiam daqueles do pessoal do castelo. Havia uma defasagem entre eles.

Aconteceu isso com a cerimônia de início das aulas.

E também com o feriado do Dia da Maioridade.

Não era preciso pensar tanto para entender como tudo era muito simples.

Os dias da semana eram diferentes.

O clima era diferente.

Os locais de compra eram diferentes.

Os professores eram diferentes.

O número de turmas era diferente.

A geografia da cidade era diferente.

Mas o que constituía seus mundos era a mesma coisa.

Devia ser óbvio que haveria diferenças no tempo e nas épocas, portanto, eles deveriam ter duvidado de qual era o ano presente de cada um.

Kokoro começou a perceber isso com as memórias de Ureshino.

O dia de janeiro em que ele esperou em vão.

Ele aguardou todos comendo *onigiri*. Contemplava o céu se sentindo feliz.

Nesse momento, a mãe chegou acompanhada de alguém.

Essa mulher gentil tinha alguns fios de cabelo branco e rugas se formavam nos cantos dos olhos quando ria.

Ele chamou essa senhora de "professora Kitajima".

Era diferente da professora Kitajima conhecida de Kokoro. Porém, sua aparência condizia. Era ela sem dúvida.

Apenas bem mais velha do que a professora que Kokoro conhecia.

Na "realidade" de Kokoro, a professora Kitajima era jovem e não tinha cabelos brancos nem rugas. Só podia ser ela, mas por que isso acontecia?

Quando começou a refletir, ela se lembrou de um detalhe.

Um tempo antes, no castelo, ela falou com Ureshino sobre a professora Kitajima.

— *A professora Kitajima é linda!*

— *Linda?*

Por um longo tempo, Kokoro ficou perturbada com a reação instantânea e incongruente de Ureshino em relação à professora, que tinha todas as características físicas capazes de agradar alguém que se apaixona com facilidade.

Isso ocorria porque, na "realidade de Ureshino", a professora Kitajima não tinha a aparência da professora jovem conhecida por Kokoro.

Quando ponderou melhor, lembrou que também sentiu uma ligeira estranheza nas memórias de Masamune.

— *Não tem como eles não terem vindo.*

Na enfermaria, a professora Kitajima afagava as costas de Masamune, que chorava.

— *Claro. Com certeza houve algum imprevisto para os seus amigos não virem.*

A professora Kitajima que falou dessa forma tinha os cabelos mais longos do que a professora que Kokoro conhecia. Realmente, sua aparência era diferente.

Ela imaginou que fosse apenas impressão sua, mas depois de ver as memórias de Ureshino mudou de ideia.

Aquela também era uma professora Kitajima, porém mais velha do que a que Kokoro conhecia.

Por isso ela quis ver as memórias de todos.

Eles mostraram a verdade para Kokoro.

Por exemplo, o walkman de Subaru.

Kokoro nunca havia visto o modelo de walkman tirado da bolsa, como o que Subaru ouvia no castelo, conectado aos fones de ouvido e, na memória, ele ouvia fitas-cassete. O aparelho era maior, grosseiro e mais pesado do que os que ela costumava ver o pessoal usando nas ruas.

Ela realmente teve certeza quando viu as memórias de Fuka.

Quando ela tocava piano, havia ao lado um calendário com a data de seu concurso marcada em vermelho.

O ANO ERA 2019.

NÃO ERA 2005, QUE tinha acabado de terminar para Kokoro.

A CONFIRMAÇÃO DEFINITIVA VEIO quando ela entrou nas memórias de Aki.

Hoje em dia, até mesmo estudantes têm telefones celulares, mas Aki se comunicava por meio de um *pager*. Quando Kokoro era pequena, a mãe tinha um desses aparelhos para entrar em contato com o trabalho ou com o marido e, por isso, Kokoro sabia mais ou menos como funcionava. O aparelho não permitia fazer ligações, apenas deixar uma mensagem unilateral. Antigamente a mãe o chamava de *bipe*.

Quando Aki tentava digitar a mensagem no *bipe*, antes de fugir, ela deixou cair um calendário de mesa. O ano que constava nele era 1991.

Kokoro estava certa ao imaginar que, ao juntar as realidades de todos os outros, entenderia tudo melhor.

Ela vivia no futuro em relação a Aki e no passado em relação a Fuka.

NÃO É QUE VOCÊS não possam se encontrar ou se ajudar. Deixem de histórias e prestem atenção. Pensem!

ERA EXATAMENTE COMO A senhorita Lobo tinha dito.

NÓS PODEMOS NOS ENCONTRAR.

Precisamos crescer, viver um dia de cada vez para poder alcançar a "realidade" dos outros colegas, em suas épocas.

Talvez não tenhamos a mesma aparência e idade de agora, mas não é impossível que não possamos nos encontrar.

— Aki-chan!

Kokoro abre o grande relógio e grita.

Uma chave está escondida atrás do pêndulo.

Quando ela a pega, percebe uma pequena fechadura no fundo do pêndulo.

Ah, então é aqui, pensa Kokoro.

A sala do desejo.

Eles a procuraram por tanto tempo e a sala estava em um esconderijo tão seguro, longe da vista de todos.

Kokoro colocara a chave na fechadura. Ouve-se um rangido e o fundo do relógio se abre.

Ela pede.

Por favor, Aki...

Kokoro grita:

— Por favor, salve Aki. Desconsidere a infração às regras cometida por ela.

Tudo se enche de luz.

Não é a luminosidade opaca nem a ofuscação lancinante de antes.

Uma luz leitosa, gentil e leve envolve Kokoro.

— Aki!

Kokoro exclama veemente em direção à luz.

Cresça, torne-se adulta!

— Nós poderemos nos encontrar!

Kokoro se lembra da cena de *O lobo e os sete cabritinhos* em que a mãe cabra abre a tampa do grande relógio onde o caçula está escondido.

Aki, saia.

Enquanto pede, Kokoro estende o braço em direção à porta.

— Não fuja! Venha cá! Estenda a mão! Vamos, Aki, por favor!

Ela grita a plenos pulmões.

— Aki, viva! Aki, está tudo bem! Tudo bem, mesmo! Aki! Nós podemos nos ajudar! Podemos nos encontrar! Por isso, você precisa viver. Cresça, vire adulta! Aki, por favor. Eu... estou no futuro. Estou onde você viveu e se tornou adulta!

As pontas dos dedos de Kokoro tocam algo macio e quente.

Alguém segura sua mão.

No instante em que essa sensação lhe é transmitida, Kokoro fecha bem os olhos. Segura com firmeza essa mão. *Não soltarei você por nada neste mundo*, pensa.

Kokoro.

— Sim, sou eu, Kokoro!

As lágrimas cobrem o rosto de Kokoro. A mão de Aki. Ela não a soltaria por nada neste mundo.

— Vim buscar você!

Kokoro, me perdoe.

Eu...

— Não tem importância!

A voz sai do fundo de seu estômago. Ela grita:

— Isso não importa! Venhaaaaaaa!

A voz é interrompida.

Com a força que lhe resta, ela puxa a mão que segurava em sua direção.

Neste momento...

— Kokoro!

Ela ouve uma voz. Não era de Aki, vinha detrás dela.

Ela não teve sequer tempo para se espantar. Alguém pousa a mão sobre seu ombro. Ao se virar, Kokoro fica atordoada.

— Vocês todos…

Ali estava Fuka.

E Subaru, Masamune, Ureshino, Rion.

Todos haviam retornado. O desejo fora realizado.

— É a Aki? — pergunta Masamune.

— Isso mesmo! — afirma Kokoro.

Essas breves palavras são suficientes para todos entenderem. Atrás de Kokoro, com a mão esticada para dentro do grande relógio, todos formam uma espécie de cabo de guerra. E puxam. Com força.

— Puxem! — grita Subaru. — Mesmo morrendo, não vamos largar!

A voz de todos se une.

Sentem algo deslizando.

Todos fecham os olhos e puxam o braço de Aki.

Aquilo estava mais para *O nabo gigante* do que para *O lobo e os sete cabritinhos*. Ao pensar nisso, de repente Kokoro sentiu um alívio no peito.

Vamos conseguir, pensou.

Volte, Aki!

— Lá vamos nós, Aki!

Eles a tiraram dali com o grito de encorajamento:

— Puuuuuuxem!

No impulso, todos os que a puxavam acabaram rolando escada abaixo.

♦

Resistindo à dor da queda, eles olham para o alto.

Aki está caída na parte de cima da escada, diante do grande relógio.

— Aki! — grita Kokoro e corre até ela. — Como você é idiota!

— Dá vontade mesmo de te encher de porrada! — As vozes de Masamune e de Rion se sobrepuseram. Até Subaru se juntou a eles.

Aki parecia ter vindo à tona de dentro da água.

Não foi possível discernir de imediato o motivo. Mas depois de um tempo, eles compreenderam. Era porque ela chorava. Era espantoso como seu rosto se assemelhava ao de uma criancinha desesperada.

— Me perdoem...

Aki falou com voz lamuriosa e chorosa. Com os olhos muito vermelhos, fitou a todos, um por vez.

— Me perdoem. Eu...

— Sua idiota!

Quem usou o mesmo linguajar dos meninos foi Fuka. Seu rosto choroso e muito vermelho em nada devia ao de Aki.

— E agora? — gritou Fuka. — Usamos o desejo pra poder te salvar!

— Me perdoem. Eu...

— Que bom... — falou Fuka.

Ela se agarrou ao pescoço de Aki e a abraçou.

— Que bom que você está sã e salva.

Os olhos de Aki se arregalaram, como se ela tivesse sido pega de surpresa. Ela olhou de novo para todos enquanto aceitava hesitante os braços de Fuka agarrados a ela.

Teria ela compreendido que nenhum deles estava aborrecido de verdade?

Cada um certamente devia se sentir irritado com o egoísmo dela.

Porém, a sensação de alívio e alegria por ela estar sã e salva era imensamente maior.

Aki soltou um longo suspiro.

— Me perdoem.

Ela falou outra vez e se derramou em lágrimas.

Nesse momento, ouviram um *clap, clap, clap.*

Era o barulho de alguém batendo leves palmas.

Mesmo sem olhar de onde vinha o aplauso, todos deduziram de quem se tratava.

Naquele instante perceberam que o momento decisivo chegara. Eles estavam prontos.

Uma vez que o desejo fora realizado, a memória de todos desapareceria.

Chegara a hora da despedida.

— Senhorita Lobo…

Todos se voltaram para ela.

— Bravo!

Aplaudindo com elegância, a senhorita Lobo surgiu em frente às escadas do salão.

Fechamento do Castelo

Subaru, 1985.

Aki, 1992.

Kokoro e Rion, 2006.

Masamune, 2013.

Fuka, 2020.

Ureshino, ?

Eles confirmaram em que ano e onde estavam vivendo naquele momento.

No meio da sala de jogos devastada, eles escreviam em uma folha de papel.

— Não me lembro do ano — declarou Ureshino, e todos compreenderam o que ele sentia.

Na vida cotidiana, em geral, só se tem consciência do dia e mês, quase não se pensa em que ano se está.

As memórias não eram claras de início, mas, ao ouvirem o som de um ano completamente distinto do seu, logo emitiam exclamações de espanto.

Todos se agitaram no instante que ouviram que o ano de Subaru era 1985.

— Mas isso ainda é na era do Imperador Showa! — falou Masamune.

— Hã? Claro que é. O que você quer dizer com isso? — perguntou Subaru.

Entenderam que havia muitas coisas que não tinham compreendido entre eles.

— Isso significa que... — Hesitante, Subaru olhou para todos. — O mundo não acabou em 1999? A grande profecia de Nostradamus. O mundo ainda continua?

— É óbvio que não acabou. Que merda você tá falando? — retrucou Masamune antes de soltar uma exclamação de espanto. — Uau! Você jogou meus games de última geração e nunca percebeu nada de estranho? A tela de alta definição? Na sua época, os consoles de games estavam no início e só devia ter Famicom, não é?

— Eu quase nunca joguei videogame, então achei que aquilo era o normal. Você falou que um conhecido seu criou o game, então achei que era uma versão especial não vendida no mercado.

— Eu também... — falou Kokoro admirada. — Achei um pouco esquisito. O seu Nintendo DS, Masamune, parecia um pouco diferente do que eu conhecia. Imaginei que você tivesse recebido um modelo especial para monitorar...

Kokoro deveria ter notado mais cedo.

Se o "amigo que criou o game" de Masamune era uma invenção, era estranho que ele tivesse aquele modelo. Kokoro acabou imaginando que isso talvez pudesse ocorrer em mundos paralelos.

— Hã? O que você falou é um DS da primeira geração, não? O meu é um 3DS, de terceira geração.

— E daí?

— Daí que ele tem um desempenho muito superior ao que você conhece — suspirou Masamune. — Você devia estar espantada. Admire-se com as tecnologias de última geração. Diga que eu sou fantástico!

Masamune falou à revelia e depois olhou sério para Subaru.

— É inacreditável, não é? Tem uma diferença de vinte e nove anos entre nós?

Na margem da folha havia marcas de vários cálculos que ele vinha fazendo.

— Kokoro, você percebeu bem. Nem me passou pela cabeça que somos todos de épocas diferentes.

— Eu também descobri por mero acaso…

Ao ser sinceramente elogiada por Masamune, ela se envergonhou e ficou sem saber o que dizer.

— É incrível, mas com certeza é mais realista do que a teoria dos mundos paralelos de Masamune — interveio Rion.

— Ok, ok — concordou Masamune franzindo a cara. — Afinal, fui eu quem acabou complicando as coisas. Desculpe por isso!

— Sabe, tem uma distância de sete anos entre todos, não? — falou Fuka olhando para os anos escritos. — Olha aqui. — Apontou ela. — Entre Subaru e Aki, e se comparar Kokoro e Rion com Masamune e dele para comigo. Todos têm sete anos de diferença. Talvez esse número tenha algum significado. Nós também somos em sete e o local onde a chave estava escondida foi inspirado em *O lobo e os sete cabritinhos*.

— Você tem razão.

A realidade deles era separada por sete anos cada.

Ao perceberem isso, várias coisas se esclareceram.

Por exemplo, no passado os arredores do Careo, onde Kokoro ia com frequência, eram uma galeria comercial. Em frente da estação também havia um McDonald's, mas Kokoro ouvira que, com a abertura do Careo, ele fora transferido para o shopping.

Aki e Subaru vieram de Minami-Tóquio.

E dali em diante, o Careo deve ser ampliado e se tornará um imenso shopping center com cinemas. Do jeito que Masamune e Fuka falaram.

— Ureshino deve viver em algum ano situado entre Aki e Kokoro. Tem uma diferença de catorze anos em vez de sete. Ureshino, você não teria vindo de 1999?

— Hã? Será? — duvidou Ureshino vendo a tabela. Pouco depois, meneou a cabeça. — Mas não pode ser. Eu nasci em 2013.

— Quê?

Surpresos, todos exclamaram em coro.

— Isso significa então que…

Fuka olhava o vazio e seu rosto denotava que ela fazia cálculos mentais.

— Você agora está em 2027, Ureshino. Por que não falou logo?

— Dois mil e vinte e sete! Então você é alguém do futuro?

Subaru parecia chocado. Ureshino apenas inclinou a cabeça e falou: "Ah, é?".

Enquanto presenciava esse diálogo, Kokoro sussurrou:

— Fantástico…

Em 2006, ano em que ela estava, Ureshino ainda não havia nascido. Era inacreditável.

— Então Kokoro, Rion e eu somos os únicos com um espaço de catorze anos entre nós, diferentemente dos outros. — Aki sussurrou olhando a tabela. — Por que será?

Aki soluçava desde que retornara da sala do desejo e ainda tinha o rosto pálido, mas parecia voltar um pouco ao seu estado normal. Kokoro ficou aliviada ao constatar que ela participava da conversa.

— Não sei — respondeu Kokoro balançando a cabeça. — Faria mais sentido se tivesse mais alguém no meio… Estranho, não?

— Mas tem coisas que também é possível entender agora — falou Fuka e todos os olhares se voltaram para ela. Ela olhou para Aki.

— O último dia de fevereiro. Lembram que nesse dia ninguém veio ao castelo? Éramos apenas nós duas e mesmo chamando pela senhorita Lobo ela não apareceu.

— Uhum.

Ah, pensou Kokoro. Ela sentiu que no início de março as duas estavam bem entrosadas, apesar de, até o dia anterior, estivessem brigadas e, por achar isso estranho, Kokoro se perguntou quando elas teriam feito as pazes.

— Com certeza, foi porque era fevereiro de um ano bissexto.

— Ah…

— Fevereiro tem 29 dias uma vez a cada quatro anos. Aki, em 1992, e eu, em 2020, tivemos esse dia a mais, ao contrário do restante do pessoal. Como os outros não tiveram esse dia, logo foi primeiro de março. Não teria sido isso?

— Realmente...

— Somente nós duas tivemos um dia de brinde.

A maneira como Fuka usou a expressão "um dia de brinde" era estranha. Conforme ela falava, Kokoro também percebeu algo.

— E tinha os feriados.

— Feriados?

— Não lembram de quando conversamos em janeiro sobre a cerimônia de início das aulas e sobre o Dia da Maioridade? Quando Subaru falou que era no dia quinze e todos falamos que o Dia da Maioridade seria em datas diferentes dependendo do mundo paralelo...

Naquela época, Aki e Subaru comentaram:

— *Calma lá. O Dia da Maioridade é dia quinze, não? No meu entender não era feriado prolongado com um fim de semana.*

— *Seja qual for o dia da cerimônia de início das aulas, o Dia da Maioridade é o mesmo, né?*

— Na época de Aki e Subaru, ainda não existia a regra de juntarem um feriado com um fim de semana. Ouvi que isso era comum antigamente.

— Nossa! O que é isso? É feito desse jeito? O feriado é transferido?

— Uhum. Se não me engano o nome do sistema é "Happy Monday".

— Happy Monday! — gritou Aki e caiu na gargalhada. — Que nome festivo é esse? É o nome oficial? Caramba. Um adulto sério colocou esse nome? Você não está tirando sarro da gente, Kokoro?

— Claro que não! Não é invenção minha. O sistema tem mesmo esse nome! — falou Kokoro às pressas por não estar acostumada a rirem dela. Ao mesmo tempo, se sentiu aliviada. Aki, que até pouco antes estava desanimada, parecia ter recobrado o ânimo.

— E também na época de Aki e Subaru as escolas tinham aulas aos sábados — falou Fuka. — Ouvi que antigamente tinha aulas de meio período aos sábados. Quando ouvi, fiquei feliz por estar vivendo na época de agora.

Ao ouvi-la, Kokoro também se espantou.

Um sistema de semana com dois dias de folga.

Até a terceira série da escola primária, Kokoro tinha aulas sábado sim, sábado não. Ela ficava realmente ansiosa pelo sábado sem aulas.

Um dia, Aki contou que ela e o namorado foram parados na rua num sábado. Kokoro achou que fosse meramente devido à aparência chamativa e mau comportamento, mas isso foi porque, na época de Aki, ainda havia aulas aos sábados nas escolas.

As reações de Aki e Subaru divergiam em relação a isso.

— Sério? Sábado também é dia de folga escolar? — perguntou Subaru.

— Aparentemente vai ser assim — respondeu Aki. — Ouvi que seria uma vez por mês. Como eu não vou à escola faz tempo, não prestei muita atenção.

Kokoro concordou.

— Para Kokoro e os outros não há mais aulas aos sábados. Nós estamos mesmo em épocas diferentes, não?

— Uhum — Kokoro estava finalmente aceitando o fato. — Na época de vocês, Aki e Subaru, já tinha a Yukishina nº 2 e nº 4 em Minami-Tóquio?

— Como?

— Agora não tem. Nem a nº 2 nem a nº 4. As escolas vizinhas à Escola Fundamental Yukishina nº 5 são a nº 1 e a nº 3. Antigamente, havia também a nº 2 e nº 4, mas, acompanhando a redução no número de crianças, elas foram diminuindo de tamanho até fecharem.

Quando Kokoro foi ao Instituto, a professora com ares de encarregada de lá comentou a respeito disso.

Não são raras as crianças que não conseguem se adaptar à escola fundamental depois de virem de um ambiente mais caseiro da escola primária! Sobretudo no caso da Yukishina nº 5, que cresceu bastante devido à fusão pela reestruturação escolar. É a que tem o maior número de alunos em evasão entre as escolas da região.

Quando certo dia surgiu a conversa de Aki repetir um ano na escola, Kokoro perguntou se ela "se mudaria para a escola vizinha", mas Aki replicou, "Você quer dizer ingressar na Yukishina nº 4?". Pensando bem, naquele momento Kokoro sentiu certa estranheza. *Não existe uma Yukishina nº 4*, pensou.

— Ah... Então é por isso.

Ureshino ergueu a voz inesperadamente. Olhou para todos espantado.

— Eu me questionava porque a nº 5 era chamada assim se não havia uma escola de nº 4. Realmente no passado tinha todos os números. Não sabia. Achava que tinham colocado apenas números ímpares porque os pares talvez fossem agourentos, dessem azar, sei lá.

— Agourento? Isso não é ofensivo às escolas fundamentais com números pares em outros locais?

— Uhum. Por isso fico feliz que não seja o caso. Se não for agourento, seus alunos também se tranquilizam, não?

Aki suspirou exasperada com o argumento desprovido de nexo de Ureshino.

— É meio estranho. Vendo assim, somos todos da mesma idade e semelhantes, mas Kokoro e Ureshino... vêem do futuro.

— Se pensar assim, para mim é estranho que Aki e os outros venham do passado! Não tenho nem um pouco essa percepção.

— Falando nisso, Kokoro e Rion são do mesmo ano, não? — falou Subaru.

Desta vez Kokoro e Rion se assustaram. Eles se entreolharam.

De fato era assim.

Eles pensavam que todos compartilhavam uma mesma época, mas constataram que, apenas Rion e Kokoro viviam no mesmo ano.

Rion deveria estar frequentando a Escola Fundamental Yukishina nº 5, mas estava em outra escola.

O ponto em comum entre todos é terem sido reunidos com uma diferença de sete anos.

Sabendo que não eram da mesma época, ficou explicada a estranheza que Kokoro sentira quanto ao elevado número de alunos em evasão em uma única escola.

E isso inclui Rion, que veio de 2006, mas estudava no exterior.

— Porque eu desejava frequentar Yukishina nº 5… — sussurrou Rion. Exatamente como a senhorita Lobo dissera certa vez. — Talvez ela tenha me chamado porque eu queria ter amigos na escola no Japão. Para que eu conhecesse Kokoro — falou ele.

— Talvez a gente pudesse se encontrar de verdade, não? — disse Kokoro.

— Uhum. — Rion ergueu o rosto.

— A enfermaria no início do terceiro período das aulas em janeiro. Você seria o único que eu poderia encontrar ali.

O fato de a época dos dois ser a mesma aqueceu o coração de Kokoro. Havaí e Japão. Se não fossem tão distantes, naquele dia, Rion seria talvez o único com quem ela poderia ter se encontrado na enfermaria. Se ele não tivesse ido estudar no exterior, Rion deveria frequentar a Escola Fundamental Yukishina nº 5 e com certeza não teria sido convidado para o castelo. É impossível prever as reviravoltas do destino.

— Seja como for, nossas lembranças serão apagadas e talvez nunca possamos nos encontrar.

Mesmo vivendo na mesma época, se eles esquecerem, não haveria possibilidade de um encontro. Mesmo que Rion retorne do Havaí e cruze com Kokoro na rua, os dois teriam esquecido de sua experiência no castelo. Kokoro não saberia que ele foi "um menino que estava junto com ela no castelo". O mesmo aconteceria com Rion em relação a ela.

Pensar nisso partia o coração de Kokoro.

Ela não queria se separar das memórias.

— Senhorita Lobo…

Fuka virou-se e olhou para a senhorita Lobo, que estava há algum tempo sentada em frente à lareira em silêncio.

— Quanto tempo nos resta?

— Podem considerar mais ou menos uma hora — falou ela parecendo entediada.

Sob os olhares de todos, ela se levantou e a barra do vestido caiu.

— Por isso, tratem de se apressar nos preparativos.

♦

A SENHORITA LOBO, QUE tinha aparecido aplaudindo, mantinha-se serena como de costume.

Ela estava de pé no salão, após Aki ter sido salva, e aguardava com calma.

O vestido todo rasgado havia retornado ao estado original, lindo como se fosse novo. O castelo, que estava tão tenebroso, repentinamente se iluminou.

— Foi incrível.

Ninguém conseguiu reagir de imediato.

— Senhorita Lobo...

Depois de um tempo, apenas Kokoro conseguiu pronunciar seu nome.

Os outros, porém, permaneciam impassíveis. Olhavam tensos para ela.

Porque foram devorados pelo lobo, percebeu Kokoro.

Por não ter visto o "enorme lobo", ela ignorava o que teria se passado, mas até serem "enterrados" sob aquelas marcas de x, todos devem ter tido uma experiência apavorante. Pelo choque provocado pelos uivos, era evidente que algo fora do normal ocorrera.

— Por que me olham desse jeito? — Como se percebesse a tensão de todos, a senhorita Lobo perguntou desdenhosa. — Aquilo não vai se repetir. Nunca desejei que fosse desse jeito. Se uma certa pessoa não tivesse infringido as regras, nada disso teria acontecido.

A senhorita Lobo olhou mordazmente para Aki, que acabara de ser resgatada.

— Reflita bem sobre o que fez!

— Me perdoe…

Aki empalideceu e voltou a tremer. Ao ouvir o pedido de desculpas sincero, a senhorita Lobo assentiu com um grunhido.

— Está tudo bem agora. Fiquem tranquilos.

— Ainda estou em choque. Literalmente morri de medo. Realmente — falou Rion.

A senhorita Lobo voltou a ponta do nariz da máscara na direção de Kokoro. Seu rosto parecia alegre.

— Você percebeu bem. O "castelo" transcende o tempo.

— Uhum — Kokoro assentiu hesitante. Encarou a máscara de lobo. — Suas palavras me deram a dica! Não é que a gente não pudesse nos encontrar. A questão é que cada um vem da Escola Fundamental Yukishina nº 5 em uma época diferente… O que divergia era o ano.

Kokoro se lembrou de algo que Rion perguntara certa vez.

Foi quando Aki apareceu usando o uniforme escolar e todos se deram conta de que eram alunos da mesma escola.

Você chamou até agora outros Chapeuzinhos Vermelhos como nós aqui para realizar seus desejos? Eles também eram alunos da Escola Fundamental Yukishina nº 5? Você os reúne aqui com a frequência de quantos anos?

A senhorita Lobo respondeu que *"Mais do que um intervalo de alguns anos. Acredito que seja uma oportunidade igualitária"*.

O significado de suas palavras era bastante literal.

Ela chamava crianças de vários anos com um espaçamento temporal fixo entre elas.

Não é que não pudessem se encontrar. Não é que não pudessem se ajudar. Tudo isso dependia apenas de descobrirem ou não.

— O castelo vai fechar. Infelizmente um dia antes do previsto — falou a senhorita Lobo.

Todos estavam conscientes disso. Mesmo assim, precisavam perguntar.

— As memórias serão apagadas?

Foi Fuka quem indagou.

— Vamos nos esquecer de tudo o que vivenciamos aqui?

— Isso — assentiu a senhorita Lobo. Apenas uma palavra insensível. — Uma vez que usaram a chave e realizaram o desejo, como expliquei antes, esquecerão tudo o que viveram aqui. Porém…

A senhorita Lobo olhou para todos e continuou.

— Vou lhes conceder um tempo extra.

— Um tempo extra?

— Aqui é o "castelo no espelho" que transcende o tempo. Antes de cada um de vocês atravessar o espelho de volta, eu lhes darei algum tempo. Façam seus preparativos e certifiquem-se de não deixarem nenhum pertence por aqui.

Kokoro sentiu como se fosse o dia da cerimônia de encerramento das aulas na escola. O jeito da senhorita Lobo foi semelhante ao da professora pedindo para os alunos levarem embora todas as suas coisas de dentro dos armários e carteiras.

— O que tiver nos seus quartos, na sala de visitas. Levem todos os seus pertences. A partir de amanhã não será possível entrar no castelo. Eu fiz o tempo do lado de fora parar agora. Ao retornarem, no mundo do lado de lá serão sete da noite, horário do Japão. Seus pais não devem brigar muito com vocês por se atrasarem tão pouco.

Era esquisito a senhorita Lobo se preocupar com isso em meio à devastação do castelo, mas parecia sensato. Também seria bastante conveniente para Kokoro.

— Não precisamos arrumar antes de ir?

Foi Ureshino quem perguntou. Realmente, seria repreensível que eles partissem deixando para trás colunas com rachaduras, paredes imundas, móveis e louças espalhados por toda a parte, como uma mansão após ser assolada por um tornado. Ele indagou a senhorita Lobo de um jeito cauteloso.

— Não tem problemas apenas pegarmos nossas coisas e irmos embora? Arrumar tudo isso não será uma trabalheira danada pra você sozinha, senhorita Lobo?

— Não se preocupe. Não esquenta — falou ela com seu costumeiro tom arrogante. Porém, logo depois, de repente olhou para Ureshino e acrescentou: — Você é um garoto de ouro.

— Para com isso.

Todos se espantaram um pouco ao ver esse diálogo entre os dois. Eles não imaginariam que a senhorita Lobo elogiasse Ureshino de uma forma tão natural.

— Então, tenho uma sugestão. Antes de nos prepararmos para partir, vamos até a sala de jogos. Ainda estou confuso, sem entender direito o que aconteceu. Kokoro-chan, por favor, me explique!

— Ok — concordou ela.

Todos voltaram à sala de jogos arruinada e estenderam um pedaço de papel sobre a mesa virada.

E Kokoro explicou.

Ela foi aos poucos confirmando como todos viviam em épocas diferentes.

♦

— Ah, que merda! Ela vai me pagar por isso?

Sala de jogos.

Depois de todos se dispersarem, voltando para os seus quartos para confirmar se não haviam esquecido nada, somente Masamune procurava pelos seus videogames.

Alguns dos videogames que ele deixara ali estavam em frangalhos, esmagados sob a mesa que caíra. Alguns dos que ele mais gostava estavam inutilizados. Suspirando, ele os colocou um por um na mochila. Ele tinha a esperança de que o fabricante pudesse consertá-los.

— Se eu soubesse, não teria trazido.

— Ei, Masamune… — Alguém o chamou enquanto ele sussurrava para si mesmo. Ao se voltar, Subaru havia retornado e estava na porta. — Não vai arrumar seu quarto?

— Ah, passo. Não tem quase nada que eu trouxe da casa. E, apesar de ter ganhado um quarto, eu praticamente não o usava. Estava sempre aqui jogando com você.

— Eu ajudo você! — Subaru se prontificou ajoelhando-se sobre o tapete e os dois procuraram pelos jogos juntos.

Vendo-o assim, Masamune sentiu uma certa estranheza.

Era realmente esquisito.

Ele passara a maior parte daquele um ano jogando com Subaru. Apesar de estarem em anos escolares diferentes, oitavo e nono, e passarem o tempo se divertindo com a mesma emoção, ele nunca sentira que Subaru era um aluno do passado, de 1985.

Tem uma diferença de 29 anos entre a gente.

Ele tirou o PlayStation 2 destruído de baixo de uma pilha de escombros. Ficou desapontado, mas não havia o que pudesse fazer. Ele ainda tinha em casa o PlayStation 3 e como o 4 estava para ser lançado em breve, bastava ele insistir para que o pai compresse.

Ele desistiu de levar de volta a TV quebrada. Ele a descobrira no depósito de casa e seu pai devia ter esquecido de sua existência. Era uma TV antiga, de tubo de raios catódicos, tão grande e pesada que era impossível compará-la com as de tela de plasma. Era uma antiguidade.

— Sabe, Masamune, uma vez você falou que tem em casa um console mais moderno, lembra? Mas não era compatível com o terminal da TV. O que significa?

— Ah. É que esse é um PlayStation 2.

Pensando que precisaria explicar desde o início, ele continuou escolhendo bem as palavras.

— Em casa tem o PlayStation 3, da nova geração. Na verdade, eu queria trazer, mas hoje os aparelhos de TV evoluíram e, se não usar uma TV moderna, é impossível plugar o cabo! Não dá para ligar nessa TV retrô. Esse PlayStation 2 é da geração do meu velho.

— Hum.

Talvez Subaru não tivesse entendido tudo, mas tinha um ar inesperadamente alegre.

— Entendeu?

— Não completamente, mas é interessante ouvir que no futuro as coisas são dessa forma. — Ele riu quando foi questionado. — Seu pai também gosta de videogames, não? Essa sua paixão pelos games vem dele?

— Hum, deve ter alguma influência.

Nos últimos tempos, ele e o pai quase não jogavam mais juntos, mas, desde que Masamune nascera, ele sempre vira com naturalidade o fato de o pai colecionar consoles e games. Se hoje o pai compra os novos modelos que surgem, é porque compreendia bem sua paixão. Apesar de suas críticas em relação ao pai, nesse ponto Masamune era grato a ele.

— Me fala uma coisa.

Enquanto recolhia os videogames espalhados, Subaru perguntou de repente.

— O quê? — perguntou Masamune.

— Será que eu consigo me tornar um?

— Tornar um o quê?

— Desenvolvedor de games.

As mãos que procuravam os games pararam.

Agachado no chão, Masamune foi pego de surpresa. Ele olhou para Subaru, que também parou e encarou Masamune.

Subaru se levantou antes de prosseguir.

— Estava pensando sobre isso. Em 2013, ano em que você está, estarei com 43… ou 44 anos? É difícil de acreditar, mas parece ser uma ótima idade. Pra você, eu vou ser um tiozão! Ou seja, um adulto.

Subaru riu.

— Por isso — ele continuou —, esta será minha meta. A partir de agora, vou me tornar um desenvolvedor de games para você tirar onda afirmando, de verdade, que "um amigo meu criou esse game".

Masamune estava pasmo.

Como se uma força invisível pressionasse seu peito, até sua respiração pareceu ter parado. Sentiu as narinas comicharem e, às pressas, baixou a cabeça ao sentir os olhos se aquecerem.

— Que merda você está falando? — Sua voz saiu finalmente, enrouquecida. — Isso não faz sentido, já que vamos esquecer de tudo, eu e você. Vou sempre contar lorota de qualquer jeito.

— Será? Mesmo assim, você não quer imaginar que alguma coisa vai mudar e por isso tem um sentido? Eu, por exemplo, até hoje, não tinha nada a que eu quisesse mesmo me dedicar — falou Subaru com seu jeito despreocupado de sempre.

Um jeito tão displicente que fazia pensar: "Cara, não fala besteira!".

— Por isso, fico muito contente em ter conseguido algo como meta de vida. Vou me apegar a essa ideia antes de voltar para o outro lado do espelho! Prometo. Mesmo que eu me esqueça de você, você não é mentiroso. Você tem um amigo que cria games.

Masamune mordeu os lábios.

Com força.

— Masamune?

— Obrigado — agradeceu antes que Subaru o encarasse.

Subaru parecia aliviado.

— Uhum — assentiu. — De nada — murmurou olhando fixo para um game destruído.

♦

Fuka fechou a tampa do teclado do piano.

Prescrutou ao redor do quarto agradecida por tudo o que o castelo lhe havia proporcionado até aquele dia.

Com um lenço que trouxera, limpou a tampa do piano fechada.

Toc, toc. Alguém bateu na porta do quarto enquanto ela o arrumava.

— Sim.

— Sou eu. Ureshino.

Por que ele teria aparecido apesar de terem combinado de se reunirem uma vez mais no salão? Fuka abriu a porta desconfiada.

Ureshino estava de pé sozinho no corredor.

— Nossa, o que aconteceu, Ureshino?

— Bem... Tenho algo pra te falar.

Ele estava com vergonha. Antes mesmo que Fuka pudesse imaginar o que seria, ele abaixou a cabeça em uma reverência.

— Fuka! Quer ser minha namorada?

Sua voz era tão alta que talvez pudesse ser ouvida por todo o castelo. Fuka arregalou os olhos, atônita. Quando ele ergueu o rosto, ela viu seu semblante sério.

— Pode ser depois de voltarmos para o outro lado do espelho. Pense e me dê uma resposta. Mesmo a gente esquecendo de tudo, talvez você me reconheça por alguma característica no meio da multidão, como acontece com os casais predestinados a ficarem juntos nas novelas.

— Mas...

Temporalmente, Ureshino e Fuka estão separados.

Há uma lacuna de sete anos entre os dois. No mundo de Ureshino, aluno do sétimo ano, Fuka talvez já tenha concluído o ensino médio.

— Sou bem mais velha do que você e estamos prestes a ter nossas memórias apagadas.

— Mesmo assim, eu gosto de você — falou Ureshino. A voz estava rouca de tensão, mas o tom era sério. — Era verdade quando te contei isso.

Os punhos redondos cerrados de Ureshino estavam muito brancos, mostrando a força colocada neles.

Vendo-o assim, Fuka abriu um sorriso. Ela estava muito alegre, sinceramente.

— Entendi — respondeu. — Se eu cruzar com você em algum lugar e tiver a sensação de que o destino está atuando, vou puxar conversa. Nessa época, você deve estar apaixonado por alguma garota bonitinha mais nova.

— De jeito algum! Eu te amo. Amo mesmo, Fuka!

No momento em que Ureshino se declarava, para além da porta, alguém de pé no corredor exclamou:

— Amo, amo... Que cara chato!

Aki, que parecia ter saído de seu quarto, deu um tabefe na cabeça de Ureshino.

— Ai! — gritou colocando a mão na cabeça.

Atrás de Aki, estavam Rion e Kokoro. Kokoro tinha o rosto vermelho e com as mãos juntas fazia um gesto de desculpas em direção de Fuka.

— Desculpe interromper. — Aki moveu a boca, expressando-se em silêncio.

— O que você quer, Aki? Comparado com a gente, você é uma "tia". Não estou interessado em você.

— Quê? Repete!

O semblante de Aki mudou da água para o vinho. Ela puxou a orelha de Ureshino.

Vendo a cena, Fuka voltou a rir.

— Ureshino — falou ela se dirigindo a ele, que estava apanhando de Aki. — Talvez, mesmo nos encontrando, eu não vá me lembrar, mas tudo bem pra você? Se você se lembrar, me explique direitinho e tente me convencer a ser sua namorada. Tenho esse lado teimoso e custo a acreditar.

Ao ouvir isso, Ureshino ficou desorientado por um instante.

Logo depois soltou uma exclamação exagerada em voz bem alta.

— Quê? Essa é a sua resposta? Está me dando uma esperança?

Seus olhos se arregalaram.

— Rion, Kokoro, vocês ouviram a resposta dela, não?

— Ah, você é realmente insuportável! — falou Aki aborrecida.

Fuka ficou contente de verdade por eles terem tido essa conversa.

♦

No salão, havia os sete espelhos com fissuras e quebrados em alguns lugares, destruídos. Tinham sido alinhados de pé em sua posição original. A senhorita Lobo parecia tê-los preparado para o retorno de todos.

— Foi divertido — declarou Fuka, como se representasse todo o grupo. Embora Kokoro achasse um pouco inusitado que isso partisse logo de Fuka, que evitava expressar as próprias opiniões com sinceridade. Kokoro também se sentia da mesma forma.

— Uhum.

— Somente durante o tempo em que estive aqui eu me senti uma garota comum e fui feliz de verdade.

Fuka olhou para todos. Por trás das lentes dos óculos, seus olhos eram gentis, mas ao mesmo tempo ligeiramente tristonhos.

— Não sei quando ou porquê comecei a sentir que não podia ser uma pessoa normal, que era uma fracassada. Por isso, fiquei muito feliz quando vocês me ofereceram amizade, como se eu fosse uma menina normal.

Kokoro se comoveu com essas palavras. Ela entendeu que o mesmo acontecia com quase todos ali.

"Não poder ser uma pessoa normal" era algo que Kokoro sentira durante muito tempo.

Ela percebeu que não conseguia ser como os outros os alunos regulares da escola e se desesperou. Doía. Ali, todos se tornaram amigos e isso foi uma imensa alegria.

— Hã? Isso não soa estranho para você? — Nesse momento, ouviu-se a voz de Ureshino.

Todos olharam para ele espantados. Ele tinha o rosto sério e parecia zangado.

— Você, Fuka, não é uma garota comum! — afirmou categórico. — É meiga, tem firmeza, não é nem um pouco comum!

— Ah, não foi nesse sentido... Mas ouvir isso de você me deixa feliz.

— E é isso mesmo. Ureshino tem razão! — Foi Rion quem veio apoiar as palavras de Ureshino. — Ficar pensando se somos comum ou não é estranho. Para mim, isso é indiferente. Fuka é simplesmente uma ótima pessoa e por isso pudemos ser amigos! Se fosse alguém ruim, teria sido impossível manter uma amizade. E foi assim com todos, não foi?

Foi a vez de Fuka se emocionar com as palavras de Rion.

— Estou errado? — insistiu ele.

— Não, não — falou Fuka baixinho, balançando a cabeça. — Obrigada.

— Falando nisso…

Subaru olhou para Masamune e perguntou:

— Masamune às vezes chamava Rion de "boy magia", né? Qual é o significado daquilo? Você falava isso pelas costas dele, então deve ser algo negativo? Já que vamos nos separar logo, me conte!

— Hã?

Masamune olhou com o rosto rígido para Subaru, depois para Rion.

— Quê? — Rion sussurrou com exagero. — Que história é essa de "pelas costas"? Isso é mó esquisito.

— Ah, então é mesmo uma coisa negativa? Outra coisa é todo mundo usar com frequência esse "mó" nas frases, que eu acho exagerado.

— Não é nada ruim! Só não é algo que se diga diretamente para a pessoa em questão, só isso…

Em 1985, época de Subaru, talvez ainda não fosse comum usar "boy magia" ou "mó". Kokoro também as considerava palavras usuais entre jovens. Por exemplo, se seus pais as usassem, ela sentiria certa estranheza. Kokoro se espantou com a defasagem linguística que havia.

— Kokoro também a usou, não? — perguntou Subaru.

— Ela chamou Rion de boy magia?

— QUÊ? — gritou Kokoro.

Ela não sabia onde enfiar a cara. Suas orelhas ardiam.

— Não falei, não!

Ela negou, mas na realidade não se lembrava. No entanto, estranhou ao se apressar a fazê-lo, começou a suar frio.

— Sinistro — falou Rion com o rosto sorridente.

— VAMOS FALAR NOSSOS NOMES completos antes de partirmos. Talvez no mundo de cada um de nós, se virmos o nome completo, poderemos nos lembrar — propôs Subaru, que era, na realidade, o mais velho de todos.

— Me chamo Subaru Nagahisa. "Naga" de longo, "Hisa" de muito tempo, e "Subaru" da constelação das Plêiades.

— Eu sou Akiko Inoue. Inoue se escreve com os caracteres comuns de "poço" e "em cima". "Akiko" com o ideograma de "Sho", como em "Suisho", cristal, e "Ko" de criança — falou. Meneou a cabeça abaixando-a diante de todos. — Na realidade, de início, eu não queria falar meu sobrenome. Porque minha mãe se casou outra vez, tinha acabado de mudá-lo e não queria que ninguém soubesse.

— Eu sou Rion Mizumori. "Mizu", água, "Mori" de "Mamoru", proteger. "Ri" de racional, como o "Ri" em "Rika", ciência, e "On" é o ideograma de som.

— Eu sou Fuka Hasegawa. Fuka se escreve com os ideogramas de vento e canção. Sou "a canção do vento".

— Sou Kokoro Anzai. Kokoro se escreve no silabário hiragana, sem ideogramas — explicou ela também.

Ela se sentiu orgulhosa em poder enfim se conhecerem, mesmo sendo apenas no final, antes de partirem.

— Vocês já sabem meu nome completo, não? Haruka Ureshino. Com os ideogramas de "Ureshii", alegre, e "No", campo, como o "No" em "Nohara", prado. "Haruka" se escreve com o ideograma de "distante" — explicou Ureshino.

O único que se manteve calado até o fim foi Masamune.

Por alguma razão ele tinha o rosto franzido.

— Earth Masamune.

— Q-Quê?

Todos olharam para ele. Apuraram o ouvido achando que tinham entendido errado.

O rosto de Masamune se avermelhou.

— É Earth Masamune, "Earth" escrito com os ideogramas de azul e límpido, pronunciado "Aasu" em japonês.

— Earth? Isso é nome? Tá de sacanagem?

— Não estou, não. É um nome popular em 2013! E vocês, de épocas passadas, tratem de calar a boca!

— Hã? Mas, em inglês "Earth" significa terra, o planeta Terra, não é? O que é isso? — perguntou Akiko.

Masamune virou o rosto de lado parecendo irritado. Mesmo Subaru, seu amigo mais próximo, ouvia isso pela primeira vez. Kokoro ficou muito surpresa.

Pensando bem, quando ela visualizou as memórias de Masamune, a senhorita Lobo o havia chamado pelo nome completo. Quando ouviu, ela se deu conta de que Masamune era o sobrenome, mas não conseguiu distinguir direito o nome.

— Então Masamune é seu sobrenome, não? Não era seu nome.

— Por isso não queria falar meu nome! Tinha certeza de que iam zoar dele.

— Uau! É muito mais hilário do que o meu nome. E com uma pronúncia que não tem nada a ver com os ideogramas usados nele — falou Ureshino.

— Vá te catar, Ureshino! — bravejou Masamune, parecendo ainda mais chateado.

Cada um deles se colocou diante de seu respectivo espelho.

Os espelhos com fissuras prenunciavam que aquela seria a última vez que eles seriam usados. Segundo a senhorita Lobo, na realidade do outro lado do castelo, os espelhos também estavam partidos da mesma maneira.

— Aki...

Kokoro chamou Akiko, que estava ao seu lado.

— Que foi, Kokoro?

Akiko olhou para ela.

— Me empreste sua mão.

Akiko estende a mão hesitante. Kokoro a segura com força.

Kokoro desejava ardentemente que Akiko fosse feliz e, segurando sua mão, queria lhe transmitir isso.

Ela se lembrou do que viu. Mesmo retornando para o outro lado do espelho, a realidade de Akiko estaria esperando por ela.

A realidade onde havia a mãe e o padrasto permaneceria inalterada. Suas mãos se separarão e Akiko precisará voltar para aquilo. E não havia nada que Kokoro pudesse fazer.

Ela colocava toda a força em seu desejo. Akiko arregalou os olhos.

2006. Estarei esperando por você no seu futuro, Aki. Venha me ver.

Ela desejava que isso fosse transmitido.

Kokoro ficava nervosa por não conseguir pôr isso em palavras. Ela mesma não saberia até onde as palavras que ela poderia usar chegariam ao coração de Aki.

Por um tempo, Akiko permanece atônita segurando a mão de Kokoro.

— Uhum. — Ela assentiu após um tempo. — Entendi.

Aki prometeu ir ver Kokoro.

— Tive um medo mortal quando fui devorada pelo lobo. Não vou mais fazer nenhuma besteira — falou rindo.

— Tomem cuidado todos vocês!

— Uhum!

— Então, até.

— Inté.

— Adeus!

— Fiquem bem!

— Tomara que um dia a gente possa se reencontrar.

As vozes se sobrepunham pipocando.

As vozes de Akiko,

de Fuka,

de Masamune,

de Ureshino,

de Rion,

de Subaru.

A silhueta de todos se desfaz na última viagem do espelho. Cada um deles volta à sua respectiva realidade e tempo.

Um brilho iridescente se espalha por toda parte. Logo depois, desaparece.

No salão às escuras resta apenas a menina com sua máscara de lobo.

A senhorita Lobo vê todos partindo. Ela confirma que a luz se apagou e que os espelhos voltaram todos à sua calma original. Ela vira de costas.

E respira fundo, tranquila.

Acabou!

Ela inspira com calma.

Foi justo nesse momento.

— Irmã.

Uma voz ressoa. A menina da máscara de lobo ergue a cabeça num sobressalto. Ela se vira na direção da voz, onde a luz do espelho devia ter acabado de se apagar.

Ali está de pé Rion Mizumori.

Em meio à sua ida para o outro lado, ele conseguiu retornar.

A senhorita Lobo volta a olhar adiante, calada. Finge não ouvir.

Porém, Rion não desiste.

— Você é minha irmã, não é? Vamos, responda!

— Cai fora... — falou a senhorita Lobo sem se virar. — Mandei todos irem embora. Vá agora ou não poderá voltar.

Ela sente como se algo se destruiria caso se virasse, portanto, cerra os dentes e olha apenas para o grande relógio.

Rion não a obedece. Ele continua a falar.

— Tinha minhas dúvidas desde o primeiro dia.

Trinta de março.

Ele prossegue:

— Amanhã, quando o castelo deveria fechar, é aniversário de sua morte, irmã.

♦

Rion.

Sua irmã mais velha, Mio, falara.

Quando eu não estiver mais aqui... Vou pedir a Deus para dar a você, Rion, um desejo. Desculpe por você ter desistido de tantas coisas por minha causa.

Ele se lembrava daquela voz meiga.

Eu adoro você, Rion.

Eu quero brincar com você, Rion.

— Na realidade, amanhã eu pensava em encontrar a chave e fazer meu desejo. Se aquilo não tivesse acontecido com Aki, eu pretendia convencer todos a me deixarem realizar meu desejo: "Por favor, traga minha irmã de volta para casa!".

A menina, com o rosto escondido pela máscara de lobo, não seria minha Mio?

Ela morreu, mas, graças a um último poder remanescente em si, deve ter criado este castelo para mim, não seria isso?

No início, Rion pensou assim.

E tendo imaginado isso, a ideia não o deixou.

Ele queria ir à escola fundamental no Japão.

Queria ter amigos.

Um desejo a ser realizado.

— É muito parecido — continuou. — Este castelo. É parecido com aquela casa de bonecas que você tinha, irmãzinha.

A magnífica casa de bonecas, presente dos pais, sempre esteve próximo à janela no quarto de hospital da irmã.

Por ser uma casa de bonecas, não tinha água corrente. Não era possível tomar banhos. Tampouco acender fogo.

Porém, na casa de bonecas da irmã tinha eletricidade. Ela era usada para acender as microlâmpadas pelos cômodos. Por isso, apesar de outras funcionalidades comuns à vida cotidiana não existirem dentro do castelo, era possível jogar videogames. E era possível ligar o interruptor e ter luz. A eletricidade vinha de algum lugar.

As bonecas com as quais a irmã brincava tinham sempre roupas semelhantes à que a senhorita Lobo vestia agora.

A casa de bonecas tão amada pela irmã.

Os sete que ela acolhera.

A procura pela chave igual à história do livro ilustrado de *O lobo e os sete cabritinhos* que a irmã lia com frequência para ele.

E o dia trinta de março, que seria o fechamento do castelo.

Não dia trinta e um, mas trinta.

Impossível não ver um significado no fato desse dia ser o aniversário da morte da irmã.

Ali não seria um castelo especialmente preparado para Rion?

A senhorita Lobo declarara que, até então, convidara outros grupos, assim como o fizera com Rion e seus colegas, mas isso não teria sido mentira, falso?

O grupo que foi convidado para o castelo foi apenas aquele, uma única vez. Não haveria nenhum outro.

— Irmãzinha — ao ser chamada, a senhorita Lobo não responde.

Rion continua:

— Entre todos nós, apenas o ano de 1999 está faltando. Embora tenha chamado todos com intervalos de sete anos cada, não tem ninguém desse ano. Apenas entre Aki e eu há o dobro de distância, ou seja, catorze anos.

Ele insiste falando às costas dela, uma vez que a menina não se vira.

— A diferença de idade entre nós dois é de sete anos!

A irmã morreu aos treze anos quando Rion tinha seis. Ela estava no sexto ano. Nunca usara o uniforme da Escola Fundamental Yukishina nº 5 pendurado na parede do quarto do hospital.

Ao lembrar, sentiu o peito se contorcendo de dor.

— Por isso, 1999 é o seu ano, não? A criança que desejava ir à Yukishina nº 5 e não pôde. Foi em 1999.

A senhorita Lobo não se vira. Porém, seus ombros parecem tremer de leve. Ela pisa com força o chão com seus sapatos lustrosos.

Rion se pergunta quando ela teria chegado ali.

Em seu último ano de vida, a irmã, muitas vezes, mantinha os olhos fechados, como se dormisse. O pequeno Rion achava que era melhor assim do que ela ficar acordada sofrendo.

Talvez tenha sido naquela época.

De olhos fechados, quando dormia, a irmã todos os dias vinha ao castelo.

Quando eu não estiver mais aqui... Vou pedir a Deus para dar a você, Rion, um desejo.

Vou pedir a Deus, ok?

O desejo dela talvez tenha se realizado.

Talvez ela tivesse recebido "qualquer desejo" que pudesse ser realizado com a chave do desejo. Não teria ela desejado criar este castelo?

Então, meu desejo é podermos ir juntos à escola.

O desejo de Rion inocentemente revelado.

Eu também, se pudesse, queria ir junto com você para a escola. Queria que a gente pudesse brincar juntos!

A irmã respondeu dessa forma. Com certeza, esse era o seu desejo.

De alguma forma, ela queria brincar com Rion. E proporcionar a ele, que desejava permanecer na escola no Japão, os amigos que ele deveria ter conhecido.

Ela sempre adorara criar histórias, e o castelo e a procura da chave eram algo que poderiam muito bem terem sido inventados por ela.

A senhorita Lobo não se vira, por mais que Rion fale.

Vista de trás, ela parece inflexível em sua decisão de não se virar de jeito nenhum para ele e nem responder.

Rion conhecia bem essa força de Mio.

— De início, acreditei que você tivesse voltado depois de morrer para me encontrar. Porém, entendi a diferença entre os anos e finalmente percebi. Você com certeza veio até aqui direto do seu quarto no hospital. Mesmo agora, sua realidade é de nós dois juntos naquele local, eu com seis anos, não?

Ele está prestes a chorar.

— Irmãzinha, você sempre esteve aqui — falou Rion.

Ele olha ao redor.

— Você passou seu último ano com a gente, dentro desta casa de boneca.

Ele finalmente entendeu o significado das últimas palavras que a irmã lhe falara.

Rion,

Me perdoe por ter assustado você.

Mas foi divertido.

Ele acreditava que naquele dia, quando tinha seis anos, a irmã falara aquilo indicando que iria morrer. No entanto, ele estava errado. Aquele era o verdadeiro sentimento da senhorita Lobo, que agora lhe dá as costas.

Ela falara aquilo se dirigindo ao "Rion de agora". *Foi divertido,* falou ela.

E, no dia seguinte, o castelo fecharia as portas.

Dia trinta de março.

Amanhã é o aniversário da morte da irmã.

A irmã iria embora. Ela estava prestes a deixá-lo.

— Você veio me encontrar, não foi?

Rion se sente sufocado ao falar e não consegue terminar.

A diferença de idade entre eles é de sete anos.

Por isso, não havia possibilidade de ambos frequentarem a mesma escola. Nem no primário nem no fundamental, mesmo se a irmã não estivesse doente. Quando Rion estivesse ingressando, a irmã estaria se formando.

Rion tem treze anos agora.

A mesma idade da irmã, que era aluna do sexto ano quando morreu. Impossível não haver um significado nisso.

A irmã construíra o castelo para se encontrar com o irmão mais novo quando ele tivesse a sua idade.

Mas não apenas Rion.

Ela reuniu um grupo de crianças que, como ela, não frequentava a escola, todas separadas por um intervalo de sete anos. A irmã era uma excelente criadora de histórias. Ela definia regras para criar o enredo de um livro ilustrado e se divertia com todos dentro dessas regras.

Dentro do castelo, a senhorita Lobo era livre e cheia de vitalidade. Ela surgia e desaparecia levemente, como se não tivesse peso, parecendo muito feliz enquanto se divertia com eles.

Rion olha a irmã em seu vestido de costas. Ao vê-la, sente vontade de chorar.

Ela escolhera aparecer com a idade de seis ou sete anos, porque era essa sua aparência antes de ficar doente. Seus cabelos ainda eram longos, suas mãos alvas, rechonchudas e firmes. Não eram as mãos esquálidas que Rion conhecera.

Ela escolhera sua figura dessa época para vir encontrar Rion.

— Foi bom poder ver você.

Ele desejava transmitir apenas isso à irmã.

A senhorita Lobo não se vira. Rion estreita os olhos.

— Fiquei feliz por você ter vindo me encontrar. Vou tentar, daqui em diante, de alguma forma. Falarei exatamente aquilo que quero fazer e aquilo que me desagrada. Vou me empenhar. Não detesto a escola em que estou agora, mas, até hoje, me arrependo de não ter expressado claramente o que eu sentia.

Nesse último um ano e meio, Rion compreendeu que, se a mãe o mandou estudar fora, não foi por desejar tê-lo longe dela. Ela aparecia trazendo um monte de presentes e lhe fazia bolos no dormitório. Mesmo tendo sido ela que o incentivara a estudar fora, a mãe parecia se preocupar.

— Você não sente vontade de voltar? — perguntava a mãe. Talvez não fosse um mero pretexto ela ter dito que Rion poderia desenvolver seu potencial dessa forma. Ela acreditava de verdade que isso seria positivo para Rion.

— Na verdade, quero voltar para o Japão — diria Rion e a mãe o abraçaria.

— Entendi! — responderia ela.

Se ele falasse com sinceridade, a mãe com certeza aceitaria, mas Rion desistia antes mesmo de falar algo, engolindo as palavras.

— Irmã — ele a chamou.

A senhorita Lobo não responde.

Ele compreende.

A irmã não voltará.

Ela, que lhe oferecera tantas lembranças e ternura, não vai voltar.

Mesmo assim, foi realmente bom encontrá-la.

— Esta é, de verdade, a última vez, mas você poderia ouvir apenas um pedido meu?

Até então ela atendera tantos desejos seus. Era impertinente pedir mais um, mas ela sempre o mimara. Ele se recordava disso com carinho.

Ele continua se dirigindo às costas dela, e ela permanece sem responder.

— Quero lembrar! Quero realmente recordar de todos aqui e de você, irmãzinha. Você com certeza vai dizer que é impossível, mas desejo pedir assim mesmo.

A senhorita Lobo não responde. Rion espera um longo tempo em vão.

Ele não tinha intenção de constrangê-la.

Rion se cala e vira para o espelho. Em seu coração, ele dá "adeus" à irmã.

Estende a mão para dentro do espelho.

Foi nesse instante...

— Farei o possível — falou ela. Com firmeza.

Rion se surpreendeu e se virou. Porém, a luz ofuscante do espelho diluiu sua visão e os contornos do salão do castelo foram aos poucos desaparecendo. A figura da senhorita Lobo se distanciou.

Ela se virou e, por fim, retirou lentamente a máscara de lobo e abriu um leve sorriso.

Pelo menos pareceu ser assim.

SETE DE ABRIL DE 2006.

Kokoro saiu de casa no horário.

— Está tudo bem? — perguntou a mãe. — Quer que eu vá junto?

— Não precisa, vou sozinha.

Apesar de terem conversado longamente na noite anterior, a mãe se preocupava. Kokoro entendia a apreensão da mãe, mas sua decisão estava tomada.

O primeiro período do oitavo ano da Escola Fundamental Yukishina nº 5 começava naquele dia.

Ela podia se dirigir até lá de cabeça erguida, porque aprendera que a escola não é o único lugar do mundo para se estar.

Transferida para outra escola, Moe Tojo não estaria mais lá, porém suas palavras permaneciam com força no coração de Kokoro. *A escola é apenas a escola.*

Sabia que poderia ir para qualquer outro lugar.

Se lhe desagradasse, ainda havia as escolas nº 1 e nº 3 que ela visitara durante as férias de primavera. Tinha confiança de que tudo daria certo. Ela poderia ir aonde bem entendesse. Aonde quer que fosse, nem tudo seriam apenas flores. Sempre haveria pessoas detestáveis, que nunca desaparecerão.

Mesmo assim.

Se ela não quisesse lutar, não precisaria, alguém lhe falara.

Por isso, pensou em retornar à escola.

As cerejeiras estavam floridas.

Em pleno desabrochar, pétalas se espalhavam ao redor do portão da escola.

Um vento forte soprava.

Kokoro colocava a mão sobre os cabelos esvoaçantes enquanto caminhava. Seria mentira afirmar que não estava apreensiva, mas, ao sair, decidira enfrentar tudo com dignidade.

Nesse momento, ouviu alguém a chamando.

De olhos semicerrados pelo forte vento, ela voltou devagar o rosto adiante. As pétalas pararam de balançar ao sabor do vento e sua visão se clareou.

Um menino em sua bicicleta olha para ela.

Ele veste a jaqueta própria dos meninos da Escola Fundamental Yukishina nº 5, com o distintivo da escola no peito.

No nome bordado se lê Mizumori.

Kokoro sentiu como se conhecesse o nome desse menino. Ela arregalou os olhos.

Por exemplo...

Por exemplo, às vezes eu sonho.

Em um desses sonhos, um aluno novo ingressa na turma.

Ao perceber minha presença entre os muitos colegas de classe, o rosto dele se ilumina como o sol e ele abre um sorriso terno. Aproxima-se de mim e me cumprimenta.

— Bom dia.

Epílogo

Quando viu a pessoa entrar na sala, ela falou para si: *Finalmente esse dia chegou.*

Ela não sabia bem.

Porém, sentia algo sussurrar trêmulo no fundo de seu coração.

Era como se tivesse esperado muito tempo por aquele momento.

Ela reviveu a costumeira dor no braço, como se alguém o estivesse puxando com força.

Akiko Kitajima integrava a organização sem fins lucrativos chamada "Kokoro no Kyoshitsu", a Sala de Aula do Coração.

Ela participara das atividades dessa escola livre desde a sua fundação.

Assim como muitos dos alunos que vinham até ali, ela também fora aluna da Escola Fundamental Yukishina nº 5.

Houve um tempo em que Akiko abandonou a escola fundamental.

Sabia que, daquele jeito, não poderia cursar o ensino médio e já havia desistido. Foi quando no outono do ano em que estava no nono ano conheceu a professora Samejima no funeral de sua avó.

A professora Samejima.

Yuriko Samejima.

Quando Akiko era pequena, a professora morava na vizinhança da casa da avó, de quem era muito amiga. Seja como for, era uma senhora vigorosa. No funeral, ela chorava mais do que qualquer parente da avó. Akiko nunca ouvira a avó comentar que tivesse uma amiga tão próxima e, assim como outros parentes, ficou admirada. Porém, quando a senhora perguntou: "Você é Akiko?", o espanto foi ainda maior.

Ela nunca ouvira a avó comentar sobre a professora Samejima, mas aparentemente a avó falara à amiga sobre a neta.

Sem cerimônias, ela lançava um olhar perscrutador para Akiko.

— É verdade que você não está indo à escola? — perguntou ela. — Pobre criança — falou com os olhos cheios de lágrimas segurando com firmeza as mãos de Akiko.

De repente, virou-se para a mãe de Akiko, que ela via pela primeira vez, e disse:

— A culpa é sua de não cuidar bem dela.

A mãe olhou furiosa para a professora Samejima.

— Quem você pensa que é? Como ousa me falar algo semelhante?

A resposta da professora Samejima não podia ser mais incisiva.

— Sou amiga da avó desta criança. Akiko, sua avó sempre se preocupou com você! Ela me pediu para cuidar de você caso algo acontecesse. Já que ela me legou essa função, estarei sempre pronta para falar o que penso!

A professora Samejima estava à frente de uma escola privada com mensalidades econômicas que reunia crianças que não conseguiam acompanhar os estudos e que, por causa disso, começaram a ter problemas para frequentar uma escola regular. Ela aconselhou Akiko a vir estudar em sua escola, mas a garota se recusou por entender ser uma intromissão desnecessária.

No entanto, a professora Samejima não se dava facilmente por vencida. Akiko não se importava mais em seguir para o ensino médio, mas a professora a levou até sua escola e convenceu à força os professores de lá a fazê-la se formar naquele ano.

— Depois de estudar mais um ano, ela pode decidir por si se deseja cursar o ensino médio ou fazer outra coisa. Vou me incumbir de acompanhar seus estudos. Deixe que ela permaneça mais um ano na escola.

Pedindo isso à mãe, ficou decidido que Akiko repetiria o nono ano.

Desde o início, Akiko continuava a achar que era uma intromissão desnecessária. Mesmo repetindo o ano, provavelmente apenas acabaria vivenciando o mesmo que no ano anterior. Ela não sentia vontade de retornar à escola.

Ela pensava assim até abril, início do ano escolar que ela cursaria uma segunda vez.

Quando o novo ano escolar, ou seja, o nono ano teve início, ela começou a se convencer de que poderia aceitar a ajuda da professora Samejima.

Ela passou a sentir vontade de estudar.

Até então, acreditava que ninguém a ajudaria, mas ali estava a professora Samejima, pronta para lhe oferecer seu tempo. Ela percebeu isso de repente.

Foi a partir dessa época que ela começou a sentir fortes dores no braço.

Ela não entendia a razão, mas sentia como se alguém a estivesse puxando pelo braço.

Akiko se formou no ginásio com um ano de atraso, cursou o ensino médio e ingressou na faculdade de Pedagogia que tanto almejava. Foi nesse ano que a professora Samejima a contatou, informando que estava criando uma organização sem fins lucrativos.

Ela alugaria um local mais amplo para transferir sua escola particular e a transformaria em uma escola livre a ser frequentada por crianças que não iam ou não podiam ir à escola regular.

O nome da escola livre seria "Sala de Aula do Coração".

Ela convidou Akiko a ajudá-la nas atividades da escola.

Akiko respondeu que o faria com prazer. Estava feliz por sentir que a professora Samejima necessitava de sua ajuda e sabia que sua experiência na Sala de Aula do Coração lhe seria muito útil quando um dia se tornasse professora.

Ela conheceu o professor Kitajima em 1998, alguns anos depois de começar a trabalhar na Sala de Aula do Coração. Akiko era terceiranista na universidade.

O professor Kitajima trabalhava como assistente social em um hospital das redondezas e, ao saber sobre a Sala de Aula do Coração, a contatou. Ele desejava levar para lá as crianças internadas no seu hospital que não podiam frequentar a escola regular e com tendência a se atrasar nos estudos. Ele afirmou que ficaria muito contente se os professores da Sala de Aula do Coração pudessem visitar o hospital.

Akiko começou a se sentir atraída pela personalidade gentil e simpática, e pelo sorriso franco do professor Kitajima. Ela teve um pressentimento.

Talvez eu me case com ele.

Cada vez que pronunciava o nome Kitajima era para ela um momento reconfortante.

PROFESSOR KITAJIMA.

CERTO DIA, AKIKO SE encontrou no hospital com uma menina que o chamava dessa forma. Ele estava passeando com ela no pátio interno do hospital.

Era uma linda menina de braços e pernas muito delgados. Devido à sua compleição pequena, não parecia ser aluna do sétimo ano. Mesmo assim, tinha uma aparência adulta. Os efeitos secundários da medicação a fizeram perder os cabelos, obrigando-a a usar uma touca. Ela não frequentara uma vez sequer a Escola Fundamental Yukishina nº 5 onde estava matriculada.

Mio Mizumori-chan.

Foi para Akiko um encontro inesquecível.

Nesse ano, as aulas de Akiko com Mio começaram uma vez na semana.

— Professora Akiko, agradeço pelas suas aulas.

Mio era extremamente motivada e curiosa.

Toda vez que Mio a olhava com seus grandes olhos, Akiko se aprumava na cadeira. Por todo o tempo em que a menina a chamasse de "professora Akiko", ela continuaria ensinando. Desejava ser uma professora invejável para Mio.

Há crianças assim neste mundo, ela pensava.

O encontro com Mio foi impactante para Akiko.

Ali estava uma garotinha que desejava frequentar uma escola, embora estivesse impossibilitada. No entanto, longe de ser pessimista, ela demonstrava forte determinação para absorver com avidez tudo o que pudesse aprender. Isso servia de incentivo para Akiko e não foram raras as vezes em que ela se sentiu estar sendo salva.

E veio a devastação.

Até então, ela julgava compreender o estado de espírito das crianças que não podiam frequentar a escola, que não se adaptavam e, por não conseguir acompanhar os estudos, acabavam abandonando a escola. Mesmo desejando se tornar professora e embora ajudasse na Sala de Aula do Coração, ela sentiu, em algum lugar dentro de si, que estava errada. As circunstâncias que a envolviam quando ela estava na escola fundamental eram diferentes daquelas que enfrentavam as crianças agora diante dela.

Quando Akiko estava no quarto ano da universidade, Mio faleceu.

No funeral, num dia chuvoso da primavera, Akiko viu o irmão mais novo de Mio chorando desconsolado. Ela se sentiu sufocada ao vê-lo assim. Ela se lembrou de Mio a chamando de "professora Akiko" e seu coração estremeceu. Ela se deu conta do tempo precioso que foi para ela ser a "professora" daquela criança.

Talvez ela não quisesse exatamente se tornar docente em uma escola.

Ela desejava, se possível, continuar as atividades da Sala de Aula do Coração. Queria ser uma presença próxima das crianças, cada qual sob circunstâncias diferentes.

Ela fez pós-graduação, se casou, mudou de sobrenome e, enquanto se empenhava na Sala de Aula do Coração, uma ideia brotou dentro de si.

Agora é a minha vez.

Ela própria não sabia a razão de pensar daquela forma.

Porém, há muito tempo, uma cena ficara gravada em seu coração. E a forte sensação de dor no braço.

Era a lembrança de alguém puxando-a com força pelo braço.

Eu fui salva.

Em algum lugar há crianças que, amedrontadas e arriscando sua vida, a resgataram de volta para este mundo.

Aki, está tudo bem!

Cresça, vire adulta!

Eu estarei esperando por você no seu futuro.

Gritando assim, as crianças a mantiveram conectadas àquele mundo dali, fazendo com que ela se tornasse adulta.

Em meio aos rostos imprecisos dessas crianças, por algum motivo, se sobrepunha a figura de Mio.

Ela não compreendia a razão. Porém, Akiko se lembrava disso toda vez que sentia dor em seu braço.

♦

Kokoro Anzai entra na sala.

Ela o faz a passos lentos. Seus lábios estão pálidos, os olhos se movimentam com apreensão e desânimo. Ao vê-la, Akiko pensa: *Finalmente esse dia chegou.*

Ela não sabe o porquê.

No entanto, se dá conta de que esperara há muito por esse momento.

Ela se lembra da dor habitual, como se alguém lhe puxasse com força pelo braço.

Ela não sabia de que violência aquela criança fora vítima e quanto ela precisou lutar. Embora desconhecesse, só de pensar sentia o coração apertar.

Tudo vai ficar bem! pensava Akiko com todas as forças.

— Kokoro Anzai, você é aluna da escola Yukishina nº 5, correto?

— Sim.

— Eu também estudei lá — falou Aki. — Eu também fui aluna da Yukishina nº 5.

Tudo vai ficar bem!, ela repetia para si.

Eu esperava por você — uma voz ressoava no peito de Aki.

Está tudo bem.

Porque está tudo bem, cresça e vire adulta.

Pendurado na parede da sala, um pequeno espelho retangular reflete Kokoro e Aki. Os raios de sol incidem sobre ele, iluminando-o com um leve reflexo iridescente. *Hum*, pensou Aki e se voltou na direção do espelho. Sentiu como se, lá dentro, ela estivesse sentada ao lado dessa menina nos tempos da escola fundamental.

A brisa refrescante de uma estação verdejante sopra docemente, acariciando a superfície do espelho, diluindo sua luz iridescente. De frente uma para a outra, Kokoro e Aki estão circundadas por essa luz serena e agradável.

ESTA OBRA FOI COMPOSTA EM CASLON PRO E IMPRESSA
EM PÓLEN NATURAL 70G COM CAPA EM CARTÃO TRIPLEX
SUPREMO ALTA ALVURA 250G PELA GRÁFICA CORPRINT PARA
A EDITORA MORRO BRANCO EM ABRIL DE 2024.